LA DAMA DEL PRADO

La dama del Prado

ALEJANDRO CORRAL

Primera edición: julio de 2021

© 2021, Alejandro Corral
Autor representado por Antonia Kerrigan Agencia Literaria (Donegal Magnalia, S. L.)
© 2021, Penguin Random House Grupo Editorial, S. A. U.
Travessera de Gràcia, 47-49. 08021 Barcelona

Printed in Spain – Impreso en España

ISBN: 978-84-666-6676-3
Depósito legal: B-6.631-2021

Compuesto en Llibresimes

Impreso en Rotoprint by Domingo sl

BS 6 6 7 6 3

A mi hermana Úrsula, la mujer más
noble y valiente que conozco

Nota del autor

En este relato coinciden escenarios reales con espacios de ficción. El Museo del Prado y algunos otros ámbitos madrileños son tal cual se detallan, aunque he introducido en ellos ciertas licencias literarias para urdir esta trama que no afectan en nada a esos decorados. Pero la localidad de Monterrey, que ubico al pie de la sierra de Madrid, no existe; es fruto de mi imaginación, aunque sus paisajes y su ambiente sí responden a ese hermosísimo entorno geográfico.

Son absolutamente fabulados todos los personajes, sus perfiles físicos y psicológicos y sus respectivos nombres y apellidos, que aparecen en el texto. Cualquier parecido con personas reales, caso de existir, es una casual coincidencia.

Quiero agradecer la confianza que la editorial Penguin Random House ha depositado en mí, al publicarme por segunda vez, tras *El desafío de Florencia*; en especial, a Lucía Luengo, que me ayudó a caminar por esta senda.

Muchas gracias también a Antonia Kerrigan, por acogerme en su agencia literaria, y a Clara Rasero, mi editora, que, además de excelentes consejos y magníficas ayudas, me ha proporcionado lo que un joven autor siempre anhela encontrar: la plena libertad de creación.

Elena Andrés ha sido una persona fundamental a la hora de escribir esta novela; es a ella a quien debo lo mejor y lo más sentido.

ALEJANDRO CORRAL
Barcelona, julio de 2021

Prólogo

—¿Y si no consigo escribir una buena novela, David? ¿Y si, en caso de que se edite, es un fracaso?

—Sé paciente, Óliver; eres un autor muy joven. Recuerda que la urgencia por publicar ha deslucido a numerosos escritores. Además, nadie puede asegurar que vayan a venderse muchos ejemplares. Si escribes, es porque te apasiona; y eso es lo que tiene valor, Óliver, lo que verdaderamente importa.

Septiembre de 2018 - septiembre de 2020

Si les soy sincero, tengo la impresión de haber reescrito unas cincuenta veces el principio de esta novela. La razón que me llevó a escribirla, en fin, es tan compleja que no los aburriré con ella. Siempre he tenido clara la historia que les voy contar, no se crean, pero ¿cómo narrarla y por dónde empezar? Cielos, ese ha sido mi mayor dilema. Supongo que en primer lugar debería hablarles de David Sender, y bajo qué circunstancias conocerlo se convirtió en el golpe de fortuna de mi vida.

David fue mi profesor en la facultad de Historia del Arte. Era también un escritor consagrado que en 2016 recomendó mi primera novela, aunque esta se publicó sin la menor trascendencia. No obstante, cuando en 2018 escribí la segunda, David se quedó asombrado al leerla.

—Óliver, o mucho me equivoco, o vas a convertirte en una estrella literaria.

Al oír tales ditirambos me eché a reír y le respondí que exageraba, pero David me garantizó que el manuscrito era bueno, muy bueno. «Oh, buenísimo», fue su calificativo. Y lo incluyó entre los finalistas de un gran premio literario que, en resumen, me concedieron a la edad de veintitrés años. David formaba parte del jurado y creo que condicionó el resultado final en mi favor. Pero no estoy seguro; sinceramente, nunca se lo he preguntado.

En cualquier caso, a la mañana siguiente mi nombre andaba de boca en boca por todo el país, miles de lectores y libreros preguntaban por mí, Óliver Brun, el jovencísimo y desconocido escritor a quien la editorial Prades & Noguera definía como «la más brillante revelación de la narrativa nacional de la última década».

En la Navidad de 2018 mi segundo libro copaba los escaparates y estantes de librerías y centros comerciales, las ventas se disparaban y la prensa lo destacaba como uno de los *best sellers* de la temporada. Como consecuencia, asistí a diversos eventos y fiestas culturales y, meses más tarde, en el verano de 2019, empecé a salir con Julia Falcó, la afamada y popular cantante. En la música y la literatura éramos los dos jóvenes triunfadores del momento. Julia quería ser rica y ganarse la vida cantando. A mí nunca me ha interesado el dinero, solo quiero vivir escribiendo; aunque el dinero anima, por supuesto, estoy convencido de que solo los libros dibujan la palabra libertad en el pensamiento; tienen el poder de llenar la mente de grandes sueños y durante un rato te permiten olvidarlo todo, qué maravilla, hasta el dinero. Francamente, sin libros la vida se embrutece.

Lo que intento decir es que siempre me han desconcertado quienes afirman trabajar *solo* por dinero. Creo que si a estas personas les dieran la oportunidad de cambiar de vida, ni siquiera sabrían cuál elegir, lo que viene a ser una de las mayores tragedias individuales de nuestro tiempo. Por el contrario, otras personas, pocas y extremadamente raras, casi prodigiosas, buscan trabajar en aquello que les reporte felicidad. ¿Esto no debería incluirse en el programa educativo de los colegios? Ya puestos, todos entendemos la educación como un derecho universal, ¿cierto?, pero, si lo piensan bien, es el servicio más extraño y maltratado de este país: todos la hemos defendido, incluso en masivas manifestaciones cada vez que los gobiernos la han deformado, sin embargo, los avances educativos a largo plazo han sido mínimos; no existe la menor voluntad colectiva, el menor intento gubernamental de implantar un modelo pedagógico que desarrolle en el ciudadano aptitudes críticas, lúcidas y creativas, sino que cada generación ha recibido una ley educativa partidista en estado bruto y elemental. Quizá pronto alguien se atreva a realizar una reforma profunda e imparcial; lo dudo mucho, pero permítanme soñar.

Bueno, como Julia Falcó no deseaba que nuestra relación se filtrara a la prensa, ideó un sistema para citarse conmigo con la más absoluta prudencia. Me aseguró que mantener un romance en secreto le proporcionaba una gran sensación de libertad, no sé por qué, y que desde luego era una práctica que la excitaba.

El mundo que rodeaba a Julia Falcó era un éxtasis, un puro éxtasis, un mundo pleno que reunía todas las comodidades deseables. Julia llegó a confesarme que su vida era maravillosa. También me dijo que yo era demasiado tímido e inseguro para ella y, seguidamente, puso fin a nuestra relación en noviembre de 2019.

Mamá no se enteró de ello hasta bien avanzado diciembre,

y en su perseverante y latosa entrega por querer estar al corriente de todas las novedades de mi vida, cómo no, me telefoneó:

—Oli, cariño, ¿te pillo en buen momento? —Parecía preocupada.

—¿Qué sucede, mamá? ¿Te encuentras bien?

—Sí, muy bien, pero acabo de ver en la televisión que esa actriz rompió contigo hace un mes.

—¿Qué? ¿Qué actriz?

—La actriz, hijo, *la* actriz.

—¿Cómo que *la* actriz?

—¡Esa chica tan guapa que actúa en una serie de televisión! Es monísima. ¿Cómo se llama? Será posible que ya no recuerde su nombre. Es actriz, cariño, ya sabes cuál digo.

—No sé a quién... Espera, ¿te refieres a Julia Falcó? Julia es cantante, mamá.

—¿Ah, sí? Bueno, qué función desempeña en la farándula madrileña es lo de menos. Lo importante, cariño, es que me has ocultado tu ruptura con esa chica.

—No te lo conté porque nuestro idilio era, por definición, perecedero.

—¿Y eso qué significa, cielo?

—Que estoy bien, mamá. De verdad. No quería preocuparte. Julia me dijo que no congeniábamos porque yo tengo un temperamento más bien timorato.

—O sea, que has acabado aburriendo a esa actriz.

—Mamá, que no es actriz.

—Por cierto, tesoro, ¿sabes qué he hecho cuando ha terminado el programa?

Me atraganté con una porción de chocolate.

—¿Qué has hecho, mamá?

—He esperado a que llegara tu padre a casa y lo he puesto al día de tu vida privada, ¿y sabes qué opina?

—Ni me lo imagino.

—Hijo, te vas a quedar helado: que esos programas que veo, dice, son repugnantes, y que tú ya eres mayor, y que no deberíamos tener la necesidad imperativa de conocer todos los detalles de tu vida privada. Eso me ha dicho, por el amor de Dios. ¡Ay, cariño, es que todas las chicas rompen contigo! Y esa actriz es tan guapa, Oli, y en la tele hacíais tan buena pareja...

—¡Que no es actriz! Mamá, escúchame, simplemente no supimos gestionar algunos temas, ¿vale? No pasa nada. Julia se dio cuenta de que yo no era el chico adecuado para ella.

—¡Oh, Señor, es que a ninguna le pareces el adecuado! ¿No crees que ya va siendo hora de sentar la cabeza, hijo? Yo quiero lo mejor para ti, o sea, una buena mujer. Pero, Oli, ¿sabes cuál es el problema de las mujeres buenas?

Me resigné arrastrando las mismas palabras:

—¿Cuál es el problema de las mujeres buenas, mamá?

—Que saben que son buenas, cariño. Saben que están solicitadas y no les interesa limitarse a un cualquiera. Jesús —bufó—, odio a las chicas buenas. —Y con profusa alegría, mamá me animó—: Pero, cielo, excelentes noticias para ti: las mediocres están disponibles; aunque estas son tan inseguras que, al conocerte, pensarán: «No soy lo bastante para Óliver Brun». Y pasado un tiempo te preguntarán: «¿Qué haces conmigo, a ver?». Y tú terminarás respondiendo: «Oye, pues tienes razón; lo nuestro ha terminado».

—Mamá, ¿de qué demonios estás hablando?

—Tesoro, cuida ese lenguaje y escúchame: pronto cumplirás veinticinco años, así que olvídate de casarte con una mujer buena; cariño, es demasiado tarde para ti. Quizá deberías centrarte en encontrar a una entre lo bueno y lo mediocre, ¿comprendes? Una chica que aprecie estar contigo porque esté muy desmoralizada hasta el punto de pensar: «No quiero esperanza. La esperanza me está matando. Mi sueño es llegar a ser una desesperada». Porque a esas mujeres les da igual, cariño. Y si te da igual, la indiferencia te hace atractiva. Así que la desesperación es la clave.

Mamá es tremenda, caray, si la oyeran. Tiene los nervios destrozados y a menudo dice lo primero que le pasa por la cabeza. Figúrense que un día, al poco de mudarme a un modesto ático de alquiler en el barrio de las Letras, mamá me llamó solo para soltarme la siguiente perogrullada: «Tesoro, si tienes frío conecta la calefacción. Y si no tienes frío, pues no la conectes». No obstante, de vez en cuando mamá me proporciona material que, ya lo ven, voy incorporando a esta novela. Si les digo la verdad, espero que cuando se publique, mamá no la lea. Porque, si la lee, me temo que el personaje que he basado en ella no le gustará. Y si no le gusta, me telefoneará. Y entonces exigirá explicaciones e incluso cuestionará mi amor filial por ella.

En cualquier caso, le dije que tenía que colgar, que debía ponerme a escribir enseguida.

—Tesoro, desde que te dieron ese premio solo piensas en los libros, y nunca en casarte.

En efecto, de un tiempo a esa parte solo pensaba en mi tercera novela; sin embargo, no la escribía, he aquí el problema: cuando me proponía una idea, me sentía incapaz de generar un número de palabras suficientes para desarrollarla. Así era.

En marzo de 2020 cumplí veinticinco años y, a su vez, hacía diecisiete meses que me habían concedido el premio literario. Por este último motivo, Bernard Domènech, director ejecutivo de Prades & Noguera, me citó en su despacho, en el distrito de Chamberí, para comentarme una cuestión editorial que lo tenía preocupado.

—Dime, Óliver, ¿cuándo nos entregarás nuevo material? —reclamó—. ¿Eres consciente de que vas atrasado con respecto a los plazos programados? Los editores me han asegurado que todavía no les has entregado nada. Recuerda que el contrato de la concesión del premio tenía contraprestaciones, bien lo sabes, incluye el futuro libro que debes escribir. Ten en cuenta, además, que la competencia recibe a diario originales de otros jóvenes escritores que podrían robarte tu público. —Hizo una pausa y razonó—: Te lo comento porque si tú no llenas el tiempo libre de los lectores, será otro autor quien lo haga, y tú acabarás, ¿sabes dónde?, en el desván de la literatura. Así que espabila y entrégame una buena novela, que yo me encargaré de lo demás. El libro perfecto no existe, ¿de acuerdo?, no es lo que te pido; pero los lectores demandan otra obra tuya, y la quieren ya: ¡desean al escritor que hay en Óliver Brun para las próximas navidades!

Bernard Domènech era un directivo fuera de lo común que poseía un sentido excepcional para la publicidad y la edición, una habilidad innata que resultaba ser la contrapartida de su desmesurada ambición económica: siempre anhelaba más ventas, mayor distribución, numerosas ediciones, mucha repercusión y decenas de traducciones. Más dinero, claro. Pero tenía razón en que debía ponerme a escribir de inmediato.

Salí del edificio con esperanzas renovadas, absolutamente convencido de que en poco tiempo le entregaría a Domènech una obra grandiosa, y que, después de leerla, el directivo reuniría a los editores en su despacho, entre vítores y aplausos, y así valoraría mi nueva novela: «Damas y caballeros, hay que quitarse el sombrero».

Dos meses después, sin embargo, mi mente seguía en blanco. Sobre todo me aterrorizaba volver a casa y enfrentarme a mis ideas; o mejor dicho, a la ausencia de ellas. Nada me incitaba a la disciplina del trabajo, así que pasaba horas y más horas en la sala de becarios de la facultad para que los días se consumieran. Por entonces ya llevaba un tiempo matriculado en el programa de doctorado.

En mayo se incorporó al grupo de investigación una chica de veinticuatro años. Se llamaba Eleonora Salas y acababa de obtener una beca del Ministerio; era historiadora del arte, como yo, pero más eficiente. En su primer día en el departamento se acercó a saludarme.

—Tú eres Óliver Brun, ¿verdad? He leído tus dos novelas.

Le agradecí el detalle y el tiempo invertido en leerlas, y, a continuación, con una entonación de comedia, traviesa y pizpireta, manifestó: «Jo, como escritor no eres demasiado bueno». Después, con una bella sonrisa bailándole en los labios, me dijo su nombre y me advirtió:

—Pero como se te ocurra llamarme Eleonora, te mato. No me gusta, ¿vale? Lo detesto. Prefiero Nora.

Desde el primer momento me sentí enormemente atraído por ella. Nora y yo investigábamos juntos en la universidad, pero fuera del trabajo andábamos siempre bromeando, e incluso comenzamos a intercambiar mensajes a diario. De inmediato se estableció entre ambos un vínculo profundo y afectivo. A los dos nos maravillaba la facilidad y naturalidad con que nuestras vidas se habían encontrado. El problema, claro, residía en que Nora tenía novio desde hacía cinco años. También tenía un hámster. Se llamaba Óscar, el hámster. Su novio, no recuerdo el nombre, estudiaba un curso de posgrado en otra ciudad.

En junio, cuatro semanas después de conocer a Nora, empecé a salir con Martina Biel, una joven de mi edad que ejercía exitosamente la abogacía. Al conocerla, mi plácida vida experimentó una serie de forzosas transformaciones; la más crucial se produjo una noche de primavera, después de que Martina revisara en mi casa el contrato editorial.

—Óliver, el premio que te concedieron no fue, ni de cerca, un regalo por parte de la editorial. Más bien fue una especie de garantía.

—¿Eh?

—A ver, presta atención a la letra pequeña. Firmaste un contrato de exclusividad, ¿no?, en el que te comprometiste a entregar un nuevo manuscrito en un período máximo de dos años.

—¿Y bien?

—Pues que estamos en junio, Óliver, y el plazo vence en noviembre. Y aquí pone claramente que si no presentas otro libro, tu tercer libro, el departamento jurídico de Prades & Noguera se reserva la opción de presentar cargos en tu contra.

Por incumplimiento de contrato, naturalmente. De modo que solo disponía de cinco meses para escribir una novela.

Bueno, no era un escenario insalvable. Sin embargo, iba a pagar un alto precio por haber coqueteado con la ociosidad, ya que, al no haber escrito una sola línea en el último año y medio, me enfrentaba a un imposible. Y lo peor estaba por llegar: ningún empleado de la editorial me había prevenido de las acciones legales a las que haría frente si no les proporcionaba un nuevo manuscrito. Martina me informó de ello pocas noches más tarde: «No hay forma de eludirlo, Óliver. Vas a tener que entregar una buena novela en el plazo estipulado. No puedes dejarlo pasar. ¡Literalmente, no puedes! ¡En qué estabas pensando, firmaste un contrato blindado! Y si no cumples tu parte del acuerdo, ¿sabes qué?, ¡podrían demandarte ante los tribunales!».

Horrorizado por la admonición de Martina, me di perfecta cuenta del peligro al que me enfrentaba: en el último año y medio no se me había ocurrido una mísera idea. Escribir dos libros sin presión alguna, cuando era un autor joven y desconocido, me había parecido relativamente sencillo. Pero, una vez alcanzado el éxito, descubrí que no estaba preparado para la fama. Me golpeó fuerte y no tuve la capacidad adecuada para afrontarla. Me llevó al éxtasis, pero también a la oscuridad. Y cuando llegó el momento de justificar mi presunto talento literario, ya no me sentía capaz de escribir, ergo, ¿qué era? ¿Un incapaz frente a un obstáculo? Más bien fui un iluso al creer que una nueva trama original se me ocurriría de repente y, por qué no, en el instante preciso en que la necesitase. Cielos, durante largo tiempo me conté esa mentira una y otra vez para solventar la carencia de ingenio y lucidez.

Mi gran problema residía, en efecto, en que estaba inmerso en la terrible crisis de la página en blanco.

Con el propósito de estimular la creatividad, empecé por seguir el ejemplo de algunos autores que en épocas pasadas recurrieron a la soledad como fábrica de inspiración genuina (Emily Dickinson, Flaubert, Proust..., o Conrad, quien llegó hasta el extremo de confinarse una semana entera en el baño de su casa para eludir cualquier tipo de distracción mundana). Así que hice las maletas, abandoné Madrid y durante el verano de 2020 me aislé en una casita junto a una playa del Mediterráneo, no importa cuál, para levantarme con la primera luz del alba y escribir hasta el anochecer. Pero cada mañana, frustrado y decepcionado, desechaba lo que había escrito el día anterior.

El estallido de genialidad no se manifestaba, y cuanto más se acercaba la fecha límite de entrega de la novela, más intensa sonaba la alarma en mi fuero interno, es decir, más me precipitaba hacia un verdadero drama.

En el tiempo que duró mi retiro literario, apenas mantuve contacto con Martina; le pedí tiempo e interrumpimos la relación esas semanas de verano. Para ser del todo sincero, sentía que a mi alrededor no había espacio para Martina. Con Nora, por el contrario, me escribía todos los días.

Al dar comienzo septiembre, mientras conducía de regreso a Madrid, el drama se transformó en auténtica desesperación. De pronto fui plenamente consciente de todas las amenazas que ponían en riesgo mi incipiente carrera literaria. Mi incapacidad para generar ideas atractivas me colocó frente a la mismísima impotencia, y la imposibilidad se transformó en vértigo, un sentimiento horrendo, el terrible presentimiento de que iba a fracasar.

La cuenta atrás había empezado. Las musas me habían abandonado. Todos los azares y las vicisitudes de mi vida convergían de manera dramática hacia un instante definitivo: la rendición final, la eterna página en blanco, la agonía moribunda de mi esperanza intelectual, mi caída hacia una nueva oscuridad.

Por suerte, el talento es un fiel compañero que en ocasiones llama a la puerta en el momento perfecto. Tiene esa peculiaridad. Imagínense a una persona con talento. Bien, podría quedarse sin nada, ¿verdad? Podría perder a sus amigos y familiares, hasta podría quedarse sin hogar, dinero y posesiones. Podría perderlo todo. Pero seguiría teniendo talento; es lo único que la vida no te puede arrebatar.

Una idea parpadeó, débil al principio, y de la sombra más oscura nació la luz más maravillosa: un destello literario me inundó al mantener una conversación con Nora, justo antes de que se hallaran los restos de una joven que había desaparecido hacía veinticinco años.

El caso mediático del que hablaría todo el país, y en el que me vi directamente implicado, estalló a finales de octubre, pocos días antes de que venciera el plazo del contrato editorial. El hallazgo de los huesos de Melisa Nierga fue solo el origen de la serie de sucesos que narraré a continuación.

Bien, comencemos. Este es el preludio de una historia en la que algunas obras de arte, como *La Mona Lisa* que se conserva en el Museo del Prado (sí, hay una *Mona Lisa* en Madrid), cobraron gran importancia y dejaron de ser, por supuesto, meras desconocidas para la mayoría del mundo.

1

—He visto que en la novela utilizas el tiempo pasado, pero en ocasiones puntuales, como si les hablases, introduces el presente y te diriges a los lectores.

—Sí, Nora, soy consciente. Espero que a mis editoras no les importe.

Nada más regresar a Madrid deshice las maletas, salí a la pequeña terraza del ático y marqué el número de David Sender, mi amigo y mentor, la única persona que podría ayudarme a superar la crisis de la página en blanco. Desde que optó por la jubilación anticipada, David pasaba los días en su casa de Monterrey, un bonito pueblo de la sierra madrileña.

Una vez que descolgó, procuré hablar de forma distendida. Sin embargo, fui parco en palabras, y mi voz sonó seca y dura. David no tardó en percatarse de que me dominaba un estado de nerviosismo.

—Óliver, ¿va todo bien?

—Sí —mentí.

—Vamos, Óliver, dime qué te ocurre.

—El premio —acabé reconociendo—, ¡ese dichoso premio me ha matado!

—¿Cómo dices? ¿Qué sucede con el premio?

—Desde que me lo concedieron, tengo la mente en blanco.

—¿No has escrito en los dos últimos años?

—No.

—¿Nada?

—Absolutamente nada. Ni un párrafo, ni una línea, ¡ni siquiera una palabra! ¿Y sabes qué es lo peor, David? Que cada vez que lo he intentado ¡he fracasado en mi propósito de crear!

Hubo un breve silencio tras el cual, con un tono sereno y confiado, David me pidió que mantuviera la calma; yo, sin embargo, exclamé:

—¡Mi carrera literaria se ha terminado!

—Óliver, escúchame...

—¡Oh, Dios mío —lo interrumpí, gritando—, soy un fraude, soy un negado!

La voz de David adoptó un tono serio de inmediato:

—Tranquilízate, por favor. No eres un fraude ni un incapaz, ¿de acuerdo? Estás exagerando, Óliver. ¿Sabes por qué lo creo? Porque he leído y recomendado tus dos novelas, y no me cabe la menor duda de que vas a ser uno de los narradores más talentosos y creativos de tu generación. Ahora bien, la literatura requiere tesón y disciplina, y, por lo visto en los últimos tiempos, te has dedicado a frecuentar todo tipo de cócteles y eventos; ¿me equivoco, Óliver?

—Pero ¡si hace tiempo que no recibo invitaciones! Los lectores apenas me escriben, y la prensa me ignora, David. Ya no formo parte de la actualidad cultural.

—Vaya, Óliver, creía que la notoriedad literaria no te importaba.

—Por supuesto que no, pero... —Le conté brevemente que Martina había revisado el contrato de la concesión del premio de Prades & Noguera—. ¿Lo entiendes ahora, David? Si a principios de noviembre no entrego un nuevo libro, me temo que la editorial me demandará.

—¡Así que Prades & Noguera te demandará, eh! —David prorrumpió en sonoras carcajadas—. ¿Por incumplimiento de contrato, dices? A ver si me aclaro: a ti, que a los veinticinco años ya has vendido cien mil ejemplares de tus dos novelas, ¿te van a demandar?

—Lo harán, ¿verdad?

—¡Óliver, no digas idioteces! En todo caso, deberían ponerte una alfombra roja cada vez que entras en la editorial. —Y volvió a reírse—. Por cierto, ¿quién es Martina? ¿Sales con ella?

—Bueno, no estoy del todo seguro.

—¿Y eso cómo se entiende?

—¿Qué?

—Óliver, ¿me estás diciendo que no sabes si tienes novia?

—A ver, conocí a Martina en junio, pero, pasado un mes, me fui de Madrid y me aislé en la playa.

—¿Para intentar escribir?

—Sí.

—¿Con estas palabras se lo explicaste a ella?

—Más o menos.

—¿Y bien, Óliver?

—Casi no he mantenido contacto con ella durante el verano. Le pedí tiempo. Necesitaba alejarme de toda distracción para intentar desarrollar alguna idea.

—¡Ay, Dios...! —se alarmó David.

—¡Qué! ¿Qué sucede?

—No me lo esperaba de ti. ¿Martina es una distracción, dices? Mi querido Óliver, eres un idiota cualquiera. Te equivocas al otorgar más importancia a los libros que al amor y a las personas, tarde o temprano lo comprenderás. Haz el favor de llamar a esa chica y pídele disculpas. Luego ven a verme y hablaremos con calma.

A solas en la terraza del ático, fijé la vista en el arrebol mientras daba vueltas a las últimas palabras de David. El sol de septiembre se hundía despacio en poniente, y su luz al atardecer, como una mancha de tinta sobre papel mojado, cubría de colores malvas y rosados el horizonte de Madrid.

—Creo que la literatura me queda demasiado grande —sentencié al fin—. Solo he tenido capacidad para escribir dos novelas. Ese es mi límite y la cruda realidad. Me rindo, David. Me niego a intentarlo otra vez; no quiero ver cómo mis ideas se disipan en las sombras.

—¡Qué despropósito! ¡Qué agorero! ¡Sigues exagerando, Óliver! Pero, eso sí, me hago cargo. Tu mayor problema reside en que, aparte de que no has escrito una sola palabra, no se te ocurre nada.

—En efecto. Ya no sé qué hacer. ¡Estoy bloqueado!

David enmudeció unos instantes.

—Mira, Óliver, dicen que Scott Fitzgerald también sufrió el síndrome de la hoja en blanco. O acuérdate de Harper Lee, a quien publicaron *Matar a un ruiseñor* en 1960, y le valió un premio Pulitzer, de acuerdo, pero no le editaron su segunda obra hasta 2015, ¿comprendes, Óliver? Pasaron cincuenta y cinco años entre una novela y la otra. Ahí va otro caso: a menudo se cita a Kafka como paradigma de escritor bloqueado, ¿verdad? Sin embargo, sus cuadernos revelan que no fue una víctima más de la página en blanco, sino que se frustraba al no alcanzar satisfactorios resultados.

Creo que lo comprendí:

—¿Quieres decir que Kafka tendía a buscar la perfección en sus textos?

—Algo así.

—Ya veo.

—¿Óliver?

—Sí, David, te escucho.

—Presta atención, que te voy a contar una historia edificante. Bien, ahí va: mi padre no fue escritor, fue panadero. Se levantaba a las dos de la mañana y a las tres empezaba a hornear pan. No tenía bloqueo de panadero. Trabajaba. Cuando vengas a verme, no olvides traer pastas.

Y colgó. A fin de cuentas, David Sender tenía razón. No tardaría mucho en desplazarme a Monterrey para pedirle consejo, pero antes tenía otros asuntos que atender.

Para empezar, debía adaptarme de nuevo a la actividad frenética de Madrid. Si les digo la verdad, siempre me ha desconcertado el ritmo trepidante que se vive en las grandes ciudades. A veces me siento en un banco, con donaire de jubilado, y durante horas no hago otra cosa que observar la vida a mi alrededor; lo que más me llama la atención es que la mayoría de la gente camina con prisas. Me pregunto por qué. Hay quien no tiene alternativa, hasta ahí llego; pero tengo la sensación de que muchas otras personas, de todas las condiciones y capas sociales, imprimen una velocidad innecesaria a su día a día para, quizá, dedicar el menor tiempo posible a la introspección. «La prisa es un mal universal porque todo el mundo está huyendo de sí mismo», por emplear el aforismo de Nietzsche, que en este contexto me parece inmejorable.

En otras palabras, para gran parte de la población, la filosofía se ha convertido en un estorbo. Aquellos razonamientos de los que la humanidad se había enorgullecido tanto, y las tesis e ideas en que se sustentaron, están perdiendo toda su trascendencia. La reflexión, el análisis de la propia conciencia, parece ser hoy un ejercicio árido y penoso de un aburrimiento insoportable. Todo ello se está sustituyendo por una forma de hedonismo basada en la búsqueda infatigable de distracciones instantáneas y desechables.

Compartí estos pensamientos con Nora la tarde del 2 de septiembre, en el despacho de becarios de la facultad, cuando dio comienzo el curso académico.

—¿Sabes qué, Óliver? Creo que si Nietzsche fuera testigo de los hábitos de impaciencia que hemos desarrollado nos llamaría locos; y luego, como él también lo estaba un poco, supongo que se tiraría por una ventana.

Dicho esto, Nora me atizó en la nuca con la palma de la mano. Por alguna razón, se lo pasaba en grande golpeándome siempre que se le presentaba la ocasión; y cuando lo hacía, su rostro sonreía.

—Sí, Óliver, ya sé que a veces te sacudo, y no sé por qué, pero lo hago. ¿Te crees que no me doy cuenta?

Me atizaba, principalmente, en el momento en que crecía la tensión sexual entre ambos, cuando, por ejemplo, pasábamos una tarde juntos y al finalizar la velada no le quedaba más alternativa que besarme o atizarme.

—Oye, Óliver, ¿te he hecho daño?

—No.

—Entonces ¿por qué pones esa cara?

—Por otras razones —aduje.

—A ver, ¿cuáles?

—En primer lugar, tengo la sensación de que mi mundo literario se desmorona.

—Jo, Óliver, eres un alarmista. ¿Es que no has escrito durante el verano?

—No, nada. Además, me he dado cuenta de que quizá solo sea el joven autor de un par de novelas al que le ha llegado la hora de aceptar su final. No tengo por qué convertirme en uno de esos literatos consolidados que publican novedades a un ritmo constante.

Nos alejamos de la facultad y entramos en un bar de Chamberí que, a las ocho de la tarde, se iba atestando de estudiantes universitarios; algunos jugaban al billar, la mayoría conversaba animadamente. Pedimos dos cervezas y nos sentamos a una mesa en una esquina. A bajo volumen empezó a sonar un tema de los Who, justo cuando Nora trató de animarme:

—No tienes por qué abandonar la literatura.

—¿A qué te refieres?

—A que podrías reinventarte. ¿Por qué no escribes un guion para cine o televisión?

—¡Ja!

—Oye, Óliver, ¿por qué te carcajeas?

—Ah, ¿es que hablas en serio?

Nora bebió generosamente y razonó:

—Es muy bonito oírte hablar de literatura, pero, vamos, Óliver, ¡las series están sustituyendo a los libros! En mi opinión, dentro de cincuenta años ya nadie comprará libros.

—¡Eso es imposible!

—¿Ah, sí? ¿No ves hacia dónde nos encaminamos, Óliver? A mí me da que toda una futura generación estará demasiado empeñada en perder el tiempo con el teléfono móvil y la televisión. Creo que los libros despertarán en mis hijos la misma curiosidad que despiertan en nosotros las obras de Goya y Picasso. O sea, que la literatura será considerada el producto de otro tiempo. Pasará otra generación y mi nieta me preguntará: «Oye, abuela Nora, ¿qué eran los libros? ¿Y para qué los usabais?». Y yo le responderé: «Oh, cariño, con los libros soñábamos y, sobre todo, pensábamos. ¿O los utilizábamos en las casas como elemento decorativo? Lo he olvidado». La sociedad habrá alcanzado tal grado de estulticia que se perderá el espíritu crítico, y nos mataremos los unos a los otros, cosa que ya hacemos, y bastante bien. Eso es lo que pasará si mueren los libros, Óliver, que, por cierto, morirán. Nosotros estamos viviendo el proceso del cambio, porque ahora, si te das cuenta, las personas no demandan letras, sino imágenes. Ya no quieren pensar, ceden su juicio a un aparato artificial. ¿Por qué será? Son las consecuencias de vivir en la sociedad de una incultura feroz y desmedida, ¿no crees, Óliver? La pantalla táctil es lo primero que muchos miran al abrir un ojo por la mañana, y lo último que comprueban antes de dormir. Jo, qué pena.

Yo le dije que, en mi opinión, el uso excesivo del teléfono móvil es uno de los principales motivos por el que muchas personas se expresan, y cada vez con mayor frecuencia, como si las hubieran educado en una sociedad vacía de libros y sin el menor apetito intelectual. Cuando hoy en día miro alrededor, me doy cuenta de que muchos jóvenes, no todos y no tan jóvenes, poseen un lenguaje ordinario, un vocabulario cutre y un pensamiento medio hueco y sin formar.

Lo que intento decir es que, antes de mudarme al barrio de las Letras, compartí piso con un conocido que, cuando volvía de trabajar, se tumbaba en el sofá sin más propósito en la vida que utilizar el teléfono móvil hasta la hora de cenar. No sabía qué era una librería ni una biblioteca, pero sí un gimnasio. Este conocido a veces me preguntaba entre pícaras sonrisas: «¿Por qué voy a leer la novela si puedo ver la película?». Y yo, con una sonrisa aún más pícara, le respondía: «Porque con una observas una secuencia de escenas, pero con la otra te las imaginas, captas infinidad de matices que los fotogramas no pueden mostrar y, por si fuera poco, piensas. Caray, la diferencia es extremadamente significativa».

Bueno, lo que de verdad quería decir es que yo desconecto el teléfono móvil por las noches y lo guardo en un cajón. Me parece que no es un hábito demasiado extendido en los tiempos que corren. Soy un anacronismo.

—Sí, Óliver, tú eres diferente, lo cual no implica que seas mejor o peor persona, ¿eh? —Nora chasqueó los dedos y reflexionó—: Eres un soñador, vaya, alguien que entiende el mundo como es y, además, como podría ser. Por eso me gustas. Ahora bien, ignoras qué ve la mayor parte de la gente, a saber, la peligrosa caída que se abre entre las expectativas y la realidad. Por eso la mayoría no sueña, se conforma.

—Oye, Nora, eso es muy triste.

—Sí, Óliver —sonrió ella—, pero no deja de ser verdad. Bienvenido al mundo real, es injusto y decepcionante, te encantará.

Acto seguido, Nora se abalanzó sobre mí y me golpeó graciosamente en el brazo. Después abonamos el precio de las consumiciones, pedimos otras dos cervezas y nos sentamos a la misma mesa.

Cada pocos minutos, como he mencionado, crecía la tensión sexual entre ambos. No éramos solo amigos, en definitiva. Eso a los dos nos había quedado ya bastante claro. Sin embargo, no hacíamos nada para solventar la situación. Es más, cada encuentro nos ofrecía infinitud de hermosas posibilidades. Todas las tardes nos despedíamos con caricias entrañables, sonrisas cómplices y unas ganas terribles de besarnos; y luego, continuábamos la conversación intercambiando mensajes día y noche, sin cesar.

Quizá se pregunten por qué no era yo quien daba el paso definitivo. A la vista de numerosas oportunidades, ¿por qué no me atrevía a besar a Nora? Bien, una posible respuesta sería: «Porque Óliver Brun es un joven introvertido. O un indeciso. O, para ser más concisos, un idiota redomado». Si alguien llegara a enunciar tales calificaciones sobre mi persona, cielos, no lo quisiera, yo no tendría réplica. Pero recuerden que Nora tenía novio, por el amor de Dios. Por tanto, y aunque yo la deseaba, no quería provocar su infidelidad. En efecto, me contenía un antiguo sentido de la moralidad.

Debía tomar una decisión; así que seguí el consejo de David Sender: telefoneé a Martina y retomamos la relación.

Martina vivía en las proximidades a la plaza del Dos de Mayo. Casi siempre nos citábamos allí y ocupábamos las tardes en vagar por los bares de Malasaña. El 20 de septiembre, tomando cócteles al atardecer, me habló sobre el nuevo caso que los socios del bufete le habían asignado; después se interesó por mis avances literarios. Me preguntó: «¿Cómo llevas la novela, Óliver?». Le respondí: «No existe tal novela. Llevo dos años bloqueado».

Al oír la angustia que se desprendía de mi voz, Martina me besó tiernamente en los labios.

—Sé que no es lo mismo —dijo—, pero cuando yo me ofusco redactando la defensa de un cliente, por ejemplo, salgo del despacho y hago deporte. Desconecto un par de horas y después lo sigo intentando. Y si aun así no obtengo resultados, me convenzo de que mañana será un día mejor. No se extrae nada útil de la obsesión, Óliver. Lo aprendí cuando trabajé en el último caso.

Le di las gracias por su consejo y añadí que, por suerte, mi bloqueo literario no afectaba a mi segunda pasión.

—Bueno, así podrás centrarte durante un tiempo en tu tesis doctoral.

—Pero no es lo mismo.

—¿Por qué, Óliver?

—Porque... no lo es. —Traté de explicárselo—: Verás, Martina, con las obras de arte soy como una luciérnaga: voy a la luz y me quedo pegado. Pero mi trabajo como doctorando en Historia del Arte, aunque gratificante, consiste en investigar.

Mientras que con la literatura, si les digo la verdad, trabajo soñando. Para ser del todo sincero, desde que era pequeño hasta hoy he querido ser escritor. Ya en mi más tierna infancia me inventaba personajes e incluso hablaba con ellos. No eran conversaciones lo que imaginaba, por cierto, sino imágenes, ideas. Las ideas inventadas son valiosas; es precisamente la imaginación lo que nos modela como personas. Y no quería desprenderme de ella, me quedaría indefenso sin ella. Al convertirme en escritor alcancé mi sueño; la literatura satisfacía todas mis necesidades, todos mis deseos. No ansiaba ir a por más: escribir era suficiente, el último paso que dar.

—Pero, ¿sabes qué?, ahora tengo la impresión de que he de reestructurar por completo toda mi vida. Hay quien dice que exagero. En fin, Martina, no me hagas caso. Oye, ¿dónde te apetece cenar?

—¿Vamos a mi casa? —propuso. Y fuimos.

En aquel momento, mi relación con Martina transcurría de la siguiente manera: hacíamos el amor noche y día en largas y fogosas sesiones que nos dejaban extenuados. Hasta podría decirse que juntos elevábamos los placeres sexuales a una categoría memorable. Y cuando nos tomábamos un descanso, conversábamos sobre temas profundos que, la verdad, por más vueltas que les diéramos no nos conducían a ningún lado. En la confusa edad que son los veinticinco años, ambos estábamos demasiado ocupados estudiando el futuro y aceptando la realidad de un presente que no se parecía en nada a como lo habíamos soñado. Estábamos descubriendo, por tanto, un nuevo sentimiento de pena por la pérdida y la lejanía de los sueños pasados: la nostalgia.

Aquella noche dormí abrazado a Martina, una chica inteligente, alegre y divertida, pero al amanecer sentí un deseo incontenible de ver a Nora. Supongo, me dije al despertar, que, a los veinticinco años, y a cualquier otra edad, todos queremos a alguien que no podemos tener.

Me despedí de Martina con la mente puesta en Nora y caminé hacia mi casa pensando en lo único en lo que un escritor bloqueado puede pensar, o sea, en nada: mi *leitmotiv* de cada mañana.

Permanecí todo el día encerrado en mi estudio tratando de averiguar la razón de este cruel e inexplicable castigo. Tenía suficientes razones de peso para abandonar la escritura. Prisionero de un brutal y constante bloqueo, durante largo tiempo me sentí un esclavo de la página en blanco. Llegué a tener la sensación de que, mientras la gente de mi alrededor progresaba, yo era incapaz de avanzar un paso. Dado que estaba incapacitado para escribir y concebir ideas, cada noche, antes de acostarme, me invadía un sentimiento de culpa.

Pero a finales de ese verano aprendí una lección muy valiosa: sentirse culpable no recompone el pasado, ni sirve para construir un porvenir. El sentimiento de culpa es improductivo. Y no me sobraba tiempo que desperdiciar. Debía escribir.

«No me rendiré —me ilusioné con los ojos cerrados—, escribiré el tipo de historias que dejan una huella imborrable en el corazón; novelas que me sirvan para caminar, a través de un mundo iluminado, y paso a paso recordar que la meta es ser feliz. No basta con soñarlo.»

En mi renovación literaria necesitaba que alguien me prestara ayuda para afrontar un nuevo escenario, ¿y a quién podía pedir que revisara, semana a semana, mi próximo libro? ¿A Martina, quizá?

—¿De verdad me dejarías leerlo a medida que lo escribes? —se interesó Nora una vez que se lo planteé a ella.

—Sí, pero solo si te parece bien. No quiero que te sientas obligada.

—Óliver, me encantaría.

—Todavía no sé qué escribiré. No tengo nada. Pero mantengo la esperanza. Te lo agradezco profundamente.

—No me des las gracias. Jo, más bien atente a las consecuencias: qué placer tan grande va a ser criticarte cada semana. —Y sin que yo me lo esperara, Nora volvió a golpearme.

Todo esto ocurrió en el mes de septiembre, días antes de emprender el viaje que iba a fraccionar, un poco más todavía, mi mundo en dos partes.

2

—¿Alguna vez piensas en el futuro, Óliver?

—A diario, Nora. O casi.

—No me refiero a tu futuro como individuo, sino al del mundo en su conjunto. Bueno, escucha. Yo a veces me pregunto qué escribirán los cronistas del próximo siglo, y creo que una simple frase servirá para definir a las personas de nuestra época: usaban el móvil y contaminaban.

—Caray, Nora.

—Los alemanes lo llaman *Zeitgeist*, ¿sabes?, el espíritu de una época. Quizá pienses que tengo una visión pesimista...

—¿Y no es así?

—No, para nada. En líneas generales tiendo a ser positiva. Pero todavía soy una muchacha joven e ingenua que ignora de qué trata la vida. Ahora bien, cuando oigo a un adulto considerarse un optimista, me digo: «¡Atiza! He aquí un tipo que solo piensa en sí mismo». Porque hablando en plata, Óliver, ¿cómo un adulto puede ser optimista en este mundo de codicia, egomanía y cemento?

Monterrey se encuentra a cincuenta kilómetros al noroeste de Madrid, en la sierra de Guadarrama, al pie de las montañas y a orillas de un lago. El último censo marcaba una población de siete mil habitantes. Residencia de algunas de las grandes fortunas de Madrid, se había convertido en una de las localidades más opulentas del país. En las afueras se erigían viviendas unifamiliares con extensos jardines y acceso al lago, en el que se organizaban festivales y pasatiempos lúdicos en primavera y verano.

Era, en definitiva, un lugar de riqueza, tranquilidad y prosperidad, tal y como indicaba el cartel de entrada al pueblo: BIENVENIDO A MONTERREY, UN EDÉN EN LA TIERRA.

El 1 de octubre conduje una hora hasta llegar allí. David Sender vivía en la periferia, en una casa de fantasía próxima a un bosque y a escasos metros del lago, un rincón muy tranquilo, extraordinariamente bello.

David me esperaba en el porche, sentado en un cómodo sillón; fumaba en pipa, con expresión relajada, y contemplaba las espléndidas vistas del lago y las estribaciones de las montañas. Cuando me vio, vino sonriente a mi encuentro y me estrechó entre sus brazos como el padre que abraza a un hijo al que no ha visto en mucho tiempo.

—¡Óliver! Pero ¿qué te ocurre? —murmuró tras soltarme—. Pareces consternado.

—¿Tanto se me nota?

—Venga, entremos —propuso solemne—, he preparado café.

La casa, de dos plantas y construida en madera de alerce color caoba y en pizarra, era el refugio adecuado al que retirarse para pensar y escribir sin distracciones; una hermosa vivienda rodeada por una valla de color pardo y un precioso jardín. En el salón, una decena de estanterías lamían el techo y rebosaban de libros de arte, ensayos y novelas. A través de las amplias cristaleras se divisaban las montañas y el bote de David, amarrado en su pequeño embarcadero privado.

—Ya desharás el equipaje luego —dijo mientras servía el café—. ¿No impartes clase este semestre, Óliver?

—No hasta febrero —apunté. Y nos sentamos frente a la chimenea.

—Bien, quédate conmigo el tiempo que precises. Aquí podrás trabajar en tu tesis doctoral, y en tu próxima novela. Nos haremos compañía, amigo mío, como en los viejos tiempos. Yo te cuidaré. Pero hazme un favor, ¿quieres, Óliver?

—Tú dirás.

—Alegra un poco la cara, hombre, que parece que estés agonizando.

Intenté esbozar una sonrisa, pero fue en vano.

—David, soy un novelista que ni escribe ni concibe ideas. —Y razoné—: ¿No es algo parecido a morir?

Él se llevó las manos a la cabeza con gran dramatismo.

—¡Oh, Dios mío!

—¡Qué! —exclamé.

—Óliver, deja que te diga una cosa...

—Te escucho.

—Das pena y eres lamentable, ¿sabes?

—¿Cómo has dicho?

—Lamentable y deprimente.

—¿Yo?

—Sí, tú.

—¿Por qué?

—Porque ya has escrito dos libros estupendos, tienes toda la vida por delante y aun así te atormentas con nimiedades.

—¡Mis tormentos literarios no son nimiedades!

—Por supuesto que sí —zanjó David con el rostro serio—. ¿Acaso te has parado pensar un instante en lo afortunado que eres?

—¿Qué? Yo... ¿Eh?

—Ya veo que no. En mi opinión, solo sufres la enfermedad que incapacita a los jóvenes escritores, a saber, la impaciencia. No olvides que las prisas, por supuesto, solo entorpecen el desarrollo de una idea. Óliver, el mundo espera frente a ti y tú ni siquiera sabes lo que quieres. ¡Ese es tu mayor dilema! Diría que has perdido el sentido de la perspectiva, pues tienes veinticinco años y ya has logrado lo que pocos en este planeta: vivir de tus ideas, que has plasmado en dos novelas, te han enriquecido y otorgado popularidad. Te lo has ganado a pulso, nadie lo niega, ¿y cómo reaccionas ante semejante hazaña? Te rasgas las vestiduras porque a tu tercer libro le cuesta despertarse un poco. ¡Vaya problema!

Dejó el café, del que había bebido la mitad, y de un estuche extrajo un pellizco de tabaco que colocó en su pipa.

—No te inquietes, Óliver —quiso tranquilizarme David, ahora sonriente, tras boquear una columna de humo semitransparente—. Tu ingenio no ha muerto, descuida, solo necesita encontrar el momento preciso para espabilarse.

Dudé, mientras apuraba el café:

—No lo sé, David, de verdad que ya no lo sé. Tengo la impresión de haber renunciado a mucho por la literatura, ¿sabes? Siento que mi actitud, en fin, es la de un fantoche cuyo mundo solo gira en torno a los libros.

—Desde luego que sí, pero ¿te has parado a pensar en el motivo? ¿Sabes por qué persistes con tanto empeño, Óliver, por qué tu deseo de escribir novelas raya en lo obsesivo?

—Porque, para mí, tiene sentido.

—Más que cualquier otra cosa en la vida —dijo David satisfecho. E incluso lo repitió—: Más que cualquier otra cosa...

—Pero tal vez no merezca la pena.

—Explícate.

—¿No sería más fácil abandonar? Últimamente he estado dando vueltas a esta idea y sí, podría desistir.

—Mi querido Óliver, el síndrome de la hoja en blanco es una cruel desventura, pero tú llevas la literatura en la sangre, en tu interior arde esa extraña y poderosa llama. Jamás dejarás de escribir. —Dicho esto, se acercó fumando a la cristalera y fijó la mirada en el jardín—. Maravilloso... ya empiezan a florecer los rosales. Dime, ¿querrás más café?

En aquello que David decía, y en cómo lo decía, había siempre un tono de calma y seguridad. Jamás lo había visto dudar. Todo cuanto salía de sus labios conducía al conocimiento; todas sus palabras y reflexiones se convertían en una invitación al aprendizaje.

David Sender tenía sesenta y dos años. Su cabello y su barba, fruto del paso del tiempo, brillaban con el color de la plata. Había perdido músculo, energía y vitalidad, pero en su figura perduraba un gran atractivo natural que su inteligencia acentuaba, pues no perdía la ocasión de ejercitar la mente con actividades como la escritura, la lectura, claro, y el ajedrez.

El verdadero origen de nuestra amistad, sobre la que profundizaré a medida que avance esta novela, se debía a que a los trece años David me salvó la vida; más adelante narraré cómo y en qué bárbaras circunstancias. Por el momento, les diré que nos reencontramos un mes de septiembre de hace ya más de siete años, cuando comencé en Madrid la carrera de Historia del Arte. Por entonces David tenía cincuenta y cinco años, y ya era toda una institución. Sus clases rebosaban de estudiantes, e incluso asistían alumnos de otras facultades. Era encantador, cercano y divertido. Poseía una habilidad innata para hablar en público y derrochaba confianza en sí mismo, motivos no le faltaban, pues su imponente figura y elocuente oratoria despertaban un sinfín de intereses entre sus oyentes.

Así era. David Sender había nacido con estrella.

En su juventud coqueteó con la política nacional; la abandonó horrorizado y del todo asqueado, al ser testigo de que en esa «profesión» no importa el pueblo y ni siquiera importa el partido. «El político de masas solo se mueve por egoísmo, interés y rédito personal, rara vez se comunica con los ciudadanos, es inaccesible, y vive absolutamente aislado de la realidad social.» Eso me dijo una vez.

David se había consagrado como escritor a principios de los noventa. Antes de dedicarse a la docencia universitaria, impartió clases de Historia en el instituto de Monterrey, y durante años presentó un programa sobre arte en la televisión pública.

Pero lo que de verdad lo catapultó a la fama fue la publicación de su más aclamada novela, *Amar en Europa,* considerada su *magnum opus,* de la que se habían vendido más de seis millones de copias en todo el mundo. Además de ganar el Premio Cervantes y el Nacional de Narrativa, había entrado en el *top ten* de la lista de los más vendidos de Estados Unidos, elaborada por *The New York Times.* Solo otro escritor español lo había conseguido: Javier Sierra.

Los medios lo llamaban con frecuencia, escribía una columna en una revista de tirada mundial y su opinión, ahora sí, era escuchada por los políticos, oigan, cosa extraña que destacar.

Autor de culto y grandes ventas, era una de las figuras egregias de la literatura contemporánea; una mente preclara, un escritor admirado y un profesor querido, un referente y un orgullo para jóvenes y adultos, entre lo mejor que España le había regalado al mundo.

¡Cuántas veces me ilusioné con convertirme en lo que él representaba! Siempre la misma ilusión: un joven de orígenes humildes que, cargado de esperanzas y sueños, pero con los pies en el suelo, se abre paso en el mundo ejerçiendo su talento.

David me cedió la habitación y el despacho de la planta superior, ya que él trabajaba en la de abajo. Permanecí en su casa alrededor de una semana, hasta que descubrí el gran secreto que ocultaba desde hacía décadas. Me refiero, por supuesto, a la revelación que constituye una de las tramas principales del relato que nos ocupa; un hecho concreto que el escritor de este libro encontró, en fin, injustificable, mientras que el resto del mundo lo acogió con gritos de odio y repugnancia extrema.

Pero no quiero precipitarme; les contaré la historia siguiendo el orden cronológico de los acontecimientos. Esto nos lleva al desayuno de la tercera mañana, cuando confesé sobriamente:

—Nada, David, soy incapaz de escribir.

—¡Ah, la literatura!, una magia más allá del mundo que contemplamos, ¿verdad, Óliver? Vamos, chico, anímate. Bien sabes que los peores momentos, en ocasiones, solo son la antesala de una etapa más agradable. No te enfrentas a una situación insuperable, sé paciente, Óliver; las ideas surgirán. Hasta entonces, recuerda que mi padre no fue escritor, fue panadero... —Y me contó aquella historia por segunda vez.

En la habitación de arriba pasé largas jornadas intentando escribir, pero dentro de los límites de mi imaginación ya no quedaba casi nada. La mayor parte del día se me escapaba, claro, al hacer un uso indebido, muy excesivo, del teléfono móvil, pues intercambiaba mensajes con Martina y, sobre todo, hablaba con Nora.

Cada atardecer, David me sugería hacer un descanso. Más bien me obligaba a acompañarlo en sus paseos vespertinos por el pueblo y la ribera del lago. Se fijaba en mis hombros caídos y procuraba levantarme el ánimo, pobre de mí, sin resultado.

Mi gesto se tornaba cada vez más sombrío. No sonreía. Apenas hablaba. Si les digo la verdad, me consideraba un ser insufrible y amargado. Francamente, me pasaba la mayor parte del día en pijama, sobrellevando, mal que bien, el tormento que la ausencia de ideas inflige a quienes pretenden vivir de ellas. Y como no desarrollaba idea alguna, ni tenía perspectivas, todas las noches me confinaba en la habitación con la única finalidad de esquivar un rato la iniquidad con que me golpeaba la vida.

A la séptima mañana, David me dijo:

—Vaya, Óliver, me alegra ver que por fin te has quitado el pijama. ¿Es que tienes novedades? ¿Va tomando forma alguna idea?

—Pues mira, no. —Me llevé la taza de café a los labios y, después de beber, le mostré mi agradecimiento por cuidarme.

—Quédate el tiempo que necesites, Óliver; es agradable tu compañía, para variar.

—¿Y qué hay de ti? ¿Vas a permanecer aquí siempre?

—No, qué va —respondió—. Viajo mucho.

—Hace dos años que renunciaste a impartir conferencias. —También le recordé que rara vez salía de Monterrey y que ya ni siquiera promocionaba sus novelas—. Por tanto...

—Viajo a mi infancia, Óliver —me cortó—, y con mayor frecuencia a medida que voy cumpliendo años. También viajo a otras épocas y ciudades, y sin moverme un ápice de este porche: es la gran ventaja y lo maravilloso de leer.

Una vez que terminamos el desayuno, me ocupé de recoger la mesa y fregar los platos. A través de la ventana de la cocina vi a David fumando en el embarcadero; después se subió a la barca y empleó la mañana en leer un libro sobre las mansas aguas del lago.

En cuanto a mí, si les soy sincero, no tenía ganas de escribir; o, en otras palabras, esa mañana no me apetecía fracasar al intentarlo. De modo que salí a pasear. Mientras caminaba, las aves trinaban y volaban de rama en rama entre las encinas. A la sombra de las montañas y junto al lago todo era de una quietud y una belleza armoniosas. Rayos de luz solar se filtraban entre las hojas de los árboles. Varios senderos serpenteaban entre la vegetación, hacia el corazón del bosque. Húmedos corros de musgos y helechos salpicaban la tierra de verdes colores. Se oía el rumor del agua y el sonido de algunos animales.

Por allí no había nadie ni pasaba nada. Como de costumbre, el mundo circundante apenas importaba en aquel pueblo entre las montañas.

No, esperen. Sí que importaba.

El cambio climático producía sequías, inundaciones, la extinción de especies animales y todo tipo de terribles catástrofes medioambientales. En las grandes ciudades ya se respiraba más humo y gases contaminantes que aire puro. El pequeño comercio desaparecía mientras las grandes multinacionales se apropiaban de zonas vírgenes todavía por explotar. La austeridad incrementaba las desigualdades sociales. Resultaba difícil resignarse a la existencia de una sociedad aquejada de corrupción, precariedad, especulación y paro, en un planeta que sufría de racismo, acoso, homofobia, discriminación, explotación infantil y maltrato.

En los cinco continentes abundaban las calamidades: miles de personas perdían la vida, algunas de manera horrible.

Se cometían asesinatos y violaciones a diario, se comerciaba con seres humanos, se dilataban hambrunas, se negaba el asilo a refugiados de guerra, se extendían epidemias, emergían nuevas plagas, se tensaban conflictos políticos sin visos de un acuerdo, se levantaban muros y se trazaban nuevas fronteras.

Y entretanto, yo me lamía las heridas porque era incapaz de escribir esta novela, hasta ese extremo somos indolentes a las tragedias que no nos afectan. Por tanto, habida cuenta de cómo estaban la humanidad y el mundo, ¿hasta qué punto era yo unególatra desconsiderado?

Cuando regresé a la casa, lo primero que hice fue, por supuesto, ponerme el pijama. Luego bajé a la planta principal y me topé con una nota de David sobre la mesa de la cocina.

«He salido a almorzar con un conocido. No volveré hasta la tarde. ¡Ánimo, Óliver! ¡Escribe como juegas al ajedrez! —se despedía—. Posdata: Mi padre no fue escritor, fue panadero...»

Desde que se editó *Amar en Europa,* David Sender publicaba a un ritmo constante, una novedad tras otra. A pesar de que ninguno de sus otros libros había alcanzado tal impacto mediático, en cada uno desnudaba su alma. Pocos lectores sabían que las novelas que siguieron a la primera eran mejores todavía. Su editorial sí lo sabía, pero no acertó con la publicidad; bueno, a veces esto ocurría. En aquel momento, la producción literaria de David Sender abarcaba un total de quince obras, cada una innovadora e independiente a la anterior, más rica en matices y escalas, más original.

Me pregunté, naturalmente, cómo lo hacía y de qué fuente de virtuosismo bebía.

Empujado por una desmedida necesidad de saber, accedí al salón y me coloqué frente a la biblioteca de David para estudiar qué libros alimentaban su estro y genialidad. Ahora bien, estaba lejos de imaginar que un hallazgo inesperado transformaría nuestra amistad y el destino de nuestra vida.

Así fue como descubrí que David Sender mantuvo una relación con una estudiante menor de edad. Sucedió allí mismo a mediados de los noventa, cuando David tenía treinta y siete años y ejercía de profesor de Historia en el instituto local. La joven, de dieciséis años, se llamaba Melisa Nierga; fue alumna de David y había desaparecido de Monterrey en el invierno de 1995. Recordaba la noticia, todo el mundo la daba por muerta.

Me negaba a creer la veracidad de mi hallazgo, los documentos que sostenía entre las manos incriminaban a David; y a medida que descubría más pruebas un solo pensamiento fue invadiéndome poco a poco: de algún modo, mi amigo había intervenido en la desaparición de Melisa Nierga, quedaba claro, pero ¿en qué grado?

Una última advertencia: cielos, si les soy sincero, era muy probable que él mismo la hubiese asesinado.

3

—¿Qué lugar del mundo te gustaría visitar, Nora?

—Siempre he soñado con viajar al Salar de Uyuni, en Bolivia. Pero nunca iré.

—¿Ah, no? ¿Por qué?

—Porque no quiero ir y que mi sueño de ir se desvanezca, ¿entiendes?

—¿Insinúas que te reconforta más la sensación de tener un sueño que la de cumplirlo?

—Sí, Óliver, como a la mayoría de la gente.

Me situé frente a la biblioteca de David y, en primer lugar, hojeé algunas obras de dos autores del Siglo de Oro; no encontré en Calderón y Lope de Vega, sin embargo, nada que estimulara mi inspiración de escritor. Qué extraño. A continuación, divisé en los anaqueles superiores títulos de García Márquez, Hemingway, Houellebecq, Delibes y Faulkner, un atractivo grupo literario que quedaba lejos del alcance de mi mano, así que me subí a una silla.

Bien, aquí se torció todo.

Para narrar la manera en que descubrí el gran secreto de David, supongo que es necesario que les confiese que soy una persona un poco torpe. Cielos, soy muy torpe. Me tropiezo constantemente. «Un chico de una torpeza superlativa», según mi madre. Se lo cuento porque estoy a punto de dejar testimonio de la torpeza que me caracteriza y que, no obstante, desencadenaría una secuencia de hechos fatales: en cuanto puse un pie en la silla y alargué el brazo para coger *El coronel no tiene quien le escriba,* de Gabo, trastabillé como un pelele, perdí el equilibrio y el mundo empezó a balancearse bajo mis pies.

En mi caída hacia el suelo, en parte graciosa, del todo ridícula, arrastré decenas de objetos conmigo; y no solo libros, también derribé piezas decorativas, marcos de fotos, una carpeta, lápices y bolígrafos.

Bueno, la situación era esta: allí estaba yo tirado en el suelo lamentando mi infortunio y mi torpeza, vestido con un pijama de franela color magenta. Me levanté y me dispuse a recoger el desorden, y entonces un objeto captó mi interés.

Se trataba de una carpeta de gran tamaño y cuerpo abultado. Le di la vuelta y eché un vistazo, pero no mostraba inscripción alguna, ni tenía nada de especial; en apariencia era un cartapacio vulgar. Se había abierto y gran parte del contenido se esparcía por el suelo: artículos de periódico, tres fotografías y el retrato de una mujer, es decir, nada que pudiera favorecer mi creatividad literaria.

David aparecía en dos de las fotografías, fechadas en 1995, cuando él tenía treinta y siete años. A su lado posaba una chica de una belleza grácil y natural, con la expresión inocente y dulce que caracteriza a una adolescente. Su cabello brillaba pelirrojo y los ojos eran grandes y del color de la miel. La piel era pálida y tenía la cara llena de pecas.

¿Quién era aquella joven? ¿Una prima lejana de David, tal vez? ¿O una hermana pequeña de la que nunca me había hablado? Di la vuelta a las fotos y me fijé en las anotaciones de los reversos, en las que se leía: «Monte Abantos» y «El Escorial», «noviembre y diciembre de 1995».

Al echar otro vistazo, advertí que David se mostraba dichoso en las fotografías, probablemente feliz del todo, una gran alegría ocupaba toda su cara. Sonreía como lo hace un hombre enamorado, vaya; transmitía la impresión de ser una persona completa y de no tener otra meta para el futuro que la felicidad.

Por desgracia, encontré una tercera fotografía, que me estremeció de abajo arriba, y que en los siguientes días destrozaría el prestigio de David.

En la tercera y última foto aparecía la chica, ¡cielos!, solo la chica. Al examinarla de cerca mi voz sonó rota: «Por favor, que esta imagen no sea real». Pero lo era. En la imagen, la joven menor de edad yacía sobre una cama: posaba totalmente desnuda, curvando la espalda en una sugerente postura; con las piernas dobladas en ángulo recto, presentaba a cámara sus nalgas entreabiertas.

Enseguida empecé a plantearme cuestiones intrigantes: ¿Fotografió David Sender a una menor de edad en una postura tan comprometida? ¿La obligó a posar? ¿La presionó, intimidó y amenazó? ¿Y si la hubiera forzado?

Aparté la fotografía a un lado, incapaz de anular su efecto devastador. Tampoco era capaz de imaginar a David aprovechándose de una chica de dieciséis años, pero ¿y si lo hizo? Una sensación horrible me invadió. Traté de bloquear la terrible dirección hacia la que transitaban mis sospechas, pero fue en vano, y lo que descubrí a continuación fue incluso peor.

Los recortes de periódico, un total de treinta y cinco, citaban la desaparición de Melisa Nierga, una estudiante de la localidad vista por última vez en Monterrey el 31 de diciembre de 1995. Los titulares aludían, sin duda alguna, a la chica que posaba junto a David en las fotografías.

En aquella casa habitaban dos décadas y media de fantasmas, veinticinco años de un vacío desolador, un tiempo y un espacio inerte y frío que encubrían la relación de David Sender con una estudiante menor de edad.

Si todo aquello salía a la luz, David estaba acabado. Acto seguido empecé a preguntarme qué más podía haber allí; qué otros secretos, qué locuras, qué monstruos.

4

—Y si te dieran la oportunidad de cambiar de vida, Nora, ¿qué querrías ser?

—Sería historiadora del arte.

—Pero si ya lo eres.

—Me refiero a que elegiría la misma profesión, Óliver, sobre todo por las pequeñas alegrías que me hacen tomar conciencia de que, para tolerar el caos de la vida, no hay cosa más relajante ni mejor terapia que el arte. ¡Vaya...! Incluye esa frase en la novela, ¿quieres?

No salía de mi asombro ante las pruebas que sostenía entre las manos. Me sentía mareado y débil, triste y decepcionado, todo al mismo tiempo, e inmediatamente me perdí en inquietantes cavilaciones: ¿Qué fue de Melisa Nierga? ¿Qué le sucedió? Los artículos informaban de que desapareció sin dejar rastro, sí, pero ¿seguiría con vida? De ser así, ¿dónde se encontraba y qué aspecto tendría dos décadas y media después? ¿Y si fue víctima de un secuestro? ¿La habrían encerrado en un sótano incomunicado durante veinticinco años? ¡Qué barbaridad! ¿O acaso estaba muerta? ¿La habrían asesinado? ¿David la había ejecutado?

Salí al porche y fumé con el corazón desbocado, esforzándome por ver más allá de aquel laberinto de secretos, sin resultado, pues me hallaba en un estado de atonía mental; cuando volví al salón, me fijé en que de la carpeta sobresalía un retrato, de 76 × 57 centímetros, fechado en 1995, sin firma del autor.

La retratada era, cómo no, Melisa Nierga. Y aunque no se había aplicado a la tabla la técnica del *sfumato,* la postura de la joven, los colores y los trazos recordaban el cuadro más popular de Leonardo da Vinci: alguien, en 1995, pintó a Melisa Nierga a imagen y semejanza de *La Gioconda*.

En ese instante, demasiado consternado por el último hallazgo, no oí que David aparcaba el coche junto a la valla, ni escuché que entraba en la casa, ni que pronunciaba mi nombre en voz alta.

No oí nada porque toda mi atención la acaparaba el retrato: salvando las diferencias físicas, el parecido con *La Mona Lisa* era indiscutible, y, fuera quien fuese el autor del cuadro, era dueño de un talento extraordinario. En la pintura, los ojos de Melisa Nierga desprendían la humedad que parpadea frecuentemente en la realidad, destacando en ellos los rosados lívidos y sus matices, representados con la máxima delicadeza.

Cuando me centraba en sus ojos, Melisa me observaba, pero si apartaba la vista a un lado, como si fuese un truco de magia, su mirada me buscaba. ¿Y aquel amago de sonrisa? Ya se había quedado grabado en mi mente, porque era un gesto excepcional, una sonrisa imposible de retener que desaparecía solo cuando se miraba de frente; una sonrisa divina que parecía encontrarse en un eterno proceso de llegar a ser y desvanecerse: siempre estaría naciendo, pero nunca llegaría a concretarse.

Por otro lado, en el cuadro no había paisaje, nada, solo se apreciaba la figura de Melisa sobre un fondo negro.

David irrumpió en el salón silbando *Comfortably Numb*, de Pink Floyd. Entre él y yo mediaba una distancia de tres metros. David no me saludó ni dijo nada, no se movió, pasó revista despacio a la escena que se desarrollaba en su hogar, víctima del engaño y la confusión, hasta que observó que yo sostenía las fotografías, los recortes de periódico y el retrato. Bien, fue entonces cuando David estalló. La expresión de su rostro se contrajo, tiñéndose de un tono purpúreo, y sus facciones se desencajaron.

—¿Qué haces, Óliver?

—David...

—¡Cierra esa carpeta!

—David, cálmate.

—¿Te acojo en mi hogar para que te inspires y registras mis pertenencias? ¡Traicionas mi confianza, Óliver!

—No era mi intención, de verdad. Yo... He encontrado esta carpeta por accidente. No debí hurgar entre tus libros.

—¡Cállate!

David me arrebató los documentos de las manos; quise salir a trompicones del salón, sin embargo, choqué contra su cuerpo. Me disculpé de nuevo, pero David estaba fuera de sí, dominado por tanta cólera y tanta rabia que se hizo patente la pérdida de su discernimiento: me golpeó, me propinó un violento empujón y me precipité hacia el suelo.

Desplomado sobre la alfombra como un saco miserable, incapaz de hacer un solo movimiento, vi a David introducir todo en la carpeta; después, salió de la casa hasta perderse en la penumbra y el silencio del bosque al atardecer.

En cuanto a mí, permanecí largo rato tirado sobre la alfombra, pensando en la cruel manera en que todos nos castigamos por los errores cometidos. Para ser sincero, a veces me tumbo boca arriba en el suelo de mi habitación y fantaseo con la maravilla que sería este planeta si las personas fuésemos doctas y bondadosas, una idealización de la especie a la que todavía ni siquiera nos hemos aproximado. Pero ¿acaso ofrecer una mano amiga para ayudarnos a crecer mutuamente no es la mayor grandeza de la humanidad?

Lo que intento decir es que a veces me encierro en mí mismo, y «ahí» dentro imagino la belleza que existiría en el mundo si nos preocupáramos por liberar de la miseria y el sufrimiento a los más necesitados. Esa es mi utopía.

No salí del salón hasta las ocho y media de la tarde. David me esperaba en el porche sentado en una butaca. Parecía mucho más calmado.

—Lo siento —me disculpé—, lo siento muchísimo.

—Descuida —dijo él, serio y prudente—. Yo también lo siento, Óliver. Siento haberte empujado. Perdona mi reacción, he perdido el norte.

—No pasa nada.

—¿Te encuentras bien?

—Sí, David, no te preocupes. No quería fisgar entre tus cosas, de verdad. Estaba hojeando unos libros de la biblioteca y me he caído. Entre otros objetos he tirado la carpeta y se ha abierto. No era mi intención ver su contenido. Lo lamento.

Asintió y me hizo sentir seguro.

—¿Quién es la chica de las fotos? —susurré.

—Óliver, por favor...

—Cuéntame, ¿quién es Melisa Nierga?

—Ahora no.

—¿Quién es Melisa? —insistí.

—Ya basta.

—¿Quién es, David?

—Suficiente, Óliver.

—Vale —dije—, ya me callo. —Pero cambié de idea de inmediato—. Bueno, dime, ¿quién es?

—No seas obstinado, Óliver. La terquedad no es ninguna virtud.

—¿Quién es Melisa Nierga?

—Deja de preguntarme por ella, por el amor de Dios.

Se lo volví a preguntar, claro, mientras David me pedía una y otra vez que cesara en mi intento de hacerle confesar. Saltaba a la vista que no deseaba hablar conmigo del asunto, ni de nada en general, y pensé que en esa actitud subyace el atributo más irritante de los intelectuales contemporáneos, a saber, que solo quieran abordar una conversación cuando a ellos les viene en gana.

—Perdón —me excusé. Y volví a preguntárselo—: ¿Quién es Melisa Nierga? —Teniendo en cuenta todo lo que acababa de descubrir, era incapaz de pensar en cualquier otro tema—. ¿Por qué nunca la has mencionado?

David suspiró.

—Es una historia larga y complicada, Óliver, muy difícil de entender.

Le garanticé que disponía de tiempo suficiente, sonreí invitándolo a la confidencia y, finalmente, David aceptó como irremediable mi interrogatorio.

—Está bien —cedió, echando una mirada a su reloj de pulsera—, está bien. Melisa fue la mujer que cambió mi vida.

Antes de conocerla, yo vagaba sin rumbo por el inmenso océano de la literatura y la vida, sin planes ni ventura, más o menos como tú ahora. Verás, Óliver, aunque a principios de los noventa se publicó *Amar en Europa,* que fue un éxito mundial, yo deseaba con toda mi alma escribir otra novela grandiosa, mi *magnum opus* definitiva; estaba obsesionado con la idea, pero no se me ocurría una trama. Por entonces enseñaba Historia en el instituto de Monterrey. Fue en clase donde conocí a Melisa.

Le pregunté por la fotografía en la que Melisa posaba desnuda sobre una cama. Al oír mis palabras, a David lo invadió una emoción tan inmensa que apenas se pudo contener, era evidente que lo atormentaba un sufrimiento angustioso; habló con dificultad y pesar, e incluso derramó alguna lágrima.

—Alguien... Alguien me la envió el verano pasado.

—¿Cómo que alguien te la envió?

—No puedo darte más detalles, Óliver, porque no los tengo. Encontré la fotografía en mi buzón, en el interior de un sobre que ni tenía timbre ni lo habían sellado. No figuraba un remitente ni una dirección, por lo que me ha resultado imposible averiguar su procedencia.

En Monterrey caía la noche. David ladeó la cabeza y se quedó mirando el lago silente y las montañas, cubiertas de sombras densas y alargadas.

—Óliver, quiero que sepas que yo jamás tomaría una fotografía de Melisa desnuda. Nunca la trataría de semejante manera. No puedo imaginar qué monstruo trastornado le sacó esa foto, ni cuándo ni por qué, ni qué oscuro motivo lo llevó a introducirla hace unos meses entre mi correo.

—Pero...

—Lo sé, Óliver, nada encaja. No espero que me creas, pero es cuanto sé al respecto.

Al observar su expresión, no tuve la menor duda de que sus palabras no escondían ardides ni trampas: David no mentía; es más, cuando hablaba de Melisa, el dolor que sentía se agravaba, se tornaba visible, más lacerante.

Le hice saber que confiaba en él y luego le pedí información sobre el cuadro:

—¿Conoces su autoría?

—No.

—¿Tienes alguna pista sobre quién lo pudo pintar?

—No, lo ignoro. Al igual que la fotografía, el cuadro llegó a mi casa de forma anónima; alguien lo dejó apoyado en la puerta de entrada.

—¿Cuándo?

—También el pasado verano. —David alzó los ojos con aires ocurrentes—. Te habrás fijado en que es un retrato prácticamente idéntico a...

—*La Mona Lisa* de Leonardo da Vinci —completé.

—Sí, exacto. Lo más curioso es que en el cuadro de Melisa no hay paisaje, sino un fondo oscuro.

Cayó un tenso silencio al final del cual pregunté, conmovido:

—¿De verdad... te enamoraste de una chica adolescente? David asintió.

—Cuando la conocí, me faltaban tres años para cumplir los cuarenta. Y yo, desde luego, me negaba rotundamente a enamorarme de una joven menor de edad, se trataba de una cuestión de principios, ¡Melisa tenía dieciséis años y además era mi alumna!, pero fui incapaz de anular mis sentimientos por ella. Empecé a creer que estaba loco, o que era un lunático o, peor todavía, un pedófilo. En resumen, nuestra relación se inició en noviembre de 1995. No voy a discutir sobre la naturaleza de mis actos, Óliver, sé con certeza la clase de hombre que fui y que, en la decisión que tomé, la rectitud brilló por su ausencia, soy consciente, pero si sirve de algo te diré que jamás le puse un dedo encima: no me acosté con ella, te lo garantizo.

—Te creo.

—Melisa —continuó— se consideraba una inadaptada a la vida social de Monterrey. Era frágil y se refugió en mí pensando que yo sería todo lo contrario. Mantuvimos una relación oculta durante dos meses, profesor y alumna; sin embargo, a pesar de lo convencidos que estábamos de que manteniendo el secreto lo nuestro iría sobre ruedas, todo se vino abajo.

—¿Qué sucedió? ¿Qué le pasó a Melisa?

—Es una historia espantosa, Óliver. Tal y como habrás leído en los recortes de prensa, desapareció en la Nochevieja de 1995. Las autoridades dieron la voz de alarma y se organizaron batidas de voluntarios que peinaban la sierra a diario. Yo me volvía loco esperando. Día tras día, encontrar a Melisa parecía ser lo único necesario para sobrevivir; pero no se obtenían resultados y, pasado un tiempo, se dejó de buscar. Jamás la encontraron ni se volvió a saber de ella.

—Lo lamento, David.

—En cuanto a mí —siguió confesando—, tras su pérdida me precipité hacia un abismo insondable. Mientras Monterrey lloraba la ausencia de Melisa, yo caía por un precipicio, sin poder levantarme ni reaccionar, sin tocar fondo, solo seguía cayendo y cayendo hacia la oscuridad. Es el tipo de oscuridad reservada a quienes pierden todo cuanto da sentido a su vida. Era una pesadilla que tenía principio, pero no final.

»Empecé a beber —admitió David—. Se cuentan por miles las causas que empujan a una persona a la bebida; se trata de motivos que crean un propósito y una necesidad, pero el objetivo último de beber termina siendo siempre el mismo: hacer que el mundo parezca un lugar más atractivo, un paraíso. No me mires así, Óliver, no te inquietes: hace tiempo que dejé de beber. El alcohol me estaba destrozando; me entregaba a la bebida impulsivamente noche y día, ansiando el fin, no soportaba la vida sobrio, pero las consecuencias de beber acaban siendo atroces a largo plazo, un infierno. Vivir o beber, ¿qué escogería? Ya no bebo, Óliver, pero no supe poner fin a mi sufrimiento.

»Mejor será olvidarse, todo aquello concluyó hace muchísimo tiempo. Si Melisa sigue con vida, lo ignoro, podría estar en cualquier parte. Además del cuadro y las fotografías que has descubierto, esto es lo único que conservo de ella.

David extrajo un pedacito de papel de un bolsillo y me lo acercó. Contenía una breve nota escrita con una ingenua caligrafía.

No puedo vivir en Monterrey más tiempo. Esto es demasiado doloroso para mí. Me marcho a otro lugar. Me presionan,

MELISA

Era la primera vez que veía a David Sender tan consternado.

—He asumido que fue Melisa quien deslizó este papel bajo mi puerta la misma noche en que desapareció. —Tras mirarme fijamente un instante, añadió—: Hay ocasiones en las que entregamos nuestro corazón a alguien, pero no somos correspondidos. A veces amamos durante toda una vida a quien no podemos tener. El amor correspondido es un privilegio, Óliver, cuando tengas mi edad lo comprenderás.

—Pero ¿qué hay de las fotografías y el cuadro? Si alguien te los envió significa que...

—Sea quien sea —me interrumpió—, solo puede perderse en conjeturas; nadie conoce mi historia con Melisa. Óliver, ¿guardarás mi secreto?

—Cuenta con ello.

—¿Me das tu palabra?

—Por supuesto.

—Quizá te parezca un egoísta que solo mira por sí mismo...

—Bueno.

—... pero si alguien averiguara lo que tú has descubierto, sería mi perdición. En 1995 Monterrey era un pueblo humilde y tranquilo, pero con el tiempo fue convirtiéndose en el hogar de algunas de las personas más ricas y poderosas del país, y si se enteran de que...

—David, puedes confiar en mí.

—Gracias, Óliver.

—De nada.

Tuve la impresión de que se tranquilizaba.

—Han pasado veinticinco años —musitó—. Dios mío,

veinticinco largos años; qué locura, no he vuelto a sentirme libre desde 1995.

Al terminar de escuchar su relato me percaté de que, ciertamente, David Sender era un hombre apagado, melancólico y vulnerable. Año tras año la vida le había ido arrebatando multitud de esperanzas e ilusiones, tantas que quizá, abrumado por esa asunción, ya no le quedara nada por lo que dignarse a seguir viviendo.

Me costó bastante tiempo conciliar el sueño durante la noche; la conversación que había mantenido con David acudía a mi memoria en numerosas idas y venidas, percutiendo incansable una y otra vez igual que las olas del mar batiendo en la orilla.

Al alba decidí volver a Madrid. Antes de subirme al coche me despedí de David con un sencillo y blando apretón de manos, rehusando un gran abrazo. David Sender no era el primer hombre en interesarse por una mujer a la que doblaba en edad, por supuesto, ni sería el último. En apariencia, nuestra amistad no había sufrido cambios significativos desde la universidad, y aunque tiempo atrás me hubiese salvado la vida, lo cierto era que un nuevo escenario se estaba perfilando; ahora, al observar de cerca cómo un hombre de su categoría se perdía en el recuerdo de un amor imposible, la imagen que transmitía, otrora virtuosa y loable, me resultaba patética y penosa.

En los días que siguieron traté de olvidar todo lo concerniente a Melisa Nierga; enterré en lo más profundo de mi memoria el recuerdo de las fotografías, los recortes de prensa y el cuadro, pero la sórdida historia de su desaparición no terminaría ahí, sino que volvería a sacudir mi mundo en las semanas siguientes.

Estaba lejos de sospechar que David Sender no era la única persona que había guardado silencio durante veinticinco años; quedaban tantos monstruos escondidos en las sombras...

5

—¿Qué hay de ti, Óliver? Si pudieras volver atrás en el tiempo, ¿te dedicarías a la literatura?

—No lo sé, Nora. A menudo titubeo. Soy pura incertidumbre. Me muevo en un mundo de constantes dudas. Quizá se deba a que tenga una muy baja autoestima, no estoy seguro; es que cuanto más sé, más dudo.

—Por eso eres escritor, Óliver.

Nada más llegar a mi apartamento de Madrid, recibí una llamada de Bernard Domènech:

—Esperamos con ilusión tu nuevo manuscrito, Óliver, nos lo entregarás en la primera semana de noviembre, ¿no?, según acordamos.

—Por supuesto —mentí.

—En marketing ya están preparando la promoción para Navidad, acabo de revisar el primer borrador y ya verás, ¡será un lanzamiento excepcional!

Agradecí sus palabras, su trabajo, y le garanticé que estaba inmerso en el proceso de corrección de la novela (vaya mentira), que precisamente la noche previa se me había ocurrido una idea grandiosa que incorporar a la trama (otra mentira) y que, por tanto, no me sobraba tiempo para atenderlo por teléfono (lo que también faltaba a la verdad).

El directivo de Prades & Noguera desconocía hasta qué punto había descuidado mis obligaciones literarias; pero Domènech no era un hombre cualquiera al que poder engañar con facilidad, oh, no, solo con escuchar a una persona es capaz de distinguir la falacia y, de esa manera, prestando oídos, percibió mis mentiras por medio de la inflexión nerviosa de mi voz. Tras darse cuenta, Domènech se despidió con una frase que lo mismo podía significar un aviso que una sentencia:

—Sin duda, en este preciso instante diez mil escritores se estarán estrujando la cabeza delante de sus páginas; me pregunto cuál de ellos será el próximo en alcanzar la gloria.

No dijo aquello por considerarme un embustero, aunque con respecto a él lo era, sino para hacerme saber que una nueva promesa editorial podía reemplazarme en cualquier momento.

Tras colgar el teléfono, comprobé en el calendario que ya habían transcurrido casi dos años desde que me concedieron el premio literario; en treinta días se cumpliría el plazo marcado por el contrato editorial, y yo no tenía escrito nada.

La permanente ausencia de ideas me produjo una intensa emoción de vergüenza y resentimiento. Bien pensado, tampoco había necesidad de someterme a semejante tormento. Tomé la decisión, en definitiva, de abandonar la literatura; comunicaría la noticia a los editores de Prades & Noguera una vez que finalizara octubre, porque esta vez no albergaba esperanza, ni me quedaba más alternativa, todas mis ocurrencias se habían transformado en arena, no volvería a publicar un libro en la vida.

Mientras tanto, opté por no responder a las llamadas de David. Intentó contactar conmigo en varias ocasiones, pero no descolgué, tal vez quisiera darme más explicaciones de lo acontecido en su casa de Monterrey, no lo sé. Desconocía hasta qué punto era cierta la historia que me había contado, pero, en cualquier caso, necesitaba alejarme de él para tomar perspectiva; aunque, bueno, en realidad me apetecía emborracharme un poco para olvidar todo cuanto había descubierto en su casa y para olvidar, ya de paso, dos baldíos años literarios. Se lo sugerí a Nora, con quien no dejaba de intercambiar mensajes, y me dijo que sí, que le apetecía; sin embargo, no podía quedar. Le pregunté el motivo y me respondió que no estaba en Madrid; por lo visto había ido a visitar a su novio. De modo que se lo propuse a Martina, la chica con la que yo realmente salía.

Nora me anunció en un mensaje que volvería a Madrid el domingo por la tarde; por la noche, hablamos unos minutos por teléfono y le propuse ir a una piscina cubierta al día siguiente.

—Mejor que no —me respondió.

—Vaya. ¿Por qué?

—Piénsalo bien, Óliver.

—¿Que piense exactamente el qué?

—Jo —suspiró Nora—, ¿crees que lo más apropiado es que tú y yo nos pongamos el uno frente al otro casi desnudos toda una tarde?

—Pues...

—No. Es preferible que nos tomemos un chocolate caliente en un lugar del que me han hablado.

El establecimiento en cuestión se encontraba en algún punto entre Gran Vía y Sol. Nora y yo nos citamos en la plaza del Callao, donde había, como siempre, multitud de ciudadanos yendo y viniendo por todas partes. Al no recordar Nora el nombre del local, y como tampoco conocía su ubicación exacta, nos fue imposible encontrarlo.

—Mientras seguimos buscando —insinuó Nora—, ¿me cuentas de qué trata tu libro? Me dijiste que podría leerlo, semana a semana, a medida que lo fueras escribiendo.

No dudé; admití de inmediato que al menos a corto plazo había renunciado a escribir novelas. A continuación, le hablé de la conversación que días atrás había mantenido con el directivo de Prades & Noguera; al escuchar mi versión de los hechos, Nora se llevó un dedo reflexivo a los labios.

—Caray, ¿de verdad te dijo eso de los diez mil escritores?

—Sí, como suena.

—¿Sabes qué, Óliver? Parece una amenaza; no, espera, un ultimátum. —De repente se le iluminó la cara—. ¡Atiza, un ultimátum! Ya lo creo, es una idea genial, los ultimátums son la clave; a mí, por ejemplo, nadie me hace caso a no ser que amenace con suicidarme.

—Oye, Nora...

—Era una broma, Óliver. —Puso los ojos en blanco por mi falta de agudeza mental y retomó el tema que me hacía sentir desconsolado—: Respecto a la literatura, eres un cobarde, por cierto.

—A ver, ¿qué has dicho?

—Que eres un cobarde.

—Bueno, tal vez lo sea, o tal vez no, ¿y qué? Al fin y al cabo ya no importa.

Nora se disgustó:

—¿Que ya no importa? ¿Una mala racha y te rindes?

—No veo otra salida.

—Eres un cobarde, Óliver. Un verdadero cobarde y un idiota —dijo. Y lo era—. ¿Acaso no quieres seguir cumpliendo un sueño?

Yo, al sentirme atacado, también me molesté:

—No soy un cobarde.

—Sí, lo eres.

—No.

—Sí.

—No.

—Sí.

—No, no lo soy. Si me sintiera triste por dejar la escritura te lo diría, pero estoy bien, quiero decir, creo que lo estaré.

—Te topas con un obstáculo y te doblegas. —Y todavía enojada, Nora me reprendió—: Eres un ingrato, vaya.

—¿No te parece que estás siendo un poco dura conmigo?

—Pues mira, no, considero que estoy siendo, cuando menos, sincera. ¿Crees que otros autores lo tuvieron más fácil que tú, Óliver?

—Oye, Nora, tú no sabes... ¿Qué autores? No, espera, ¿ahora me has tachado de ingrato?

—Y te lo llamaré cuantas veces haga falta, Óliver, a ver si de esta manera te enteras: ¿sabías que varias editoriales españolas descartaron publicar a Gabriel García Márquez? Dedujeron que no les salía a cuenta invertir en *Cien años de soledad*, pues ¿a quién iba a importar una historia que transcurre en Macondo, un pueblo ficticio en una región del Caribe colombiano? Dime, Óliver, ¿a quién le iba a interesar? A nadie. Pues toma, Premio Nobel de Literatura. ¿Sabías, por ejemplo, que algunos editores británicos rechazaron la famosa saga de J. K. Rowling? ¿Lo sabías?

—No —bufé, contrariado—, no lo sabía.

—¿Y cómo reaccionó ella a la negativa de esos idiotas? ¿Se rindió? Por supuesto que no. Perseveró. Tenía la certeza de que su universo de magia podría convertirse en un fenómeno global, una lectura que daría de qué hablar durante generaciones.

—¿Cómo sabes todo eso? —le pregunté, más calmado.

—Y sé más. Cuando en verano me aseguraste que atravesabas una fase de bloqueo, busqué información y anécdotas por mi cuenta.

—¿Para qué, Nora?

—Porque si en algún momento te daba por olvidarte de la literatura, quizá yo fuera capaz de infundirte una pizca de ánimo. No reduzcas tu sueño a cenizas, Óliver, no sientas miedo a afrontar este desafío. Aunque te topes con mil trabas en el camino, sé que puedes lograrlo. Yo creo en ti.

Detuve mis pasos en seco y miré al suelo. Madrid hervía de actividad en los alrededores de la Puerta del Sol.

—¿Qué has dicho?

—Que creo en ti.

Alcé la vista y sus ojos me encontraron.

—Ni siquiera sé qué decir. Gracias, Nora.

—Óliver, escúchame.

—Sí, te estoy escuchando.

—Mira, la mayoría de las personas, cuando se les presenta una oportunidad sin igual, reaccionan asestándole un vago manotazo: «Oye, largo de aquí, no perturbes nuestra cómoda existencia». Es decir, que la mayor parte de la gente siente un miedo atroz al éxito y un pánico todavía más visceral al fracaso. Para la mayoría, el trabajo es una rutina poco interesante que proporciona escasas alegrías, y aunque todo el mundo fantasea con desempeñar su actividad soñada en la vida, pocos lo intentan. ¿Por qué arriesgarse a perseguir un sueño si la idea del fracaso sobrevuela constantemente? ¿Entiendes lo que quiero decir, Óliver? El miedo a fracasar no sirve para nada en la vida, pero te la arruina igual, te conduce al sufrimiento y la infelicidad y te convierte en peor persona. Al abandonar un sueño eres víctima de una continua bronca interna, y al contemplar cómo otros sí se realizan, te corroe un veneno y un rencor destructivo que no descansa nunca. Eso se llama envidia. ¿Hay algún antídoto que cure la envidia, Óliver? Sí: la gratitud. He leído tus dos novelas y para mí es evidente que has nacido con estrella. Si tienes una pasión, has de conservarla; que es complejo, nadie lo niega. Sé que tras cada sueño individual hay grandes esfuerzos y sacrificios invisibles que nadie contempla, pero tienes que esforzarte y perseverar, porque, si no escribes, sufrirás profundas heridas el resto de tu vida; lamentarás la decisión, en definitiva. Tal vez no hoy, ¿vale?, y quizá tampoco mañana ni dentro de un año, pero sí algún día. Te cuento todo esto porque si te desprendes de lo que te hace especial, bueno, será una falta de respeto, casi un signo de desprecio, para todos los que luchamos por ver cumplido un sueño. Por eso te he llamado ingrato, Óliver. Perdona.

Incluso Nora se asombró al pronunciar tan hermosas palabras. El modo en que las reflejó indicaba que había comprendido a la perfección cuánta angustia moraba en mi interior. No se puede pedir más de una persona. Al mirarla de frente, me sentí como un niño pequeño a punto de abrir un regalo.

—No hay nada que perdonar.

Nora poseía un extraordinario encanto personal que me fascinaba; tras escucharla, me sentía capaz de encarar cualquier desafío, me transmitía todo su ánimo y energía. La idea de prolongar el sueño de escribir creció dentro de mí como una esperanza. Si pudiera reflejar esa sensación en un libro quizá tuviera una oportunidad de prosperar, un punto del que partir.

Así lo haría. Gracias a Nora, lo veía. Empezaría a escribir al día siguiente, pero ¿qué tipo de novela? Bueno, la que ustedes están leyendo en este instante, basada una parte en hechos reales. Hasta entonces, debía prestar atención a las novedades que tenía delante, ya que Nora me cogía las manos con cariño.

—¿Qué hacemos, Nora? —murmuré, y al momento pensé: «¿Besarnos?».

—Buscábamos una chocolatería, ¿recuerdas, Óliver? Seguiremos paseando.

¿Seguiremos paseando? Sé ya por experiencia lo que ello significaba: más me valdría haber tenido la boca cerrada. El momento pasó, claro, y perdí la oportunidad de robarle un beso a Nora. El sueño de besarla no era nuevo; no se cumplía, pero me alegraba tenerlo.

En aquel momento, la situación con Nora era la siguiente: localizar la chocolatería era lo de menos; caminábamos riendo y bromeando, riendo y bromeando, mientras a nuestro alrededor transitaba la multitud. Pero tras nuestras bromas se ocultaba la pasión contenida de dos jóvenes que arriesgaban el amor y la amistad, inseguros todavía de qué sentían el uno por el otro. Y vuelta a empezar.

Caía la noche en Madrid cuando atravesamos la calle de la Montera, como de costumbre frecuentada por decenas de prostitutas, jóvenes y adultas, no importa la edad, con tacones muy altos y faldas muy cortas; algunas esperaban a los clientes sentadas en los portales, otras los esperaban apoyadas en las farolas. Oí a un extranjero preguntarle a un autóctono por qué ejercían la profesión allí, en una de las calles más céntricas y concurridas por los turistas de Madrid. La respuesta del madrileño simplemente fue esta: «Es la Montera».

La prostitución callejera es ilegal, por si les interesa saberlo, pero «ellas» no obedecen las reglas, ¿y quién las puede culpar? Hacen la calle para ganarse la vida, y para nada más, algunas coaccionadas, la mayoría por necesidad, para salir cuanto antes de la pobreza. Al menos trabajan en un lugar tranquilo y seguro, con cámaras de vigilancia por si la policía tiene que actuar.

A mitad de la calle, un jubilado conversaba con tres chicas africanas. O era un cliente habitual o les daba conversación para matar el aburrimiento. Al rato, ellas lo despidieron con una palmadita en la espalda y el jubilado se dirigió hacia su casa, bastante contento, con una sonrisa en la cara y otra en el pantalón.

Contemplé la escena con curiosidad.

—¿Crees que le habrán cobrado solo por charlar? Algunas proceden de esta manera.

Nora ni resolvió mis dudas ni respondió. Observaba con gran estupor a un grupo de hombres de mediana edad que, tal vez ebrios de alcohol, se reían como hienas, como auténticos idiotas, a escasa distancia de cinco trabajadoras del sexo. Solo se reían, no hablaban de nada, como si no tuvieran nada de lo que hablar, con toda seguridad ninguno tenía una buena historia que contar. Hombres estúpidos de verdad. Hombres aburridos. Hombres que nunca leen libros.

Las prostitutas compartían unos cigarrillos, de pie frente a un portal, contemplaban con expresión hastiada a los idiotas y pensaban en lo único en lo que en esas circunstancias se podía pensar, es decir, en nada.

—Óliver —me llamó Nora.

—Sí, dime.

—Deja que te pregunte algo, ¿qué les pasa a los hombres con el sexo?

—¿Cómo?

—¿Estás sordo?

Yo dije: «¿Eh?». Y Nora repitió la pregunta sin mudar un ápice la severa mueca que pintaba su rostro: «Qué les pasa a los hombres con el sexo, a ver».

Guardé silencio.

—¿A qué esperas, Óliver? ¡Venga, responde!

—No lo sé —dije. Era verdad, no lo sabía.

—Así que no lo sabes. ¡Va, di algo!

—Supongo que los hombres quieren ver mujeres desnudas.

—¿Me lo explicas?

—Mira, Nora, sea lo que sea lo que las mujeres ocultáis, es aquello que los hombres más desean ver. Lo que quiero decir, por ejemplo, es que si las mujeres llevarais guantes en público todo el tiempo, los hombres estarían obsesionados con veros las manos.

—¿Cómo que...?

—Por cierto —la interrumpí—, ¿no fueron los guantes una prenda indispensable a lo largo del siglo XIX? Figúrate que, según el pensamiento de la época, una mujer se encontraba a medio vestir en caso de no llevar los guantes puestos. En Francia, hacia 1830, las damas se cubrían las manos incluso para tocar el piano. Ni siquiera se quitaban los guantes para comer, por el amor de Dios. Además...

—Óliver, céntrate —me cortó Nora, poniendo los ojos en blanco con aquel gesto suyo tan adorable—. De modo que todos los hombres están obsesionados con vernos desnudas...

—Sí.

—¿De verdad?

—Bueno, al menos los que están despiertos —recapacité—, pero, cuando estos se van a dormir, se ponen en movimiento los hombres del otro lado del planeta y toman el relevo.

Nora opinó que eso era deprimente y yo le garanticé que sí, que lo era. Pasados dos minutos empezamos a abordar otros temas. La comunicación con Nora me resultaba muy sencilla; no solo dialogábamos con absoluta espontaneidad, sino que, además, iniciábamos una conversación tras otra únicamente cuando ambos dábamos la anterior por concluida.

Esta práctica, me temo, no es común en la sociedad hodierna; si se han fijado bien, hoy en día la mayoría de las personas se despista a mitad de un diálogo; o por supuesto interrumpe, o comprueba algo en su teléfono móvil, claro, simulando tener «algo» que comprobar; a estas alturas, ¿todavía no se ha aprendido nada de las enseñanzas de Sócrates, quien no cambiaba de conversación hasta que su interlocutor se lo notificaba?

Escuchar es un ejercicio de un tedio especialmente insufrible para un político y para un intelectual, porque a estos el ego los posee con una fuerza desmesurada; enamorados de su propio discurso hasta el extremo y la saciedad, sé por experiencia que las palabras en labios de los demás llegan a sus oídos de manera superflua. No obstante, el egocentrismo no es una actitud exclusiva de políticos e intelectuales, oh, no; más bien, al menos en Occidente, en el ciudadano medio ya hay una inclinación natural a creerse el centro de todas las atenciones y preocupaciones; ¡ay!, qué razón tenía Sófocles.

Lo que quiero decir es que, por un lado, no soporto los egos y, por otro, las conversaciones con Nora fluían con una naturalidad que no era consustancial a nuestros congéneres.

—Oye, Nora, ¿tú crees en Dios?

—Sí.

—¿De verdad?

—Sí —ratificó—. Aunque, desde que todos tenemos móvil, Dios ya no se aparece como antes.

—Jamás habría sospechado que fueras creyente.

—¿Y por qué te sorprendes?

—Supongo que no eres el estereotipo —dije mirándola de arriba abajo; y no lo era.

Nora se detuvo en medio de la calle; se paró un instante a reflexionar sobre mi pregunta.

—Verás, Óliver, hubo un momento hace años en el que me tropecé con mis límites, y me dije: «Querida, si tu raciocinio te permite entender hasta cierto punto, cómo puedes explicar todo el esoterismo que desborda tus límites y que, además, está oculto a tus sentidos. No puedes». Por tanto, Óliver, ha de existir algo ajeno a mi discernimiento; yo lo llamo Dios, es un concepto, hace lo que puede y se preocupa por todos, es decir, que trata de enmendar el caos para que en el mundo exista una igualdad política, social y económica justa para todos. Dios es marxista.

Nora rio y rio con ganas, y en su contagiosa hilaridad encontré otros dos motivos para querer besarla: su sentido del humor y su amplia gama de sonrisas.

—Dios existe —siguió Nora—; pero no tiene ninguna prisa en hacerlo saber. Lo dijo León Tolstói. Yo me lo imagino como a un socorrista de playa.

—¿A Tolstói? —me asombré.

—No, tonto, a Dios.

Asentí cuatro o cinco veces despacio, un tanto obnubilado por su encanto. Cuando comprendí sus palabras, contraje el rostro.

—¿Cómo has dicho?

—Que me imagino a Dios como a un socorrista de playa —repitió Nora—. Siempre me lo he imaginado así, sentado en lo alto de una silla de vigilancia con la mano a modo de visera.

—Ver para no creer.

—La mayoría de la gente proyecta la misma imagen de Dios, ¿verdad, Óliver?

—Eso me parece.

—A saber —enunció Nora—, un amable anciano de largos cabellos y tupidas barbas que se pasea por las nubes con sandalias de cuero y un albornoz de seda blanca.

—¿Y tú te imaginas a Dios como a un socorrista de playa?

—En efecto.

—Entonces, para ti, ¿Dios lleva pantalones cortos rojos, un silbato al cuello y gafas de sol?

—Más o menos —respondió Nora, y se llevó un dedo a los labios—. Pero tal y como yo me lo imagino no es un anciano. No, no, no. Todo lo contrario. Dios es joven, tiene la piel tostada por el sol y va muy bien afeitado, o sea, parece puertorriqueño, o cubano. Lleva la cabeza rapada al cero y el bañador que viste es tipo slip, es decir, que le tapa lo justito. Y al ver Dios que gran parte de la humanidad se ahoga en el mar, sale a nadar. ¡Y qué brazadas da! Claro que, aun teniendo el don de la ubicuidad, no puede salvar a todo el mundo; algunas personas mueren, otras alcanzan la orilla.

—¿Y así es como tú te imaginas a Dios, Nora, con un traje de baño que deja al descubierto unas pantorrillas velludas? —Ahogué un suspiro—. En fin, nunca me lo había planteado de ese modo.

—¿Tú no crees en Dios, Óliver?

—No, no creo en fenómenos no cuantificables.

—Entonces te diré que, para ser escritor, no tienes demasiada imaginación. ¡No pongas esa cara, hombre!, que solo bromeo. ¿Y no crees en nada?

—No —dije.

—¿Por qué?

—Bueno, sí, creo que, si la humanidad quiere alcanzar un mayor entendimiento del todo, en algún punto de la historia tendrá que deshacerse de Dios. Mira, Nora, tú y yo somos cristianos exclusivamente porque hemos nacido en Europa; y si nuestra patria de origen fuera cualquiera en América, también lo seríamos. Sin embargo, si hubiésemos nacido en Turquía, en Indonesia o en otras muchas naciones asiáticas, seríamos musulmanes; pero de haber nacido en Israel, lo más probable es que practicáramos el judaísmo; en la India, el hinduismo; en Japón, el sintoísmo. ¡Qué contingencia! ¿Me sigues? —Sonreí—. Y qué casualidad, ¿verdad? Sea donde sea, habríamos nacido en el país con la religión correcta, eso nos dirían, ¡qué afortunados sois! Sí, soy ateo, pero, por supuesto, respeto todas las creencias. Por cierto, ¿sabías que en el mundo hay miles de dioses actuales y antiguos? Así que, en resumidas cuentas, hay gente que cree en una deidad y niega la existencia de otras miles. Yo solo niego la existencia de una más; por tanto, un ateo y un creyente no son tan diferentes.

—Jo, Óliver, pero basta que discrepen de un asunto entre miles para que no se pongan de acuerdo en nada, ¿verdad? —discurrió Nora.

—En eso sí creo.

—Bueno, ahí tienes razón —murmuró. Y sin venir a cuento Nora me atizó con fuerza en el brazo—. Yo soy católica porque siento apego por los santos, pero si hubiera nacido en el siglo XVI creo que habría sido protestante, porque las tesis de Lutero, que respiran de las ideas humanistas de Erasmo, son mucho más racionales. En definitiva, Óliver, yo siempre me estoy replanteando mis creencias. Supongo que, aparte de las cosas visibles, también pretendo ver las invisibles. Y por eso adoro el arte. —Y del siguiente modo Nora dio el tema por zanjado—: En su «apuesta» sobre la existencia de Dios, Pascal planteó cuatro posibles escenarios; pero, en mi opinión, solo hay dos: a quien le «sirve» creer en una divinidad, en suma, cree. A quien «no» le sirve, pues no cree. Es un planteamiento individual y egoísta, pero certero, porque, hoy en día, la religión dirigida a las masas empieza a carecer de sentido. Así de fácil, Óliver: creer o no creer nos facilita la vida. Ah... el efecto placebo. Por otro lado, está tomando impulso toda una serie de movimientos espirituales que se fundamentan, en su mayor parte, en el flujo de energías cósmicas y en la carta astral. De hecho, muchas investigaciones señalan que el ser humano se considera menos religioso, pero más espiritual que antes. ¿Quieres saber por qué, Óliver?

—Sí.

—Porque el ciudadano que sigue con fidelidad los dogmas de las religiones tradicionales forma parte de un rebaño bastante grande. Sin embargo, la astrología, el horóscopo, la espiritualidad y otras corrientes semejantes se centran más en llenar el vacío íntimo y personal, tienen un carácter más privado, o sea, que el ser humano deja al grupo un poco de lado para centrarse puramente en sí mismo, en sus necesidades. De modo que sí, Óliver, tienes razón al afirmar que hoy al primate, menos interesado en el colectivo, lo mueve su egolatría en pro de su bienestar individual. ¿Satisfecho? Oye, ¿dónde estará la dichosa chocolatería? Estoy harta de buscar.

Accedimos a Gran Vía y dejamos Montera a nuestra espalda. Nora se dio la vuelta y observó la calle con ojos atentos. Mientras contemplaba a las meretrices negociar con posibles clientes, yo pensaba en el punto de vista que me acababa de dar sobre Dios. Fue en ese preciso instante cuando Nora declaró:

—Entre el mundo de las putas y el mundo de Dios, como un río entre dos reinos, se extiende un intenso olor a orina. —Dicho esto, Nora empezó a carcajearse sin poder reprimirse, no tanto por la frase que acababa de pronunciar, sino por la cara de merluzo que se me quedó tras pronunciarla.

—Eso... ¿Eso también lo dijo Tolstói? —dudé.

—Pues no —rio Nora—, lo leí en un libro de Milan Kundera.

—Ah, es verdad —recordé—, en *La insoportable levedad del ser.*

—Ajá.

Volveríamos a buscar la chocolatería más adelante, y sería la excusa perfecta para citarnos fuera de la universidad. En lo tocante a esa tarde, ya era hora de despedirse. Tomé a Nora con suma delicadeza de las manos y le di un beso en un lugar en el que podía besarla sin comprometer su fidelidad a su novio, ya saben, en la frente.

Horas antes Nora me había dicho: «Aunque te topes con mil trabas en el camino, sé que puedes lograrlo. Yo creo en ti».

Mañana, mañana mismo sin falta, me entregaría esperanzado a la escritura. La importancia de recurrir a la literatura reside en que soy capaz de descubrir, por pura casualidad, un mundo fantástico dentro de mí. Un mundo íntimo, infinito y maravilloso en el que a menudo me siento a salvo de casi todo, un lugar rico en matices y escalas donde tengo la suerte de encontrar, en cada viaje, nuevas habitaciones, nuevos conceptos y nuevas ideas.

¡Qué anhelo, qué belleza!

También puedo reflejarlo de esta manera: la literatura como forma de libertad.

No sé qué quise expresar con el abrazo que le di a Nora. Supongo que fue mi primera manifestación sincera de amor hacia ella. Clavé una mirada natural y entusiasta en sus labios. «Gracias», susurré yo. «De nada», replicó Nora. Me resultaba tan bonito como doloroso tenerla sonriendo delante. ¡Oh!, si su novio pudiese verla en ese instante, qué maravilla, toda su cara brillaba de felicidad. No se me ocurre mejor manera de poner el punto y final a esta escena.

Por fin estaba inmerso en la escritura de una nueva novela, ¡por fin! No se trataba solo de desarrollar una idea, que bendita idea, sino de la magnitud del asunto, el deseo de abandonar el mundo, buscando otros sueños. Durante varios días me entregué a mi literatura tan decididamente que, para no perder la concentración, opté por aligerar algunas comidas. O no comía. Escribía de sol a sol sin atender el teléfono y sin descansos, y renunciaba a algunas horas de sueño. O no dormía. Llevaba dos semanas seguidas sin parar de escribir. Me sentía exhausto, pero feliz. Me invadía la sensación de una libertad que ha alcanzado su categoría más plena.

El domingo me tomé un respiro y salí a la pequeña terraza del ático a hacer estiramientos y ejercicios. El reloj marcaba las diez de la mañana cuando recibí una llamada.

—¿Nora? ¿Eres tú?

—Óliver... —Su voz sonó apenas audible.

—Nora, ¿qué te pasa? ¿Te encuentras bien?

—¿Te has enterado? —solloző.

—¿Enterarme de qué?

—Se trata del profesor Sender. Lo están emitiendo en todas partes.

—Pero ¿el qué?

—Enciende la radio o la televisión y pon las noticias.

—Nora, ¿qué sucede? ¡No sé de qué me estás hablando!

—Han detenido a David Sender —esclareció—. ¡Lo acusan de asesinato! La policía ha encontrado huesos humanos en su casa de Monterrey. La primera hipótesis sugiere que son los restos de Melisa Nierga. Todo apunta a que David la asesinó hace veinticinco años.

6

—Ya sé que no crees en Dios, pero de la Biblia se pueden extraer lecciones muy valiosas.

—Eso es cierto, Nora.

—¿Tienes algún pasaje favorito?

—Sí.

—¿Cuál, Óliver?

—El de Jonás y la ballena. Siempre me he preguntado cómo se las ingenió ese profeta para sobrevivir tres días en el estómago de un cetáceo. ¿Y el tuyo, Nora?

—A mí me parece muy interesante cuando Noé construye un arca y acoge a todas las especies para protegerlas del diluvio. Aunque te digo una cosa: solo un lunático querría salvar a las serpientes, los murciélagos y las arañas. Sin embargo, siento más predilección por el episodio de Adán y Eva. Si recuerdas ese pasaje, Dios les pide que no coman la fruta del árbol prohibido, ¿verdad? Pero Eva no le hace el menor caso. ¿Comprendes, Óliver? ¡La primera mujer desobedece a Dios! ¿Y algunos hombres, necios, pretenden que las mujeres los obedezcan a ellos?

—Escucha, Óliver, sé que el profesor Sender y tú sois buenos amigos, pero, ¡uf!, has de saber algo importante...

—Lo siento mucho, Nora, ahora tengo que colgar.

—¡No! ¡Espera!

Corté la llamada y me precipité hacia el salón a gran velocidad, razón por la cual tropecé y me caí de espaldas. Me levanté demasiado rápido y levemente mareado, y por ello volví de nuevo al suelo. Me incorporé, esta vez despacio, conecté el televisor y seleccioné un canal de informativos. En la pantalla se proyectaba una fotografía de Melisa Nierga antes de su desaparición en 1995. Se la veía sonriente, mostraba un aspecto juvenil y una mirada color miel e inocente. A continuación, se dio paso a una cámara que retransmitía, para mi desconcierto, imágenes en directo de la casa de David Sender en Monterrey: varios policías entraban y salían de la vivienda, desoyendo a los agitados periodistas que cubrían la exclusiva.

En la parte inferior de la pantalla se leía el siguiente rótulo:

DAVID SENDER PRINCIPAL SOSPECHOSO
DEL ASESINATO DE MELISA NIERGA.

Traté de ponerme en contacto con David telefoneando a su fijo y a su móvil; ambos aparatos daban tono, pero no descolgaba nadie.

Pasados cinco minutos recibí una llamada.

—¿Nora? —contesté.

—Sí, soy yo.

—¿Sabes algo? —pregunté.

—¿Estás bien, Óliver?

—Sí, muy bien. Dime, ¿sabes algo?

Las imágenes en el informativo se sucedían rápidamente. Se alternaban fotografías de Melisa Nierga con grabaciones de David en antiguas ferias del libro y ruedas de prensa. Los presentadores ampliaron el eco de voces disponibles a las que dar cobertura: conectaron en directo con un reportero desplazado a Monterrey que entrevistaba a tres vecinos cuya presencia frente a la casa de David consistía, claro estaba, en meter las narices en asuntos ajenos a su incumbencia.

—Nora —insistí—, ¿sabes algo?

—Óliver, esta vez no me cuelgues...

—¿Sabes algo?

—... y escúchame, por favor...

—Nora, ¿sabes algo? —Me temblaba la voz—. Dime, ¿sabes algo? —Parecía ser el único conjunto de palabras que formaba mi vocabulario—. Escucha, ¿sabes algo o no?

Nora trató de expresarse con dominio y serenidad.

—Sí, Óliver, estoy al tanto de algunas cosas...

—¿De qué? Oye, tú, ¿qué sabes?

—... pero antes de contártelo necesito que te tranquilices.

—¡Tú sabes algo y me lo estás ocultando! —grité.

—¡Óliver, cálmate, por favor! Y deja de gritarme. Para empezar, las autoridades se están ocupando del profesor Sender, así que quiero que me des tu palabra de que no cometerás ninguna estupidez.

Sin apartar la vista del televisor, proclamé con bastante estupidez:

—Me marcho a Monterrey.

—¿Qué has dicho? —se alarmó Nora.

—Que me voy a ver a David.

Consciente de que el aturdimiento emocional me impedía pensar claramente, Nora ya no hablaba, gritaba:

—¡Óliver, tienes que venir al Museo del Prado! ¿Me oyes? ¡No te imaginas lo que se ha descubierto en una pared! ¡Nos han convocado a algunos del grupo de investigación para averiguarlo! ¡Es todo un misterio! ¡Y podría estar relacionado con David Sender! ¡La noticia está aquí, en el Prado! ¡Ven cuanto antes, te estamos esperando! ¡Óliver, escúchame!

Qué iba a escuchar si en aquellos momentos me dominaba el pánico. Incapaz de atender a razones ni de oír nada, llegué a tener la sensación de que me precipitaba hacia un abismo. Después de colgar la llamada de Nora por segunda vez, me puse muy nervioso. Pensé que, a falta de pruebas, la policía tal vez estuviera reteniendo a David en su domicilio, como medida cautelar, interrogándolo mientras durase la fase de investigación criminal.

Al apagar el televisor, todavía bajo los efectos de la impresión, volví poco a poco a la realidad, como si despertara de un sueño, uno muy nítido y muy real, y de repente tuve la certeza de que mi vida estaba a punto de cambiar.

Tras darme una ducha rápida y ponerme ropa limpia, monté en mi coche y puse rumbo a las montañas. Circulaba por la A6 en dirección a Monterrey cuando se me ocurrió conectar la radio. Una locutora retransmitía con voz firme la siguiente información: «La noticia de este domingo 24 de octubre es la detención de David Sender. El famoso escritor, Premio Cervantes y Premio Nacional de Narrativa, es el principal sospechoso de un doble asesinato. Nuestro enviado especial nos comunica que en su domicilio de Monterrey se han encontrado no una, sino dos calaveras. Por el momento se desconoce dónde se hallan los cuerpos. A la espera de que se realice el examen genético de los huesos, todo parece indicar que los cráneos podrían corresponder a Melisa y Mateo, nieta y abuelo materno. Ambos desaparecieron de Monterrey en diciembre de 1995, cuando Melisa tenía dieciséis años y Mateo, noventa».

De esta forma la radio dio a conocer, para horror y desconcierto de todo el país, que mi mentor era acusado de un doble asesinato. La locutora añadió que el día anterior, sábado, un mecánico náutico trabajaba en la barca de David para poner a punto el motor cuando, en cubierta, tropezó con restos humanos, en concreto, dos calaveras ocultas bajo la lona. El mecánico puso el macabro hallazgo en conocimiento de la policía local, mientras David regresaba del Museo del Prado, adonde se había desplazado por motivos aún desconocidos.

Nora trató de ponerse en contacto conmigo por enésima vez. Murmuró al aparato: «¿Dónde te has metido, Óliver? Descuelga de una vez, imbécil». Sin resultado. Se encontraba en la sala 49, en la planta 0 del Museo del Prado. Tras introducir el teléfono móvil en el bolso, se quedó admirando boquiabierta la *Sagrada familia* de Rafael, una obra que, comúnmente llamada *La Perla*, ocupaba un breve apartado de su tesis doctoral.

A sus oídos llegaba la agitación que se producía en una de las dependencias contiguas, ya que la noticia del año tenía lugar en la sala 56B, donde dominaba un ambiente de excitación y nerviosismo, con un acalorado debate abierto entre conservadores, investigadores e historiadores del arte. Las voces de unos y otros, agentes de seguridad mediante, destacaban por no guardar una relación de coincidencia sobre un tema en concreto, y no era para menos, después de lo que se había descubierto en una pared.

Sin apartar la vista de la pintura de Rafael Sanzio, Nora respiró con dificultad al advertir que un hombre se le acercaba; venía de la sala 56B.

BIENVENIDO A MONTERREY, UN EDÉN EN LA TIERRA, leí en el cartel de entrada al pueblo cuando llegué a las doce de la mañana. Encontré el camino de tierra que conduce a la hermosa parcela de David atestado de vehículos y fisgones, con numerosos periodistas turnándose para realizar conexiones en directo. Algunos vecinos paseaban cerca del lago y del embarcadero de David, otros observaban la casa apoyados en la cancela, unos pocos aguardaban con ilusión pueril a ser entrevistados por la prensa.

Un reportero recordó que David Sender era uno de los escritores más prestigiosos, respetados y con más lectores del país. Preguntó: «¿Cómo pudo ocultar dos calaveras en su barca durante veinticinco años sin que nadie lo advirtiera?». Se acababa de saltar la presunción de inocencia. La respuesta de un vecino sencillamente fue esta: «A ver, yo siempre sospeché».

En los minutos que siguieron oí todo tipo de patrañas. Al principio los vecinos respondían que David era un hombre bueno y querido en Monterrey, y nada más; que todo aquello debía de tratarse de un terrible malentendido, y nada más. Pero a medida que el reportero preguntaba, la versión popular, en efecto, cambiaba. Pasado un tiempo los vecinos se pronunciaban tomando cada vez más distancia de su tesis principal, decían: que si David era un hombre reservado que inspiraba desconfianza, y nada más; que si todo apuntaba a que los había engañado durante décadas, y nada más; y, por último, que era un asesino, y nada más. Hasta era posible que el reportero les hiciera creer, a través de preguntas capciosas, ¡que David había estado matando a mucha más gente durante veinticinco años!

Nótese que aquel reportero presentaba la noticia con titulares escandalosos y exagerados, sin una investigación previa, claro, con la única finalidad de aumentar sus índices de audiencia. Algunos periodistas ejercen su profesión de esta manera. En cuanto a los vecinos, solo se limitaban a adaptarse a las nuevas circunstancias que los rodeaban. En el reino animal, ese comportamiento se llama mimetismo.

De pronto una reportera gritó:

—¡Eh, ese de ahí es Óliver Brun!

—¡Quién!

—¿¡El escritor!?

—¡Sí!

—¿Y qué hace aquí?

—¡Fue alumno de Sender en la universidad y dicen que ahora son buenos amigos!

Algunos periodistas vinieron hacia mí en tropel, me cortaron el paso y empezaron a formular todo tipo de preguntas:

«¿Cree que David Sender asesinó a dos personas?».

«¿Qué opina de que se hayan encontrado dos calaveras en su barca?»

«¿Intuye el emplazamiento del resto de los cuerpos?»

«¿Cuándo habló con David Sender por última vez?»

«¿Hasta qué punto es estrecha su amistad?»

«¿Lo considera culpable?»

«¿O cree en su inocencia?»

«¿Está al corriente de lo que ha sucedido en el Museo del Prado?»

«¿Cuándo ha llegado a Monterrey, señor Brun?»

«¿Y a qué ha venido?»

Enunciaban precipitadamente una pregunta tras otra, sin esperar respuesta, sacaban fotografías y me grababan con las cámaras. Ni siquiera me dieron la oportunidad de manifestar que no deseaba ver mi cara reflejada en sus informativos. Periodistas descarados, en todo caso estaban desatados. Sin embargo, no podía juzgarlos por invadir mi privacidad; solo hacían su trabajo. Algunos eran becarios, la mayoría falsos autónomos infravalorados, todos trabajaban más horas de lo estipulado y, además, estaban mal pagados, mientras algunos directivos de sus medios de comunicación se lucraban sin escrúpulos y a expensas de la publicidad y las subvenciones del

Estado; una profesión en la que abundan las injusticias, me temo, en un mundo también injusto.

Mientras tanto, en el Museo del Prado...

Nora seguía con la mirada clavada en *La Perla* cuando el hombre que provenía de la sala 56B se situó a unos pasos de distancia. Se trataba de Víctor Escolano Duval, catedrático de Historia del Arte, un hombre inteligente de sesenta y dos años, serio, solitario, impermeable a la risa, un poco triste, calvo. Autor de más de ciento cincuenta artículos académicos y una docena de ensayos, entre otros proyectos dirigía la tesis doctoral de Nora. También supervisaba mi tesina, por cierto.

—*La Perla* —evidenció Escolano—, una obra tardía de Rafael.

La pintura representa a la Virgen María con el Niño Jesús sentado en su regazo, acompañados de san Juan Bautista niño y su madre, santa Isabel. Al fondo, en el margen izquierdo, se aprecia la figura de san José entregándose a su profesión de carpintero.

Los dos guardaron silencio unos segundos. Sus pensamientos estaban en armonía y consonancia, ya que no solo observaban una pintura, profesor y alumna, sino que compartían la idea de entender al ser humano a través del arte.

Un grito que mezclaba la turbación y el regocijo estalló de pronto en la sala 56B.

—¿Siguen en las mismas? —preguntó Nora.

—Me temo que sí. Deberíamos volver —propuso Escolano—. Hay quien no está siendo de gran ayuda. No conseguimos ponernos de acuerdo en nada. Tengo la impresión de que tardaremos días, si no semanas, en descifrar el mensaje que ha aparecido en la pared.

—Profesor, se ha extendido el rumor de que David Sender es el autor de ese escrito.

—Sí, Eleonora. Muchas voces lo sugieren. Los medios ya lo han publicado. Pobre David... O mucho me equivoco o a lo largo del día se convertirá, dada su fama, en protagonista de una noticia de alcance mundial; se han hallado dos cráneos humanos en su barca, lo han arrestado, tal vez haya escrito un mensaje perturbador en una pared del Prado... Y todo en menos de veinticuatro horas. No envidio su situación; toda su vida se desmorona.

Nora reflexionó un instante, emocionada.

—La verdad, profesor, dudo mucho que David matara a las dos personas que desaparecieron hace veinticinco años.

Escolano sacudió la cabeza.

—David y yo, como bien sabes, nacimos en Monterrey en el mismo año. Somos amigos de la infancia, estudiamos juntos en el instituto y en la universidad, somos colegas de profesión y lo conozco como a un hermano. Tiene un corazón de oro. Es un hombre tranquilo, honrado y profesional, lo bastante tolerante para no imponer nada a nadie. Jamás lo he oído levantar la voz ni tener un gesto de desprecio; y a diferencia de otros académicos, nunca ha sido distante con los alumnos, ni con nadie. Es el tipo de persona por el que todo el mundo siente simpatía y admiración; un referente, un escritor relevante. Estoy convencido de su inocencia, Eleonora, pero lo único que podemos hacer por el momento es esperar. Usemos nuestras fuerzas en descifrar el misterioso mensaje de la pared. Para eso nos han convocado.

Nora chascó la lengua.

—Sinceramente, tampoco creo que David lo escribiera.

—Yo también tengo mis dudas, Eleonora. Pero todo apunta a él. No sé quién ha filtrado la noticia, pero parte de la plantilla del Prado me ha asegurado que David estuvo trabajando ayer en la sala 56B hasta bien entrada la tarde, justo donde se ha descubierto el mensaje.

—Entonces ¿es cierto? —preguntó Nora conmovida—. ¿Es una información fiable? ¿David se encontraba aquí por la tarde antes de regresar a Monterrey?

—Eso parece.

—¿En la sala 56B, profesor?

—Sí, Eleonora.

—¿Y qué hacía allí, si puede saberse? ¿En qué estuvo trabajando?

—Lo ignoro.

—Profesor —susurró Nora—, llevamos toda la mañana examinando esa pared sin obtener resultados. El mensaje suscita un profundo desconcierto, vale, pero ¿no deberíamos centrarnos también en la obra junto a la que se ha escrito?

—Sí, tal vez.

—La pintura a la que me refiero está directamente relacionada con Leonardo da Vinci, ¿verdad?

—Así es, Eleonora.

—Profesor...

—¿Sí?

—No me gusta que me llamen Eleonora.

—Disculpa, lo había olvidado.

—Es que lo detesto, ¿vale?

—Entendido.

—Prefiero Nora.

—De acuerdo.

Cuando entraron en la sala 56B, los recibió un silencio repleto de conjeturas y suposiciones. Las voces ya no restallaban. Todas las miradas se centraban en un cuadro, en concreto, en el enigmático mensaje escrito a su lado; en tinta negra, cada letra del tamaño de un palmo, se leía con claridad:

ET IN ARCADIA EGO

La frase parecía inacabada, en efecto, al no mostrar expresamente un verbo. Al releerla, un profundo malestar invadió a Nora, y sus ojos se nublaron, pues conocía aquella expresión en latín, ¡la conocía!, pero no recordaba su significado.

Nora sentía que el corazón le latía vivo en el pecho. Nunca se habría imaginado que, a los veinticuatro años, sus estudios de historia del arte la conducirían a interpretar un mensaje escrito en clave en una pared del Museo del Prado. De repente tuvo la maravillosa sensación de ser la protagonista de una película, o de una novela, mejor todavía.

La frase resplandecía en la pared próxima a una pintura realizada al óleo: una reproducción muy precisa de la obra maestra de Leonardo da Vinci. Al examinarla de nuevo, durante un segundo Nora se sintió en el Museo del Louvre, en París, frente a *La Gioconda*. Pero no, por mucho, muchísimo que se le pareciese, Nora no contemplaba el más famoso cuadro de Leonardo; se encontraba, sin embargo, frente a *La Mona Lisa* del Prado.

7

—A veces me miro en el espejo y pienso: «¡Vaya bicho raro!».

—¿Por qué lo dices, Nora?

—Porque a mis amigas les emociona haber conseguido entradas para un concierto, por ejemplo. Y yo, sin embargo, no quepo en mí de gozo tras haber adquirido una edición limitada de los *Ejercicios Espirituales* de san Ignacio de Loyola. Tenía la edición española; ahora también poseo la italiana. ¡Uf!, ¿se puede ser más rata rara de biblioteca?

—Bueno.

—Oye, Óliver, ¿qué significa ese «bueno»?

—Que yo no creo que seas rara, sino muy mona.

—Óliver, escúchame... Ay, no sé cómo decirte esto. Verás..., tú también eres bastante raro. ¡Anda, mira!, resulta que sí que he sabido cómo decírtelo.

No quise hacer ninguna declaración pública porque no tenía la más remota idea de lo que estaba sucediendo; así que me hice el sordo, me excusé y me alejé de la nube de periodistas y curiosos.

Me dirigía con torpes andares hacia la barca, buscando al responsable de la investigación policial, cuando de pronto, junto a la cancela, se interpuso en mi camino un agente que anotaba sus observaciones en una libreta.

—Si es periodista —gruñó—, lárguese.

—No soy periodista.

—Muy bien. ¿Tiene algo que aportar a este caso?

—Eso espero —dije—. Verá, agente, me gustaría hablar con su superior, con la persona al mando, vaya.

—Ni hablar —me respondió severamente.

—Solo le robaré unos minutos.

—Le he dicho que no.

—Pero ¡tengo información relevante!

El policía movió la cabeza de lado a lado, riéndose de manera cáustica entre dientes, muy despacio.

—Se habrá percatado de que se encuentra en la escena de un crimen. Comprenderá que no esté autorizado a pasar.

—Pero...

—¿Cree que es el primero que lo intenta? No me interrumpa más, y déjeme hacer mi trabajo. —A través de su huraña actitud y sus palabras sospeché que estaba harto de denegar peticiones de acceso al embarcadero de David por parte de, sobre todo, la prensa. Al darse cuenta de que no me movía un ápice del sitio, levantó la vista—. Joven, ¿qué está haciendo? ¿Por qué no se va?

—Es que vivo aquí —mentí.

El agente me miró de arriba abajo con suficiencia.

—No, qué va. Usted vive en Madrid.

—Sí, bueno. Oiga —dije—, ¿cómo lo sabe?

—¿No es usted escritor o algo así?

—Y aparte soy amigo de David. —Con la única intención de acceder a la vivienda, probé suerte con un nuevo embuste—: Usted verá, agente, David me invitó a cenar dos noches atrás y resulta, oh, qué torpeza, que olvidé la cartera.

—¿Sí, eh? Vaya despiste, ¿eh?

Quizá se estuviera burlando de mí; tanto me daba, insistí.

—Si me permite entrar un segundo, cogeré la cartera y me marcharé, ¿comprende, agente? Con toda seguridad se me cayó en el salón. ¿Se aparta, por favor? Bueno, allá voy.

El agente resopló y me detuvo poniéndome una mano en el hombro.

—Por favor, señor Brun, deje de mentir.

Me quedé en silencio unos segundos, ya que sabía mi nombre.

—¿Acaso nos conocemos?

—No, creo que no —respondió él, y se tomó su tiempo para escribir alguna información en la libreta—. No obstante, el año pasado leí su novela premiada. Usted es Óliver Brun, ¿verdad?

—Sí, señor.

—Sí, ya decía yo que me sonaba su cara. Durante varias semanas la vi impresa en la contraportada de su libro que, por cierto, me pareció bastante malo, maldita sea, un espanto. Dígame, ¿cómo es posible que se premiara semejante basura? No me lo explico. ¿La gente gasta su dinero para leer sus idioteces, Brun?

—Por lo visto, usted lo hizo.

—De verdad que no me lo explico. Pero ¿sabe, artista, qué lecturas sí merecen la pena?

—Ni me lo imagino, agente. Adelante, ¡ilústreme!

—*Identidades asesinas, Sapiens* y *El infinito en un junco.* ¡Oh!, cómo disfruté con esas novelas, en especial... Oye, chico, ¿por qué te ríes?

—Me río, agente, porque ha referido el título de tres ensayos. No son novelas. Se ha equivocado.

Apuntó mi nombre en su libreta y continuó amonestándome.

—Y ahora ¿se puede saber por qué sonríe?

Me puse serio.

—No sonrío.

Volvió a resollar:

—¿Es consciente, Brun, de que está interfiriendo en una investigación policial?

—Figúrese, agente, que esa es mi voluntad.

El policía se sumió en un silencio hostil, abrió la boca y después la cerró, no supo qué decir y se puso levemente pálido; no estaba acostumbrado a escuchar respuestas descaradas en labios de un civil, claro. Seguía impasible, en una mano el bolígrafo y en otra la libreta, de pie frente a la casa, lanzándome una mirada que lo mismo podía ser de desprecio que de cautela.

Me cercioré de que a nuestro alrededor ni la prensa ni los vecinos escuchaban y revelé mis intenciones. Le garanticé que, con toda probabilidad, yo era la persona que mejor conocía a David Sender.

—Conozco al escritor y al hombre, ¿entiende? Conozco al profesor Sender en todas sus facetas. Han de escuchar mi testimonio, ¡por favor! Creo en su inocencia. Más aún: estoy convencido de ella. Suena extraño, me hago cargo, pero sé muy bien de lo que hablo. No sé cómo han acabado los dos cráneos en su barca, pero David no asesinó a esas personas. Se lo aseguro. Si me deja entrar un segundo en la casa...

Hablé y hablé durante unos cinco minutos, que para mí ya supone estar hablando bastante rato. Al terminar de escuchar mi alegato, el policía exhaló aire.

—Bien —dijo—, he llegado a una conclusión.

—Me tiene en ascuas, agente.

—Entiendo que quiere cooperar.

—Por supuesto.

—Entonces hágame un favor, señor Brun.

—Lo que usted me pida, señor policía.

—Muy bien, escuche con atención. —El agente miró concentrado en derredor, me indicó con el dedo índice que me acercara y al oído me susurró—: Lárguese de aquí y deje de interrumpir mi trabajo.

No me fui, por supuesto, y continué discutiendo con el

agente hasta que no me quedó más remedio que ir directamente al grano.

—Supongo que han registrado el domicilio de David de arriba abajo.

—Es lo mínimo que podemos hacer cuando se descubren dos calaveras en el embarcadero de un ciudadano, ¿no cree?

—¿Han inspeccionado también el salón? —me interesé.

—Irrelevante.

—No tanto, agente, pues supongo que ahora mismo sus compañeros están analizando el contenido de una gran carpeta de cuero marrón. Entre otros documentos, contiene material gráfico: dos fotografías en las que se ve a David Sender posando junto a Melisa Nierga, la joven desaparecida, en efecto. ¡Ah!, y una tercera en la que Melisa sale totalmente desnuda, por ejemplo. ¿Me equivoco, agente? Lo sé porque lo descubrí hace tres semanas, justo antes de que David me contara que, durante dos meses, entre noviembre y diciembre de 1995, mantuvo una relación oculta con Melisa Nierga. No sé por qué me da que este dato lo desconocían. Bien, ¿qué me dice? ¿Me concederá unos minutos?

El agente no realizó ningún movimiento, ninguna mueca, hasta que se situó a la distancia adecuada. Entonces contempló mi expresión sincera e inocente y sus cejas se arquearon formando un gesto que, como antes, lo mismo podía ser de desprecio que de cautela. Mi testimonio de los hechos, lacónico pero certero, no le permitió pronunciar otra palabra más vulgar que «mierda».

—Qué diablos —dijo después—, venga, hablemos. Pero quiero que sepa, Óliver Brun, que me resulta un joven de lo más cargante.

—Me da igual.

—Es usted un deslenguado, vaya. No obstante, está en posesión de información que necesitamos.

—Sí, en eso estamos de acuerdo. Por cierto, ¿cómo se llama, agente, si puede saberse?

—Soy Lucas Bayona, de la Policía Local.

—Qué bien.

—Por aquí hay mucha gente; sígame, Brun, hablaremos en otra parte.

Cogimos un camino cubierto de líquenes y musgo y hojas caídas traídas por el viento y nos alejamos unos cien metros, bordeando el lago. No muy lejos, las rutas se convertían en senderos que serpenteaban hacia el corazón del bosque, un espacio natural en el que nacían varios manantiales, poblado por un hermoso conjunto de sauces y fresnos, con alguna presencia de arces de Montpellier, robles melojos y enebros. Tiempo atrás había recorrido todos aquellos caminos junto a David, conversando sobre temas que para nosotros valen la pena, o sea, amor y amistad, arte y literatura, paz y solidaridad. En ocasiones nos quedábamos inmóviles y en silencio durante horas y horas hasta que en el bosque aparecían zorros, jabalíes y corzos.

Sin embargo, ese presente no era como tiempo atrás lo había vivido, y se despertó en mí la añoranza. Caminaba perdiéndome en gratos recuerdos cuando tropecé con una raíz que sobresalía y caí al suelo. Entre la sorpresa y el divertimento, Lucas murmuró con cierto recochineo:

—Cuidado, artista, que se va a caer.

Sonrió, me ofreció una mano amable y me ayudó a levantarme.

—Gracias. —Dicho esto, resbalé bruscamente por segunda vez y me salpiqué las zapatillas de barro.

—Impresionante. Es usted un virtuoso caminante, vaya. —Lucas se divertía a mi costa, sonriente—. No se preocupe, Brun, no es usted el primer urbanita sofisticado que resbala en estos lares. Ahí va un consejo para días venideros: no hay que pisar estas tierras con demasiada suavidad, pero tampoco con excesivo esfuerzo. La clave, artista, reside en encontrar un término medio.

—Oiga, agente, váyase al cuerno.

No había acabado de pronunciar la frase y tropecé de nuevo, solo que esta vez perdí el equilibrio por completo; procuré agarrarme a Lucas y, al prenderlo, lo arrastré conmigo hacia una caída en la que rodamos por un musgo húmedo y blando.

—¡Estoy bien, agente! —chillé—. ¡Estoy bien!

—¡Por Dios bendito! —gruñó Lucas al incorporarse, sacudiéndose del uniforme restos de tierra y fango—. Perfecto, este día mejora por momentos.

—Disculpe, señor policía, no era mi intención tirarlo al suelo.

—No se imagina, artista, cuánto me alegra haberlo conocido.

Desde aquel momento entablamos una extraña amistad y empezamos a tutearnos. Como yo soy escritor e historiador del arte, a Lucas le divertía, no sé por qué motivo, llamarme «artista», y aunque lo pronunciaba arrastrando las sílabas, con un evidente deje de ironía, no me molestaba.

Lucas Bayona tenía cuarenta y ocho años y ejercía como policía local en Monterrey desde los veintitrés. Su cabello era negro azabache y su rostro, ovalado y proporcionado. Tenía una mirada negra y profunda. La barba con perilla le sentaba bien, acentuaba sus rasgos.

—Oye, Lucas, ¿qué escribes? —susurré. Sin levantar la vista de su libreta replicó:

—¿Por qué susurras, Brun?

—No lo sé.

—¿No te das cuenta de que desde allí no pueden oírnos?

—Nunca se sabe —susurré otra vez—. Dime, ¿qué escribes?

—Una cronología detallada.

—¿Y eso qué es?

—Ordeno los sucesos a medida y en función de la hora y el instante en que se van produciendo. Fíjate, Brun, aquí aparece inscrito tu nombre, dirección y número de teléfono: enhorabuena, acabas de pasar a formar parte de este caso. Responde: ¿cuándo viste a David Sender por última vez?

Tomé aliento e hice memoria, dolorido al evocar su recuerdo.

—No ha transcurrido ni un mes. Me alojé en su casa del uno al siete de octubre, más o menos.

—¿A cuenta de qué?

—Pues, verás, Lucas, intentaba encontrar la inspiración para escribir una novela, que por fin empecé la semana pasada. Y bien, ¿te vale esta información?

—No —respondió Lucas—, para nada. ¿Cuándo conociste a David Sender?

En los minutos que siguieron fui objeto de un interrogatorio minucioso y completo. Mi dilatada amistad con David despertaba el interés de Lucas Bayona, no tanto los pormenores que, la verdad, no le importaban nada, pero sí mi presencia en la escena del crimen aquella mañana. Declaré que David mantuvo una relación secreta con Melisa Nierga, por quien sintió, rememorando sus palabras, un profundo amor. Le conté toda la historia, pero si David asesinó a Melisa y ocultó su cráneo en su barca, esa circunstancia, le dije, ya podía darla por descartada. Era imposible que hubiese matado a dos personas. Si el segundo cráneo hallado pertenecía al abuelo de la joven citada, lo ignoraba. Habría que esperar a que la policía científica analizase los huesos, por supuesto, e investigar lo sucedido mucho más a fondo.

Llegados a ese punto, Lucas extrajo de un bolsillo la misma nota que David me había enseñado días atrás.

No puedo vivir en Monterrey más tiempo. Esto es demasiado doloroso para mí. Me marcho a otro lugar. Me presionan,

MELISA

—La chica se está despidiendo —me explicó Lucas.

—Sí —dije—, hasta ahí llego.

—Todo apunta, como dicen los franceses, a un *crime passionnel.*

—¿Un crimen pasional? —me extrañé.

—Sí, así es. Al leer la nota, David Sender pudo tener una repentina alteración de su conciencia. Melisa cortó la relación y es probable que David sintiera celos, ira o desengaño, ya que ella insinúa que no puede amarlo. Eso, si repasas el mensaje, queda bastante claro.

—David no la mató.

—Yo no he dicho eso. —Lucas se ajustó la visera antes de continuar—. El año en que Melisa desapareció, fue el año en que empecé a ejercer de policía local en Monterrey. Desde entonces he asistido a todo tipo de casos, y te puedo asegurar que llega un momento en el que los hombres que se enamoran de chicas a las que doblan la edad se ponen nerviosos, o, en otras palabras, peligrosos, ya que pierden el sentido de la perspectiva y la realidad. Sí, cuando no pueden tenerlas y la situación escapa a su control, se vuelven neuróticos, incluso se convierten en asesinos.

—David no mató a Melisa ni a su abuelo.

Lucas alzó la vista hacia el cielo; suspiró.

—Yo también conozco a David Sender; lo considero un hombre bueno y sabio. Pero has de tener presente, Brun, que hasta el más honrado de los hombres puede convertirse en un monstruo si no cuida su mente. He presenciado incidentes de toda naturaleza, sé de qué hablo. Sin lugar a dudas todo indica que sí, que David y Melisa tuvieron un romance. Pero hay una tercera fotografía, como bien has mencionado antes.

—David no la mató —insistí—, ni la fotografió desnuda.

Acto seguido, pasando por alto mi último comentario, Lucas mencionó vagamente el cuadro de Melisa.

—Espera, ¿no le has concedido importancia? —me pasmé.

—No, Brun.

—¿Por qué?

—A mis ojos, solo es una pintura que parangona con bastante precisión *La Gioconda* de Da Vinci.

—Pero ¿tampoco ha causado interés en tus compañeros?

—No demasiado.

—No lo entiendo.

Lucas se encogió de hombros y dijo:

—Solo es un cuadro. Y está incompleto, ¿no? Ni siquiera hay un paisaje definido, únicamente se aprecia un fondo negro.

—Pero sobre el fondo negro, y sea quien sea el autor, ¡pintó a Melisa Nierga a imagen y semejanza de la obra más popular de Leonardo!

—Irrelevante, Brun. Hay multitud de razones por las que la gente encarga que la representen en todo tipo de cuadros. En cualquier caso, de momento creemos que el dibujo no guarda relación alguna con los crímenes perpetrados.

—David no la mató —repetí, terco como una mula—. No pintó a Melisa, ni la fotografió desnuda ni la forzó; me confesó que alguien puso las fotos en su buzón y dejó el retrato junto a la puerta de su casa.

—¿Cuándo?

—El pasado verano, Lucas. Así me lo contó.

—Entonces tal vez fuese otra persona... O puede que David lo hiciera todo hace veinticinco años y, al respecto, a ti sencillamente te mintió. ¿Has barajado esa opción, Brun?

Enmudecí, consternado, y de pronto todo empezó a girar a mi alrededor. No sabía cómo reaccionar ni podía pensar en nada. En mi cabeza se mezclaban multitud de imágenes y sonidos, igual que un hórrido sueño que provocase angustia y miedo.

—Volvamos —propuso Lucas al ver mi expresión—, ya me he ausentado demasiado rato. Tengo la impresión, Brun, de que todo esto solo acaba de empezar.

Lucas me miraba de reojo entretanto nos mezclábamos con los vecinos y la prensa frente a la casa de David.

—También tengo la sospecha —añadió— de que tú te vas a entrometer a más no poder en este caso.

—Qué remedio, ¿no? —dije, encogiéndome de hombros.

—Recuerdo bien a Melisa Nierga —susurró Lucas—, era una joven popular y simpática, muy querida en Monterrey, todo alegría y bondad, muy hermosa. Cuando desapareció, la buscamos durante meses, a ella y a su abuelo. Entre muchos voluntarios, recuerdo que David nos echaba una mano con frecuencia. Por ahora preferimos que nadie en el pueblo sepa que mantuvieron una aventura. Podría causar mucho revuelo y, por ende, entorpecimiento; además, el romance de dos personas no es el objeto principal de la investigación que se lleva a cabo. Por tanto, ni las fotografías ni el cuadro pueden salir a la luz. Que nada de esto se filtre a los medios, ¿de acuerdo, Brun?

—Vale.

—No abras la boca —me advirtió.

—Tienes mi palabra.

—¿Seguro?

—Sí.

—Una vez más, artista: ¿te ha quedado claro?

—Que sí, Lucas, que la prensa no debe enterarse.

Media hora más tarde, todo se había filtrado a la prensa.

Los rumores crecían a cada minuto que pasaba, era una verdadera locura, un acontecimiento de impacto mundial. Las fotografías de David Sender y Melisa Nierga se publicaron en los periódicos digitales de numerosos países, junto a las dos calaveras y el cuadro. Sin embargo, lo peor estaba por llegar: la tormenta se desató al filtrarse la fotografía en la que Melisa

Nierga, menor de edad, posaba desnuda. La imagen se compartió de forma inmediata, traspasando comunidades y fronteras, saltando de teléfono en teléfono a una velocidad endiablada. A la vista de las imágenes, la reacción fue unitaria, la opinión pública no albergaba la menor duda: David Sender, catedrático de universidad, uno de los escritores europeos más influyentes de las últimas décadas, era, además de un pedófilo, un despreciable asesino de niñas y ancianos.

La violenta sensación que me provocó la visión de medio planeta censurando a mi mentor no se podía comparar con nada. Saqué mi teléfono móvil y vi que en ese momento recibía una llamada; descolgué:

—¿Nora?

—¿Óliver?

—¿Nora?

—¿Sí?

—¿Nora?

—Oye, ¿quieres dejar de repetir mi nombre?

—Sí, perdona.

—Óliver, ¿dónde estás?

—En Monterrey, ¿y tú?

—Ahora mismo tengo frente a mis ojos a *La Gioconda*.

—¿Es que has viajado a París?

—No, tonto, estoy en el Prado, en Madrid.

—¿Y qué haces tú en el Museo de...?

—Calla. Te he enviado una foto. Ábrela. —Nora me adjuntaba en un mensaje el retrato de Melisa Nierga—. Todo el mundo —prosiguió— está relacionando el retrato de la joven con la obra más popular de Leonardo, pero se equivocan, Óliver, ¡fíjate en los colores!

Caí en la cuenta de inmediato:

—No dibujaron a Melisa Nierga como a *La Gioconda* del Louvre —me sorprendí—, ¡sino como a la obra que se conserva en el Prado!

—¡Exacto! A lo largo del día se acabará sabiendo. Pero esa no es la razón por la que te he estado llamando toda la mañana. Escúchame, Óliver, ¡ha aparecido una misteriosa frase junto a esta obra! Los medios de comunicación ya lo han publicado, ¡y se cree que David es el responsable!

—¿Qué se lee en esa frase, Nora...? —murmuré, preso de un escalofrío.

—*Et in Arcadia ego* —suspiró ella; parecía estar muy cansada—, son las palabras que se han escrito junto a *La Mona Lisa* del Prado.

8

—Investigaremos el caso de David hasta el final, ¿cierto, Óliver?

—Sí, Nora, eso me temo.

—Jo, ¿y por dónde empezamos?

—Pues no lo sé. ¿Tú qué opinas?

—Creo que en primer lugar deberíamos centrarnos en el enigma del museo, estoy convencida de que revelará algo insólito. Oye, Óliver, ¿qué secretos encerrará *La Gioconda* del Prado? ¿Verdad que algunas pinturas parecen más un truco de magia que una obra de arte? Muchos no lo entienden.

Decidí tomar parte en el asunto y atendí a los medios. Los periodistas se agolparon ante mí en un desorden absoluto, preguntando de forma incisiva y sin descanso: «Señor Brun, se acaba de confirmar que el dibujo de Melisa Nierga se asemeja a *La Gioconda* del Prado, ¿es posible que exista un vínculo entre ambas pinturas?», «¿Tiene algo que decir sobre la fotografía en la que la joven aparece desnuda?», «¿Recuerda si en algún momento David Sender le habló de su relación con Melisa Nierga?».

Aún frente a la casa de David, traté de responder con prudencia. La cuestión que más despertaba la curiosidad colectiva era determinar, obviamente, si David asesinó a dos inocentes. No obstante, otras preguntas me descolocaron, he de mencionarlo, ya que pude haberme inventado cualquier mentira, mas no hice otra cosa que cruzarme de brazos y poner esa expresión más bien boba que suelo llevar encima.

—Estoy convencido de que todo esto se trata de un terrible malentendido —aseguré ante las cámaras. Eran las dos de la tarde y a pesar de encontrarnos a finales de octubre caía un sol de justicia; el cambio climático—. Conozco a David desde hace más de siete años y sé que jamás le haría daño a nadie. Por otro lado, todavía se desconocen las identidades de los cráneos y aún menos cómo han acabado en la barca de David. De modo que no cometamos el error de acusar a un hombre precipitadamente. ¡Presunción de inocencia! ¡Presunción de inocencia!

Por lo demás, mi teléfono no paraba de sonar. Otros escritores a los que conocía me enviaban mensajes de texto demandando información fidedigna. Mis compañeros del grupo de investigación no daban crédito a lo que oían en las noticias y reclamaban explicaciones; algunos, y me refiero a Nora, aún se encontraban en el Prado.

Mi madre, cómo no, también me telefoneó.

—¿Oli?

—¿Mamá?

—¿Cómo estás, cielo? Oye —se extrañó—, ¿¡eres tú!?

No hablaba, gritaba. Alejé un poco el auricular del oído.

—Sí, mamá, soy yo. Has marcado mi número, ¿quién iba a descolgar si...?

—¿Estás bien?

—Pues ahora mismo...

—¿¡Estás bien!? —me cortó otra vez. Separé un poco más el teléfono de mi oreja.

—Mamá, por favor te lo pido, deja de gritar.

—¿¡Qué!? —chilló.

—Que te oigo perfectamente. Estoy en Monterrey, no creerás lo que...

—¡Sí, lo sé! ¡Tu padre y yo te hemos visto en la televisión no hace ni un minuto!

—¿Cómo que me habéis...?

—Qué bien te sienta la camisa rosa, tesoro —me interrumpió—, siempre me lo ha parecido. Estabas muy guapo en pantalla, ¿sabes?, más bien diría divino. La cámara te favorece, cariño, podrías ser actor, ¡o político! No, político no. Pero al verte de rosa te he imaginado actuando en Broadway. Piensa, hijo, que nunca es tarde.

Justo después de que pronunciara esa frase se cortó la comunicación. Me llevó un par de minutos lograr restablecer la conexión; quería llamar a mamá solo para saber de qué demonios me estaba hablando.

En el telediario se retransmitían, mientras tanto, imágenes de las autoridades esposando a David y la fotografía de la joven Melisa desnuda, junto a todos los demás documentos hallados; de ahí que ahora mamá me hablara con un tono muy distinto:

—Ay, Dios...

—Mamá, tranquilízate...

—¡Ay, Dios mío...!

—... que no es lo que tú piensas.

—Óliver, ¿qué has ido a hacer a Monterrey? ¡Dime la verdad!

—He venido a ver a David.

—¡Santo cielo! ¿Cómo que has ido a ver...?

—¡Sé que es inocente!

—¡Ay, no! Eso no, por favor...

—Mamá, escúchame...

—¡Ay, Señor!, pero si están diciendo que el escritor ese mató a dos personas... Y la pobre niña que desapareció... Mírala... Mira lo que le hizo: le sacó una foto tal y como el Señor la trajo al mundo... Qué asco, por Dios bendito... Y después la mató; a ella y a su abuelo. ¡Ay, no...! ¡Pobrecillos! ¿Por qué las tragedias siempre golpean a las mejores familias? Ese hombre, tu amigo, es un pedófilo y un asesino.

—Mamá, si me dejas explicarte...

—¡Pederasta y asesino! —repitió—. ¡Óliver, sal de ahí! ¡Sube a tu coche y regresa a Madrid ahora mismo! No vayas a creer que te impongo nada, ¿vale, cielo? Pero sí, vuelve de inmediato. Pobre Oli, pobre tesoro mío... Ese escritor también te ha engañado a ti, ¿cierto? Sí, es lo que diré a las vecinas, que el depravado te engatusó. Seguro que la señora Arteaga no deja pasar la oportunidad de alcahuetear, la muy cotilla. Antes la he espiado un poco, por cierto; hoy está cocinando estofado, huele de maravilla. Le diré que estabas en la sierra de excursión con tu novia, ¿de acuerdo? Sí, eso servirá.

—Pero si he venido solo, mamá.

—¡Pero las vecinas no tienen por qué saber que estás solo! Así creerán que hay alguien en tu vida. Y ahora te voy a preguntar una cosa, tesoro, y quiero que me contestes con total sinceridad.

—De acuerdo.

—Bueno, no, miénteme si hace falta; pero, por favor, dime que tú no has mantenido relaciones íntimas con ese escritor. ¡Es casi cuarenta años mayor que tú! ¡Ay, Señor, Señor! Ya has tenido relaciones con él, ¿verdad, hijo? ¿Has permitido que toqueteara tus partes pudendas?

—¡Mamá, por favor!

—Tesoro, que si caminas por la otra acera, a mí no me importa. Camines por donde camines, yo siempre te querré, ¿me has entendido? Pero, si eres sarasa, preferiría que festejaras con chicos de tu edad.

—¿Se puede saber de qué me estás hablando?

Mamá hizo caso omiso a mi pregunta y siguió a lo suyo.

—¡Ay, Oli, si vieras las imágenes que está emitiendo el telediario...! Míralo, mira qué cara, ¡qué horror!, ese hombre es veneno.

—David no ha cometido...

—¡Veneno te digo! —chilló. Ni siquiera me escuchaba; es lo habitual, casi nunca me escucha cuando le cuento algo—. Oli, ¿cuántas entrevistas has concedido ya?

—Cinco.

—Cinco. ¿Y cuántas han emitido?

—No lo sé.

—Cuatro —se respondió. Y al oírlo de sus propios labios, mamá se escandalizó—: ¿Y si te relacionan directamente con el pedófilo? O peor aún, ¿y si te consideran cómplice de sus actividades pornográficas y de sus homicidios?

—Mamá, mi amistad con David ya era bien conocida.

Horrorizada por mis palabras, mamá se puso a llamar a gritos a papá: «¡Vicente! ¡Vicente! ¡La prensa entrevista a tu hijo porque es amigo de un asesino!».

—¡Oh, cariño, seguro que ya eres la comidilla de los vecinos! —siguió—. ¡Todo esto va a dañar tu imagen! Con todos los seguidores que tienes... ¿Y si a algunos ya no les caes simpático? No, eso es absurdo. Vaya cosas que digo.

—Mamá, aunque te cueste creerlo, estoy seguro de que hay personas a las que no les gusto nada.

—¡Oh, no! No se te ocurra pensarlo ni por un segundo. Eres un chico maravilloso, ¿de acuerdo? A todo el mundo le agrada tu compañía. ¿Me has entendido, Oli? ¡Todo el mundo te quiere! Es imposible no quererte, ¿verdad, Vicente?

Se oyó a papá al otro lado de la línea: «Tal vez no le caiga bien a algunas personas, ¿y qué, Mercedes? No pasa nada». Mamá lo reprendió: «¡Vicente...! No digas esas cosas tan feas, por el amor de Dios, que el niño puede oírte; y Óliver siempre ha sido un chico tan sensible y... y... Sí, Vicente, tomaré un poquito más de moscatel. Más, pon más; si hoy me excedo no pasa nada, que es domingo... Así, muy bien. Gracias, Vicente». Su tono se dulcificó.

—¿A quién podrías caerle mal, cariño? Oli, tesoro, te estoy hablando a ti. A ver, ¿a quién podrías caerle mal?

—Pues se me ocurren...

—¡A nadie!

La conexión se interrumpió de nuevo, afortunadamente, porque me estaba poniendo de los nervios. No obstante, cuando recobré la cobertura recibí una llamada entrante distinta. Era Martina. También me había visto en las noticias del mediodía. La noté preocupada.

—Descuida —la tranquilicé—. Solo quería ver a David, pero ignoro dónde se encuentra.

—¡Ay, Óliver! ¿Es que todavía no te has enterado?

—¿De qué...?

—David Sender ha pasado la noche en el calabozo.

—¿En cuál?

—En el de la comisaría comarcal.

—¡Voy a verlo! —afirmé.

—Imposible —me corrigió Martina—. Esta mañana ha ingresado en prisión preventiva.

—¿¡Lo han metido en la cárcel!? —vociferé—. ¿Y eso qué significa?

—Bueno, Óliver, básicamente, al constar la existencia de

indicios delictivos suficientes, a David Sender se le ha aplicado la privación de libertad. Puede que permanezca en prisión hasta la celebración del juicio y mientras dure el mismo. Verás, la prisión provisional se halla regulada en el artículo 17.4 de la Constitución.

—¿Eh?

—También hay que tener en cuenta la Ley de Enjuiciamiento Criminal, sobre todo, los artículos 502 y siguientes, en los que se establecen, entre otros, unos requisitos mínimos para poder decretarse, así como su duración máxima.

—Espera, ¿qué? ¿La duración máxima de qué?

—De la prisión preventiva, Óliver, que es sobre lo que me has preguntado.

—Sí, claro. Ya veo, ahora sí lo comprendo... Bueno, no, la verdad es que no he entendido nada de lo que me has dicho.

Martina se rio suavemente.

—¿Nos vemos esta noche y te lo explicó? —sugirió—. Te echo de menos.

Después de colgar, me imaginé a David entre rejas sufriendo el oprobio del descrédito social; esa imagen tan poco lustrosa me sacudió un buen rato, sin perder intensidad, y de repente empecé a sentirme agotado.

Y el teléfono volvió a sonar:

—Hola, Nora.

—Hola, tonto. Tengo malas noticias: he oído que el profesor Sender está en la cárcel. Jo, Óliver, lo siento mucho. ¿Estás bien?

—Sí, creo que sí.

—Ojalá todo esto se aclare y David salga pronto.

—Yo creo en su inocencia, Nora. De verdad. Solo espero que, en este caso, la Justicia no sea lenta.

—¡Uy, Óliver, no sé yo! No se trata de que la Justicia española sea lenta. Todo lo contrario, camina muy bien y muy rápido, pero solo con una pierna. Lo que quiero decir es que la ideología de muchos magistrados tiende hacia la...

—Sí —la corté—, lo he captado.

—Que la Justicia española es paticoja, vamos —concluyó Nora—. Pero, bueno... Espera un momento, que acabo de caer en la cuenta de algo.

—¿De qué?

—¿Ya sabías que David ha ingresado en la cárcel?

—Sí, me he enterado hace unos minutos.

—Y si ya lo sabías, ¿qué haces todavía en Monterrey?

—Pues mira, Nora, eso mismo me estaba preguntando.

—Jo, no quiero sonar ofensiva, Óliver, pero tú allí no pintas nada. Te lo he dicho esta mañana: deja de hacerte el protagonista, ¿vale? No eres el personaje de una novela.

¿Ah, no? Me parece que en eso Nora se equivocaba.

—Oye —me quejé—, que yo no me hago el protagonista de nada.

—A ver, ¿qué dices?

—Déjalo; volveré a Madrid enseguida. Cuéntame, ¿cómo van las cosas en el Prado? Continué recibiendo una llamada telefónica tras otra: antiguos colegas de la facultad, mi madre, un amigo de la infancia, mi madre, un periodista local, mamá por quinta vez... Con excepción de unos pocos, los comentarios que me llegaban sobre David eran de carácter negativo. Pensé en desconectar el móvil, ya que no deseaba atender más voces inoportunas. Sin embargo...

—¿Sí, dígame? —contesté por enésima vez.

—¿El señor Óliver Brun?

—¿Sí?

—¿Le gustaría cambiar de compañía telefónica?

—Oiga, que hoy es domingo. —Y colgué.

Pese a todo me quedé un buen rato en Monterrey, fascinado por lo que oía; no importaba que la investigación estuviera en curso, verificada o no, la gente ya daba por sentado que David había matado, con premeditación y alevosía, a la joven Melisa y a su abuelo. Los vecinos estaban furiosos y aterrorizados. Culpaban a David y querían que lo juzgaran cuanto antes, a él o a quien fuese, para volver a sentirse seguros, en especial los padres de chicas adolescentes.

Mientras conducía de regreso a Madrid, fui dándole vueltas y más vueltas a decenas de inquietantes cuestiones: ¿Cuál era el paradero de los cuerpos? ¿A quién pertenecían las calaveras halladas? ¿Quién las ocultó en la barca de David? ¿Y por qué? ¿Era mi mentor la víctima de una confabulación? Esa era mi teoría.

Al finalizar aquel largo domingo, telefoneé a Martina.

—Acabo de llegar a Madrid.

—¿Te apetece que vaya a tu casa y hablemos de...?

—No —me adelanté, rechazando su ofrecimiento con descortesía—, solo quiero descansar un rato —dije, e inmediatamente después me percaté del tono arisco que había utilizado—. Disculpa, Martina, no era mi intención...

—No te preocupes, Óliver. No hay nada que reprochar. No me puedo ni imaginar lo que has vivido hoy. Ya nos veremos a lo largo de la semana, y si en algún momento necesitas aliviar la tensión, puedes recurrir a mí.

—Te lo agradezco mucho.

—Cuenta conmigo.

—Gracias, Martina. —Tras un breve silencio le propuse—: ¿Quedamos mañana cuando salgas del trabajo?

—¡Vale! Me apetece mucho verte.

Tras despedirme de Martina, me preparé una infusión y, en un recipiente, dispuse unas varillas de ratán que aromatizaron el salón. Quise ordenar los acontecimientos de aquel extraño día; sin embargo, solo conservaba imágenes fragmentadas de lo acontecido en Monterrey, como si fuera una pesadilla, y cuando por fin me ovillé en el sofá, me bastaron apenas quince minutos para tomar conciencia de lo que estaba sucediendo. En las calles de Madrid, en los hogares del país, en las tertulias de televisiones y radios nacionales, en todas partes, la imagen de David se había desvirtuado de forma rápida, rotunda y explosiva: un escritor de prestigio se había convertido en un repugnante homicida.

El veredicto popular se había desatado. Al leer en las redes sociales múltiples diatribas contra David, pensé que el ciudadano enfurecido es una criatura impulsiva. Solo unos pocos, los más cautos, pedían esperar a que las autoridades efectuasen su trabajo, pero la mayoría tachaba a David de asesino, criminal y monstruo desalmado.

Muchos se grababan en vídeos en los que pisoteaban sus novelas o las tiraban a la basura o por la ventana. Hubo un tipo que subió una secuencia de imágenes en la que sujetaba el último libro de David: el insensato lo estaba quemando en directo y casi le prende fuego al sofá, a sí mismo y a su gato.

Algunos hasta le deseaban la muerte (a David, no al gato) e incluso aportaban eficaces sistemas para llevarla a cabo. Si lo piensan bien, estos últimos, no importa el tema, opinan siempre desde el anonimato; son los mismos que a menudo crean y difunden bulos para confundir a la sociedad; unos cobardes, en efecto.

El reloj marcaba la medianoche cuando recibí la última llamada del día.

—Hola, Nora —contesté con un tono que manifestaba falta de energía física y mental.

—Jo, Óliver, vaya voz llevas... ¿Cómo te encuentras?

—Bien, creo.

—¿Seguro...?

—Sí, estoy bien. Quiero decir, estoy bien.

Nora rio ante la torpeza de mi respuesta.

—Oye, te he visto en la televisión —me anunció, no sin añadir con su habitual ironía—: Vaya lo mono que lucías con esa camisa rosa, ¿eh, Óliver? Para la vista, una delicia. —A medida que se burlaba, me la imaginé en su apartamento, tumbada en el sofá, cubriéndose con una manta y exhibiendo esa magnífica sonrisa entre la dulzura y la travesura—. *Krasavchik* —dijo de repente.

—¿Cómo? ¿Qué has dicho?

—Te he llamado *krasavchik*. Es ruso.

—Sigues leyendo a Tolstói, ¿verdad?

—Ajá. Terminé *Guerra y paz* y he empezado *La muerte de Iván Ilich*.

—Y ahora me hablas en ruso, qué maravilla. ¿No me vas a

contar de qué nueva manera te has metido conmigo y en otro idioma?

—No, *krasavchik*. —Y se carcajeó al repetirlo.

—¡Venga, Nora!, dime qué...

—Calla un poco, Óliver. Ya buscarás el significado luego. Cuéntame qué tal estás.

Estirándome en el sofá, abatido, reconocí que había sido un día de lo más extraordinario.

—Figúrate que lo que más me apetece ahora mismo es bajarme un rato del mundo. —Acto seguido quise saber cómo se encontraba ella; naturalmente, también se sentía exhausta.

—Oye, ¿vendrás al Prado? —sugirió Nora al poco.

—¿Cuándo? —me interesé—. ¿Mañana?

—No, Óliver, mañana no.

—¿Por qué?

—Porque mañana es lunes —me recordó Nora.

—¿Y qué?

—Que los museos cierran en lunes, tonto.

—Ah, claro.

—No obstante, Víctor Escolano nos ha convocado el martes para seguir investigando el enigma de la pared.

Hice memoria y evoqué las palabras que Nora me había transmitido por teléfono hacía ya bastante horas.

—*Et in Arcadia ego* —susurré—, es la frase que ha aparecido en la sala 56B, ¿cierto?

—Ajá.

—¿Quién la habrá escrito, Nora? ¿Y por qué junto a *La Gioconda* del Prado? ¿Y por qué hace unos meses le enviaron a David un dibujo de Melisa Nierga parangonando esta pintura? ¿Por qué, Nora? Eh, eh, dime, ¿por qué?

—Oye, Óliver, ¿y cómo quieres que yo lo sepa?

—*Et in Arcadia ego...* —continué—. ¿Qué significará? ¿Habéis elaborado alguna teoría?

—Sí.

—Caray —me sorprendí—, ¿de verdad?

—Bueno, a base de debatir han surgido varias ideas, pero lo cierto es que de momento ninguna vale la pena; así que deberemos seguir indagando. En cuanto al inquietante mensaje en latín, ya no hay duda de quién es el autor, ergo el responsable del delito.

—David no lo ha escrito —me anticipé.

Nora calló largo rato; hasta que habló, me quedé absorto en lenes pensamientos, siguiendo con mirada cansada la estela que dejaban las luces de Madrid al otro lado de la cristalera.

—Óliver, siento ser yo quien te lo diga, pero fue David —resolvió Nora.

—¿Qué?

—David grabó ayer ese mensaje con tinta negra junto a *La Gioconda* del Prado.

—Pero...

—No, escúchame. La policía ha enviado a un perito calígrafo y a una experimentada grafóloga para que analizaran la letra; han cotejado los grafemas de la pared con textos de David escritos a mano que les han facilitado, y a través del estudio del espacio, el trazo, la forma y el movimiento han determinado que, sin lugar a dudas, esa letra es la de David Sender.

—¡Imposible! —estallé en el colmo de la incredulidad y el nerviosismo. Armándose de paciencia, Nora chascó la lengua.

—Ya basta, Óliver. Asúmelo. Yo misma he comparado las letras de la pared con los textos de los cuadernos. La caligrafía coincide con la de David. Encaja. No hay más. Lo siento, de verdad que lo siento. Quería contártelo antes de que te enteraras por otras vías.

De este modo, y a la espera de ser juzgado por cometer un doble asesinato, la prisión preventiva de David tenía su razón de ser en un segundo delito: atentar contra el Patrimonio del Estado. La noticia ya era mediática y de alcance mundial. Investigadores de diversas partes del globo publicaban sus hipótesis al tiempo que periodistas especializados escribían columnas de opinión sobre una obra de arte: *La Mona Lisa* del Prado se había vuelto, en menos de veinticuatro horas, mundialmente conocida, lo cual, por cierto, no debería sorprender a nadie. Me explico: la popularidad de una obra puede crecer por motivos varios que oscilan entre la magnificencia más absoluta, basta con echar un vistazo al *Cristo Velado* de Sanmartino, y el más burdo despropósito, aquí cabe recordar el episodio del *Ecce Homo* de Borja o la desgraciada restauración de una de las Inmaculadas de Murillo.

—En cuanto al mensaje en latín —continuó Nora—, de momento no lo van a borrar.

Aquello sí fue una afirmación sorpresiva.

—No me lo explico —musité—, ¿van a dejar una pared del Prado salpicada de pintura negra?

—Sí, por orden del juez permanecerá tal y como está mientras se estudien los hechos. No conozco los detalles, Óliver, los agentes de policía no los han compartido, aunque los he oído hablar. Al parecer, consideran que el mensaje en latín es una pista que podría conducir a los cuerpos, una especie de confesión encriptada.

—¡Qué demonios...! ¿Qué cuerpos?

—Bueno, Óliver, en la barca de David se han hallado dos calaveras... Falta el resto.

—¡Menudo disparate! ¿De verdad creen que David ha ocultado información mediante una clave?

—Pues... sí. La policía sostiene esta hipótesis: si se descifra el mensaje, se conocerá el paradero de los cuerpos; y, para resolverlo, han solicitado colaboración al profesor Escolano, y él pide la nuestra. ¡Es una locura, Óliver, lo sé! Desconozco si han presionado a David e ignoro qué ha contado. Pero tenemos que investigar. El Museo del Prado no va a cerrar, sin embargo, la sala 56B se ha clausurado temporalmente; solo la policía y nosotros tenemos permiso para acceder a ella. Es más, el director nos ha acreditado para entrar en el museo a la hora que queramos mientras dure la investigación, y a este punto quería llegar: Óliver, te necesitamos.

—¿A mí?

—Sí.

—¿Por qué?

—Porque posees una imaginación desbordante. He leído los primeros capítulos de la novela que estás escribiendo, gracias por enviármelos, por cierto, ya te daré mi opinión; lo que quiero decir es que estás acostumbrado a diseñar tramas, lo que, sumado a tu formación como historiador del arte, hace que resultes esencial para resolver «el misterio del Prado».

—¿«El misterio del Prado»?

—Ya, no es un nombre muy original, pero así lo han bautizado. Vaya, si tuvieran un poco de ingenio lo habrían denominado «El...».

—De acuerdo —la corté—, pero no quiero que se tilde a David de homicida.

—Óliver... Tanto el doble asesinato como el incidente del museo incriminan a David. No ha pasado ni un día, lo sé, pero las pruebas son irrefutables. ¿Por qué te empeñas tanto en defender su inocencia?

La gran maravilla de conversar con Nora se sostenía en que no tenía dificultad alguna para expresar mi estado de ánimo, pero no, aún no había llegado la hora de confesar el origen de mi amistad con David, no obstante, le dije que había una parte de nuestra relación que nadie conocía.

—No me preguntes ahora, por favor. Te lo contaré más adelante.

Consciente de que se trataba de una parte importante e íntima de mi vida, Nora cambió de tema con habilidad y dimos paso a una serie de conversaciones en las que primó, esencialmente, el humor.

—Óliver, me pican los ojos de sueño. Me voy a dormir.

—Buenas noches, Nora.

—Buenas noches, *krasavchik*.

Ninguno de los dos colgó. Se escuchaba con toda claridad su respiración acompasada al otro lado de la línea.

—Nora, sigues ahí, ¿verdad?

—No —respondió.

—¿Te apetece que nos veamos mañana? —propuse.

—¿Seguimos buscando la chocolatería?

—Sí, me encantaría. No, espera... —Recordé que ya tenía planes programados con Martina—. Mañana no puedo, perdona.

—¿Y por qué no?

—Es que tengo un compromiso.

—¿Ah, sí? ¿De qué tipo?

Como no deseaba, todavía no, revelar mi situación sentimental con Martina, recurrí a la mendacidad y le dije a Nora que, meses atrás, la red de bibliotecas municipales me había incluido en un circuito de encuentros con el autor.

—Mañana tengo un club de lectura.

De pronto tuve la sensación de que, al eludir mis cargas emocionales, me estaba convirtiendo en un ducho mentiroso y, por extensión, en un cobarde, o sea, a imagen y semejanza de la mayoría de los hombres.

Nora alargó el silencio antes de continuar.

—Un club de lectura, ya... Entonces nos veremos el martes en el Prado.

—¡Hasta el martes! —me despedí. Tampoco esta vez colgamos.

—Oye, *krasavchik*... —susurró Nora al cabo.

—¿Sí?

—Que vaya muy bien el club de lectura, ¿eh?

Lejos de interrumpir la comunicación, alargamos la conversación hasta bien entrada la madrugada. Debían de ser las tres de la mañana cuando noté que Nora se había quedado dormida al teléfono. Antes de acostarme, busqué el término *krasavchik*, que en ruso significaba «chico guapo». Sonreí en la oscuridad y pensé que en un mundo ideal Nora sería soltera y que, puestos a desear, yo mediría diez centímetros más.

La belleza de Nora me encandilaba mucho más allá de su físico. Su personalidad cumplía todas las expectativas creadas. Era una energía vital y creativa que me complementaba. Un rasgo determinante de su rostro eran las mejillas, con aquellas marcas que le había dejado el acné juvenil. Podía visualizar nítidamente el rostro de aquella joven castaña, con una gracia pícara y ocurrente, con un aire triunfal y entusiasta. Sus ojos eran del color de la madera más preciosa y... Bien, con eso basta. No hay necesidad de profundizar más en la apariencia de Nora. Además, me enfrentaría a un imposible si intentara describir a la persona más especial de esta novela, ni para los escritores, en ocasiones, hay palabras suficientes. Si les soy sincero, a veces no hay palabras. O quizá... ¿Qué cantaban los Beatles? «Alguien te llama, respondes despacio, una chica con ojos de caleidoscopio.» ¿Qué chica? Nora, claro.

En definitiva, vaya si tenía un problema serio con Nora.

Había sido un domingo largo, excesivamente largo. Pobre David, toda su vida se desbarataba. Pero el incidente del Prado y el hallazgo de dos cráneos sin cuerpo suponían solo el principio de su largo descenso a los infiernos. Me dolía en lo más hondo ver cómo su imagen se destruía aun sin pruebas concluyentes. Pero no lo iba a permitir. Lo iba a solucionar. Me iba a encargar de todo.

Si de verdad quería ayudar al hombre que me salvó la vida trece años atrás, necesitaba una pista que seguir y que se encontraba, pronto lo iba a descubrir, escrita en clave junto a *La Mona Lisa* del Prado.

El martes 26 de octubre, día en que empecé a investigar «el misterio del Prado», me cité con Nora a las cinco de la tarde en la iglesia de San Jerónimo el Real, una de las más monumentales de Madrid. Como de costumbre, saludé a Nora con un tierno beso en la frente.

A medida que descendíamos la solemne escalera hacia el Prado, oímos un tenaz zumbido de voces alegres y festivas, una algarabía. Nora no se inmutó lo más mínimo al llegar; yo, sin embargo, me quedé pasmado al ver a una gran multitud concentrada. Allí se arremolinaba gente de todo sexo, edad, ideología, condición y clase social; unos pocos eran entendidos en cuestiones de arte, la mayoría ignorantes (en cuestiones de arte) que esperaban su turno para ser testigos del acontecimiento que llenaba páginas de periódicos y abría informativos. La expectación era extraordinaria: el Prado, una de las pinacotecas más importantes del mundo, visitada cada año por millones de autóctonos y foráneos, con su principal atractivo en la amplia presencia de obras del Greco, Velázquez y Goya, el artista más representado, nunca antes había visto sus jardines exteriores tan abarrotados.

—¡Cuánta gente! —exclamé.

Era una auténtica locura, un fenómeno de multitudes. No se veían colas tan extensas en los aledaños desde la exposición del Bosco en 2016 con motivo del quinto centenario de su muerte.

Nora se hizo hueco entre la muchedumbre.

—Óliver, ¿crees que toda esta gente hace cola para contemplar *El jardín de las delicias*, *Las meninas* o *Las majas* de Goya?

—Pues...

—No —me cortó, empujando a un joven de unos diecisiete años que se estaba autofotografiando con el museo y el gentío de fondo—. Quieren presenciar lo ocurrido en la sala 56B. David Sender tiene centenares de miles de lectores, y al haberse divulgado que él es el artífice de la misteriosa frase, el interés se ha incrementado, obvio. Menuda decepción se van a llevar todos estos...

—¿Por qué, Nora?

—Porque la sala 56B no se puede visitar, Óliver. Ya te lo dije por teléfono, se ha clausurado de forma temporal. ¡Uf, qué barbaridad! No veía estas colas desde la exposición de Dalí en el Museo Reina Sofía. Aquí hay por lo menos hora y media de espera.

—Bueno —dije. Y me coloqué educadamente en la fila.

Frente a la puerta de Velázquez, la entrada principal al Prado, Nora me observó de arriba abajo sin entender nada.

—Óliver...

—¿Sí, Nora?

—¿Se puede saber qué haces ahí plantado como un pasmarote?

—Pues verás, como muchos otros, espero mi turno para entrar en el museo —contesté, mirando alrededor—. Vaya, pensaba que al situarme aquí eso había quedado bastante claro. ¿Es que me he equivocado de fila?

Nora puso los ojos en blanco.

—Por Dios, qué escasa retentiva. A ver, ¿no te aclaré por teléfono que estamos acreditados?

—¿Eh?

—Jo, Óliver, no te enteras absolutamente de nada.

—¿Qué?

—Que no te enteras de nada.

—Lo sé, Nora, a veces me despisto con facilidad.

—Absolutamente de nada —repitió—. Ven, pazguato, sígueme. Nosotros no tenemos que hacer cola. El profesor Escolano me ha asegurado que, presentando los documentos de identidad en la puerta de Goya, nos permitirán entrar. Dentro del museo te explico los detalles.

Nora me cogió de la mano y me condujo con destreza a través de la multitud. Mientras esquivaba a gente y más gente dirigiéndose hacia aquella entrada, yo, que tenía en la cara dibujada una mueca muy boba, no dejaba de pensar en que la mano que me guiaba era pequeña, suave y agradable. Por desgracia, me percaté de que la mía empezaba a sudar.

—Óliver... —musitó Nora.

—Sí, dime.

—Te suda la mano.

Pero a Nora no le importó, en fin, eso me pareció. En unos segundos llegamos a la plaza en la que destaca la estatua de Goya, fundida en bronce sobre su pedestal de mármol, imponente frente al museo, con pose rígida. Nora todavía me cogía de la mano cuando iniciamos el ascenso de la escalinata hacia la puerta de entrada. Entonces, en un impulso, apreté la suya con delicadeza. Al sentir mi caricia, Nora aminoró el ritmo hasta quedarse quieta. Se detuvo en medio de las escaleras de piedra, dándome la espalda, y para mi gran sorpresa y alborozo realizó el mismo movimiento: inmóvil, sin darse la vuelta, Nora me acariciaba arriba y abajo el dorso de la mano, fingiendo buscar algo más arriba para evitar el contacto visual.

¡Ah!, la chica con ojos de caleidoscopio. Quería besarla y ella besarme a mí, lo noté cuando al fin se dio la vuelta y posó una mirada enternecida en mis labios. Durante unos segundos maravillosos no sucedió nada. Nos miramos en silencio en medio de la multitud, entretanto la luz azafranada del atardecer bañaba suavemente las copas de los árboles frente al Prado.

Nora no se movía, yo tampoco. Solo prolongábamos la sensación de estar cogidos de la mano. Fue un instante de una tremenda intensidad, en efecto, uno de esos momentos que cobran gran viveza en los recuerdos.

—Óliver, esto es peor que besarnos —murmuró Nora. Y lo era.

Sin embargo, sonreía. Su rostro no manifestaba culpabilidad, ¡Nora sonreía! ¡Me acariciaba la mano y expresaba una modesta alegría! Caray, su novio debía de estar encantado.

Desde el principio, Nora había marcado la pauta. Yo, sencillamente, me dejaba llevar. Ahora me sentía prisionero de su encanto. A veces me atizaba y se metía conmigo, siempre desde el cariño, con una dulzura exquisita que me desarmaba por completo y me impedía ver la realidad. Tenía esos pequeños momentos con Nora, aunque de forma muy ocasional.

Y apretándome más fuerte la mano, conteniendo las ganas de besarnos y sin tratar el tema, Nora me arrastró a un mundo distinto, estático y más pequeño, aunque inmenso en los ambientes de la historia del arte: las galerías del Museo del Prado.

En aquel momento tres factores desempeñaban un papel decisivo en mi vida: cogía de la mano a una chica con la esperanza de besarla algún día, escribía esta novela y estaba a punto de afrontar el misterio del Prado. En ese orden de importancia, así era mi vida. Supongo que, si lo piensan bien, no suena mal; para nada, suena de maravilla.

9

—Tesoro, más te valdría haber estudiado una carrera de verdad.

—Mamá, Historia del Arte es una carrera de verdad.

—Yo quería que fueras un hombre de ciencias, ¿sabes?, pero, ¡oh, no!, tú nunca quisiste darle esa alegría a tu madre y escogiste la rama de letras.

—Porque en bachillerato suspendía matemáticas, mamá, ¿acaso no te acuerdas?

—¡Ni lo menciones, que me pongo enferma! Tendría que haberte apuntado a una academia para que te formaran como ingeniero; es que cuando nos hablas de arte, cielo, tengo la sensación de que en vez de un trabajo, es un entretenimiento.

—Esa es, precisamente, la mejor parte.

—Pero digo yo que, si hubieses estudiado ingeniería, ahora estarías fabricando cohetes, y no descifrando enigmas en una pared del Prado. ¡Ay, Señor, arreglados estamos!

—Mamá, no te preocupes. Mientras tenga fe en la cultura, todo me irá bien. No se me ocurre un plan mejor para seguir creciendo.

—Jesucristo, vaya plan.

—Te cuelgo ya, ¿vale?, que he de seguir escribiendo esta novela.

—Y luego terminarás la tesis doctoral, ¿verdad, cariño? Anda, déjate de libros y hazle ese favor a tu madre, acaba el doctorado y procúrate una plaza en la universidad, ya que no vas a ser ingeniero, que al menos seas funcionario.

En cuestión de segundos nos situamos frente a un guardia de seguridad, un hombre menudo de rostro huraño. Nora lo saludó exhibiendo su sonrisa más completa y arguyó que éramos dos de los investigadores autorizados por la policía y el director del museo para trabajar en el enigma de la sala 56B. Al tanto de la situación, el vigilante nos preguntó si pertenecíamos al grupo de Víctor Escolano Duval. Asentimos y le mostramos nuestros documentos de identidad.

—¡Ja! ¡Jo, Óliver, vaya pinta!

Nora se burló de mi fotografía y el guardia de seguridad, que me reconoció, pues también. A continuación, anotó nuestros nombres y nos permitió el acceso a la principal y más majestuosa galería del museo.

—Oye, Óliver, ¿sabes qué es lo que menos me gusta del Prado? —murmuró Nora, inclinando la cabeza para contemplar el gran techo en forma de arco.

—¿El qué? —me interesé, lamentando que ya no me cogiera de la mano.

—Dos cosas. Primera: es uno de los museos más caros del mundo.

—Aunque uno de los más importantes.

—Sí, eso es cierto, pero creo que en Europa solo la entrada a los Museos Vaticanos es más costosa, aunque tiene su excusa, ya que incluye la Capilla Sixtina.

—¿Y segunda? —quise saber.

—Y segunda: el museo acopia obras de cinco mil artistas, sin embargo...

—¿De verdad? —la interrumpí—. ¿Cinco mil?

—Sí, Óliver, cinco mil, más o menos. Pero solo alrededor de treinta son mujeres, es decir, menos del uno por ciento. ¿Cómo te quedas?

Me quedé consternado, por supuesto. Es cierto que muchas, muchísimas mujeres fueron artistas antaño y que en muchas, muchísimas ocasiones ni siquiera se les permitió firmar las obras que crearon.

—Obras, Óliver, que no se destruyeron ni ocultaron.

—¿Ah, no? ¿Qué sucedió entonces con ellas, Nora?

—Los hombres se las apropiaron.

Poco valoradas e incluso despreciadas, algunas mujeres optaron por estampar su rúbrica utilizando un seudónimo masculino. Bien, quizá piensen que esta práctica es cosa de otro tiempo, pero por desgracia aún se extiende en diversos ámbitos culturales de este siglo. En la literatura contemporánea, sin ir más lejos, muchas novelas que leemos las han escrito mujeres, pero se firman como si el autor fuese un hombre, en efecto.

—Sabes, Óliver —continuó Nora—, muchas mujeres pintaban y esculpían obras de una calidad incluso superior a la de los hombres, se está demostrando, en especial las que trabajaban en talleres familiares. Lo más curioso es que a las mujeres artistas no se les proporcionaba una formación específica.

—¿A qué te refieres?

—Pues a que no se les consentía asistir a clases de anatomía, por ejemplo. Tampoco se les permitía dibujar del natural.

—¿Cómo? ¿Dibujar del natural?

—Sí, Óliver, ya sabes, un hombre sí podía usar un cuerpo desnudo como modelo, pero, oh, claro, para las mujeres era algo inconcebible por inapropiado, de modo que se vieron obligadas a aprender directamente de la naturaleza, con sus propios ojos, con sus propios medios y pensamientos. Así las cosas, negándose a ser meras musas o simples protagonistas de un retrato, algunas mujeres fueron auténticas pioneras en un mundo que imponía límites a su sexo, ¿verdad?, mujeres que tenían la certeza de ser dueñas de un talento que explotar y un arte excelso que ofrecer al mundo; y aun sin tener el consentimiento del hombre para instruirse en diversas materias, aprendieron con su propia experiencia.

—La mejor maestra de todas —añadí sonriendo—. Bueno, Nora, al menos la mayoría de los museos se ha puesto al día con el trabajo de las mujeres artistas, ¿verdad?

—Sí —convino—, eso creo. Se nota en el MoMa o en la Tate Gallery. Y también aquí, por ejemplo.

—¿En el Prado?

—Claro, Óliver.

—¡Ah, sí! Hace unos años se presentó la exposición de Clara Peeters, ¿no?, la primera dedicada a una mujer pintora.

Guardamos silencio unos segundos, aún en la galería de la planta 1.

—¿Nora...?

—Sí, dime.

—¿Sabes por qué me matriculé en Historia del Arte?

—No, Óliver, ¿por qué? Nunca me lo has contado.

—Verás, en bachillerato tenía un viejo profesor, ¿vale? Era un hombre muy sabio y de cada una de sus clases se podía extraer una lección muy valiosa. Basaba la relación con los alumnos en dos palabras del libro *Juan de Mairena,* de Antonio Machado: amor y provocación. Oh, disfrutaba de aquello. Nos quería y nosotros a él. Con afecto se trabaja mejor, eso por un lado. Por otro, no tenía intención de formarnos como futuros empleados de una multinacional, que en ello no hay nada malo, sino que nos retaba a pensar a un nivel íntimo e individual, sin estar condicionados por el entorno. Impartía la asignatura de Filosofía, claro. Un día le dije que yo, a los dieciséis años, tenía multitud de dudas y curiosidades, y él me animó a leer a Platón. Quise saber la naturaleza de sus recomendaciones y arguyó, llanamente, que en los textos de Platón encontraría la respuesta a todas mis preguntas existenciales. Y no solo me prestó los *Diálogos* de Sócrates y Platón, sino que, además, se me quedó grabado algo que comentó en clase.

—¿Qué comentó, Óliver?

—En primer lugar, que la palabra «salario» debe su origen a que en la antigua Roma se pagaba a los soldados con sal, para que pudieran conservar adecuadamente los alimentos. Y, a raíz de eso, añadió que la humanidad había alcanzado un punto en el que a muchos de los trabajadores que desarrollan actividades de primera necesidad se les remunera con salarios de miseria.

Nora enmudeció.

—Sí, lo sé —continué—. Aquí en Madrid, por ejemplo, el directivo de una gran compañía puede llegar a cobrar quince veces el sueldo de un subordinado, aunque ambos sean casi idénticos en coeficiente intelectual. A la hora de la verdad, pocos protestan; la mayoría quiere medrar y escalar hacia una posición económica privilegiada, ¿cierto? A veces Madrid, más que una ciudad, parece una empresa. Lo que quiero decir, en resumidas cuentas, es que, en Madrid, y en la totalidad del planeta, hoy en día solo importan el dinero y las apariencias, en serio. Al recordar aquellas clases de Filosofía, bueno, consideré que la cultura sería una forma de riqueza mucho más hermosa y mucho más completa.

Nora se aclaró la garganta.

—A mí me cautivó Hipatia de Alejandría, una filósofa, una mujer matemática a la que escuchaban numerosos discípulos, incluso hombres. Creo que Hipatia fue vista como una amenaza, ya que la asesinaron unos cristianos integristas. Por eso estudiamos arte, ¿verdad, Óliver? Comprendimos que la cultura no atiende a dinero, sexo y fronteras.

—Sí, Nora. En definitiva —dije—, aquel profesor, un romántico de la utopía, nos enseñó que las personas no deberíamos ser esclavas de las apariencias y el dinero. Deberían enseñarlo todavía.

Alcé la vista hacia el techo. A través de las claraboyas se veía el cielo de Madrid, en el que las nubes se coloreaban de tonalidades violáceas a la luz del ocaso.

—¿A qué hora vendrá el profesor Escolano? —pregunté.

—Cuando cierre el museo.

—¿Y a qué hora cierra, Nora?

—Pues a las ocho, Óliver, como siempre.

—¿Y qué hora es?

—Las seis de la tarde.

Disponíamos, por tanto, de dos horas que ocupamos en visitar algunas de las dependencias de la planta 1. Primero accedimos a la sección de pintura italiana, en la que destacaban algunas obras de Tiziano. Más tarde contemplamos *El triunfo de David* de Nicolas Poussin y, después, Nora comentó el *David vencedor de Goliat* de Caravaggio:

—Fíjate, Óliver, David acaba de matar con su honda al gigante de Gat, ¿cierto? Ha cercenado su cabeza y la sostiene triunfal. Sin embargo, el pastorcillo hace algo insólito.

—¿El qué?

Nora chascó la lengua.

—¿No lo ves? Está atando los cabellos de Goliat con una cuerda.

—¿Y por qué es insólito?

—Porque no existe un antecedente iconográfico de esta escena.

—O sea ¿que no hay una alusión concisa en la Biblia?

—No, Óliver.

—Entonces —razoné— ¿tenemos delante una prueba más de la genialidad de Caravaggio y de su imaginación?

—Ajá. —Nora frunció el ceño. Ya no miraba la cabeza cortada de Goliat, quizá un autorretrato del pintor al creer que moriría de semejante manera—. Hay otra obra de Caravaggio que me produce escalofríos.

—¿Cuál, cuál? —me interesé, soltando un gallo.

—¿Quieres dejar de mirar alrededor, Óliver? En el Prado no hay más obras de Caravaggio.

—Bueno, Nora, ¿y a cuál te refieres?

—A su *Cabeza de Medusa*, por supuesto. Se conserva en la Galería Uffizi y te puedo asegurar que no hay pintura en el mundo que me infunda más terror. Aunque la *Medusa* de Rubens también tiene lo suyo. —Divertida, Nora fingió un escalofrío—. Sabes, creo que, para *La cabeza de Medusa*, Caravaggio utilizó como modelo su propia cara; por lo visto, no resultaba muy agraciado. Y además era una buena pieza, se metía en cada lío... Ahora bien, se me escapó una lágrima al contemplar su *Vocación de san Mateo* en Roma. En parte porque estaba un poco ebria: antes de ir a la Capilla Contarelli, una amiga y yo compartimos una botella de vino en la comida. También me bebí un spritz, un chupito de grappa y otro de limoncello, pero estoy convencida de que me habría emocionado igual estando sobria. Como gesto de devoción, mi amiga compró dos postales. —Y se rio—. Y a ti, Óliver, ¿qué obra te aterroriza?

—¿A mí? Ninguna —mentí.

—Ya, seguro.

—¡Palabra!

—¡Va, dímelo!

—Es la verdad, Nora.

—Venga, Óliver. —Me atizó en el brazo—. ¡Confiesa!

—De acuerdo, de acuerdo —consentí, sonriendo—. Intenta adivinarlo.

—Vale. Hummm... ¿La obra que más miedo te da se encuentra en Europa?

—Correcto.

—¿En España?

—Sí.

—¿En Madrid?

—Vas bien.

—¿Aquí, en el Prado?

—Ya casi lo tienes.

A Nora se le iluminó la cara.

—¿Pertenece a la serie de las *Pinturas negras* de Goya?

—¡Bravo!

—¿No será *Saturno devorando a su hijo*?

Asentí. Acto seguido, en la zona comprendida entre las salas 7 y 10, admiramos a Ribera y varias de las grandes obras del Greco, entre ellas *La Trinidad* y *El Caballero de la mano en el pecho* y, más adelante, pinturas de Goya, Murillo, Van Dyck, Rubens y Rembrandt.

En el tránsito de cuadro a cuadro, de repente había transcurrido hora y media. De vez en cuando nos topábamos con pequeñas aglomeraciones en los pasillos. La entrada era gratuita durante las dos últimas horas del día, de ahí que el museo estuviera atestado e incluso se produjese alguna carrera precipitada hacia las obras más populares, como suena. A todo ello había que sumar el enorme interés que despertaban la frase en latín y *La Mona Lisa* de la sala 56B.

—Oye, Óliver, ¿sabes qué es lo que más me gusta del Prado?

—¿El qué, Nora?

—Tres cosas. Primera: la calidad de sus colecciones es indiscutible.

—Sí, desde luego.

—En segundo lugar, mira, Óliver, fíjate... —Nora se acercó con ojos brillantes a *Las hilanderas* de Velázquez—, siempre me ha impresionado el buen estado de conservación de las obras; se exponen en unas condiciones idóneas.

—¿Y tercera? —me interesé.

—Y tercera... Hummm... ¿Cuántas obras crees que hay expuestas, Óliver?

—La verdad, no tengo la menor ide...

—Más de mil doscientas —se adelantó Nora—. Una cifra elevada, ¿cierto? Pero ¡apenas contemplamos una parte mínima de la colección! ¿Sabes dónde se encuentra el auténtico tesoro del Prado, Óliver?

—¿Bajo llave en las cajas fuertes de alguna entidad bancaria? —solté.

—Qué barbaridad. No, tonto, a buen recaudo en los almacenes. Nada más y nada menos que treinta mil piezas entre pinturas, dibujos, esculturas y grabados. Jo, ¿no te parece excitante? ¡Quién sabe las reliquias que podría haber cogiendo polvo! Que conste que esto sucede en todos los grandes museos del mundo.

—¿Ah, sí? ¿En cuáles?

—Pues en todos, Óliver, te lo acabo de decir. Figúrate que, en el sótano del Museo Egipcio de El Cairo, por ejemplo, se guardan antigüedades de hace cuatro mil años que nadie ha visto expuestas.

Nora me guiaba de habitación en habitación comentando muchas de las obras. A las siete y media fuimos a la sala 12 a esperar a Víctor Escolano. En el centro de una pared en forma de semicírculo se exponía *Las meninas,* el más famoso y completo cuadro de Velázquez.

—Óliver, fíjate en los múltiples planos de perspectiva... —susurró Nora—, qué maravilla. Velázquez marcó un hito con esta pintura.

Mientras Nora comentaba *Las meninas* con una destreza

que rayaba en la genialidad y el entusiasmo, bueno, qué otra cosa podía hacer yo sino admirarla embelesado con ella y en un estado de aturdimiento. A las ocho menos diez sonó la campana y comenzaron a desalojar las dependencias; a menos cinco nos quedamos a solas, y a en punto se cerraron las puertas.

Había llegado la hora decisiva, el momento de investigar el enigma de la pared. Era inútil hacer predicciones de futuro, quién sabe lo que descubriríamos en la sala 56B. Hasta entonces, solo podía fantasear con la complaciente idea de que mi contribución ayudaría a demostrar la inocencia de David. Supongo que en aquel instante me negaba a aceptar la realidad, solo era un pobre soñador sin ventura que se perdía en fantasías en las que triunfaba la dicha. No dejaban de ser meras fantasías, claro, pero, si les soy sincero, las fantasías en las que a veces me pierdo resultan ser, por suerte, un gran calmante para la mente.

No solo me pierdo en fantasías, de vez en cuando también gusto de perderme en el Prado. Comprendo la disposición de las salas y la iconografía de muchos cuadros. A una edad temprana aprendí que el placer sensorial e intelectual no reside en las obras de arte, qué va. La mayor belleza de un museo se fundamenta en volver una vez cada cierto tiempo y comprobar que todo permanece intacto en el mismo sitio. Puedes regresar pasados cinco años y nada ha cambiado, nada es diferente, lo único diferente en cinco años eres tú. Esa es la mayor grandeza que nos concede el arte. Hoy en día, con el frenesí de la vida, diría que casi nadie lo entiende.

En cada una de mis visitas, paseaba solo por aquel universo de historias mágicas, sin embargo, aquella no se trataba de una noche cualquiera de finales de octubre, ni se pareció a lo que había imaginado con anterioridad miles de veces.

Pasadas las ocho apareció el profesor Escolano y se acercó a nosotros con una sonrisa amable. Lo acompañaban el jefe de seguridad, dos vigilantes y un conserje; el conserje, de unos cuarenta años, era el hombre más antiestético que he visto en mi vida: caminaba con escollos, tenía una fea nariz de bruja, cejas densamente pobladas y un poco de chepa; pero lo más llamativo de su aspecto físico eran sus ojos heterocromos: uno de color negro; el otro, amarillo.

Nos explicaron el modo de actuación y emprendimos la marcha hacia la sala 56B. Las luces del museo se atenuaron, controladas desde un ordenador central, y cayó un silencio hondo, impresionante, perturbador. Por lo general muy bien iluminadas, las salas y galerías se sumieron en la oscuridad, y un millar de sombras envolvieron el Prado con la frialdad de un mausoleo.

A medida que recorríamos el edificio Villanueva, emergían imágenes lúgubres y alargadas en todos los rincones. Una luz débil y cenital, poco agresiva, indicaba el camino en algunos puntos estratégicos. No se oía nada, solo nuestra presencia colándose de sala en sala, un suave rumor que subía y bajaba, y nuestras siluetas reflejándose en los cristales parecían cobrar vida en las tinieblas y nos acechaban desde otros mundos con mirada fantasmal.

Bajamos la escalera central, tenuemente iluminada, y accedimos a la planta 0, donde la ausencia de luz era como un monumento erigido en medio de la noche, un dédalo de silencio y negrura sin la anomalía del visitante. El eco de nuestras pisadas reverberaba en una atmósfera de frialdad, semejante a la de una caverna, en la que densas sombras se prolongaban como espectros hasta fundirse en la oscuridad.

—¿Nora? —Mi voz sonó apenas audible—. ¿Nora? —Seguíamos a corta distancia los pasos de Escolano y los trabajadores del Prado, que nos guiaban a través de la penumbra—. ¿Nora? —susurré por tercera vez. No me oía—. Oye, ¿Nora?

—¿Qué? —musitó al fin.

—Ahora mismo —le dije— me siento como si fuera el protagonista de una película. Escucha, me siento como Indiana Jones.

—Óliver, cállate.

Un estado de agitación, cada vez mayor, se apoderó de mí cuando llegamos a la sala 49, la antecámara a la 56B, en la que se exponían varias de las grandes obras de Rafael, a saber, *El Cardenal, La Perla* y *La Virgen del pez,* hacia las que Nora dirigió una mirada brillante y llena de vida en la penumbra. Así fue.

Mientras Víctor Escolano intercambiaba impresiones con el jefe de seguridad, Nora observaba de reojo *La Perla;* en la disposición piramidal de las figuras, y en el contraste de la luz, se apreciaba la influencia del mismísimo Leonardo da Vinci tras sus encuentros con Rafael, en Florencia y Roma, en el primer quindenio del siglo XVI.

«Leonardo da Vinci.»

Evocar su nombre surtió un efecto mágico: recordé de inmediato la verdadera razón por la que nos encontrábamos en el Prado. Cuidando de no tropezar, me di la vuelta de un salto, un ridículo salto, y posé la mirada en la entrada a la sala

56B. Pero no se veía *La Gioconda* del taller de Leonardo, ni se veía nada, porque un biombo de tela, provisional, impedía el acceso al visitante, confirmando que en el interior de la habitación se había producido un incidente extraordinario.

Los vigilantes harían la ronda en los exteriores mientras se alargase nuestra investigación nocturna en la sala. El jefe de seguridad nos dio las últimas instrucciones con las que proceder y se fundió en la oscuridad, siguiendo al conserje de ojos heterocromos, en dirección al edificio Jerónimos. Escolano nos lanzó un guiño.

—Adelante —indicó con su habitual gentileza, cediéndonos el paso.

Bordeé el biombo, ascendí los cuatro peldaños que elevaban la sala 56B de la 49 y, al atravesar el umbral, tomé conciencia de todas las amenazas que ponían en riesgo la vida de David. Me enfrentaba a una cruda verdad. Aquello se había tornado horriblemente real. Tal y como David solía decirme en algunas conversaciones: «En el mundo, mi querido Óliver, hay peligros que ni siquiera podemos imaginar».

Estaba a punto de afrontar el mayor reto de mi vida, lejos de sospechar que un hallazgo inesperado cambiaría el rumbo de los acontecimientos.

Bien, el Prado dedica la sala 56B a la pintura italiana, se ubica en el corazón de la planta 0 y no dispone de ventanas. Las paredes tienen un color ocre suave y el suelo de mármol brilla en una tonalidad gris claro.

A diferencia del resto del museo, sumido en la oscuridad tras haber cerrado, los técnicos dotaron la habitación de luz suficiente con luminarias led, que mejoraban la conservación de las obras expuestas con mayor eficiencia que las anteriores lámparas halógenas.

En la dependencia se conservan tres cuadros de Fra Angélico, entre ellos *La Anunciación,* una de las pinturas maestras del Prado. Enseguida llamó mi atención *La historia de Nastagio degli Onesti,* la obra de Botticelli, sobre la que David me instruyó tiempo atrás, cuando yo era un estudiante universitario.

Aunque nuestra amistad se forjó en la universidad, fue precisamente en aquella sala donde tuvo lugar nuestro primer contacto. Nadie conocía aquel episodio, ni siquiera David y yo lo habíamos hablado. Nuestro primer encuentro se produjo cuando yo tenía trece años y a causa de un motivo desagradable que narraré más adelante. Por el momento, les bastará con recordar, pues ya lo he mencionado antes, que en aquellos días David me salvó, en todos los sentidos en que se puede salvar a una persona. Le debo la vida. De ahí que al situarme frente a la «otra *Gioconda*» y el enigma, guardando las distancias, me invadiera una indecible desazón.

ET IN ARCADIA EGO

Las palabras brillaban en tintura negra en la pared, muy próximas al cuadro. Escolano las leyó despacio, apartó la vista y se dirigió a nosotros:

—A los dos, Eleonora, Óliver, gracias por venir.

—¿Estaremos solos? —pregunté.

—Sí. Nadie más ha querido tomar parte.

—¿Nadie? —Nora se sorprendió—. ¿En serio? ¿Por qué?

—David Sender es una celebridad —arguyó Escolano—,

a quien la opinión pública acusa de haber cometido un doble asesinato. No es de extrañar, por tanto, que algunos colegas, que sí acudieron el domingo, hoy hayan desestimado mi invitación e incluso el requerimiento de la policía. Temen que el hecho de involucrarse en un caso mediático afecte a sus carreras.

—¿Y cómo demonios va a salpicarles este asunto, si puede saberse?

Escolano habló con calma.

—Lo ignoro, Óliver. Supongo que no desean ver su nombre publicado en la prensa. No quieren verse señalados. Eso es todo. No obstante, os garantizo que vuestra imagen no se verá afectada. Tampoco tu reputación de escritor, Óliver. Descuidad, yo trataré con los medios siempre que lo soliciten. Pero ese no es el tema que nos ocupa. Vayamos por partes. Antes me he reunido con el director del museo, un viejo conocido, y no está dispuesto a perder visitantes, así que el Prado no cerrará mientras dure la fase de investigación criminal. De hecho —añadió con un tono de desconcierto—, según me ha contado y para sorpresa de todos, el número de visitas se ha incrementado hoy de forma exponencial.

Nora y yo se lo confirmamos.

—Bien —prosiguió Escolano—, esta sala se ha cerrado al público por unos días. Solo nosotros tendremos acceso ilimitado. —Y con una concentración supina volvió a leer—: *Et in Arcadia ego*. Tanto el juez como la Brigada de Patrimonio Histórico nos piden colaboración hasta que se averigüe qué significa esto. Todas las partes consideran que existe un vínculo entre el mensaje que tenemos delante y los cráneos que se descubrieron en la barca de David.

—¿Cómo lo han relacionado?

—Lo ignoro, Óliver. Imagino que la policía ha reunido pruebas a las que nosotros no tenemos acceso.

—¿No sería más fácil que las autoridades interrogasen a David? —sugirió Nora.

—Al parecer, ya lo han hecho —contestó Escolano—. David ha declarado no saber nada al respecto, ni del mensaje ni de los huesos.

—Pero se demostró que esta es su caligrafía y que estuvo aquí esa misma noche.

—Lo sé, Eleonora.

Empecé a ponerme nervioso.

—A ver si me aclaro —repliqué—, ¿quién es el iluminado al que se le ha ocurrido asociar esta frase en latín con dos calaveras encontradas a cincuenta kilómetros de aquí? Es un disparate, ¿no lo veis? Nada de esto tiene sentido, ¿y qué hace David en la cárcel si aún no hay pruebas contundentes?

—Tuvo relaciones con una menor de edad —intervino Nora con su voz almibarada.

—No —negué—, David jamás le puso la mano encima a Melisa Nierga.

Víctor Escolano guardó silencio mientras Nora y yo empezamos a intercambiar opiniones contrarias.

—¿Ah, no? —ironizó ella—. ¿David no se aprovechó de una menor?

—No.

—¿Y qué me dices de los documentos que se han filtrado? Las fotografías, el cuadro... ¿Quieres que siga, Óliver?

—Eso no prueba que David abusara de Melisa.

—Tampoco prueba lo contrario.

—Sí, Nora, de acuerdo. David tuvo una aventura con Melisa Nierga, no lo niego, pero no se acostó con ella.

—No puedes saberlo, Óliver.

—Claro que sí —dije.

—No, no puedes.

—Sí, Nora, conozco con certeza parte de la historia.

—¡Es imposible que sepas lo que ocurrió hace veinticinco años!

—¡David me lo contó! —reconocí al fin. Nora me examinó con creciente interés.

—¿Qué te contó exactamente, Óliver?

—¿Recuerdas que a principios de octubre estuve una semana a su casa?

—¿Y eso qué tiene que ver?

Titubeé unos segundos, antes de proclamar que por una fortuita casualidad descubrí su secreto.

—Hablé con él y lo admitió todo. Pero me prometió que jamás tuvo relaciones sexuales con Melisa.

—¿Y si te mintió, Óliver?

—Lo dudo mucho, Nora.

—¿En qué te basas?

—Vi la verdad en su rostro a medida que confesaba.

—¡Bueno...! —resopló Nora—, eso ni siquiera es un argumento. En cualquier caso, estamos hablando de un adulto que sedujo a una muchacha inocente con proposiciones deshonestas; es asqueroso.

—Pero el consentimiento fue mutuo, ¿no?, y como David no la forzó a mantener relaciones sexuales, su romance ni siquiera constituye un delito.

Nora se escandalizó, agitando los brazos.

—¡Óliver, qué barbaridad! ¿Te estás escuchando? A ver si lo comprendo, ¿se supone que existe un límite que las mujeres debemos tolerar? Dime, ¿dónde trazamos la línea de la ética y la moral? ¿Un hombre puede tener un noviazgo con una adolescente a la que saca más de veinte años siempre y cuando no le baje las bragas? ¿La puede besar, pero no desnudar? ¿La puede coger de la mano, pero no palparla de cuello para abajo? ¿Es eso lo correcto? ¿David es un hombre *et nihil humanum...*? En otras palabras, ¿es susceptible de caer en la tentación, de enamorarse de una menor, pues esto no depende de su voluntad y por tanto no hay que juzgarlo? ¿Es lo que estás defendiendo, Óliver?

—No, claro que no —respondí, sintiéndome atacado.

—¿Ah, no? Entonces ¿qué defiendes?

Tomé aliento antes de continuar:

—Mira, Nora, ningún adulto debería relacionarse con una menor de edad —sentencié—. Ninguno, jamás, sean cuales sean las circunstancias. Por entonces David tenía treinta y siete años y Melisa dieciséis. Coincido contigo, ¿vale?, me parece una aberración lo que hizo, una inmoralidad. Me resulta un comportamiento despreciable y repugnante.

—Vale —musitó Nora—, entonces ¿en eso estamos de acuerdo?

—Por supuesto. Ahora bien, David no está en prisión por cortejar a una chica adolescente, sino por un doble asesinato que estoy seguro que no ha cometido. ¡Ni siquiera se ha confirmado la identidad de los huesos!, que, por otro lado, cualquiera podría haber colocado en su barca, y a saber en qué momento, ¿no crees?

—Tal vez, Óliver. Ya no lo sé.

Tras haber permanecido al margen unos minutos, Escolano medió al fin:

—Como bien sabéis ambos, crecí con David en Monterrey. Lo considero un hermano. Si mantuvo relaciones con una menor y si asesinó a dos inocentes, por Dios vivo espero que no. Por ahora solo podemos especular. Hasta donde sé, un nutrido operativo trabaja en el caso: personal forense, policía Nacional y Local, químicos, técnicos de laboratorio... —Dio un paso hacia el cuadro—. Lo único que se espera de nosotros es que cooperemos. Como ya os he dicho, estaremos aquí los tres solos. Pero no es obligatorio quedarse. Si os queréis marchar y no participar, Eleonora, Óliver, este es el momento. No habrá preguntas ni consecuencias. Nada se os recriminará. Nadie os juzgará.

No nos movimos del sitio.

—Bien —continuó—, no nos corresponde valorar los actos de David. El juez dictará sentencia. Mientras trabajemos en el enigma de la pared, por favor, no estiméis su culpabilidad; guardaos vuestra opinión al respecto, ¿de acuerdo?

No tardé ni cinco segundos en emitir mi criterio:

—David es inocente. ¿No me digáis que soy el único que lo cree?

Balanceándose con los pies de atrás adelante, Nora se encogió de hombros. Escolano pasó por alto mi comentario y señaló la pared.

—Adelante —murmuró.

ET IN ARCADIA EGO

¿Qué significaba?

Apenas prestamos atención a *La Gioconda* del Prado. Nos aferramos a la frase y le dimos todas las vueltas imaginables. El único problema, en efecto, era que no sabíamos qué estábamos buscando. Como de costumbre, en un primer intercambio de ideas, vacías y mediocres, ni alcanzamos un fin ni estuvimos cerca de alcanzarlo.

¿Qué secretos ocultaba?

Algunas ocurrencias, en un principio originales, fueron, francamente, verdaderos dislates. Unas pocas ideas arrojaron una leve lógica, pero la mayoría ni se sustentaba en una base. En aquello que exponíamos, y en cómo lo exponíamos, había siempre excitación y discordia; no discutíamos, debatíamos.

¿Qué teníamos delante y el ojo no captaba?

Pasadas las once de la noche, Nora y Escolano se tomaron un descanso. No se ausentaron de la sala; se apartaron a un lado y conversaron sobre los progresos de Nora en su tesis doctoral. Yo permanecía inmóvil frente a la pared, sentado en el suelo con las piernas cruzadas, dándole vueltas y más vueltas a lo único que aquella frase en latín podía significar, en un principio, nada.

Pero al poco sucedió, lo oculto se reveló en el momento adecuado. Nora y Escolano seguían hablando cuando un destello me inundó. Ahora no recuerdo con exactitud qué estimuló mi lucidez, pero creo que fue algo que comentó el profesor sobre la *vanitas* en el mundo del arte.

Me levanté de un salto, otro ridículo salto, y sentí que el corazón me latía vivamente en el pecho. Era el mismo arrebato de euforia que invade a quien ha concebido una idea maravillosa. Apenas me podía contener, estaba fuera de mí, la respuesta quedaba a mi alcance.

—Lo tengo —anuncié, despertando en Nora y Escolano un interés mayúsculo. Leí la frase despacio con una tímida sonrisa dibujada en los labios—. He encontrado un punto del que partir. Veréis...

Y aquí comienza otra historia, la búsqueda de la verdad, una carrera desesperada por demostrar la inocencia del hombre que vio en mí a un joven de mirada humilde y corazón sencillo.

Lo que tarde o temprano revelaría aquella pared pertenecía a la realidad, ahora bien, rozaba el límite de lo imaginable.

10

—Oye, Nora, si para ti Dios es un socorrista de playa, ¿cómo te imaginas al diablo?

—Pues mira, Óliver, de pequeña estaba convencida de que Satanás era un macho cabrío. La culpa la tuvo Goya y su cuadro *El aquelarre*. Años más tarde, vi que en una película vestía de negro suplantando a un empresario, y me dije: «Ah, pero ¿el diablo es un señor de mediana edad? Yo pensaba que era una cabra». Sin embargo, en nuestros días no adopta una fisonomía concreta.

—Entonces, ¿es un concepto?

—Claro, Óliver. Piensa que el diablo es capaz de adaptarse a todos los tiempos; Dios también, pero suele llegar más tarde.

—Caray, Nora.

—Lucifer se preocupa más bien poco por el confort de la gente, ¿sabes? Para empezar, no recicla ni tiene conciencia ecologista, vive en un palacio de plástico y desechos químicos, y no le importa verter residuos al mar. Así es como yo me imagino al astuto Belcebú, de ahí que el Dios socorrista intente sacar a la humanidad de las aguas contaminadas. Jo, Óliver, el mayor reto de nuestra era tiene lugar en los océanos y ni siquiera nos damos cuenta.

—Óliver, ¿qué has dicho? ¡Óliver!

Nora trataba de llamar mi atención a unos pasos de distancia. Sabía que decía algo; la oía hablar y quizá también lo hiciera Escolano. Conmovidos por la curiosidad, preguntaban y preguntaban, pero yo solo percibía sonidos acústicos a mi alrededor.

—¡Óliver!

Me hallaba tan absorto de la realidad circundante que me resultaba imposible mantener una conversación lúcida y serena.

—¿Me quieres atender, por favor?

La voz de Nora sonaba dulce y suave.

—Óliver, nos tienes en vilo. ¿Se puede saber qué...? Tú... ¡Oye! ¡Bufff! Profesor Escolano, este idiota no se entera de nada.

—Sí, ya lo veo. Dale tiempo, Eleonora.

—Ni hablar. Óliver. Óliver. Óliver. ¡Eh! ¡Óliver!

—¿Qué, qué?

—¿Qué has averiguado?

—¿Eh?

Nora apoyó suavemente una mano en mi hombro y, poco a poco, fui abandonando el embeleso. Regresé al mundo sólido y terreno y leí aquellas palabras escritas en latín con voz clara y exultante. Luego me di la vuelta y, al girar sobre mí mismo, me trastabillé, perdí el control y rodé un par de metros por la superficie de mármol. Acostumbrada a verme tropezar en todo tipo de escenarios, a Nora se le escapó una risa divertida.

—Bien —dije, todavía tirado en el suelo del Prado—, ¿de qué hablabais hace un momento?

—¿Nosotros?

—Sí, Nora, tratabais una materia que me ha estimulado. Oye, ¿qué comentabais? Necesito saberlo antes de que pierda el hilo de mis pensamientos.

Pero Nora no respondió, se sumió en un mutismo espontáneo.

—A ver, no hace ni cinco minutos os habíais apartado, ¿verdad? —continué, señalando el lugar indicado—, ahí, junto al *Funeral de san Antonio Abad* de Fra Angélico, y charlabais sobre... Os he oído hablar sobre... ¿Sobre qué hablabais, Nora?

—No lo sé.

—Y entonces Escolano ha mencionado aquello y lo otro, ¿vale? Aquello, sí.

—¿Qué?

—Y tú, Nora, has estado de acuerdo con lo otro... ¡Una palabra, sí! Habéis pronunciado una palabra que de repente me ha conducido a una idea. Sabes a cuál me refiero, ¿no? ¿Qué palabra habéis pronunciado, Nora? Sabes cuál digo, ¿verdad?

—Que no, Óliver, que no lo sé.

En fin, que no lo sabía, ¿y cómo lo iba a saber si no había forma humana de que se me entendiera? Las piezas estaban a punto de encajar y yo sentía una emoción intensa y profunda comparable al júbilo, al alborozo, al éxtasis, prácticamente me inundaba la felicidad, de ahí que me expresara con pobre elocuencia.

Al levantarme, me pisé los cordones de los zapatos y volví a caerme con estrépito al suelo.

—Bueno, ¡esto es increíble! —me quejé, soltando otro gallo—. Tenían que encerar el suelo hoy y dejarlo bien limpio y resbaladizo, ¿eh?, justo hoy para que...

—¡Óliver! —me llamó Nora—, venga, por favor, intenta recordar y cálmate.

Le dije que sí, que en mi estado anímico del momento predominaba la falta de sosiego. En concreto le susurré desde el pavimento: «Oye, Nora, ahora mismo soy puro entusiasmo». Razón por la cual, y por si las moscas, decidí quedarme sentado en el mármol. Si no quería volver a tropezar, permanecer inmóvil y cruzado de piernas me pareció lo más sensato.

Escolano, por su parte, se limitaba a fruncir el ceño cruzado de brazos. Saltaba a la vista que el viejo profesor procuraba mantener la mesura; se le notaba actuar, sin embargo, como si tuviera frente a sí un espécimen de lo más extraño, o sea, a mí.

—Entre otros asuntos —intervino al fin—, conversábamos sobre la tesis doctoral de Eleonora.

—¡Exacto! —exclamé—. Habéis citado varias pinturas de Rafael, ¿cierto? ¡Vamos, vamos, necesito que hagáis memoria antes de que se desvanezca mi idea!

Al darse cuenta de que yo precisaba información directa, ambos reaccionaron *ipso facto*.

—¿Te refieres a *La escuela de Atenas*? —preguntó Nora.

—Pues no. Aunque tal vez no exista pintura más bella, ¿verdad?

—¿A *La transfiguración*? —se interesó Escolano.

—No, no.

—¿A *Las gracias*?

—Tampoco.

—¿A *El sueño del caballero*?

—¡Sí! —exclamé—. ¡*El sueño del caballero*! Rafael pintó esta tabla a principios del siglo XVI, ¿me equivoco, Nora?

—Entre los años 1504 y 1505 —especificó—. Pero ¿qué tiene que ver con la frase *Et in Arcadia ego*? La verdad, Óliver, no veo relación alguna.

—Porque no la hay, creo. Pero vayamos paso a paso. Luego ¿habéis comparado el cuadro de Rafael con uno de Antonio Pereda?

Escolano se aproximó meditabundo al enigma de la pared.

—Sí, porque en Madrid se conserva una obra de Pereda titulada, precisamente, *El sueño del caballero*. La pintó hacia 1650 y se expone en la Real Academia de Bellas Artes.

—¿Y qué hay en común en ambas obras, profesor?

—No demasiado, Óliver, exceptuando que las dos muestran a un caballero que en apariencia está echando, bueno, una siesta. No obstante, el panorama cambia radicalmente de una a otra pintura; en la de Rafael, el caballero duerme en una campiña, a los pies de un laurel y entre dos figuras femeninas.

—¿Y en la de Pereda, profesor?

—El caballero también duerme, pero en un sillón, en una sala macabra y sombría y frente a una mesa abarrotada de objetos.

—¿Qué objetos?

—Más que objetos, son símbolos y alegorías. Sobre la mesa se distingue, entre otras cosas, una calavera, que representa la muerte.

—¿Qué más? —inquirí.

—Pues hay joyas y dinero —contestó Escolano—, ya sabéis, la abundancia que no podemos trasladar al otro mundo. También se distingue el reloj, el *tempus fugit,* que marca el paso implacable del tiempo.

—¡Y la vela apagada! —evocó Nora—, que indica el fin de la vida.

—Y sobre toda la serie de elementos iconográficos del cuadro, descuella un ángel —completó Escolano—, que nos recuerda la naturaleza fugaz de los placeres y las riquezas terrenas.

—Bien —dije—, muy bien. —Y seguí preguntando—: A pesar de ser escenas muy distintas, ¿qué conecta *El sueño del caballero* de Pereda con el de Rafael?

—Nada —respondió Nora.

—Salvo el título —la corrigió Escolano—, y quizá el tema.

—¿Nos lo explicas, profesor?

—Bien, aunque el título de las obras es idéntico, si tuviéramos delante las dos pinturas se vería, de forma paladina, la diferencia de estilos entre el Renacimiento, época en la que vivió Rafael, y el Barroco, época de Pereda, a la hora de tratar un tema congénere.

Nora abrió los ojos y cayó en la cuenta.

—La *vanitas* —susurró.

La *vanitas,* en efecto, he ahí el término que andaba persiguiendo. Los tres volvimos una mirada boyante hacia el enigma de la pared.

—La *vanitas* se menciona en el *Ars moriendi* —musitó Escolano.

—¿Qué es el *Ars moriendi,* profesor? —preguntamos Nora y yo al unísono.

—Es el «Arte de morir», por supuesto.

Cerca ya de la medianoche, reinaba un silencio absoluto en el Prado.

—El *Ars moriendi* —nos explicó Escolano— lo componen dos textos escritos en latín.

—¿De cuándo datan?

—Del siglo xv, Óliver. El primero se publicó hacia 1415 y el segundo se calcula que unos treinta años más tarde.

El turno de Nora:

—¿Y de qué tratan, profesor?

—En resumen —carraspeó Escolano—, el *Ars moriendi* enseñaba a «morir bien» conforme a los preceptos cristianos; fue una especie de guía, sobre cómo proteger el alma para garantizar la salvación eterna tras una buena muerte. Los textos salieron de la Iglesia católica a finales de la Edad Media y se hicieron muy populares durante los horrores de una época sumida en guerras, hambrunas y la peste negra. Pues bien, la *vanitas* se explica en dichos textos.

Hubo un instante de cavilación tras el cual pregunté, todavía cruzado de piernas sobre el mármol:

—¿Y qué es la *vanitas*?

Nora se impacientó, sentándose mi lado.

—Jo, Óliver, ¿tú estás seguro de que estudiaste Historia del Arte?

—Segurísimo. ¿Por qué?

—Mira que no saber qué es la *vanitas* después de cuatro años de carrera.

Le contesté que también tenía un máster en Métodos y Técnicas Avanzadas de Investigación Artística y Humanística.

—Y además estás matriculado en el programa de doctorado, ¿y preguntas qué es la *vanitas*? Lo tuyo no tiene remedio.

—Sé lo que significa, Nora, claro que lo sé.

—¿Y entonces por qué lo preguntas?

—Porque la palabra *vanitas* me ha facilitado atar cabos.

—¿Y bien, Óliver?

—Bueno, todavía no he llegado a una conclusión; y, para alcanzarla, necesito que sigáis hablando. Profesor...

Escolano se frotó la calva y sonrió, preparándose para exhibir sus conocimientos.

—Como bien sabéis, la *vanitas* es el género artístico que refleja la fugacidad de la vida. Hace unos minutos comentábamos *El sueño del caballero* de Pereda, un cuadro en el que se ilustra la *vanitas* en todos los elementos que hemos listado: la calavera, el reloj, el ángel, la vela... Pereda fue uno de los máximos exponentes del género en el Barroco, pues poseía una destreza sublime para pintar objetos tenebrosos de naturaleza muerta. —Escolano se frotó los ojos e hizo una breve pausa; luego, otra pausa—. Disculpad, ¿por dónde iba?

—La *vanitas*, profesor —lo alentó Nora.

—Sí, la idea de que la parca nos busca y encuentra a todos. La *vanitas* se ha plasmado a lo largo de toda la historia del arte, la mayoría de las veces representada mediante esqueletos y calaveras, se aprecia en la Edad Media e incluso antes.

—¿Antes? —me extrañé.

—En los frescos pompeyanos, por ejemplo.

Escolano cerró los párpados y apoyó una mano en la pared. A pesar de ser un hombre de constitución fuerte, parecía que la fatiga, el cansancio que se apreciaba en sus ojos arrugados, iba a derrumbar su majestuosa figura de un instante a otro.

—Víctor..., ¿te encuentras bien?

—Sí, Eleonora, perfectamente.

—¿Y si lo dejamos por hoy? —propuse.

—¡No! —me contradijo Escolano—. Avancemos. Como decía, la *vanitas* se ha representado a través del tiempo en cuadros, libros, diálogos en verso... Pero fue en el Barroco cuando se produjo su mayor apogeo.

Solo entonces me levanté del suelo.

—¡Lo tengo!

Mientras analizaba la pared, otra idea nacía y se desarrollaba, y toda una serie de emociones afloraba paulatinamente en mi interior, como un recipiente vacío que fuera llenándose poco a poco de formas y colores. En aquel instante, en aquel minuto de mi vida, el numen del investigador me llevaba de la mano hacia una respuesta definitiva. Cosa lógica, me ilusioné, dispuesto a dejarme arrastrar por una inspiración cálida y genuina.

—*Et in Arcadia ego* —susurré por enésima vez—. ¡La frase está relacionada con la *vanitas*! ¡La he leído en...! Vaya, ahora no recuerdo cuándo ni dónde. O quizá... Nora...

—¿Sí, Óliver?

—Hace unas horas hemos visitado algunas salas de la planta 1, ¿verdad?

—Verdad.

—Y, en cierto momento, hemos comentado el *David vencedor de Goliat*.

—¿La pintura de Caravaggio? ¿Por qué lo preguntas, Óliver?

—Porque antes, justo unos minutos antes, hemos contemplado otra pintura sobre el mismo tema.

—¿El tema de David y Goliat?

—¡Sí!, un cuadro en el que el pastor observa la cabeza decapitada del gigante mientras sujeta... Creo que sujeta una espada, ¿puede ser?

—¡Ah, sí! —exclamó Nora.

—¿Cómo se llama la obra?

—Creo que te refieres a *El triunfo de David*.

—¿Y quién es el autor? —pregunté, extasiado. Nora no dudó:

—Nicolas Poussin.

La respuesta llegó a mis oídos de manera imperiosa. Me acerqué feliz a Nora, le di un beso en la frente y le dije: «Gracias», y sus mejillas se encendieron. Escolano irguió las cejas sin entender nada. Nora, en cambio, me miraba con inquieta alegría; parecía tener una idea bastante aproximada de lo que yo iba a revelar a continuación. Hacía frío y era muy tarde, nos encontrábamos terriblemente cansados, pero disponíamos de tiempo para una última explicación.

—¡Poussin! —grité, soltando otro gallo—. ¡Eso es, Nicolas Poussin! Jo, Nora, ¡eres un genio!

—Pero si no he hecho nada.

—¡Claro que sí! Nos has guiado hasta la respuesta. ¡Gracias, gracias!

La besé, de nuevo en la frente, y sin saber muy bien por

qué motivo, bueno, empecé a bailar. Supongo que en mi fuero interno comprendía que aquel era el primer paso que demostraría la inocencia de David.

Tarareando la frase en latín, bailaba y bailaba frente a la pared. Tanto me emocioné que al intentar un *pas de bourrée,* en fin, resbalé y me caí al suelo por tercera vez en menos de una hora.

Me caigo con frecuencia. No hay semana en que no tropiece. Son pequeños lapsus que arrastro desde la infancia. Tiempo atrás mamá se empeñó en que debía usar gafas. Consultó a tres oculistas y los tres le aseguraron que no las necesitaba. Mamá, sin embargo, me puso las gafas, y a partir de ese momento no hice otra cosa que chocarme y tirar objetos por toda la casa. Imagínense a un niño de seis años con andares patizambos, dando tumbos de lado a lado del pasillo, los brazos extendidos, derribando marcos de fotos, jarrones y floreros, todo a su paso. Pues bien, ese era yo. Finalmente, mamá claudicó y me quitaron las gafas. No obstante, seguí tropezando. Tropiezo sobre todo cuando me emociono por algo. Pero, aunque no me emocione, lo cierto es que tropiezo igual. Soy un patoso, una persona torpe en movimientos, lo reconozco una vez más. Intentar un *pas de bourrée,* a quién se le ocurre. Si les digo la verdad, no soy un gran bailarín.

—¡Nicolas Poussin! —exclamé—. ¡La *vanitas!* ¡*Et in Arcadia ego!* ¿Por qué me miráis así los dos? ¿Qué, qué ocurre? Nora, profesor... ¡Vamos! ¿Es que no lo veis?

—Lo único que vemos —anunció Nora con voz serena— es que te has puesto a bailar, te has caído al suelo, es más de medianoche y has empezado a gritar el nombre de un pintor francés del siglo XVII en la sala 56B del Prado. Comprenderás que no salgamos de nuestro asombro.

Escolano esbozó media sonrisa y le dio la razón llamándola por su nombre de pila. Nora cerró los ojos, respiró despacio y con calma y luego manifestó:

—Profesor, por favor, no me gusta que me llamen así.

—¿Así, como?

—Eleonora.

—Vaya, me temo que lo he vuelto a olvidar.

—Es que ya van siete veces desde que ha cerrado el museo; sí, las he contado.

—Disculpa.

—No pasa nada.

Sacudí la cabeza y miré de hito en hito al director de mi tesis y a Nora.

—¿Me prestáis atención, por favor?

—Sí, Óliver —dijeron—, cuéntanos tu deducción.

—Para empezar, ¿qué sabemos de este pintor, Nicolas Poussin?

No respondieron.

—Eh, que no es una pregunta retórica, ¡venga, ayudadme!

En uno de sus gestos característicos, Nora se llevó un dedo reflexivo a los labios.

—Hummm... Poussin fue uno de los artistas más relevantes de la escuela clasicista, ¿verdad, profesor?

—Que fue una alternativa a la pintura barroca, correcto. De hecho, la influencia artística de Poussin llega hasta nuestros días, sobre todo en Francia. —Escolano pausó la explicación para tomar aliento. En su pose, en su rostro, en la forma de hablar transmitía la impresión de haber consumido toda su energía—. El paisaje cobra gran importancia en sus obras —entonó con esfuerzo—, que a menudo tratan la mitología o la religión. Aquí, en el Prado, se conservan algunas de sus pinturas. —Dicho esto, se tambaleó.

Recorrí con ojos atentos la pared, desde *La Mona Lisa* del Prado hasta la frase escrita en tinta negra. Tardé un poco en pronunciarme, ya que el miedo a errar me sobrecogía. Incluso llegué a pensar que, en vez de tener la respuesta, solo era la víctima de una especie de delirio. Nora y Escolano esperaban mi veredicto y así lo expresé:

—La frase que tenemos delante, *Et in Arcadia ego*, aparece escrita en un cuadro de Nicolas Poussin.

—¡Es verdad! —gritó Nora.

—Oye —le pedí—, no chilles.

—Pero si tú te estabas desgañitando hace un minuto.

—En circunstancias del todo distintas.

—O sea, ¿que tú puedes ponerte a pegar voces y yo no?

—Chicos —se interpuso Escolano, interrumpiendo la discusión—, no empecéis. Me gustaría acabar cuanto antes, así que, por favor, contadme en qué cuadro de Poussin aparece la frase.

—Sí, profesor, perdona. La pintura a la que me refiero se titula *Los pastores de Arcadia*, ¿verdad, Nora? —le pregunté con una voz tremendamente melosa.

—Sí, Óliver —dijo ella con suma delicadeza—, aunque se conoce como *Et in Arcadia ego*. La frase que estamos leyendo, en suma, es el título popular de un cuadro. No entiendo cómo se nos ha podido pasar por alto hasta ahora.

—Porque estábamos preocupados por David y no veíamos con claridad.

—Ya, Óliver, pero somos historiadores del arte, deberíamos haber atado cabos mucho antes.

—Tal vez, Nora. Pero piensa que solo han pasado cuarenta y ocho horas desde que ha saltado la noticia.

—¿Aun así no consideras que...?

Escolano volvió a aclararse la garganta; evitó un nuevo encontronazo.

—Lo acabo de recordar —nos informó—. Nicolas Poussin pintó este cuadro entre 1637 y 1638. La obra se conserva en el Louvre y muestra a una dama y tres pastores junto a una tumba. Se supone que los pastores han descubierto la inscripción *Et in Arcadia ego* grabada en la lápida.

Al visualizar la pintura, me vino a la memoria lo sucedido en Monterrey, en concreto el desfile de vecinos que se acercaron a curiosear a la casa de David una vez que saltó la primicia de que se habían encontrado dos cráneos humanos en su barca.

—Esta frase en latín es un *memento mori* —dije—, lo que significa «recuerda que morirás», en otras palabras, que la Dama Delgada nos busca a todos, a saber, que no debemos olvidar nuestra mortalidad como seres humanos, o sea, que los placeres terrenales son pasajeros, esto es, que la vida es caduca y se nos escapa, es decir...

—Que sí, Óliver —dijo Nora poniendo los ojos en blanco—, que la frase *Et in Arcadia ego* revela que el cuadro de Poussin es una pintura *vanitas*. Lo hemos captado y tenías razón. ¿Contento? Oye —se extrañó—, ¿la Dama Delgada?

—Bueno, es uno de los nombres que utilizan en México para referirse a la muerte. También la llaman la Democrática, y la Sin Dientes, y María Guadaña, y la Patas de Hilo, y la Apestosa. Aunque mi favorita es Doña Huesos.

Y tras decirlo, ambos prorrumpimos en sonoras risotadas sin poder evitarlo. Víctor Escolano movía la cabeza mirándonos con estupefacción; no entendía, me imagino, que nos riéramos en un momento tan delicado. David sí lo entendería. Una pequeña dosis de humor puede ayudar a sobrellevar el drama, es mi humilde opinión, y también la de Nora, pero como Escolano respondía a otro prototipo de persona, por lo general era serio y formal, cortés y digno, tan aburrido y metódico que hasta podría decirse de él que contemplaba con abulia y recelo el humor y la carcajada, con tono neutro reanudó la investigación.

—Óliver está en lo cierto, la frase *Et in Arcadia ego* es un *memento mori*. ¿Y qué significa, chicos? ¿Cuál es su traducción literal?

—No lo sé, profesor.

—Ni idea.

—Veréis, se podría traducir de esta manera: «Y en la Arcadia, yo». O de esta otra: «Yo también estoy en la Arcadia».

Nora abrió los ojos, brillantes por la fascinación.

—¿Se refiere a la región de la Arcadia, profesor?

—Sí, la de la antigua Grecia, una utopía utilizada por algunos poetas y pintores en sus obras. En cualquier caso, Nicolas Poussin nos está lanzando una advertencia certera: puedes ser tan feliz como quieras y donde quieras, pero la muerte te llegará como a mí me ha llegado. «Yo, la muerte, reino incluso en la Arcadia», así podríamos interpretarlo. Llegados a este punto, la pregunta que debemos formularnos es la siguiente: ¿por qué David iba a escribir...?

—Ejem..., ejem... —carraspeé.

—Sí, Óliver, ¿por qué David, u otra persona —rectificó

Escolano—, iba a escribir esta frase en esta sala y en esta pared? De momento no veo ningún vínculo con lo acontecido en Monterrey, ¿vosotros?

—No.

—Tampoco.

Leímos la frase por última vez y supusimos que se trataba de un primer indicio, ¿y quién sabe adónde nos conduciría?

No nos condujo a ningún sitio.

11

—Óliver, ¿recuerdas qué le regaló Marco Antonio a Cleopatra?

—¿Joyas?

—No, hombre, no.

—¿Qué le regaló, David?

—Libros.

—¿Cuántos?

—Doscientos mil volúmenes para su Biblioteca de Alejandría.

—¿Cómo? ¿Cuántos has dicho?

—Sí, has oído bien, doscientos mil.

—¿Sabes?, ni en toda una vida podrían leerse.

—No, Óliver, pero figúrate qué regalo tan hermoso. Quizá entonces ya lo comprendieran...

—¿El qué?

—Que los libros son la luz que nos permite ver cuánta oscuridad nos rodea.

—Y en tu opinión, ¿la literatura es lo único que ilumina el mundo?

—También lo alumbran el arte y el amor, dos palabras mágicas muy difíciles de describir. Ya tienes conocimientos suficientes en arte, espero, y por el momento, mi querido Óliver, esto es todo lo que tienes que saber del amor: es fortuito e irracional, es peligroso y golpea fuerte, a veces se desvanece lentamente. Podría matarte. Enamórate.

El 4 de noviembre telefoneé a la cárcel para concertar una cita con David. Un funcionario me informó de que, como yo no era un familiar, el régimen de visitas atendía a una serie de pasos administrativos: David tenía que solicitar el encuentro en un escrito formal dirigido al alcaide, quien lo autorizaría o no, y, luego, más peticiones, procedimientos y formularios. Tres noches más tarde, tuve la impresión de haber perdido el tiempo en un laberinto inútil e innecesario; me acosté pensando que quizá no hubiera hoy en día cosa que produjese más molestia, estrés y desidia, todo a la vez, que un interminable trámite burocrático.

En los días que siguieron, Nora, Escolano y yo acudimos en nuestras horas libres al Prado, juntos o por separado, y en la sala 56B nos exprimimos a fondo enunciando alocadas teorías que, de momento, como acabo de referir, no nos conducían a ningún lado. La frase en latín consumía nuestras fuerzas y despertaba la frustración y el desánimo. Pero nos encontrábamos cerca, muy cerca, de hallar una respuesta.

Entretanto, pernoctaba en casa de Martina siempre y

cuando su trabajo se lo permitía. Recuerdo que le pregunté por qué trabajaba tantas horas al día.

—Porque tengo ambiciones laborales, Óliver.

Y porque no le quedaba alternativa. A menudo la notaba tensa y estresada, dos síntomas muy comunes, pero poco tratados, en quienes ejercen la abogacía. Martina incluso llegó a admitir que había noches que le costaba pegar ojo.

—Tengo una idea que quizá te sirva para conciliar un sueño profundo y reparador. —Le regalé *Moby Dick,* el libro más aburrido que he leído en mi vida.

Por lo general, Martina y yo no ocupábamos el tiempo en otra cosa que no fuese charlar y hacer el amor. Las conversaciones que manteníamos me resultaban lúcidas y estimulantes, y sobre los placeres del sexo al que nos entregábamos, pormenorizaré alguna escena en capítulos posteriores.

El 15 de noviembre me cité con Nora en las inmediaciones de la Fuente de Neptuno. Quedamos en tomar un café antes de meternos a la sala 56B del Prado. Eran las nueve y cuarto de la mañana y se retrasaba. Mientras la esperaba, recibí la llamada de Bernard Domènech, el directivo de Prades & Noguera.

—Han pasado dos años desde que te concedimos el premio, Óliver; según el contrato vigente, ya deberías habernos entregado un nuevo manuscrito, pues acaba de vencer el plazo.

—Lo sé —dije. Y tanto que lo sabía. Me sentí aterrado ante la posibilidad de escuchar las consecuencias legales a las que me iba a enfrentar.

—Olvídate del contrato —anunció Domènech, sin embargo—, lo acabo de anular.

—¿Qué ha ocurrido?

—Las prioridades editoriales han cambiado. La gente conoce tu amistad con David Sender, ¿no? Así que nos gustaría que escribieras su biografía, su ascenso a los cielos y posterior caída a los infiernos. Todo. Te puedes imaginar cuáles son los ingredientes que compondrán el libro: misterio y enigma, éxito y descalabro, sexo y sangre. Eso vende. Queremos que narres la historia de un hombre desconocido que alcanzó popularidad mundial gracias a sus libros; queremos que ahondes en sus alegrías y tormentos, y que detalles su último sufrimiento en la cárcel; queremos que parte de la biografía sea una especie de entrevista en la que tú, el futuro, dialoga con Sender, el pasado, de tal forma que se entrevea la fugacidad de la vida.

—Eso en el arte se llama *vanitas* —apunté.

—¿Sí, eh? Qué interesante. Escucha atentamente, un libro que profundice en la vida de David Sender, escrito por el joven Óliver Brun, se convertirá en uno de los *best sellers* de la temporada, te lo garantizo, sobran los motivos. Queremos un texto que al lector le haga soñar y con el que se sienta identificado, que conforme pase las páginas piense: «¡Vaya! Cuando yo sea rico y famoso, no me caeré del pedestal». ¿Entiendes, Óliver? Queremos que esa sensación invada al lector a medida que se sumerge en la biografía de David Sender. Nos gustaría publicarla en primavera, ¿cómo lo ves? ¿Podrás hacerlo?

En primer lugar, sentí un gran alivio al oír que ya no era prisionero del último contrato: Domènech lo había invalidado y no había vuelta atrás; por tanto, era libre, ¡un escritor libre!, un joven que se desprendía de sus ataduras y que en aquel momento gozaba con lo siguiente: qué cosa más dulce es la libertad.

—Ahora mismo —le dije conteniendo la euforia— estoy escribiendo una novela.

—¡Fenomenal!

—Pero no se parece en nada al proyecto que me planteas, Bernard. Lo cierto es que no deseo novelar la vida privada del hombre que me ayudó a crecer. No lo haré. Sería una falta de respeto a nuestra amistad. Espero que me entiendas.

La conversación se extendió cinco minutos más; luego cayó un incómodo silencio, tras el cual Domènech me pidió que reconsiderara su propuesta, que rechacé una y otra vez con rotundidad. Pero al haber modificado los términos del contrato, el editor ejecutivo no podía exigirme nada. ¡Ah, la libertad! Le alegró saber, no obstante, que trabajaba a buen ritmo y con excelentes resultados en la idea que le conté entonces.

—Suena bien —opinó—, suena muy bien. Adelante, Óliver, desarrolla la idea y envía parte del borrador a Clara, tu editora, para que lo vaya valorando, ¿de acuerdo?

Después de colgar, alcé la vista hacia el cielo de Madrid. Disponía de varios meses para terminar mi tercera novela, una prórroga, por supuesto, un consuelo. Guardé el móvil y eché un vistazo alrededor. Eran las nueve y media de la mañana, ¿por qué se atrasaba Nora?

A unos metros de distancia, llamó mi atención un tipo que conversaba a gritos por teléfono, discutía con su novia, a quien esperaba desde hacía un rato y quien, por lo visto, aún lo iba a hacer esperar un poco más.

Nora apareció dos minutos después.

—Óliver —resopló al apearse del autobús público—, ¡uf! Perdona. ¿Llego tarde?

—No —mentí. Llegaba media hora tarde.

Con frecuencia, Nora se comportaba con amabilidad, educación y cortesía hacia los demás; era una chica inteligente, todo bondad. Con su afectuosa conducta se ganaba la simpatía de quienes la rodeaban. Era una joven auténtica, en absoluto superficial, siempre dispuesta a aprender y a escuchar, que iba moldeando sus principios a medida que crecía y asimilaba conceptos. ¿De cuántas personas se puede decir lo mismo?

Además, Nora poseía una conversación interesante, lo que viene a ser, en mi opinión, la cualidad más valiosa de cualquier persona. Por todo ello miré desencantado al tipo que gritaba a su novia a través del teléfono. Para mí es muy simple: si una persona de estas características se presenta a una cita media hora tarde, ¿a quién le importa? A nadie.

Por lo demás, Nora estaba preciosa. Vestía una boina negra a juego con el abrigo beige. No solía adornarse el cabello ni se ponía complementos, sin embargo, aquella prenda le sentaba de maravilla.

De repente se cruzó en mis pensamientos una idea muy atractiva: en el momento en que tomamos asiento a la mesa de una cafetería me entraron unas ganas terribles de casarme con Nora. Viviríamos en una casita de madera a orillas de un lago, entre las montañas de los Pirineos. Envejeceríamos juntos en la naturaleza, ajenos al desaire de la humanidad, entendiéndonos mejor con la indómita fauna autóctona que con las personas civilizadas. Cada atardecer nos sentaríamos en el porche a disfrutar de un horizonte rojizo y dorado, y en las noches invernales de silencio, frío y nieve nos abrazaríamos envueltos en una manta frente al fuego crepitante de la chimenea. No tendríamos televisor, claro que no, solo estanterías repletas de libros y un tocadiscos. Bailaríamos canciones de jazz a la luz del crepúsculo y haríamos el amor todos los días. Traeríamos al mundo cinco hijos, a quienes enseñaríamos a cultivar un huerto y a saber orientarse con la estrella polar.

Esa era mi fantasía.

Luego recordé que la relación de Nora con su novio perduraba desde hacía cinco años y entonces tomé conciencia de la situación. Cielos, algo iba mal, ignoraba qué, pero algo marchaba terriblemente mal en mi vida. Lo percibía. Quizá me estuviera volviendo loco; tal vez la presencia de Nora enloqueciera mis pensamientos hasta el delirio.

—¿Qué sucede, Óliver? ¿Por qué me miras con esa cara de bobo?

Después de pedir dos cafés, le conté a Nora la conversación que acababa de mantener con el directivo de Prades & Noguera y le respondí que me sentía contento, probablemente del todo feliz.

—Porque, como sabes, los días previos a que el caso de David y el misterio del Prado interrumpieran nuestras vidas —le dije— yo escribía.

Avanzaba a grandes pasos y con buenos resultados, eso creía. Me estaba entregando como nunca antes a la literatura y, a cada nueva línea que redactaba, me invadía un profundo amor por esta disciplina.

—¿Por qué me lo cuentas de pronto, Óliver?

—Porque te estoy muy agradecido.

—¿A mí? ¿Por qué?

—Por ayudarme.

—¿Y en qué te he ayudado, si puede saberse?

Le expliqué de forma sencilla, evitando circunloquios innecesarios, que ella había sido capaz de estimular mi deseo de escribir.

—Me animaste a ello la tarde que buscábamos la chocolatería, ¿recuerdas, Nora?

—¿En serio?

—¡Claro! Además, me proporcionaste una idea.

—¿Yo? —se sorprendió—. Ah, ¿y por esa razón me miras con cara de bobo?

—Exacto.

Nora dio un sorbo al café y se llevó un dedo pensativo a la sien.

—¿De verdad te di una idea literaria, Óliver?

—Sí, como suena.

—¡Bueno, bueno! —se alegró y, ni corta ni perezosa, opinó—: Jo, es que soy un genio.

—Hace días te envié por correo electrónico los primeros capítulos y, según me contaste por teléfono, ya los has leído.

—Ajá.

Y sin añadir más palabra, Nora se quedó ensimismada, tanto, tanto que volcó sin querer su taza de café, derramando el contenido.

—Oye, Nora —la nombré—, ¿no me vas a decir qué te ha parecido?

—¿El qué?

Ocupada en aplicar una capa de servilletas de papel sobre la mesa, no me prestaba la más mínima atención. Mientras limpiaba la superficie de madera, se le formaba una simpática curva en el labio superior, qué imagen tan bella; Nora estaba graciosa, absorta, aunque expresiva. Estaba preciosa.

—Que si no me vas a dar tu opinión sobre...

—¡Ah, mi opinión! En primer lugar, gracias por enviarme los capítulos, Óliver. Me hizo mucha ilusión, ¡de veras! Respecto a la trama... Hummm..., ¿quieres que te sea sincera?

—Sí, claro.

—¡De acuerdo! Óliver Brun, ¿preparado para oír a tu crítica más feroz? —Nora exhaló aire despacio, observándome con sus ojos brillantes y traviesos, y así valoró mi trabajo—: Óliver, tu nuevo libro es pan. Los libros de los grandes genios son caviar. Todo el mundo come pan. —Y no dijo nada más—. Bien, he ahí mi veredicto. ¿Qué te parece? Pero no me mires así, ¡que es un halago! Solo con leer seis páginas ya me había enganchado.

—¿De verdad?

—¡Claro! ¡Es un texto muy original! Aportas ideas frescas y nuevas que pueden atraer a muchos lectores y que proporcionan un gran dinamismo a la obra. Se lee de manera fluida y, a su vez, muestra una riqueza expresiva muy alta, con los datos artísticos integrados en párrafos y diálogos de manera muy natural.

—Gracias, Nora. —Me incliné y la besé en la frente.

—Jo, qué asco —se burló una vez que separé mis labios, sonriente.

—Podría enviarte más material —sugerí—, pero solo si te apetece. He escrito más páginas de las que has leído.

—¡Sí, me gustaría!

Le recordé que el protagonista de mi novela era un joven escritor, un crédulo soñador que, inmerso en la terrible crisis de la página en blanco, se desvive a diario por conservar su pasión más preciada: la literatura. Le conté con gran emoción y alegría que tenía pensado incluir en la trama un misterio que se originaba y desarrollaba en, ¡oh, sorpresa!, el Museo del Prado. Quise seguir hablando, pero Nora me interrumpió con la siguiente ocurrencia:

—Me aburro. —Lo dijo tarareando.

—Vaya, perdona.

—¡Es broma, Óliver! ¡Lo cierto es que suena de maravilla! ¡Enhorabuena! Me encanta tu idea, me encanta cómo has iniciado el libro, de verdad, me encanta el pan. Estoy muy contenta por ti. —Dicho esto, se ajustó la boina y comprobó la hora en su reloj de pulsera—. Antes Escolano me ha escrito un mensaje, hoy por la mañana no puede venir, y a nosotros se nos está haciendo tarde: ¿qué, Óliver, vamos a resolver el misterio del Prado? —Y al oír aquellas mágicas palabras brotando de sus labios, exclamó—: ¡Atiza!, parecemos los protagonistas de una novela.

12

—Mira, Óliver, te voy a decir una cosa: si vienen de otro planeta y preguntan qué es un pintor, la respuesta es Velázquez.

—Vale.

—Y si quisieran saber qué es un escultor, habría que mencionar a Donatello; qué es un polímata, Leonardo da Vinci, ciertamente.

—Escucha, Nora, ¿te importa si incorporo tus ocurrencias a la novela?

—¡En absoluto!

—Bien, servirán de introducción a varios capítulos.

Un numeroso grupo de gente se congregaba en la galería de la planta baja del Prado, muy cerca del biombo, ante los dos guardias de seguridad que impedían el acceso a la dependencia 56B. Nora me recordó que la sala de *La Anunciación* aún permanecía cerrada temporalmente al público y luego murmuró, bastante desconcertada:

—¡Corcho, Óliver!, fíjate en cómo se comporta toda esta gente.

Sí, cómo no fijarse en el absurdo, en la secuencia superrealista que escapaba a todo tipo de conducta razonable. Parecía una escena extraída de un cuento del realismo mágico ¿de García Márquez, de Borges, o de quién? Imagínense a decenas y decenas de personas en la planta 0 del Museo del Prado, en la que se puede admirar *El jardín de las delicias* del Bosco, *La Perla* de Rafael y *El triunfo de la Muerte* de Brueghel, por ejemplo. Sin embargo, aquella variopinta muchedumbre ofrecía toda su atención a un biombo de tela color beige claro. La mayoría guardaba silencio en una especie de mutismo colectivo, solo contemplaba el biombo en un estado de absoluta perplejidad, como si no hubiese otra cosa en el Prado que contemplar. Algunos nos transmitían sus quejas:

—Tú eres Óliver Brun, ¿verdad?

—Sí.

—¿El joven escritor?

—Sí.

—¿Sabes si nos permitirán ver la «otra *Gioconda*» y el misterio de la sala 56B?

—No —les respondía Nora—, pero ¡alégrese, hombre!, que está usted admirando un biombo de una calidad superior, qué digo, ¡excelente!

Unos pocos criticaban que no pudiera visitarse la sala; otros clamaban por que, en vez de un biombo de tela, ya podrían haber dispuesto una celosía de madera. Los más atrevidos aseguraban que el biombo se había confeccionado con buen material; los más puntillosos, que más valdría haber utilizado uno de cristal esmerilado. Y luego estaban aquellos que consideraban el biombo en sí mismo una obra de arte. En cualquier caso, una gran mayoría se marchaba del Prado con expresión triunfal. Solo oí a una señora reírse de la soberana necedad que implicaba haber guardado hora y media de cola.

Otro comportamiento social que observé, más lamentable todavía, fue que los visitantes posaran por turnos frente al biombo, se autorretrataran con el móvil y colgaran la instantánea en las redes sociales para presumir, quizá, de haber vivido una experiencia atípica, aunque compartida.

Mientras tanto, a mi lado, Nora silbaba muy a gusto una ópera de Verdi. Cuando terminó, le pregunté qué pieza había interpretado con los labios, pero no me contestó. En cambio, se aguantó la risa momentáneamente para después reseñar el ahora a las mil maravillas:

—Venga gente y más gente haciendo fila para fotografiarse con un biombo de oficina, que a las ocho el museo tiene que cerrar, porque si no cierra habría idiotas a medianoche haciendo fila.

Descrito así el panorama, tal vez piensen que pretendo caricaturizar a un amplio grupo de gente, o como mínimo que exagero la serie de acontecimientos que se sucedía en el Prado; pero créanme, no lo hago, ni se imaginan hasta qué punto se producen episodios extravagantes en el mundillo del arte. Para que se hagan una idea, figúrense que en la feria de Art Basel de 2019, Miami, se expuso la «obra» siguiente: un plátano pegado a una pared con cinta aislante. Quizá lo recuerden; la fruta atrajo a multitudes, fue noticia en los informativos internacionales, e incluso se vendieron dos unidades, o sea, dos bananas, cada una por ciento veinte mil dólares, por el amor de Dios, antes de que su valor ascendiera a ciento cincuenta mil; así, como suena.

Un fenómeno comunitario parecido acaecía en ese instante en el Prado y, cosa lógica, me pregunté si era una cuestión de educación, de cultura, de idiosincrasia o de qué, pues la visión de tantos teléfonos móviles apuntando a un biombo de plástico y tela no hizo sino confirmar lo que ya suponía: la estupidez es contagiosa y universal, y hasta puede que sea un absoluto, como la moral; sin embargo, la estupidez es uno de los males que todavía puede tratarse: la filosofía es el mejor antídoto para erradicarla, creo yo, a menos que la estupidez se haya extendido por todas partes, como la metástasis de un cáncer, en cuyo caso no hay tratamiento efectivo que contenga la enfermedad, no sé si me entienden.

A ver, no es que mi nivel cultural e intelectual fuera superior al de esa gente, qué va; de hecho, mi autoestima está por los suelos, por si les interesa saberlo, dentro de poco narraré el porqué; lo que quiero decir es que aquellos visitantes del Prado tenían la posibilidad de contemplar, a escasos metros, varios cuadros de Rafael. Cada vez que recuerdo a tantas personas ignorando a Rafael y sacando fotos de un biombo de tela, en fin, me dan ganas de tirarme por una ventana. Por cierto, las mismas ganas de saltar al vacío he sentido a veces cenando en restaurantes; me saca de quicio que algún conocido invierta diez minutos de su vida en fotografiar «perfectamente» un postre.

Espero que no se malinterpreten mis palabras, no quisiera parecer un cenizo; no, no aspiro a ser un cenobita, como antaño lo fueran Salinger y Marcel Proust, aunque en su aislamiento escribieron libros que ahora son joyas de la literatura universal. Tampoco repruebo que se utilice en demasía el teléfono móvil, asimismo, me encanta la fotografía; es más, a mi entender, la innovación digital es un avance de la humanidad comparable en importancia a la invención de la rueda, la imprenta y la revolución industrial; lo que no comprendo es que la imbecilidad tecnológica le haya ganado la partida al pensamiento humanista, lúcido y racional. No consigo aceptar esta decadencia social, de verdad que no. Es mi pequeña batalla moral. En fin, dejémoslo, retomemos la narración.

13

—Por cierto, Óliver, si vienen de otro planeta y preguntan qué es un genio, la respuesta es Miguel Ángel.

A las once de la mañana, Nora y yo seguíamos atónitos por la fascinación que un biombo de tela causaba en los visitantes del Prado. Nos encontrábamos en la alargada sala 49, muy próximos a *El Descendimiento* de Alessandro Allori, una pintura que nadie contemplaba siquiera de soslayo, ni los visitantes asiduos ni los ocasionales.

Yo seguía mudo ante el realismo mágico del ambiente; para más detalles, tenía la boca entreabierta, una mueca en la que incurro periódicamente y que no me confiere un aspecto sagaz y sofisticado, sino bobalicón.

A mi lado Nora se balanceaba lentamente con los pies para delante y para atrás. Estaba muy graciosa. Observaba el panorama con expresión esmerada y jovial. Parecía, la verdad, bastante encantada de tomar parte en aquella experiencia sin precedentes. Nora no hacía otra cosa, solo se bamboleaba sonriendo alegre; pero de repente se puso seria, arqueó las cejas, curvó los labios y empezó a silbar otra vez la música de Verdi.

Me quedé mirándola un poco aturdido, y no pude reprimir la curiosidad.

—¿Qué ópera silbas, Nora?

Tampoco esta vez me contestó, sin embargo, continuó silbando. ¿Qué pieza entonaba Nora? Creo que era *Turandot*, ya saben, la obra que cuenta la historia de una princesa china que impone a sus pretendientes el desafío de resolver varios enigmas si no quieren hallar la muerte. Sí, creo que se trataba de *Turandot*.

—¿Qué ópera silbas, Nora?

No podía ser *Turandot* porque la compuso Puccini, no Verdi.

—Óliver —respondió—, perdámonos un par de horas por el Prado antes de ir a comer, ¿vale? ¿Te apetece?

—No lo sé. Bueno. Sí, está bien. Oye, dime, ¿qué ópera estabas silbando? ¿*Turandot*? —insistí, con boquita de piñón.

—Sí, demos un paseo —dijo Nora, quitándose la boina para guardarla en la mochila—. Con el espectáculo que hay aquí montado me da que no podremos concentrarnos en la sala 56B. Si intentamos descifrar la frase en latín, con esta agitación social de fondo, acabaremos discutiendo y gritándonos el uno al otro: es seguro.

Nora entrelazó su brazo al mío y enfiló camino hacia salas y galerías menos concurridas, silbando. Mientras deambulábamos por el museo, Nora habló casi en exclusiva con una actitud de comedia, clarividente y pizpireta, y yo, bueno, me limité a ser una audiencia absolutamente entregada.

En primer lugar, Nora me habló de su novio. Casi me muero. Lo peor fue que mencionara lo mucho que lo echaba de menos justo frente a *Los fusilamientos* de Goya, por el amor de Dios. Luego, Nora se deshizo en elogios hacia el pastel de calabaza y queso de su abuela y, por último, me contó que le estaba siguiendo el rastro a un arcabuz del siglo XVI, ya saben, un arma de fuego de avancarga que aparecía en el inventario del condotiero sobre el que versaba su tesis doctoral.

A la una y cuarto de la tarde entramos en la cafetería del Prado y pedimos el menú del día. Ya en los postres, Nora me anunció que no se quedaría hasta muy tarde.

—¿Tienes clase?

—Sí, Óliver, hoy me toca pelearme con los de primero.

—¿A qué hora te marcharás del museo?

—Antes de las cuatro y media. Quiero reorganizar unas diapositivas antes de comenzar la sesión.

—Oye, Nora —me extrañé, frunciendo el ceño—, ¿has dicho «pelearte con los de primero»?

—Pues sí, es que... Jo, Óliver, no se enteran de nada, de verdad, eh, absolutamente de nada. Cada clase con ellos es una batalla.

—Dales su tiempo —sonreí—. Solo ha comenzado el semestre.

—Pero ¡si estamos a mediados de noviembre! Llevamos dos meses de curso.

—Sí, lo sé, pero piensa que son jóvenes adaptándose a un nuevo entorno; apenas han terminado el instituto y todo gran cambio requiere su tiempo.

Nora exhaló aire y replicó con voz torva:

—A ver, Óliver, comprendo que acaban de acceder a un mundo en el que todo es maravilloso y posible: la universidad. Pero no es de recibo que a estas alturas de curso siga escuchando todo tipo de disparates. Jo, algunos vienen a clase directamente desde los pubs nocturnos, sin dormir e incluso ebrios. Lo noto. Huelen a alcohol, a tabaco e incluso a orín. Y figúrate que la semana pasada, sin ir más lejos, un alumno con resaca confundió el *Moisés* de Miguel Ángel con el Rey Tritón, el padre de la Sirenita.

Oír aquello me produjo tan intensa carcajada que me caí de la silla al suelo. Una vez que me incorporé (algunas personas amables se acercaron a comprobar si me encontraba bien, «Sí, gracias, muy bien»), Nora me contó que durante quince minutos dejó que el estudiante quedara en evidencia delante de toda la clase, antes de poner fin a su alegato. Yo continué desternillándome un buen rato. ¡Y cómo no carcajearse! Cómo no reír, ¿verdad?, al imaginar a un joven, con resaca y despistado, confundiendo una escultura del mayor genio que jamás ha trabajado el mármol con, bueno, un dibujo animado de Disney.

—¿Ves a qué me refiero? —siguió Nora—. ¡Por Dios!, el Rey Tritón, ¡a quién se le ocurre! ¡Que estamos hablando de Miguel Ángel y de una de las obras más monumentales del arte!

Cuando terminamos la comida, de camino a la sala 56B, le recordé a Nora que incluso Miguel Ángel se quedó muy sorprendido por el realismo físico y la tensión emocional que transmitió a su creación.

—Cuenta la leyenda —le dije, todavía divertido—, que Miguel Ángel le dio un golpecito en la rodilla al Moisés de mármol y le preguntó: «Oye, ¿por qué no hablas?».

El rostro de Nora se iluminó de placer. Me miró con calma y preguntó:

—¿Sabes por qué Miguel Ángel esculpió dos cuernos en la escultura?

—No —dije—, ¿qué? ¿En serio cinceló dos cuernos?

—Sí, Óliver, haz memoria: en la estatua que decoraría la tumba del papa Julio II, en Roma, Miguel Ángel talló dos cuernos en...

—¡Ah, es verdad, en el cráneo del profeta! No —reconocí—, no lo recuerdo. ¿Por qué le endosó una cornamenta en el frontal de la cabeza? ¿Me lo cuentas?

—Algunos sostienen que fue un malentendido —dijo Nora, embelesada.

—¿De qué tipo?

—Una traducción equívoca.

—¿Un fallo?

—Verás, Óliver, la escultura simboliza el momento en el que Moisés, con las tablas de los diez mandamientos en su haber, desciende del monte Sinaí tras su audiencia con Dios, ¿no?

—Sí, Nora, pero has dicho que alguien pudo errar en una traducción.

—¡Claro!

—¿En cuál?

—En la escena que se cita en la Biblia, Óliver, recogida en el libro del *Éxodo,* en la que se describe a Moisés con estas palabras: *karan ohr panav,* es decir, «un rostro del que emanaban rayos de luz». Pero hay quien afirma que, en el siglo IV, san Jerónimo lo tradujo mal del hebreo al latín, así: *cornuta esset facies sua,* o sea...

—«Su rostro era cornudo» —entoné, acordándome al fin.

—Ajá. Tal vez san Jerónimo cometiera este error porque, en hebreo, la palabra *karan* se puede interpretar como «rayo» pero también como «cuerno» —completó Nora—. Aunque en sus otros textos queda claro que san Jerónimo entiende que los cuernos son un símbolo de gloria, ¿verdad? Y, quizá por ello, Miguel Ángel le endilgó una cornamenta al mayor profeta del judaísmo. He aquí un ejemplo de por qué, con los alumnos de primero, cada clase es una contienda. ¿Ves a qué me refería antes, Óliver? ¡El padre de la Sirenita! En fin, a los de primer curso hay que hacerles entender que no todo en la vida son fiestas, viajes y tonterías, y que en una obra de arte hasta el más mínimo detalle cobra su importancia, lo que, por supuesto, también es una alternativa de ocio divertida, ¿verdad, Óliver? Que los de primero se comprometan es mi objetivo final como investigadora académica.

En realidad, no éramos investigadores académicos *per se;* más en concreto éramos dos simples becarios que, aunque muy capaces, cobraban, para el nivel económico de Madrid, dos paupérrimos sueldos; pero literalmente, por si les interesa saberlo, éramos dos PIF, o sea, el acrónimo de Personal Investigador en Formación.

Bueno, pocos segundos después llegamos al biombo que separaba la sala 49 de la 56B, y los guardias de seguridad nos permitieron el acceso. Nora y yo remontamos los cuatro peldaños y, en cuanto penetramos en la estancia, cayó el silencio de una atmósfera cargada de misterios. Nos quitamos las mochilas y los abrigos con cierta ceremonia y nos sentamos en el suelo. A través de la ropa notábamos la frialdad del mármol. De hecho, toda la sala desprendía una incómoda sensación de frío.

—Bien —murmuró Nora, señalando la pared—, manos a la obra.

ET IN ARCADIA EGO

Así las cosas, empezamos a plantear hipótesis en voz alta; las que propuso Nora fueron perspicaces, probables y cabales, y las que propuse yo, cielos, resultaron ser auténticos disparates. El proceso era lento y metódico, a veces regresivo, pero apasionante en sí mismo. No obstante, cada pocos minutos yo me distraía, perdía el hilo de la investigación y dejaba volar los pensamientos hacia otra parte, hacia la novela que estaba escribiendo, el capítulo que nos ocupa, precisamente, y luego, cuando aterrizaba en el Prado, como un niño feliz y curioso, todavía desorientado, volvía la vista hacia los cuadros de Botticelli y Fra Angélico que colgaban de las paredes. Cada vez que me despistaba, Nora chascaba la lengua y me daba suaves golpecitos con el codo para que volviera a centrar la atención.

—Llevamos tres semanas estudiando la frase en latín y no progresamos —lamentó Nora con voz fatigada—. ¿No te irrita la situación?

—Sí, claro. No paro de pensar lo que debe de estar sufriendo David en la trena.

—¿Y qué hacemos, Óliver?

—Como en toda pesquisa, tener paciencia.

—Pero es que ¡no se me ocurre qué más puede encerrar la dichosa oración!

—Pronto lo resolveremos, ¡ya verás!

—¿Qué nos ocultas, eh? ¡Qué nos ocultas! —gritó Nora hacia la frase, amenazando con el puño cerrado en alto—. ¿Qué secretos, pistas o locuras? ¡Uf! Por hoy ya no sé cómo seguir, Óliver. No estoy inspirada. O sea, que estoy descentrada. Vaya, creo que ni siquiera sé de lo que hablo. Ahora bien, te digo una cosa, cada vez que leo estas palabras en latín, me invade la molesta sensación de tener la respuesta ante mis ojos, pero no puedo verla. Qué raro, ¿no? Sé que no es mi culpa, pero me siento una incapaz, es terrible y muy frustrante. Es... Es... ¿Es lo que sentías cuando no podías escribir, Óliver?

—Más o menos —asentí.

Nora esbozó un gesto de bondad.

—Ya veo. Caramba, Óliver, ahora que lo entiendo, tiene que ser verdaderamente doloroso ser escritor y padecer la crisis de la página en blanco. Sí, ahora te entiendo —repitió. Apoyó la cabeza sobre la palma de su mano izquierda para dedicarme una mirada de ojos tiernos y, luego, se concentró en la pared—. ¿Cuánto tiempo crees que nos costará resolverlo, Óliver? ¿Una semana más? ¿Dos meses? ¿Cincuenta y siete años? Si te soy sincera, a mi novio no le hace ni pizca de gracia que me pase tardes enteras contigo en la penumbra de esta sala. Pero me trae sin cuidado. —Dicho esto, retomó el tema principal—: Oye, Óliver, estoy pensando... ¿Y si nos hemos obsesionado? ¡Atiza!, ¿y si la frase en latín en realidad no significa nada? ¿Andaremos persiguiendo fantasmas?

Minutos más tarde empecé a fijarme en *La Gioconda* del taller de Leonardo; sentí una especie de exaltación mientras la contemplaba, y hasta me pareció que el retrato fluía a través del tiempo y el espacio hacia mí.

—Se cree que la tabla fue pintada en Florencia a principios del siglo XVI, ¿no?

—Sí, Óliver, en una época en la que distinguidos artistas coincidieron en la ciudad: Miguel Ángel, Da Vinci, Botticelli, Rafael... y muchos más.

—Pero ¿quién pintó esta *Mona Lisa*? ¿Quién emuló la obra más popular de Leonardo?

—¿Uno de sus aprendices? —insinuó Nora—. Quizá Melzi. O Salai. No se sabe con certeza.

Y la pregunta que más nos conmovía y a la que no parábamos de dar vueltas: ¿quién, en 1995, había realizado un retrato de Melisa Nierga, la joven desaparecida, imitando la pintura que nos observaba sonriente en aquel preciso instante? ¿Y por qué? Fuera quien fuese, ¿por qué no completó el cuadro, dejando un fondo negro, opaco? ¿Fue David el autor, tal y como los medios y la opinión pública sugerían?

Nora se ajustó las gafas. Se le habían bajado hasta la punta de la nariz. Solía usar lentillas pero, en ocasiones puntuales, principalmente cuando buscaba documentos en los archivos o impartía clase, prefería usar lentes bifocales. De su mochila extrajo un libro de mil doscientas páginas (mil doscientas, sí) que se titulaba *Manual para identificar los símbolos y la iconografía cristiana*.

—Hoy en clase —dijo— voy a explicar una escultura de alabastro monísima.

—¿Cuál? —curioseé.

—Esta, Óliver, fíjate.

Nora me enseñó con entusiasmo una imagen del libro.

—¿Es Jesucristo? —pregunté.

—¡Un niño Jesús, sí!, que duerme sobre una calavera con piedras preciosas incrustadas. Jo, ¿no te parece una obra monísima, Óliver? Este tipo de libros —Nora agitó el tomo— son muy útiles, ya lo creo, son indispensables. La iconografía es esencial para... para...

—¿Sí?

—... para...

Nora nunca llegó a completar su argumento. Por el contrario, buscó un silencio inspirador, brevemente, para después ponerse a saltar de emoción y alegría. Estaba tan alterada que apenas podía articular una palabra inteligible.

—¡Ahí va! ¡Una calavera! —exclamó de pronto—. Tal y como dijo Arquímedes, ¡eureka! ¡Oh, oh, una calavera!

—¿Una calavera? —me asusté, retrocediendo—. ¡Dónde! —Solté un grito infantil y agudo y me sacudió otro respingo—. ¡Dónde, dónde!

—Calla, Óliver —me amonestó Nora, riendo—. No seas bobo, hombre. ¡No quería decir que hay una calavera en esta sala! Vaya crédulo estás hecho. —Se acercó e intentó sujetarme un brazo—. Para ya, Óliver. Venga, deja de hacer aspavientos ridículos.

Y a continuación Nora puso los ojos en blanco, no tanto por verme inquieto y acobardado, sino porque, al creer que una calavera se había materializado en el Prado, yo resbalé y perdí el control total sobre mi cuerpo.

—Pero mira que eres torpe, Óliver —siguió riendo Nora—. Escucha, te lo voy a preguntar totalmente en serio: ¿cómo puedes vivir así? Te pasas medio día tropezando. Es uno de tus mayores problemas, ¿sabes?, aunque a la vez es parte de tu encanto. A ver, Óliver, deja que te ayude a levantarte. —Y me ofreció su mano—. Espera. No. ¿Qué haces, Óliver? No, así no. Para, ¡para! ¿Quieres estarte quieto? Vas a conseguir que nos caigamos los dos.

Logramos mantener el equilibro y me disculpé enseguida.

—Perdona, Nora. Bueno, ¿qué decías? ¿Qué has descubierto?

—¿Es que no lo ves?

Con los ojos felizmente abiertos, Nora señalaba la pared con el dedo índice.

—Pues no —dije—. ¿Qué se supone que debo ver?, ¿una calavera?

—*Et in Arcadia ego* —leyó Nora utilizando un tono de satisfacción y deleite—. Hace tres semanas llegamos a la conclusión de que es el título de un cuadro de Nicolas Poussin, ¿verdad?

—Verdad.

—Pero ¡nos equivocamos!

—¡No me digas!

—Bueno, Óliver, técnicamente no acertamos del todo.

—Oye, Nora, lo cierto es que no te sigo.

—¡Nuestro análisis fue incompleto! ¡Ay! ¡Una calavera! ¡Claro, Óliver! ¡Un cráneo! ¿Sigues sin verlo?

—Eso me temo —repuse. Y miré alrededor, por si acaso, despistado.

Nora se mostraba exultante. Andaba de un lado a otro de la sala murmurando para sí oraciones ininteligibles. Al final, se volvió hacia mí.

—Atiende —dijo.

—¿Eh?

—Que atiendas, Óliver. El profesor Escolano nos contó que Nicolas Poussin pintó *Los pastores de Arcadia* en torno a 1638, pero ¡hubo un artista que trató este tema unos quince años antes!

—¡Quién! —me emocioné.

—¡Guercino! —exclamó Nora—, un pintor del barroco italiano que, hacia 1622, realizó una tabla con este mismo nombre, ¡con este mismo título!: *Et in Arcadia ego*. La obra me ha venido de pronto a la mente porque, *mon Dieu,* soy un genio y porque, *oh, là, là!,* en ella destaca ¡una calavera! ¿Vislumbras la obra, Óliver? Los protagonistas de la pintura de Guercino son dos pastores: un barbudo sorprendido y otro imberbe de sonrisa melancólica.

—¿Dos habitantes de la Arcadia?

—Ajá. Dos jóvenes felices y despreocupados que viven en un ambiente ideal cuando una imagen los alarma sin presagios, a saber, sí, una calavera —insistió Nora, contenta—, sobre la que se ha posado una mosca. Entonces, al verla, los pastores toman conciencia de que no importa su belleza, juventud y bienestar, porque la muerte también está presente en su paraíso terrenal. Se trata de un aviso certero, ¿no, Óliver?, una variante de la *vanitas.* Recuerda: «Yo, la muerte, reino hasta en el lugar más perfecto de la tierra». ¿Y bien? ¿Visualizas la pintura?

—Sí, ahora sí. —Cerré los ojos y la imagen acudió nítidamente a mi memoria—. La calavera se representa sobre una losa, ¿me equivoco?, en cuyo borde puede leerse... puede leerse...

Nora lo concluyó:

—*Et in Arcadia ego.*

A la vista de un nuevo indicio nos ilusionamos.

—La obra —dije— se conserva en los Museos Capitolinos de Roma, ¿verdad?

—Pues no —me contradijo Nora.

—Ah, vaya. Hummm... ¿Se conserva en la Galería Borghese?

—Pfff, no, Óliver, qué va.

—¿En la Crypta Balbi?

—No.

—¿En la Villa Farnesina? —aventuré.

Nora agitó la cabeza y habló en tono impaciente:

—Por Dios, Óliver, no puedes ponerte a citar museos al azar y acertar sin más. El cuadro de Guercino se conserva en la Galería Nacional de Arte Antiguo, ¿vale?, sí, en Roma. Sabes, Óliver, este pintor llegó a ser muy popular en vida, figúrate que hasta lo visitaron artistas de la talla de Velázquez y... ¿Qué sucede? ¿Va todo bien? ¿Por qué me miras así, Óliver? Vale, lo reconozco, no es gran cosa haber evocado esta pintura, aunque en ella se lea la inscripción *Et in Arcadia ego*, sé que todavía no hemos descubierto nada. Pero, por así decirlo, ahora disponemos de más datos, ¿no? ¡Hemos avanzado! —Emocionada, radiante, Nora se abrazó a mí—. ¡A partir de ahora podremos... podremos...! Oye, Óliver, ¿y ahora por qué sonríes? ¿Y por qué continúas mirándome de esa forma tan extraña?

—No te miro de forma extraña.

—¡Sí lo haces!

—¡No lo hago!

—¡Sí lo haces!

Le estaba dedicando, deduzco, una mirada de absoluta admiración. Me resultaba una chica tan fascinante, tan inteligente, tan ocurrente y divertida. Nora reunía, en definitiva, todo cuanto un joven escritor espera encontrar en la vida. Para empezar no era dogmática, convencional ni repetitiva. No era aburrida. Y no solo se trataba de una chica extraordinariamente astuta y original, sino que además, y esto es lo mejor que pude haber descubierto en ella, Nora se alejaba enseguida de quienes están llenos de egolatría.

Pasadas las tres y media le recordé que debía marcharse a

la facultad. Y mientras se ponía el abrigo y la boina, Nora me dijo que no, que por la mañana no había estado silbando *Turandot*.

—Solo un bruto, Óliver, no habría distinguido *La traviata* en mis silbidos.

Riendo y riendo Nora se acercó a mí y, de repente, me besó. En la mejilla. Luego se apartó un instante y sin dejar de reír volvió a besarme, ahora en la barbilla. A continuación, dejó de reír y posó los labios en mi cuello; sin embargo, al notar que yo no reaccionaba a sus caricias e insinuaciones, desistió. Besarla en los labios era un ensueño; oportunidades no me faltaban. Pero, aunque era la felicidad que deseaba alcanzar, besarla ya sería imprudente y precipitado.

¿Por qué a estas alturas de la historia todavía no la he besado? Porque me había convencido de que, mientras Nora tuviese pareja, yo no le causaría incertidumbre alguna. El problema era que cuanto más la conocía, más mermaba la firmeza de mis convicciones morales. En pocas palabras, no besaba a Nora porque *aún* me contenía mi concepto de moralidad.

Lo que quiero decir es que, en algunas ocasiones, pocas, la felicidad le llega a quien tiene paciencia y sabe esperar. No quisiera precipitarme con Nora. La espera sonaba bien, ¿verdad? En fin, iba a esperar, aunque mi sueño de besarla se desvaneciese en la realidad. Tal vez no hubiese otro final. Maldita moralidad, puede llegar a amargarte la vida.

14

—Oye, Óliver..., si vienen de otro planeta y preguntan qué es un escritor, ¿cuál sería la respuesta?

A la mañana siguiente me monté en el coche y conduje en dirección a Monterrey. Había tomado una decisión trascendental para el caso de David Sender. Me hallaba en la circunvalación de Madrid cuando recibí una llamada.

—¿Nora?

—Sí, soy yo.

—¿Estás bien? ¿Qué ocurre?

—Me he citado con el profesor Escolano en la sala 56B, dentro de una hora, y quería saber si ayer se te ocurrió alguna idea tras mencionar la pintura de Guercino.

—No, lo siento. Pero caí en la cuenta de algo. Verás...

—¿Óliver? —me interrumpió—. ¿Sigues ahí?

—Sí, Nora, te decía que anoche estuve dándole vueltas a la obra de Guercino y...

—¡Óliver! —protestó—, se oye mucho ruido. ¿Dónde estás?

—En el coche, en medio de un atasco. Me dirijo a Monterrey.

—¡No hablarás en serio!

—Ya voy de camino.

—Jo, Óliver, ¿por qué? ¿Qué se supone que vas a hacer allí?

—Quiero investigar por mi cuenta.

—Me lo temía. ¡Investigar exactamente el qué!

—Mira, Nora, está bien que intentemos resolver lo del Prado, ¿vale? Pero ¿qué sucedió en Monterrey a mediados de los noventa? ¿Por qué desaparecieron Melisa Nierga y su abuelo? ¿Son sus cráneos los que se encontraron en la barca de David? Y, de serlo, ¿cómo, cuándo y quién los escondió bajo la lona? ¡Son preguntas a las que también hay que dar respuesta!

—Para eso está la policía; se está encargando de todo. Perdona que te lo diga, pero tú no pintas nada en la escena de un crimen.

—¡La policía podría tardar meses en reunir pruebas! —repliqué—. Y si las que reúne no son suficientes, ¿hasta cuándo se alargará la prisión preventiva de David? Hay casos que siguen abiertos tras muchas primaveras y otros que nunca se han resuelto. Costó treinta y cuatro años cerrar el caso de Olof Palme, por ejemplo.

—¿Olof Palme? —se sorprendió Nora con tono agudo—. ¿Te refieres al primer ministro de Suecia?

—Sí.

—¿Al que asesinaron en 1986?

—Sí.

—¿Y por qué lo mencionas de pronto, Óliver?

—Ya te lo he dicho, Nora, es solo una comparativa. Piénsalo bien, si a la fiscalía de un país europeo le llevó más de tres décadas zanjar el asesinato de un presidente, ¡un presidente!, el caso de David podría prolongarse muchísimo tiempo. Melisa y Mateo desaparecieron en el invierno de 1995 y jamás se ha vuelto a saber de ellos. Nunca se cerró el caso. ¿Y ahora se cree que David los mató a sangre fría, desmembró los cuerpos y ocultó los cráneos en su barca? No me lo trago.

—Pero todo apunta...

—Nora, tienes que confiar en mí, sé que David es inocente. Intentaré conseguir los testimonios de los vecinos y amigos de David que vivieran allí en 1995; al haber participado en clubes de lectura y jornadas de novela en Monterrey, conozco a muchos de ellos.

—Sabes que la policía ya ha comenzado los interrogatorios, ¿verdad?

—Sí, Nora, pero, cuando yo hable con los implicados, sus respuestas serán muy diferentes: a mí me dirán la verdad porque, en fin, yo no soy juez, ni fiscal, ni policía.

—Ese es un argumento absolutamente ridículo. Oye, Óliver, cuéntame..., ¿qué te ha hecho tomar esta decisión de un día para otro?

—Tú.

—¿Yo?

—¡Claro! Ayer, en el Prado, evocaste con gran acierto la pintura *Et in Arcadia ego* de Guercino, en cuyo plano principal despunta una calavera sin cuerpo, ¿no? ¡Como las dos que se descubrieron en la barca de David! ¿Comprendes? ¡Es un rastro que seguir! ¡Es un puzle! Ahora lo veo con claridad. Estoy convencido de que vamos a encontrar más piezas, y el caso no se resolverá hasta que alguien se ocupe de conectarlas.

—¿Y esa persona vas a ser tú?

—Bueno, ¿y por qué no?

Nora enmudeció unos segundos. Tal vez estuviese reconsiderando qué otra fórmula utilizar para disuadirme de mis propósitos; sin embargo, se expresó con parsimonia y cariño:

—Jo, Óliver, no intento detenerte, de veras que no, pero me preocupa que te inmiscuyas más de lo debido y salgas perjudicado. Lo entiendo, sigues creyendo que David no es culpable.

—Y además estoy dispuesto a cruzar cualquier límite para demostrarlo.

—Eso es lo que más me gusta de ti... —La voz de Nora sonó sincera y clara—. A veces olvido el gran aprecio que le tienes a David, pero considera por un momento qué querría él para ti. Este caso se ha vuelto mediático, Óliver, y si te expones en demasía, si al final resulta que David es culpable, la gente no olvidará tu intromisión: tu carrera universitaria se verá afectada, y también tu oficio de escritor. No te recrimino nada, ¿vale? Todo lo contrario, te admiro. Hoy en día no abundan las personas dispuestas a sacrificar su confort por una causa justa. Pero el precio que tú podrías pagar es terrible.

—Lo sé, y de veras que no me importa —murmuré, y mi timbre adoptó una cuidadosa inflexión de inocencia.

—¿Por qué, Óliver? —susurró Nora—. Te conozco y sé que la terquedad no es una de tus cualidades, pero ¿por qué tanto empeño con David?

—Todos creéis que nuestra amistad se inició en la universidad, pero nuestros caminos se cruzaron mucho tiempo antes, cuando yo era un adolescente que atravesaba una fase muy crítica. Jamás lo he hablado con nadie, ni siquiera con él. Pronto te contaré qué sucedió.

La voz de Nora apenas fue un murmullo.

—¿A qué te refieres, Óliver?

—A que, a los trece años, David me salvó la vida.

BIENVENIDO A MONTERREY, UN EDÉN EN LA TIERRA.

El casco antiguo del pueblo se extiende desde la basílica de San Lorenzo hasta la plaza Mayor, en la lindera de las aguas del lago. La calle principal es un bulevar peatonal de suelo adoquinado, el núcleo urbano y comercial de Monterrey, con una ligera pendiente de quinientos metros que traza una leve curva hasta converger en la plaza.

Aparqué a las doce de la mañana junto a la estación de autobuses, en la entrada al pueblo, bordeé la basílica y, a medida que descendía por la calle, fui observando la variedad de comercios concatenados: perfumerías, joyerías, tiendas de alta costura, una orfebrería, un par de librerías, tres bancos, supermercados, cafeterías y restaurantes, algunos con terrazas adornadas con sombrillas de colores. En la calle principal también había edificios bajos de viviendas con las contraventanas de madera en librillo abierto y las fachadas decoradas con hiedra, plantas y flores variopintas. La pastelería Violeta era el último establecimiento de la calle; ahí se preparaban las bizcotelas de chocolate más populares de la sierra.

Tras paladear gustosamente uno de esos dulces, accedí a la plaza Mayor. Era un precioso espacio cuadrado en el que tampoco se permitía el tráfico de vehículos privados. En la amplia plaza había más restaurantes y tiendas, además de un club nocturno y otros lugares de interés, entre ellos, el teatro, una galería de arte y el ayuntamiento de Monterrey.

Atravesé la plaza y me detuve en el paseo que bordea el lago. Hacía frío pero brillaba el sol en un cielo azul de esmalte, luminoso y limpio de nubes. Tres músicos callejeros animaban el ambiente y un malabarista entretenía a las familias en aquella mañana de sábado.

A la izquierda, el paseo se estiraba y estiraba en un largo sendero verde que penetraba, a lo lejos en la naturaleza, por una frondosa alameda pintada de una cálida tonalidad otoñal; en los árboles reverberaba una luz cobriza y dorada, y el viento llegaba de las montañas y mecía con suavidad las hojas caídas sobre el camino y los jardines silvestres.

A la derecha se erigían viviendas en primera línea y, a ambos lados, había instaladas farolas fernandinas y bancos de madera blanca. Tuve la impresión de que la cualidad casi irreal del lugar, y la paleta de colores, pedían a gritos a un Thomas Cole para que pintara el paisaje; o a un Claudio de Lorena o a un Canaletto; o a un Cézanne, si se quiere una pintura impresionista; o, ya puestos, a cualquier artista destacado de la escuela flamenca del XVII, pintores que sabían dibujar paisajes muy detallistas en los que incluso se apreciaban nítidas las conchas de los caracoles.

Le puse un mensaje a Martina diciéndole que, en efecto, Monterrey era un lugar sumamente bello; me respondió que, en las vacaciones de invierno, le encantaría pasar un fin de semana conmigo allí. Acto seguido le escribí a Nora: «El entorno de Monterrey parece sacado de un cuento». Y ella me contestó que sí, pero que dejara de hacer el idiota y regresara a Madrid.

Durante un rato me acodé en el muro que limita el paseo con la orilla arenosa del lago. A la derecha del paseo, más allá de las viviendas, mucho más allá del límite urbano, incluso un poco más allá, como un farol solitario, divisé entre la espesura del bosque la casa de David y su pequeño embarcadero.

Más tarde, tomé asiento en la terraza de una bonita cafetería, junto al lago, me calenté las manos con la estufa de gas y pedí un café americano; mientras el camarero lo preparaba, fumé. Cogí el periódico comarcal y vi que en la portada aparecía una antigua imagen de David recibiendo el Premio Cervantes. A su lado, alguien había anotado con tinta azul las palabras «¿Víctima o asesino?». Enseguida noté que, en la terraza del establecimiento, unas quince personas conversaban sobre una única materia: ¿Asesinó David Sender a dos miembros de la familia Nierga en 1995?

Mi presencia allí no pasó desapercibida. Algunos se acercaron a saludarme y me preguntaron si había visitado a David en la cárcel, si las investigaciones en el Prado arrojaban resultados y si David me había contado su relación con Melisa. «¿Crees que la mató, Óliver? —susurraban—, ¿a ella y a Mateo?»

En la terraza de la cafetería no se hablaba de otro tema. Respondí con serenidad escogiendo las palabras adecuadas. Por el momento decidí tomármelo con calma. La curiosidad me consumía hasta un grado extraordinario, pero yo escuchaba más que hablaba; consideré que presentarme en Monterrey formulando preguntas que removieran tiempos ingratos no era lo más oportuno, prudente y educado.

A la una y media deambulé por la calle principal, valorando en qué restaurante sentarme a comer. A mitad de calle se cruzó en mi camino, con paso cimbreante, el agente Lucas Bayona.

—¡Tú otra vez! —gruñó al acercarse, no demasiado contento.

—Buenas tardes, agente.

—¿Qué haces en Monterrey? ¿Qué demonios tramas, Brun?

En su tono, gestos y modales, el agente Lucas Bayona transmitía, en una primera impresión, un mal carácter que no suavizaban sus aires de superioridad. Hasta podría decirse que en el conjunto de sus rasgos predominaba una actitud hostil. Pero tal y como se verá más adelante en esta historia, Lucas Bayona era un buen hombre, y un profesional muy capaz.

—¿Qué te traes entre manos, artista? —insistió, un poco airado.

—Bien, Lucas, te seré sincero: últimamente, nada. Verás, pasaba por aquí y me he detenido a tomar un café. Eso es todo.

Lucas me miró circunspecto.

—A otro perro con ese hueso.

—Oh, agente, qué soberbia locuacidad. ¡Oh, qué ingenio! Me fascina, ¡cuánto me deslumbra tu retórica! Oye, ¿cómo es que no te han nombrado portavoz de la policía? ¡Qué envidiable oratoria! ¿Sabes qué?, espera, espera, dame un segundo para tomar nota de tus frases superlativas. —Y fingí teclear a toda velocidad en una máquina de escribir imaginaria.

Lucas echó un rápido vistazo a la calle y luego me reprendió:

—Ya basta, Brun, deja de hacer el imbécil.

—Bueno, Lucas, no te pongas así —me disculpé en un acto de contrición.

—No me pongo de ninguna manera.

—No te enfades, hombre.

—¿Quién se enfada? —bufó, la frente arrugada—. A ver, ¿quién se enfada, Brun? Nadie se enfada.

—¿Por qué te enfadas, Lucas? —seguí—. Quiero decir, ¿por qué te enfadas? Vale, vale, perdona, no debería haber...

—Cierra la boca y dime a qué has venido a Monterrey. ¡Ah!... Tú has venido a meter las narices en asuntos ajenos a tu incumbencia, para variar, como el domingo de octubre en que se descubrieron los hechos.

—Si así fuera, Lucas, ¿me esposarías?

—No, porque no estoy de servicio. Pero, si lo estuviera, podría ponerte una amonestación por interferir en una investigación policial.

—Y yo podría invitarte a comer.

—No.

—¿Por qué?

—Me esperan en otra parte.

—Una pena, oh, una pena. ¡Oye, agente!, ¿qué tal si después vamos a tu despacho, si es que tienes despacho, cosa que dudo, y conversamos tranquilamente sobre el caso de David, el hallazgo de restos humanos en su barca y las desapariciones?

—Tengo prisa. Adiós, Brun.

—Escucha, Lucas, te seré sincero. —Le puse una mano en el hombro.

—Ya iba siendo hora —rezongó él, apartándome la mano con expresión de pocos amigos.

—Necesito saber la verdad. David es inocente, ¡estoy convencido! Quiero investigar a fondo e ignoro cómo empezar. ¿Me ayudarás, por favor? Sí, ¿verdad? ¿A que sí, Lucas, a que me darás algunas pautas policiales? Anda, sé buen chico. Bueno, dime, ¿cómo procedo en primer lugar? ¡Eh!, ahora que lo pienso, tú y yo podríamos formar equipo, ¿no? ¿Qué te parece mi propuesta, agente? Con tu cargo, tu experiencia y recursos y mi...

—Sí, ¿eh? —me interrumpió Lucas, bostezando—. Qué interesante. Venga, ya me lo contarás otro día. Adiós, artista. —Se despidió, pero no se movió del sitio; y a juzgar por la forma en que me auscultaba con la mirada, cualquiera adivinaría que yo no le parecía otra cosa que un joven fastidioso y descarado—. ¿Sabes cuál es tu problema, Brun? ¿Has pensado alguna vez por qué los de tu generación sois unos infelices entrometidos? Porque os lo han dado todo, por ello os creéis que lo sabéis todo, pero no valoráis ni agradecéis nada. No interfieras más, tu injerencia entorpece la investigación policial. No quiero volver a verte en Monterrey.

Sin embargo, como la necesidad de ayudar a David era grande, me desplazaba a Monterrey con mucha regularidad. Por las mañanas paseaba por la calle principal, por la plaza y por la ribera del lago. También tomaba café en las terrazas, al abrigo de las estufas de gas, y aguardaba a que vecinos y curiosos se acercaran a conversar conmigo. El miedo a verse señalados encubría lo ocurrido en 1995, pero la gente habla, independientemente del estatus social, la gente siempre habla: los rumores viajaban más rápido que las noticias a través de aquella comunidad. Escuché con gran sorpresa que un buen número de personas tenía en estima a David, creía en su inocencia y deseaba su excarcelación.

Su caso todavía era una noticia candente y mediática que alentaba la controversia en aquellas gentes. Que David continuara siendo tendencia se debía, supongo, a un mero interés de los medios de comunicación, ¿acaso hay otra explicación para que un tema esté en boca de todos constantemente?

A menudo se veía al profesor Escolano en las tertulias matutinas, en aquellos programas seguidos por tantas y tantas personas que encajaban en la maquinaria sensacionalista del momento. Escolano informaba sobre nuestros avances en el Prado, defendía la integridad de David y, a días, era objeto de una crítica feroz, ya que se había filtrado que, además de ser colegas de profesión, David y él eran grandes amigos de la infancia.

En cuanto a mí, por las tardes regresaba a Madrid y me entregaba a esta novela hasta bien entrada la madrugada, o acudía al Prado. Algunas noches coincidía en el museo con el conserje que tenía la nariz de bruja y los ojos de distinto color; siempre estaba por allí, como Quasimodo en el campanario de Nuestra Señora de París.

Otras noches dormía con Martina. Hacíamos el amor locamente, febrilmente, con arrebatos de lujuria de tal intensidad que nos llevaron a cuestionar si en los placeres eróticos no rozábamos cierta agresividad. Martina llegó a la conclusión de que no había de qué preocuparse, de que solo era sexo ruidoso, explosivo y temperamental. Por otro lado, Martina gritaba en sueños. Ignoro por qué gritaba fundamentos de derecho romano en sueños. Los voceaba con el máximo rigor. Eran gritos desesperados. Oigan, pueden creerme si les digo que eran desesperados. Martina, me imagino, seguía estresada. Me gustaba. Quiero decir que me gustaba Martina, no que estuviese estresada. Nos entendíamos entre las sábanas y lo que aún era más importante, fuera de la cama. Una parte de mí sentía que podría envejecer a su lado, pero en mi vida, y aunque en ese momento solo fuese una entelequia, ya había irrumpido Nora.

El 2 de diciembre aparqué en la estación de autobuses de Monterrey, como de costumbre, y caminé hacia la calle principal. Pasaban de las diez y media de la mañana cuando sonó el teléfono.

—¿Mamá?

—Oli, cariño, ayer te estuve llamando toda la tarde.

—Perdona, estuve ocupado y puse el móvil en silencio. ¿Qué sucede? ¿Va todo bien? Mamá emitió una especie de graznido, o mejor, un alarido:

—¡Ayer te nombraron en la televisión! Fue esa mujer tan guapa y tan lista, ¿sabes quién, verdad? Físicamente se parece a una actriz de Hollywood, pero es tertuliana. ¿Cómo se llama, Oli? Es un verdadero encanto, ya sabes a quién me refiero.

—No, mamá.

—Sí, sí que lo sabes.

—Que no, que no lo sé.

—Tiene el pelo rubio y rizado y lleva unas gafas de Chanel muy bonitas a juego con...

—Mamá —la interrumpí—, no sé quién es, pero ¿qué fue lo que dijo?

—¡Oh, lo que dijo! ¡Aseguró que se te ha visto por Monterrey últimamente! Y que en su opinión andas investigando el caso de ese hombre al que llamas tu amigo, el asesino de niñas y ancianos. ¡Santo cielo!

—Solo intento averiguar la verdad.

—¡Ay, Jesús!

—De hecho, acabo de llegar a Monterrey hace unos minutos.

—¡Oh, Señor!

—Mamá, no te preocupes. No pasa nada, no me va a pasar nada. Tú solo intenta...

—Oli, escúchame.

—Mamá, te estoy escuchando.

—Tesoro, deja de jugar a los detectives. Hablo muy en serio, sé un buen muchacho y olvídate del pedófilo, porque no querrás que las chicas solteras te vean así, ¿verdad? ¿Cielo? ¿Sigues ahí? ¿Me estás escuchando?

—Sí, mamá.

—Bien, tú solo escúchame —pidió otra vez con timbre de súplica—. Probablemente la televisión continuará relacionándote con el asesino si no le pones punto y final al asunto. De modo que, para solucionar todos tus problemas, no sé si me explico, para solucionar todos tus problemas yo llamaré al doctor Hevia.

—¿Que llamarás a quién, mamá?

—Al doctor Hevia, cariño, ¿es que no prestas atención? Es psicólogo, ¿vale? Dicen que es muy bueno. No conozco a nadie que haya ido a su consulta, pero dicen que es muy bueno. Lo dicen en un anuncio en la televisión. Y si lo dicen en la televisión, eso solo puede significar una cosa: a la fuerza el doctor Hevia ha de ser muy bueno. ¿Qué te parece si llamo y me informo? Escúchame, cielo, estoy muy preocupada por ti. Tu comportamiento se ha vuelto impredecible, errático y versátil. Es psicólogo, el doctor Hevia, ya te lo he dicho. ¿Qué tal si probamos y hablas con él? No te pido nada más, solo que te acerques un día a su consulta.

—¿Se puede saber qué...?

—Cariño, escúchame, la primera sesión es gratuita.

Me costó bastante rato entender de qué demonios me estaba hablando, pero, cuando lo comprendí, casi se me saltan las lágrimas de la risa. Al parecer, la tarde anterior mamá había consultado a papá: le contó alarmada que su hijo Óliver viajaba casi a diario a Monterrey ¡y con qué intenciones! Concretamente le dijo: «Los delirios de Óliver son cada vez más frecuentes y peligrosos: es menester que lo analice un especialista». Mi padre le aseguró a mandíbula batiente que su hijo (el autor de esta novela) era un muchacho estupendo, inteligente y sano de mente que no precisaba atención clínica. Pero ahora que mamá me oía reír y reír al teléfono, se reafirmaba en su teoría: su hijo Óliver se estaba volviendo rematadamente loco.

En su defensa diré que no ayudaron demasiado las palabras que utilicé para despedirme:

—Mamá, te cuelgo. Acabo de ver a un policía al que intento sonsacar información relevante, ¡a ver si le echo el guante antes de que se me escape!

—¡Ay, Dios mío!

Interrumpida la conversación, acudí al encuentro del agente Lucas Bayona, quien caminaba por la plaza y se había detenido a charlar con un peatón. Aceleré mis pasos para darle alcance, sin embargo, me distrajo otra llamada telefónica:

—¿Nora?

—¡Óliver! —chilló.

—¿Sí?

—¡Deja todo lo que estés haciendo y ven al Prado en cuanto puedas!

—¿Por qué? ¿Qué ha ocurrido?

Nora habló con felicidad, como la tiene siempre una persona al manifestar:

—¡Lo he resuelto, Óliver! ¡Lo he descifrado! ¡Es un anagrama! *Et in Arcadia ego,* ¡es un anagrama!

Guardé silencio, conmocionado. Eran las once de la mañana y los termómetros marcaban cuatro grados.

—¿Óliver?

—Sí, Nora, ¡voy de inmediato!

15

—Sigue así, Óliver. Me está gustando el libro.

—¿De veras?

—Sí, vas muy bien. Me siento identificada con uno de los personajes, por cierto. En la novela la has llamado «Nora», pero me parece que la has basado en mí.

—Bueno.

—Oye, ¿qué capítulo me envías ahora?

—El quince.

—¿Y me dejarás leer hasta el final?

—Si tú quieres, «Nora», a mí me encantaría.

—¡Sí! ¡Bien! Óliver, ¿verdad que a partir de ahora la trama se complica más todavía?

—Eso creo. Todo lo que narro en los tres capítulos siguientes sucedió, más o menos.

En el camino de vuelta a Madrid telefoneé a Nora con el manos libres e intenté sonsacarle qué había descubierto, pero no quiso adelantarme información alguna, mejor dicho, no pudo; la dominaba una intensa emoción, hablaba muy deprisa, de manera atropellada y confusa.

—Cuando llegues a Madrid —logró articular— ven directamente aquí.

—¿Adónde?

—Jo, Óliver, «¿Adónde?», ¿de verdad? No te enteras de nada, te lo digo en serio.

—¿Qué?

—Que no te enteras de... ¡Al Prado, ven al Prado!

—¡Vale!

—Te estaré esperando en las escaleras que comunican con la iglesia de los Jerónimos.

La inquietud me afectaba hasta el punto de temblar; un millar de incógnitas sacudía mi ser porque ¿verdaderamente *Et in Arcadia ego* era un anagrama? ¿Qué había descifrado Nora? ¿Las palabras en latín ocultaban un mensaje escrito en clave? ¿Qué tipo de mensaje? ¿Qué nueva revelaba el misterio? ¿Un código, tal vez? ¿Otro enigma? ¿Un secreto?

Ahora, cerca ya del museo, la emoción me embargaba. Bien, la situación era la siguiente: en la puerta de los Jerónimos del Prado hay una escalinata de piedra y una docena de pequeñas gradas que conectan la entrada al museo con la iglesia homónima. Nora me esperaba sentada justo en medio, con el libro *El señor de las moscas* abierto entre las manos. Como Nora, unas veinte personas esperaban a alguien, algunas sentadas en las escaleras, otras en las gradas, y todas, absolutamente todas, posaban una mirada fría y vacía en sus teléfonos móviles, sin fijarse en nada más; quizá no tuvieran demasiado que vivir y consumían el tiempo delante de una pantalla: eso tiene que afectar a la identidad. Qué horror, todo el mundo tecleaba. Pensé que Platón no erró al formular su mito de la caverna; basta con cederle un *smartphone* a alguien para que la alegoría se convierta en realidad. Un detalle curioso: la única persona que estaba leyendo era Nora. No apartaba la vista de aquel libro, aunque su teléfono sonara. Parecía una luz en medio de la oscuridad. Era extraordinaria.

Se lo cuento porque no se imaginan lo que sucedió en ese instante. Una chica, que llegaba a la vez que yo, llamó la atención de su novio; pero él, cielos, ni siquiera levantó los ojos de la pantalla. Me pregunto por qué. De hecho, vi que con el dedo índice él le pedía tiempo para terminar de enviar mensajes a otras personas. La chica, imagino que ya acostumbrada, ni se inmutó, es más, hasta le pareció apropiado quedarse a la espera de brazos cruzados. Por el amor de Dios, yo en su posición me habría dado la vuelta y me habría marchado a otro lugar; al cine Doré, por ejemplo, en el que se proyectaba un ciclo de Billy Wilder con películas como *El apartamento*. En resumidas cuentas, el chico no se levantó ni besó a su novia hasta que dejó de teclear. A mí ese tipo de comportamientos me desesperan, no los soporto, me recuerdan que las personas no sabemos cultivar el amor, me hacen preguntarme: «Si los teléfonos son cada vez más inteligentes, ¿por qué nosotros no?». Nunca esperen a nadie con el teléfono móvil en la mano, si lo piensan bien es un gesto horrible.

Más arriba, a mitad de escalera y sin advertir mi presencia, Nora seguía leyendo *El señor de las moscas;* sostenía el ejemplar a escasos centímetros de su rostro, es un libro interesante, cabe señalarlo, de ahí que no me importara que no me viera; porque así Nora estaba bien, estaba muy bien, tanto que no quise desconcentrarla y opté por permanecer en silencio al pie de la escalinata. Lo que quiero decir es que si has quedado con una persona y no se percata de que has aparecido, si se debe a que está inmersa en la lectura de una buena novela, no pasa nada, disfruta la imagen, ¿en sí misma no es bella?

Al fin, Nora me vio.

—¡Óliver, aquí! —Bajó las escaleras con una sonrisa deliciosa bailándole en los labios, le di en la frente el beso de rutina, y me preguntó: «¿Acabas de llegar?». A lo que yo respondí:

—Pues no.

—¿Ah, no? ¿Y cuándo has llegado?

—Hace unos minutos.

—¿Y por qué no me has avisado? ¿No me has visto?

—Sí, pero estabas leyendo. No quería interrumpir. Te estaba mirando. Oye, ¿por qué sujetabas el libro tan cerca de la cara?

—Porque lo estaba oliendo. —Nora esbozó una sonrisa tímida y sus mejillas se sonrojaron.

—¿Dónde está el profesor Escolano? —musité, mirando alrededor.

—Se ha quedado en el museo, atendiendo a los medios. ¡Óliver, lo están emitiendo en directo en todas partes! ¡La noticia ya es de alcance nacional! El director del Prado ha convocado a la prensa; he contado por lo menos una docena de cámaras de televisión enfocando a Escolano. ¡Y los medios internacionales también lo han publicado!

—¡Adelante, te escucho!

—¿Sí? —curioseó Nora—. ¿Cómo dices, Óliver? ¿Me escuchas?

—Nora, tu hallazgo. ¿Es que no me lo vas a contar?

Esperé la respuesta boquiabierto, temblando de emoción, pero Nora, en silencio, se quedó contemplando con ojos soñadores y rostro plácido un rayo de sol que se filtraba delicadamente entre las nubes de diciembre, bañando de luz dorada el césped de los jardines del Prado.

—Oh..., qué bonito...

—¿A qué esperas, Nora? ¡Venga, cuéntame tu deducción!

—¡Aquí no, Óliver! Vayamos a otro sitio; he salido hace rato y he cogido frío. Además, no me apetece estar presente cuando se marchen los periodistas; querían entrevistarme, pero, jo, me he negado. No me gusta hablar en público.

—Por suerte no impartes clases en la universidad.

—Óliver, este no es momento para sarcasmos. Ay, ya sabes qué quiero decir.

—Bueno, ¿y adónde vamos?

—Ven, sígueme.

Nora me cogió firmemente de la mano y me condujo hasta la calle Alfonso XIII, junto al parque del Retiro. Entramos en una cafetería en la que reinaba un ambiente apacible, pedimos dos cafés y, mientras hablaba, Nora depositó sus cosas sobre una mesa; de la mochila extrajo un cuaderno de notas y un bolígrafo.

—Atiende, Óliver —me pidió, tomando aliento—. ¿Qué frase se lee junto a *La Mona Lisa* del Prado?

—¿Por qué me lo preguntas?

—Tú responde.

—¿Para qué?

—Que respondas.

—Pero si ya lo sabes, llevamos un mes con la vista clavada en esa pared.

—Sí, pero quiero explicártelo debidamente.

—¿El qué?

—¿El qué va a ser, Óliver? ¡El anagrama? ¡Venga, responde! ¿Qué se lee?

—*Et in Arcadia ego.*

—Bien, ¿y qué significa?

—¿De verdad tengo que contestar otra vez a una pregunta evidente? Conoces el significado y su simbolismo, ¿por qué me haces...? —Nora me dirigió una mirada hostil y penetrante, en absoluto amistosa—. Vale, vale, de acuerdo. Escolano nos contó que se puede traducir como «Y en la Arcadia, yo» o como «Y en la Arcadia estoy». Es decir, que la muerte impera hasta en el lugar más idílico de la tierra.

—Exacto. Pero fíjate qué sucede si se transponen las letras.

Nora cogió el cuaderno y lo abrió despacio. Vi que en varias páginas había decenas y decenas de borrones y tachones. Por lo visto, Nora había ocupado media mañana en representar conceptos e ideas mediante signos; y aplicando el método de la prueba y el error, había obtenido conclusiones reveladoras. Se tomó un momento y luego escribió los grafemas sobre el papel; a continuación, fue tachándolos uno por uno, concentrada y llena de júbilo, y les asignó un nuevo orden en la frase, hasta alcanzar un resultado definitivo:

~~Et in Arcadia ego~~
I tego arcana Dei

Nora consultó mi opinión alzando una ceja.

—¿Y bien? —le pregunté, reclamando con mirada curiosa una interpretación de los hechos.

—Cómo que «¿Y bien?». ¿Has leído lo que he escrito, Óliver? ¿Sabes qué significa esta oración?

—Sí, sí, lo sé... No, la verdad es que no lo sé. ¡Espera! Viene a significar que... No, no lo sé.

Nora compuso una expresión de profunda gravedad.

—¿Me tomas el pelo, Óliver? ¿No sabes lo que significa?

—Que no.

—¿Hablas en serio? Jo, Óliver, piensa un poco... Bueno, ¿lo has deducido ya?

—Hummm... Sí.

—¿Seguro?

—Hummm... No.

—Increíble. —Nora se encogió de hombros, soportando con temple mi desconocimiento—. A ver, Óliver, si analizas una a una las...

—¡Lo tengo! —exclamé—. ¡*I tego arcana Dei* es claramente un juego de palabras en hebreo!

—Jo, qué burro... —susurró Nora—. «Claramente», dice el burro. ¿Hebreo, Óliver? ¿Lo que estás leyendo en el papel es hebreo?

—¿No lo es?

—No, hombre, no.

—¿Y qué es?

—Sigue siendo latín. A veces me pregunto cómo te las arreglaste para obtener un título universitario en Historia del Arte.

—Bueno —dije. Y sorbí con deleite un poco de aquel café humeante.

Nora suspiró largamente, con las facciones contraídas o por el cansancio o por mi incompetencia, o por ambas cosas. Arrancó el papel, se levantó y tomó asiento a mi lado; siguiendo un orden específico, tradujo el anagrama del latín al castellano.

~~*Et in Arcadia ego*~~
~~*I tego arcana Dei*~~

I tego arcana Dei
Oculto los secretos de Dios

En vista de ello, ambos nos abandonamos a un silencio espontáneo. A través de los medios de comunicación, todo el país conocía ya el anagrama y su interpretación. En la televisión de la cafetería se retransmitían imágenes en directo de Víctor Escolano dando explicaciones a los presentadores de las tertulias matutinas. Mientras tanto, Nora y yo intentábamos establecer una secuencia lógica de hechos que relacionara todas las partes: los dos cráneos, el cuadro de Melisa Nierga, las pinturas de Nicolas Poussin y Guercino, Monterrey, el Museo del Prado, *La Gioconda* del taller de Leonardo, la frase escrita en latín y, ahora, ¿su anagrama? ¿Un nuevo indicio?

—«Oculto los secretos de Dios» —leí, estremecido por el asombro—. ¡Qué secretos, Nora! ¡Qué secretos!

—Pero ¿por qué me gritas? ¿Y cómo quieres que yo lo sepa, Óliver?

—He ahí la cuestión, ¿tienes alguna hipótesis? ¿Habéis especulado?

—Sí, la frase también se puede interpretar como «Protejo los misterios de Dios». Escolano y yo hemos realizado algunas llamadas antes de convocar a la prensa.

—¿Y...?

—Hemos contactado con investigadores que están estudiando el tema por su cuenta y nos han expuesto diferentes puntos de vista.

—¿Y...?

—Un experto en arte barroco nos ha contado que la frase *Et in Arcadia ego* tuvo su importancia hace un siglo, más o menos, cuando se relacionó la pintura de Nicolas Poussin con un secreto oculto en Rennes-le-Château.

—¿Rennes-le-Château? ¡Me suena! —exclamé—. Es el nombre de una catedral belga, ¿verdad?

—Madre mía, Óliver, qué disparate.

—¿No he acertado?

—Ni por asomo.

—Vaya, perdona.

—Bueno, no pasa nada. Estate quieto, para, Óliver, deja de jugar con el bolígrafo y presta atención. Rennes-le-Château —aclaró Nora— es un pequeño pueblo en el sur de Francia. El experto nos ha dicho que, en su cuadro, Nicolas Poussin pintó el monte Cardou, ubicado a unos cinco kilómetros del municipio, pues albergaba en sus laderas un gran secreto.

—¿Qué secreto?

Nora reflexionó.

—Vayamos por partes. Cuenta la leyenda que Bérenger Saunière, ya sabes, el famoso párroco, localizó unos pergaminos en la iglesia del pueblo a principios del siglo xx; documentos que contenían grandes secretos históricos vinculados a la Iglesia católica, la Orden del Temple, la alquimia, los masones, el santo grial... Pufff, muy original todo, vaya —suspiró Nora, con un tono de voz que combinaba el sarcasmo y la irritación—. Pero espera, Óliver, que ahora viene lo «mejor». Como te decía, según el experto, en la pintura *Et in Arcadia ego* de Poussin aparece el monte Cardou, ¿no?, en cuyas faldas había una tumba, un secreto largamente silenciado y protegido por los templarios.

—¿Qué secreto? —susurré—. ¿Qué tumba?

—La tumba de Jesucristo.

Fruncí el ceño, marcando un evidente recelo.

—Supongo que no le habéis concedido valor alguno.

—No —contestó Nora—, claro que no. Figúrate que, en opinión del experto, la frase *I tego arcana Dei* señala el lugar exacto donde se enterró el cuerpo de Cristo, o sea, en el monte que Poussin pintó en el cuadro.

—Pero os habrá dado algún argumento al respecto.

—¡Oh, sí, sí! Se notaba que se moría de ganas por que alguien lo escuchara, e incluso ha efectuado una larga pausa para añadirle un toque de suspense a la conversación antes de responder que la clave del asunto reside en la palabra «Arcadia», en su pronunciación y homofonía. Según él, se puede descomponer de esta manera: «Arca» por un lado y «Dia», por otro. El primero de los términos vendría a sugerir el Arca de la Alianza, ya sabes, la reliquia cristiana que guardaba los Diez Mandamientos que Dios le pidió escribir a Moisés.

—Comprendo.

—Pero «Arca» también se puede interpretar como «tumba». Y el sonido «Dia» vendría del sonido «Deus», que en latín significa Dios.

—Es decir —razoné—, que al desarmar la palabra Arcadia tenemos «Arca–Deus»; en nuestro idioma, ¿la tumba de Dios? Vaya despropósito.

—Lo sé —coincidió Nora—. Ahí ha sido cuando he empezado a ponerme nerviosa. Nos estaba haciendo perder el tiempo y le he preguntado: «Entonces, según usted, ¿los discípulos de Jesús de Nazaret cogieron sus restos y los enterraron en el sur de Francia?». A lo que él me ha respondido: «O tal vez Jesucristo sobreviviera a la crucifixión, y José de Arimatea lo protegiera de los romanos y lo ayudara a huir de Judea». Acto seguido he colgado la llamada, por supuesto. Y bien, ¿qué te parece, Óliver?

Las dudas ensombrecieron mi cara.

—Bien —dije, apurando el café—, creo que solo habéis oído el testimonio de un académico que se ha vuelto un poco paranoico con estos temas. Hay gente que se obsesiona con investigar en profundidad los misterios de la Iglesia católica y acaba mezclando y confundiendo todo con sociedades ocultas, grandes secretos y teorías conspirativas..., hasta se ha insinuado que *Et in Arcadia ego* fue la moneda oficial del Priorato de Sion. En cualquier caso, ¿qué piensas de todo esto, Nora?

—¿Yo?

—Claro. Tú has resuelto el anagrama.

—Hummm... A mi entender todavía no hemos averiguado nada que valga la pena. Creo que la mejor forma de explicar el punto en el que nos encontramos es una metáfora.

—¿Qué metáfora?

—¿Conoces las *matrioskas*, Óliver?

—¿Las muñecas rusas?

—¡Sí!, esas que son huecas, de diferente tamaño, y encajan y se guardan unas dentro de otras. En mi opinión nos enfrentamos a algo parecido, y solo hemos acariciado la superficie, a lo sumo hemos destapado dos niveles. Quedan tantas preguntas sin resolver... Han vuelto a interrogar a David, por cierto, y sigue afirmando no saber nada, no obstante, se demostró que la caligrafía impresa en la pared de la sala 56B casa con la suya... Ya no sé qué pensar, Óliver. Caramba, empiezo a sentirme agotada. Pero debemos continuar la investigación.

Nora sujetó el papel en el aire y lo leyó dos veces en voz alta:

—*I tego arcana Dei,* o sea, «Oculto los secretos de Dios». ¿Cuál es el siguiente paso, Óliver? ¿En qué nos centramos? ¿Oculto los secretos de Dios?... ¿Qué insinúa la frase? ¿Secretos? ¿Dios? ¿Oculto? ¿Oculto? Oculto... —Su bello rostro se iluminó con un destello de esperanza—. ¡Oculto! ¿Y si aún hay más, Óliver? Algo, en la sala 56B, que nuestros ojos todavía no han captado porque no hemos considerado todos los elementos existentes. ¿Y si...? ¡Atiza! ¿Y si la pintura de *La Mona Lisa* del Prado nos «oculta» algo? Un secreto, algo que jamás nadie haya visto antes. Podría ser, ¿no? Porque a veces, en las obras de arte, lo verdadero es tan desconocido que muchas personas, por más que lo observen, son incapaces de reconocerlo; pero nosotros sí lo veremos porque ¡somos historiadores del arte! ¡Somos los descendientes intelectuales de Giorgio Vasari! ¡Dadnos una obra que estudiar y os explicaremos la iconografía, no de un personaje o un tema delimitado, sino de la historia de la humanidad! ¿Acaso la belleza del arte no reside en explorar mundos imposibles? Huy, huy, huy, creo que me estoy excitando. En resumidas cuentas, la frase *I tego arcana Dei*, transformada, podría apuntar a ella, ¿no, Óliver?, a *La Gioconda* de Madrid. Sí, deberíamos analizar esa obra. Muchos colegas nos tacharon de locos por involucrarnos en un caso mediático, lo recuerdas, ¿verdad? Al principio nos miraban en los pasillos de la facultad con extrema curiosidad y cautela, como se mira a un enfermo mental, y ahora, un mes más tarde, todo el mundo habla de lo que estamos descubriendo; y mañana, mañana mismo sin falta, comenzaremos un estudio minucioso de *La Mona Lisa* del Prado, y creo que en torno a la obra se producirá un descubrimiento insólito que provocará todo tipo de impresiones. Nadie puede prever lo que ocurrirá en los próximos días, ¿cierto, Óliver? El fin sobrevendrá inesperadamente y de un modo que ni siquiera imaginamos.

Hubo un momento de silencio general que Nora acompañó con uno propio muy significativo. Luego se abrazó a mi cuerpo y me besó en la mejilla.

—Me alegra estar a tu lado, Óliver. A pesar de todas las presiones que sufrimos, esta es una experiencia que llevaremos eternamente en los corazones.

De toda su figura emanaba un resplandor natural; a través de la ventana, Nora contempló con delectación y ojos grandes un rayo de sol dorado y su rostro se inundó de alegría.

He mencionado ya la chica maravillosa que me parecía Nora, ¿verdad?

16

—Óliver, tengo una duda.

—Te escucho, Nora.

—Verás, la cuestión más puramente académica de lo que sucedió en el Prado, la parte artística, la resolvimos en las primeras horas de investigación, si mal no recuerdo, sin embargo, en tu libro, según estoy leyendo, indicas que tardamos en torno a un mes.

—Claro.

—¿Cómo que «claro»?

—Es una novela, Nora, ¿comprendes? Intento que fábula y realidad convivan como entes indistinguibles, lo que no siempre es fácil de llevar a cabo. Así que, para armonizar ficción y realidad, distribuyo la trama en varias semanas para que se aprecien los matices.

—Entiendo. ¡Qué entrañable! No obstante, también hicimos un descubrimiento inaudito que desconcertó a todo el mundo, ¿verdad, Óliver? ¿Cuándo vas a narrarlo?

—En los dos próximos capítulos.

Víctor Escolano nos convocó tres días después en la sala 56B. El encuentro tendría lugar a las ocho y media de la tarde y sería el último que celebraríamos en el Prado. Horas antes de encaminarme al museo, a media mañana, el numen del escritor me dictaba escenas, párrafos y diálogos; estaba tan motivado y tan concentrado, tan abstraído, que nada ni nadie podía desconcentrarme de mi trabajo; me distrajo, sin embargo, una llamada inoportuna del agente Lucas Bayona.

—¿Qué demonios quieres? —contesté, bastante irritado.

—¿Artista?

—¿Qué?

—Te pedí que no interfirieras, pero he oído que sigues merodeando por Monterrey, que te dejas caer algunos días por el paseo y la ribera del lago. Joven Brun, eres un tipo de lo más cargante.

—Cargante lo será tu padre.

—¡Rayos! ¿Hoy no toca ser educado?

—Vete al infierno, agente; tu llamada me ha arruinado un destello de inspiración literaria.

—Me la trae completamente al pairo.

—¿Por qué me llamas, Lucas?

—Porque... sé que le tienes un gran aprecio a David Sender.

—¿Le ha sucedido algo? —me sobresalté.

—No, todavía no.

—¿Todavía?

La voz de Lucas se suavizó:

—Escucha, Brun, la investigación policial comienza a ofrecer resultados. Al atardecer se dará la noticia.

—¿Qué noticia?

—No puedo hablar.

—¡Dímelo, Lucas!

—No, no puedo, por el momento es confidencial. Quería avisarte para que el comunicado oficial no te pille desprevenido. Sé que tus intenciones son buenas, pero las pruebas que se van a publicar son concluyentes. Lo siento, Brun, de veras que lo siento.

Llegué puntual al Prado, a las ocho y media de la tarde. El museo ya había cerrado, de modo que me abrió la puerta el conserje que tenía la nariz de bruja y los ojos heterocromos y me acompañó a la sala 56B. Nora escribía notas en su cuaderno, sentada en el suelo. Me acerqué a saludarla, pero el profesor Escolano, su mirada empañada, se interpuso cabizbajo y posó una mano afable en mi hombro.

—Lo lamento, Óliver.

Así fue como me enteré, la noche del 5 de diciembre, de que los cráneos hallados en la barca de David eran los de Melisa Nierga y su abuelo materno. El forense al cargo de la investigación confirmó, sin margen de error, que el examen genético de los huesos y las piezas dentales, aun veinticinco años más tarde, era preciso y fidedigno. Asimismo, determinó que en las calaveras no se habían producido heridas ni lesiones. Por tanto, la causa de la muerte del anciano y la joven probablemente tuvo su origen en el cuello o el pecho, lo que corroboraba la decapitación *post mortem;* pero como no se disponía de los cadáveres para practicar la autopsia, se desconocía la naturaleza del óbito.

Las primeras reacciones se desencadenaron tan pronto se hizo público el comunicado policial. La inmensa mayoría de la gente, furiosa con David, exigía para él la máxima condena. Muchos solicitaban el uso de georradares, palas excavadoras, buzos, drones y un sonar de barrido lateral; reclamaban a las autoridades un operativo de búsqueda completo para dar con el paradero de los cuerpos de Melisa y Mateo en el bosque, en el lago y en los alrededores de la casa de David en Monterrey.

El profesor Escolano y yo seguíamos pasmados las noticias a través de la radio del teléfono móvil. Nora, sin embargo, parecía ajena a las novedades; quizá no se hubiese enterado de la primicia.

—Nora —me acerqué a ella—, acaban de confirmar la identidad de los cráneos que...

—Sí, lo he oído.

—¿Estás bien? —No respondió—. ¿Nora?

Transmitía la impresión de no sentirse afectada, solo leía en voz baja una y otra vez el anagrama *I tego arcana Dei* y su traducción al castellano «Oculto los secretos de Dios». Alzó la vista y recorrió con ojos inquietos la sala, para después reanudar la escritura de hipótesis y códigos en su cuaderno. En los susurros de su voz almibarada distinguí palabras dispersas, pero conectadas: «Un enigma, *La Mona Lisa* del Prado, un secreto oculto».

—¡Nora! —chillé, soltando un gallo.

—¡Oculto! —exclamó ella, sin hacerme el menor caso, y se levantó de un salto presa de un repentino entusiasmo. Era evidente que acababa de tener la percepción íntima e instantánea de una idea—. Óliver, escúchame: hemos buscado en el lugar equivocado. ¡Hay que examinar a fondo la pared! Vuelvo enseguida.

Nora salió de estampida de la habitación. No pude siquiera detenerla porque las dudas, convirtiéndose en terror, atestaban mi mente e impulsaban el desaliento: Entonces, ¿era cierto..., David se enamoró de una chica menor de edad en 1995, la asesinó, mató a su abuelo, desmembró los cuerpos y durante veinticinco años escondió los cráneos en su barca?

Nora regresó quince minutos más tarde.

—¿Qué llevas en la mano?

—Una linterna de rayos ultravioleta, Óliver. —Y, sin previo aviso, se atenuó la iluminación de la dependencia—. No os preocupéis, es cosa mía. He pedido a los técnicos que rebajaran la intensidad de las luces.

—¿Qué sucede, Eleonora? —preguntó el catedrático.

—Hay que examinar la pared a fondo —reiteró la interpelada—. Me parece que Óliver tenía razón: es un puzle. Todo está relacionado. Eso creo. Hagamos balance. ¿De qué datos disponemos hasta la fecha?... ¿Por qué os quedáis callados? ¡Venga, ayudadme! ¿Cómo se han desarrollado los hechos si atendemos al calendario?

—Melisa y Mateo desaparecieron de Monterrey en 1995 —dije.

—Veinticinco años después —añadió Escolano—, un mecánico halló las famosas calaveras, ya identificadas, en el bote de David, la misma tarde en la que él trabajaba en esta sala del Prado.

Nora asintió.

—Sí, eso sucedió el sábado 23 de octubre. A la mañana siguiente, David fue detenido y saltó la noticia de que mantuvo una relación secreta con Melisa Nierga; se filtraron las fotografías, el cuadro de la joven... Todo.

—Era la mañana del 24 —recordé—. Yo me dirigí a Monterrey para ser testigo de los acontecimientos mientras a vosotros os convocaban en esta sala.

—Pues la frase *Et in Arcadia ego* apareció escrita junto a la «otra *Gioconda*» —añadió el profesor—, con la caligrafía de David.

Nora asintió de nuevo y tomó la palabra.

—Y durante días tuvimos que descifrar el significado de la locución latina; evocamos la pintura de Nicolas Poussin, estudiamos la iconografía del cuadro, y concluimos que era un aviso siniestro: «Yo, la muerte, también reino en el paraíso terreno». —De pronto Nora esbozó una pícara sonrisa—. Si me permitís la observación, no hay lugar más idílico que Monterrey en la Comunidad de Madrid, ¿verdad? Además, ¿qué se lee en el cartel de entrada al pueblo, Óliver? Tú has estado allí numerosas veces.

—«Bienvenido a Monterrey, un edén en la Tierra» —recité. Nora asintió satisfecha por tercera vez.

—Es decir —habló con agudeza—, que no importa si vives en la pobreza, en un barrio marginal o en la abundancia de Monterrey, no importa si tienes dieciséis años, como Melisa, o noventa, como su abuelo, pues la muerte te echará el brazo al hombro, como una vieja amiga, y acabará arrastrándote a su reino. ¿Me seguís? Tras la pintura de Poussin trajimos a la memoria la obra de Guercino, ¿no?, titulada asimismo *Et in Arcadia ego,* en cuyo plano principal destaca una calavera sin cuerpo.

—Como las dos que se hallaron en la barca de David —repitió Escolano.

—Ajá. Por último —continuó Nora—, dedujimos que un cambio en el orden de las letras daba lugar a una frase distinta, *I tego arcana Dei,* con su interpretación «Oculto los secretos de Dios». Y en este punto nos encontramos: ¿Qué secretos? ¿Qué más hay oculto? Profesor, hace tres días un experto en arte barroco nos dijo que la frase señalaba la ubicación de la tumba de Jesucristo, ¿cierto?

—Pero no le dimos crédito alguno porque el caso que intentamos resolver nada tiene que ver con la Iglesia católica.

—Sin embargo —apuntilló Nora—, mencionó la palabra clave: «tumba». Y mi pregunta es: ¿dónde se enterraron los cuerpos de Melisa y Mateo? ¿Dónde se halla su tumba? Dar con el paradero supondría cerrar el caso, ¿verdad? La policía judicial defiende esta hipótesis. Y entonces, anoche, empecé a reflexionar. Quizá fuese David el autor del delito, o tal vez otra persona, no lo sé, pero sea quien sea el artífice vivió en Monterrey en 1995... y nos ha dejado un rastro para encontrar los cuerpos. ¡Sé que suena extraño, pero encaja! ¡Tú mismo lo dijiste, Óliver! Como decía, hay que tener presentes todos los elementos y uno lo hemos ignorado desde el principio.

La imagen acudió a mi cabeza rápidamente, y puse el grito en el cielo:

—¡El retrato de Melisa Nierga!

—Vale, sí, pero no hace falta que chilles, ¿sabes? —me reprendió Nora. Escolano arrugó el entrecejo.

—¿El retrato?

—En efecto —confirmó Nora—, la pintura de la joven que parangona *La Gioconda* que tenemos justo delante. No le hemos dedicado la debida atención.

—Es solo un dibujo —dijo el profesor, confundido—. Aunque de gran calidad, no es más que el retrato de una chica. ¿Consideras que está relacionado?

—Sí —suspiró Nora—, creo que el cuadro de la joven es una pieza importante del caso, tengo un presentimiento, en unos minutos veremos por qué, si no me equivoco; pero antes, centrémonos en el último vestigio: *I tego arcana Dei* sugiere que todavía hay más que investigar en esta sala; por eso he pedido que atenuaran las luces y me han prestado una linterna de luz ultravioleta, ¿entendéis? «Oculto los secretos de Dios.» Hay que buscar lo oculto, el arcano, el secreto invisible que el ojo no puede percibir. Veamos...

Si les digo la verdad, no entendía nada, pero Nora se mostraba segura y confiada. Caminó decidida en la penumbra, encendió la linterna y sometió la pared a un examen minucioso; exploró despacio cada centímetro en torno al cuadro. En apariencia, nada destacaba en la superficie oscura, si acaso motas de polvo y pequeñas manchas inapreciables para la vista. A continuación, dirigió el foco hacia la frase *Et in Arcadia ego*, pero no sucedió nada. Luego, se aproximó a la obra y los pigmentos de *La Mona Lisa* se iluminaron, revelando minúsculas hendiduras y los defectos y la erosión que provoca en la pintura el paso del tiempo.

Nora estaba tan emocionada, tan concentrada, tan convencida de que iba a producirse la manifestación de una verdad secreta y oculta que ni Escolano ni yo abrimos la boca.

—Ahí... —susurró.

Muy próximas al marco de la pintura, la luz ultravioleta reveló dos palabras escritas en tinta invisible, ¡tinta invisible!, que no eran inaccesibles a la razón, todo lo contrario, se leían con gran nitidez y constituían un nombre harto conocido en este relato.

«Melisa Nierga»

Fue un momento de una tremenda intensidad. Nora salió corriendo y pidió a los técnicos que restablecieran la iluminación habitual en la dependencia. Cuando regresó, Escolano y yo, al borde del desconcierto y la excitación, empezamos a formular decenas de inquietantes preguntas: ¿Quién había escrito el nombre de la joven fallecida? ¿Por qué con tinta invisible? ¿Por qué junto a *La Gioconda* del Prado? ¿Por qué?

—Además —exclamé—, ¡la caligrafía no coincide con la de David!

Fue entonces cuando Nora nos enseñó su cuaderno, abarrotado de hipótesis, teorías e ideas. Y acto seguido habló con el placer que siempre produce una meta alcanzada:

—*Nomen est omen* —pronunció—, o lo que es lo mismo, el nombre es un augurio, un símbolo, un presagio, una profecía. El nombre es la clave de todo. —Nora tomó aliento y sentenció—: El nombre de Melisa Nierga también es un anagrama.

Y sin mostrar el menor signo de vacilación, Nora pasó de página y nos enseñó la inversión de letras que había desarrollado.

~~Melisa Nierga~~
Enigma serial

17

—Óliver, tengo otra duda, y esta vez es existencial.

—Adelante, Nora.

—Antes me has dicho que en la novela procuras que haya armonía entre fábula y realidad, y eso me ha hecho pensar. ¿En qué? Bien, ahí va: en nuestras vidas cotidianas, en el día a día, estemos en casa, en una librería o en la oficina, ¿qué diferencia la ficción de la realidad? Es más, ¿hay diferencia? Espera, espera; espera a que desarrolle la idea. Yo creo que la rutina es tan envolvente y aburrida que a menudo todos nos perdemos en fantasías. Unas fantasías estupendas, sea bien dicho. Es evidente que cada persona tiene una. Pero si todos recurrimos al subterfugio de la imaginación para huir de una realidad poco gratificante, ¿cómo saber si nuestros pensamientos son coherentes? Si fantaseamos más que razonamos, ¿hasta qué punto condicionamos nuestras decisiones? Más nos valdría pisar tierra firme y dejarnos de tantas idioteces. Bueno, bueno, tampoco polemicemos. En definitiva, ¡qué borrosa es todavía la imagen que proyectamos del mundo! ¿Verdad, Óliver? Ya lo advirtió Descartes.

—Escucha, Nora, ¿eres consciente de que en ocasiones hablas sola?

—Sí, Óliver, porque mi ritmo de conversación no hay quien lo siga. Descuida, estoy trabajando en ello.

~~Melisa Nierga~~
Enigma serial

No hubo más preguntas. Me quedé mudo en palabras, incapaz siquiera de pensar. Una gran incertidumbre se apoderó de la sala. Se acumulaba demasiada información relevante. Víctor Escolano estaba tan fascinado y desconcertado como yo; poco a poco él fue dejando atrás la conmoción, balbució palabras inconexas y su voz sonó muy aguda. La única que guardaba la compostura era Nora. Tras unos segundos, rompió el silencio y nos lo explicó:

—Lo he desarrollado mientras escuchabais las noticias en la radio, por eso no te respondía cuando te has acercado a hablar conmigo, Óliver. Perdona, estaba absorta. Sí, el nombre de Melisa Nierga es un anagrama que nos conduce a la eterna cuestión: ¿qué significa? La palabra «enigma» la conocemos y la palabra «serial» quiere decir...

—Perteneciente o relativo a una serie —murmuré.

—Limpio, claro y elegante —otorgó Nora.

—¿Es eso? ¿Nos enfrentamos a una serie de enigmas para resolver el caso?

—¿Y a estas alturas de la historia te sorprendes, Óliver?

—No veo otra explicación —intervino Escolano—. ¿Y ahora qué?

Nora sonrió levemente.

—Ahora nos centraremos en el cuadro de Melisa Nierga. Pero antes necesito conocer algunos detalles de *La Gioconda* del Prado para terminar de atar cabos. Profesor, ¿nos guías a través de la tabla?

—Te escucho, Eleonora.

—Vale, existen numerosas versiones de la obra más popular de Leonardo, como *La Mona Lisa de Isleworth,* pero la del Prado se considera la copia más precisa, ¿no?

—Sí, aunque en esta pintura no se aplicó la técnica del *sfumato.* —Escolano carraspeó—. Tal vez la fecha de su ejecución sea lo más interesante.

—¿Por qué? —quise saber.

—Porque se estima que las dos *Giocondas,* la del Louvre y la del Prado, se realizaron simultáneamente entre 1503 y 1519. Leonardo da Vinci pintó la más famosa, desde luego, y se cree que medió en el proceso de elaboración de la obra que tenemos aquí delante.

—¿Ah, sí? ¿Y en qué grado intervino?

—Es probable que supervisara su creación.

—E incluso que participara en ella con alguna pincelada —añadió Nora—. En cualquier caso, no hace falta consultar a un experto para distinguir que la traza de esta *Mona Lisa* es más nítida que la del Louvre; salta a la vista que su ejecución fue mucho más limpia.

—¿Tú crees?

—Bueno, Óliver, en *La Mona Lisa* de Leonardo los elementos no son tan visibles; pero en la del Prado se aprecian numerosos detalles, fíjate: el vestido, las columnas en los laterales, la claridad del paisaje, el brillo y las transparencias del velo, o el cabello pelirrojo de la dama, por ejemplo.

—Melisa Nierga también tenía el cabello pelirrojo... —musité.

—Ajá. Lo que quiero decir es que *La Gioconda* del Prado se ha conservado mucho mejor que la del Louvre, ¿no?

Escolano sonrió con suficiencia.

—Pero no siempre ha sido así, Eleonora.

—¿Ah, no?

—No. Durante muchos, muchísimos años lo único que presentaba el cuadro era la figura de la dama.

—¿A qué te refieres?

—A que no había paisaje, Óliver. Un fondo opaco y oscuro rodeaba la figura femenina.

—¿Como una foto de carnet?

—Algo así, pero con el fondo completamente negro. No obstante, el fondo de este cuadro cambió hace una década.

—¿Cuando el Louvre quiso incluir esta pieza en una exposición? —acertó Nora.

—En efecto. La exposición tuvo lugar en la primavera de 2012 con motivo de la restauración de *Santa Ana*, la última obra maestra de Leonardo. De modo que, en 2010, el Prado decidió descolgar su *Gioconda* para examinarla en profundidad. David y yo participamos en el estudio técnico y procedimos con los medios habituales: examen con lupa binocular, fluorescencia inducida con luz ultravioleta, radiografía, análisis de la superficie con luz rasante, etcétera. Fue entonces cuando descubrimos la existencia de un paisaje bajo el fondo negro. Es curioso que años más tarde vuelva a encontrarme aquí, frente a la obra, aunque sin David. —Los ojos de Escolano se perlaron de lágrimas emotivas.

—Profesor...

—Estoy bien, Eleonora. Continuemos. ¿Por dónde iba? Sí, una capa de repinte negro velaba parcialmente la obra. Fue una de las conclusiones del estudio. La restauración de *La Gioconda* del Prado se efectuó entre 2011 y 2012, y se recuperó con éxito el paisaje original.

—David y tú lo anunciasteis en una conferencia de expertos, ¿verdad?

—Sí, Óliver, en la National Gallery de Londres, en el invierno de 2012.

Y a continuación sobrevino el momento definitivo, la conclusión final que cerraría el misterio del Prado. Los casos rara vez se resuelven mediante hipótesis geniales; para empezar, hay que establecer una cronología del lugar y los hechos, y recopilar la información preliminar, para luego observar, valorar, planificar. Sin embargo, el caso de David era de una cualidad excepcional. Y fue Nora, por supuesto, la dulce, inteligente y maravillosa Nora, quien llegó a un fin concreto enunciando una teoría memorable:

—O sea, que el paisaje original de esta *Gioconda* se restauró hace unos años y luego se incorporó a la tabla, ¿no? Hasta entonces no había fondo, solo oscuridad. Y ahora acabamos de descubrir que alguien ha escrito en tinta invisible el nombre de Melisa junto a la obra, ¿insinuando, quizá, un vínculo? Pero ¿qué vinculo? Melisa Nierga, la joven desaparecida que alguien retrató a imagen y semejanza de esta *Gioconda.* ¿Visualizáis el retrato de Melisa? El colorido del vestuario, la expresión y la postura, todo evoca la pintura que observamos ahora, bien, salvo por una excepción... En el cuadro de Melisa no hay paisaje; el fondo es oscuro y negro, como el de *La Gioconda* del Prado antes de su restauración.

Lo comprendí de inmediato:

—¿Estás sugiriendo...?

—Sí, Óliver, hay que restaurar el cuadro de Melisa Nierga. ¡Separando el actual fondo negro veremos qué revela el paisaje original! ¿Y sabes qué? Tengo la corazonada de que será una vista de Monterrey, ¡un mensaje! ¿Lo comprendéis ahora? ¡Es el secreto, el arcano! ¡La respuesta se encuentra oculta en el cuadro de Melisa!

Fue uno de esos momentos, y hay pocos en la vida, en los que sabes que has formado parte de un episodio extraordinario. Acabada su explicación, Nora se apartó a un lado y compuso una breve y tímida sonrisa que, poco a poco, fue transformándose en una sonrisa superlativa; una de esas sonrisas, también hay pocas en la vida, que te hacen suponer que jamás volverás a ver imagen parecida.

Víctor Escolano se encargaría de informar al director del museo y a la policía, y los trámites legales para restaurar el cuadro de Melisa Nierga se iniciarían al día siguiente.

—Óliver, Eleonora, nuestro trabajo de investigación en la sala 56B ha tocado a su fin. Os agradezco profundamente que os prestarais a colaborar desde un principio. No se habría resuelto esta parte del caso sin vuestras ideas. Restaurar el cuadro de Melisa Nierga..., sí, Eleonora, esa es una gran idea. Los dos habéis mostrado un ingenio y una lucidez dignos de mención.

Enmudeció un segundo y nos dedicó una mirada con ojos satisfechos y vidriosos. Saltaba a la vista que estaba orgulloso de la pericia de sus discípulos.

—Veréis, mi cometido último como catedrático reside en que cada generación esté mejor preparada en conocimientos que la anterior. Sin embargo, a veces, por desgracia demasiadas veces, los académicos nos encerramos en nuestra torre de marfil. El ego nos vence, los triunfos individuales y las publicaciones científicas, que casi nadie lee, nos obsesionan hasta el grado de descuidar la docencia y también el componente humano; lamentablemente es así, ambos lo habéis experimentado en la facultad, abundan los ejemplos. Con frecuencia olvidamos que los jóvenes tenéis mucho que enseñarnos. Gracias por recordármelo.

Nos regaló una amplia sonrisa y se marchó al tiempo que el reloj marcaba las diez y media de la noche.

—Nora, ¿qué sucede? —le pregunté. Se notaba la angustia y cierta desazón en su rostro.

—Nada.

—¿Estás bien?

—Sí.

—Oye, no pareces muy contenta.

—¿Ah, no?

—Venga, cuéntame, ¿qué te ha molestado?

—Se trata de Escolano —confesó.

—¿Qué le pasa?

—A él, nada.

—¿Entonces?

—Es que no hay manera de que se le meta en la cabeza.

—Pero ¿el qué?

—Verás, Óliver, ya sabes que no me gusta mi nombre, pues hoy Escolano me ha llamado «Eleonora» por lo menos seis veces. Debería existir una ley que lo prohibiese.

Me aproximé riendo a Nora y la estreché entre mis brazos. Ella quiso saber por qué la abrazaba de pronto, le respondí que era un gesto de agradecimiento.

—¿Eres consciente de lo que has descubierto hoy? En mi vida había visto nada parecido. Ahora sabemos dónde buscar, gracias a tu cacumen disponemos de más datos.

—¿Cacumen? —rio Nora—. ¡Vaya vocablo!

—Tu deducción ha sido brillante —seguí—. Eres un genio; un genio, «Eleonora».

—Tú vuelve a llamarme así que te quemo las pestañas.

A pesar de su advertencia, no pude sino pronunciar de nuevo su nombre de pila, esta vez remarcando las cinco sílabas de la palabra: «E–le–o–no–ra».

—Jo, Óliver, para ya, te lo digo en serio.

—Está bien, está bien. Disculpa, «Eleonora» —pronuncié por tercera vez consecutiva.

Nora tardó un poco en reaccionar; y cuando lo hizo, me asestó una fuerte patada en la espinilla. Yo fingí que el impacto me causaba un dolor tan horroroso que apenas podía tenerme en pie. Nora se acercó preocupada y disculpándose: «¡Óliver, lo siento! ¿Te he hecho daño?». Y al percatarse de que solo simulaba, me dijo: «¡Idiota!». Y yo le susurré al oído: «Eleonora». Y acto seguido dimos comienzo a una lucha febril y apasionada, como dos traviesos niños en el patio de un colegio, pero en el Prado; nos enzarzamos con diversión y cariño, sin cesar las bromas y la conversación, riendo y celebrando al mismo tiempo su descubrimiento, abandonados completamente a un mutuo sentimiento que iba más allá de la amistad, un atracción imposible ya de sofocar que crecía más y más a diario, transformándose a días en iterativas discusiones que suponían, tal vez, un método de canalizar el deseo que nos consumía. Si les digo la verdad, quizá hasta fuese puro amor.

El aguanieve nos pilló por sorpresa a las puertas del museo; no llevábamos paraguas, así que corrimos a refugiarnos bajo un andamio en la calle de la Academia. Nora llegó en primer lugar y yo, tras ella, llegué patinando, tropezando, resbalando; acabé cayéndome cómicamente de espaldas en un charco. Acostumbrado a besar el suelo, rara vez soltaba una blasfemia; en ese momento brotó de mis labios, sin embargo, un horrendo improperio, para empezar porque se me ensució el abrigo, de corte largo y doble paño, una bonita pieza color *camel* confeccionada en pana. Familiarizada con mis constantes batacazos, Nora me miró como si nada. Pero lo cierto era que no me importaba hacer el ridículo delante de ella, de hecho, sentía que a su lado me lo podía permitir todo, en fin, hasta la necedad y el despropósito.

Nora me ayudó a levantarme, poniendo los ojos en blanco, y juntos contemplamos la majestuosidad del Prado en la distancia. Divisamos al conserje con la nariz de bruja y ojos de distinta tonalidad, como un punto sombrío y diminuto, asegurándose de que las puertas del museo quedaban cerradas.

—Ese hombre recuerda un poco a Erik, ¿verdad? —murmuró Nora—, el personaje deforme de *El fantasma de la ópera.*

No volveríamos a pisar la sala 56B, era evidente que el final de un ciclo había llegado. Sometido a una gran emoción, y entregado del todo a los impulsos que me dictaba el corazón, me aventuré y cogí a mi compañera de la mano. Nora me preguntó por qué la acariciaba, por qué la miraba con ojos de placer y ensoñación, pero no obtuvo su respuesta; lo único que Nora recibió de mis labios fue una sonrisa elocuente e ingenua. Nora guardó un breve silencio, evaluando la situación, para después adivinar lo que yo estaba anhelando:

—Óliver...

—¿Sí?

—Quieres besarme, ¿verdad?

—Nora, yo siempre quiero besarte.

Bien, la situación era delicada. Lo que quiero decir es que, técnicamente, no había nada de malo en robarle un beso; pero moralmente... Oh, ese era otro dilema. Le retiré el cabello del rostro y le acaricié la mejilla con dedos delicados, con alegría en mi cara y esperanza en el corazón, sin dobleces y sin tener en cuenta la posibilidad de ser rechazado; pero Nora correspondió a mis gestos, apretándome la mano, cerró los ojos y suspiró.

Hay quien dice que el instante previo al beso es mejor que el beso en sí, por las expectativas creadas y la ilusión que todavía no se ha desvelado; sin embargo, hay besos que tristemente no cambian nada; hay besos que no deberían materializarse y otros que nunca deberían finalizar. Un buen beso siempre guarda una hermosa historia que recordar. Pero no hay nada comparable a la felicidad y la dulzura que produce el primer beso de la persona que amas.

A Nora ni se le ocurrió besarme, por el contrario, musitó:

—Óliver... No te enamores de mí. Por favor, prométeme que no te enamorarás de mí.

—Vale, Nora. Te lo prometo.

Se lo prometí.

18

—Mi querido Óliver, todas las grandes historias de amor, las verdaderas historias, tienen un componente trágico.

—¿A qué te refieres, David?

—A que el amor, por definición, parte de la propia insuficiencia. El amor, como el dolor, conlleva sufrimiento; pero ¿acaso no es lo más maravilloso que puede sentirse en la vida? Piensa que tal vez no haya nada más bello en este mundo que una persona libre y enamorada.

Todo el mundo me aseguraba que David era culpable de los asesinatos y lo sucedido en el Prado, que Nora, el profesor Escolano y yo debíamos ceñirnos al principio de Ockham y no acrecentar sin necesidad la ya de por sí complejidad del caso. Yo, sin embargo, estaba convencido de que había otro culpable, más implicados. ¿Qué sucedió en Monterrey en 1995? ¿Y cómo se demuestra la inocencia de un hombre? En primer lugar, había que esperar a que se restaurase el retrato de Melisa Nierga. Si Nora acertaba en su teoría, el paisaje oculto bajo el fondo negro iba a revelar datos significativos para la investigación.

Yo no sabía nada de desapariciones y asesinatos. Solo era un joven y humilde escritor y un modesto historiador del arte. Pero si ustedes me han acompañado hasta este preciso instante, ya se habrán percatado de que la naturaleza de los acontecimientos que rodeaban a David distaba de lo ordinario. Comenzaba entonces una investigación muy diferente. Estaba decidido a encontrar la respuesta final en Monterrey, eso esperaba, en sus habitantes y memoria, y para ello viajaría hasta 1995, donde poco a poco saldría a la luz una trama de confesiones, ilegalidades, mentiras y secretos.

—No vas a dejarlo estar, ¿verdad, Óliver? —advirtió Nora.

—No, no puedo.

—Porque... David te salvó la vida —recordó tímidamente.

—Pronto te contaré qué sucedió.

Paseábamos en dirección al Distrito Centro, procedentes de la Ciudad Universitaria. Era 20 de diciembre y habían trascurrido quince días desde el último episodio en el Museo del Prado. En breve comenzarían las vacaciones y, por si les interesa saberlo, Nora estaba preciosa, para variar.

Después de almorzar en una taberna de Argüelles, dimos un corto paseo, corto porque el viento soplaba frío y, miráramos donde mirásemos, se divisaba un cielo sombrío que amenazaba lluvia o nieve. Entramos en un sofisticado *lounge & bar* de ambiente cómodo y relajado, pedí un café americano y Nora se pidió lo siguiente:

—Una piña colada, por favor. —A mediados de diciembre y con los termómetros a cero grados, por el amor de Dios.

Hora y media después, acompañé a Nora a su librería de confianza en Embajadores y adquirió *De ratones y hombres*, de Steinbeck y *Niebla*, de Unamuno. Antes de salir, introdujo los libros en su mochila junto al *El señor de las moscas*, de Golding.

—Alguna vez podrías leer literatura de este siglo —reí en la calle—, o a autores que no estén muertos.

Ya como hábito, Nora me atizó con afecto en el brazo.

—Óliver, piensa que a ti te leo y estás vivo, pero te complemento con los muertos, y no cualquier muerto. Por cierto, anoche leí los nuevos capítulos que me enviaste por correo. ¡Sigue así! ¡La novela tiene muy buen color!

—¿De verdad?

—Jo, sí. Escribes —dijo— con el entusiasmo de un autor que escribe por primera vez, y aun así mantienes mucha inventiva.

—¿Puedo añadir esa frase a la novela?

—¿Sabes qué, Óliver? Me estoy dando cuenta de que estás incorporando al borrador muchas de mis ocurrencias. Sin embargo, yo no puedo agregar las tuyas a mi tesis doctoral: soy estrictamente académica.

—¿Puedo añadir también esa?

—¡Claro! —se alegró Nora.

Las apunté en mi libreta y le agradecí el gesto de la manera que venía siendo usual, o sea, besándola en la frente. Nora fingió desagrado y continuó disertando sobre mi texto:

—La idea de un personaje que está escribiendo un libro me gusta mucho. Es como cuando en una pintura aparece un cuadro dentro de un cuadro; sí, Óliver, estoy pensando en *Las meninas*. Lo que quiero decir es que el protagonista de tu libro me recuerda a ti. Empatizo con él y veo directamente a través de sus ojos. A medida que va narrando la historia, introduce el tiempo presente y enuncia breves reflexiones, ¿verdad?, como si hablase a cámara. Por cierto, cuando el personaje conversa consigo mismo, ¿su desdoblamiento supone un intento desesperado por construir una línea de comunicación con los recovecos más profundos de su conciencia? Bueno, que me gusta el texto. Óliver Brun, se nota que tienes talento.

—Sinceramente, Nora, creo que carezco de genio como escritor.

—¿Por qué lo dices?

—Mira, mi talento se basa en que escribo y corrijo, escribo y corrijo, una y otra vez. Todos los días me levanto a las seis de la mañana y vuelvo a intentarlo.

—Pero es precisamente la perseverancia lo que estimula el ingenio, ¿no, Óliver? Pero yo me refería a otro cimiento de la parte creativa.

—¿A cuál, Nora?

—A que salta a la vista que posees una imaginación portentosa.

—¿Tú crees?

—Sí, Óliver. En cierto punto de la novela incorporas una trama que gira en torno a una pintura del Prado. Y como tus protagonistas son historiadores del arte, *como nosotros,* su condición facilita que el libro se lea con naturalidad. Es obvio que el personaje principal se está enamorando de su compañera, quien tiene novio, aunque salta a la vista que ella también alberga sentimientos muy emotivos y profundos hacia él, pero de momento se niega a aceptarlos. La relación entre los dos es inteligente y divertida, y si yo fuera tú, la complicaría un poco más, ¿cómo?, haz que se besen ya, hombre, establece un vínculo deliciosamente complejo entre ambos.

Nora se detuvo de pronto en medio de la calle, turulata y boquiabierta, y me miró con cierta curiosidad. Parecía haber comprendido que yo estaba escribiendo un libro sobre nuestras vidas.

—Vaya, Óliver... —murmuró—. Eso me recuerda...

—¿Sí?

Aguardé su dictamen en un silencio expectante. Nora se llevó la palma de la mano a la frente.

—¡Cáspita! —se lamentó—. ¡Tengo que pasar a recoger a Óscar!

—¿Quién es Óscar?

—Mi hámster.

—Espera, ¿tienes un hámster?

—Sí, y se llama Óscar. Siempre me ha divertido poner nombres de personas a las mascotas. Como el fin de semana pasado fui a visitar a mi novio, le pedí a mi vecino que cuidara de él. Jo, lo había olvidado por completo. Se preguntará por qué me demoro. Es un musulmán chiíta.

—¿El hámster?

—No, bobo, mi vecino.

—Entiendo.

A Nora se le iluminó la cara.

—Hará un mes que compré una pequeña esfera transparente. Cada día meto a Óscar ahí dentro un rato y recorre toda la casa con sus patitas. A veces, cuando mi novio y yo estamos cenando, oh, Óscar se acerca y se nos queda mirando desde el interior de la pelota. Jo, es monísimo.

Y durante largo rato tuve que soportar historias hogareñas de idílica estampa. Nora peroraba y peroraba sin cesar sobre su hámster y su puñetero novio, y sobre cómo la simpática mascota los seguía rodando por el pasillo y los observaba a ellos dos cuando se abrazaban y veían películas, bien en el sofá, bien en la cama. Si les digo la verdad, casi me entraron ganas de salir corriendo hacia la calzada para que me atropellara un autobús. Lo peor es que tuve que fingir que ni me incomodaba ni me irritaba el tema. Incluso esbocé una sonrisa bobalicona, por el amor de Dios. El mundo que me rodeaba, una especie de obra teatral tragicómica, parecía empeñado en acentuar los aspectos más patéticos y sentimentales de mi existencia. Mi vida era un melodrama.

El ritmo de nuestra peculiar relación, supongo que ya se habrán percatado, se sostenía en conversaciones; era prácticamente todo cuanto había entre Nora y yo, conversaciones y humor, y era todo cuanto nuestra relación precisaba para transcurrir sin conflictos y en armonía.

Mediada la tarde, Nora distinguió señales de nerviosismo en mi expresión.

—¿Va todo bien, Óliver? No paras de mirar el reloj.

—Nora, lo siento mucho.

—¿Por qué?

—He de marcharme.

—¿Adónde?

—Tengo un compromiso.

—¿Otro club de lectura en las bibliotecas municipales?

—No. Verás..., he quedado con alguien.

—¿Con quién?

—Con Martina.

Conmovida por aquella información inesperada y repentina, Nora estudió cuidadosamente mi testimonio para formarse un juicio acerca de él, y como no alcanzó conclusión alguna, fue incapaz de reprimir la curiosidad:

—¿Y quién es Martina, si puede saberse?

—La chica con la que salgo —suspiré.

—La chica con la que tú... ¿sales?

—Sí.

—¿Desde cuándo, Óliver?

—Desde mayo.

Hubo matices en mi confidencia que provocaron en Nora un efecto adverso y desagradable.

—Nora, ¿sucede algo?

—No. Quiero decir, no. —Y con bastante molestia, tal vez herida, apartó la mirada a un lado. Una confusa emoción titilaba en sus ojos castaños.

—Escucha, no pretendía ser...

—Óliver —me interrumpió—, no sabía que estabas saliendo con alguien.

Porque hasta ese determinado instante no se lo había contado. Sea como fuere, Nora pareció sentirse afectada. Quizá lo que esperaba de mí, al fin y al cabo, no fuera precisamente amistad. Se había forjado entre nosotros un singular lazo de dependencia. Creo que los dos sentíamos la vaga impresión de que nuestras vidas se hallaban inmersas en una especie de frívola interrupción, un paréntesis que algún día tendría que terminar. Puede que incluso Nora llegara a plantearse lo maravilloso que habría sido conocernos en otro momento de nuestra existencia.

La cogí de la mano y, sin saber muy bien por qué motivo, me disculpé. Mis palabras exactas fueron: «Lo siento».

Nora me respondió que no me preocupara, que no había de qué disculparse, que disfrutara de Martina, que mi revelación no tenía mayor importancia, y sin pronunciar ni una palabra más se dio la vuelta y se marchó, y yo me quedé corcovado y silencioso en medio de la calle, observando cómo se alejaba, deseando que pronto recuperase las ganas de crear bonitas excusas para perdernos una tarde entera en las calles de Madrid; y cuando me lo propusiera, seguro que se me encendería una gran sonrisa y aceptaría de buen grado.

Hasta entonces tenía muy claro que precipitarme con Nora no me situaría en ningún escenario que valiese la pena. Solo tenía que esperar a que algún día cortase la relación con su novio, pasara la fase de duelo y se recuperase; y cuando emocionalmente estuviese dispuesta a abrirse a otra persona, meses o años más tarde, el tiempo que hiciera falta y Nora necesitase, yo no me presentaría como su única opción a amar, por supuesto que no, sino como una posibilidad de entre tantas otras. Eso es lo que sentía por Nora. No tenía prisa, en todo caso sentía ilusión, porque nunca me sonó mejor la espera, la dulce, dulce espera.

El último sol del otoño parpadeó en poniente y se encendieron las luces navideñas. Todo iba bien. Todo *iría* bien. Mientras tanto...

Mientras tanto, Martina me esperaba en la Casa Árabe, a las puertas del Retiro. Vestía pantalones y jersey negros y un elegante abrigo color teja. Su piel era tostada y el cabello, de tonalidad dorada, le caía liso sobre la espalda. Estaba radiante, carialegre, preciosa; al verme llegar, exhibió una sonrisa perfecta y dijo:

—He reservado mesa en un local, cerca de tu casa.

Antes de dirigirnos al restaurante, dimos un paseo por el parque. Una gélida brisa anunciaba el invierno y azuzaba las ramas de los árboles. Martina respetaba mi silencio sobre el caso de David Sender, una discreción que yo le agradecía. Cuando llegamos a la puerta del Ángel Caído, la luz del ocaso ya pintaba colores granas y violáceos en el cielo sobre el Retiro.

Al terminar la cena nos trasladamos a mi casa, conectamos el reproductor de cedés y pusimos un álbum recopilatorio de temas de Duke Ellington. Tan pronto empezó a sonar la música, atenuamos las luces del salón y nos tumbamos en el sofá. Martina me dio un beso delicado y se acomodó entre mis brazos.

Envuelto en aquella sensación de relajación y armonía, mientras acariciaba el cabello dorado de Martina, una chica inteligente, hermosa y divertida, empecé a pensar en Nora.

—Óliver... —susurró Martina.

—¿Sí?

—¿Puedo preguntarte algo?

—Claro.

—Es una pregunta personal.

—No importa.

Y entonces Martina quiso saber si alguna vez me había enamorado.

—No lo sé. No. No lo sé —dudé—. Tal vez.

—¿Qué?

—Tal vez.

—¡Ahí va, Óliver!, pero si te has puesto nervioso. —Y extrañándose añadió—: ¿Cómo que «tal vez»?

—Bueno, es que no estoy del todo se-seguro —balbuceé—, es difícil de saber; quizá hubo una ocasión... No, espera, creo que no. La verdad, ya no me acuerdo. ¿Me he enamorado alguna vez? Oye, pues no lo sé.

Hubo tanta escasez de precisión y rigor en mi respuesta que Martina se echó a reír al tiempo que murmuraba con dulzura:

—¡Oh, qué tierno! He aquí un titular: «¡El prometedor autor Óliver Brun jamás se ha enamorado!». ¡Ay, pobre! ¡Pobrecillo!

—¡Eh! ¿Por qué das por sentado que yo nunca...?

—Porque si te hubieras enamorado, no dudarías.

—¿Ah, no?

—No, Óliver, claro que no. Lo sabrías.

Entretanto, en estéreo se iban reproduciendo fabulosas canciones de jazz: *In a Mellow Tone, Don't Get Around Much Anymore, In a Sentimental Mood*. Al poco, Martina me preguntó, sin preámbulo alguno, si me había acostado con alguien el verano pasado.

—¿Cómo? Pero si han transcurrido seis meses desde entonces. ¿A qué viene ahora...?

—Escucha —dijo—, cuando te fuiste de Madrid, a principios de julio, no hablamos de nuestra situación, o sea, que una vez que te marchaste a escribir a la playa, casi no supe de ti.

—Martina, estamos en diciembre.

—Casi no supe de ti.

—Lo sé —me excusé—. Lo siento de veras.

—Óliver —inquirió—, ¿te acostaste con alguien?

—Durante varias semanas renuncié a toda vida social, Martina, a lo único a lo que me dediqué en cuerpo y alma fue a trabajar en una novela que por fin logré empezar.

—Ya, ya, pero ¿te acostaste con alguien?

—No, no me acosté con nadie.

—Óliver... —Martina se volvió en el sofá y nuestros rostros se encontraron—. Nada más conocernos, tú y yo conectamos rápidamente, tuve esa impresión, y di por sentado que seguiríamos viéndonos.

—Y entonces desaparecí de Madrid; de nuevo, lo siento.

—No te disculpes. No soy quién para recriminarte nada. Ya somos mayores. Solo quiero saber si nuestra relación merece la pena, no quiero que perdamos el tiempo.

Me sinceré con Martina diciéndole que en ese momento no podía proporcionarle una respuesta certera.

—¿Hay otra persona? —preguntó.

Cerré los ojos y pensé un breve instante en ya saben ustedes quién.

—Me lo puedes decir, Óliver. No pasa nada —siguió Martina—. A fin de cuentas, no pactamos que lo nuestro fuera exclusivo.

—No se trata de eso.

—O sea, que existen otras razones, otras circunstancias de peso que te han impedido entregarte a mí por completo.

—No tiene que ver contigo, palabra, ni quisiera dejarte al margen. Supongo que siempre me ha sucedido esto.

—Por tanto, retomo mi supuesto inicial: nunca te has enamorado. —Martina me miró con sonrisa nostálgica, más bien, con cierta lástima. Al segundo siguiente cambió el gesto y me observó de manera muy extraña; parecía estar escarbando en mi interior con el fin de extraer algún sentimiento enterrado. Le pregunté si se encontraba bien.

—Sí, muy bien. —Dicho esto, Martina sonrió y exhaló un grácil suspiro—. ¿Óliver?

—¿Sí?

—Hagamos el amor, ¿quieres?

—Sí, quiero.

—Aquí mismo, en el sofá.

—De acuerdo.

—Muy bien... Adelante, estoy preparada. —Y se descalzó con suma elegancia—. Hazlo con ternura al principio.

—Lo procuraré.

Entreabiertos sus ojos en la penumbra, Martina empezó

por desabrocharme la camisa y besarme el pecho. Apagamos la luz para que la imaginación desempeñara un papel delicioso. Pude oír a Martina desvistiéndose en silencio, dejando al descubierto un cuerpo que en lencería lucía espléndido. El sonido de la música creció; *Echoes of Harlem*, Duke Ellington. Martina me bajó los pantalones y, tras hacer una pausa para evaluar la situación, extrajo mi pene de los calzoncillos y lo agarró con firmeza.

—¡Vaya! —Le dio un beso y constató—: Está muy duro.

—Pse —dije yo.

Martina empezó a mover despacio la mano con la que sujetaba mi miembro. Lo hacía de un modo dulce y maravilloso. Suspiré largamente y cerré los ojos, y al cerrarlos, Nora reapareció en mis pensamientos. «A ver, ¿qué haces tú aquí? —le recriminé—. ¿No ves que estoy ocupado?» Nora me miraba con ojos entornados, parecía preguntarse por qué diablos le hacía perder el tiempo a esa chica maravillosa, a la que yo no amaba ni iba a amar.

—¿Óliver...? —me llamó Martina.

—Sí, dime.

—Estás pensando en otra mujer, ¿verdad?

—No —mentí.

—¿Seguro?

—Sí.

No la convencí.

—Estás pensando en otra chica —insistió Martina—. ¿Piensas en Julia Falcó?

—¿La cantante? No, qué va, para nada. Hace tiempo que cortamos. ¿Por qué me preguntas de pronto si...?

—¿Y no piensas nunca en ella?

—No de «ese» modo.

—Óliver, ¿piensas en Nora?

—No.

—Efectivamente, estás pensando en Nora.

—¿Por qué lo afirmas?

—Porque casi siempre estás hablando de ella... —Y como al oír el nombre de Nora caí en la trampa del mutismo prolongado, Martina, desnuda, chascó la lengua—. Mira Óliver, solo te pido que, cuando estés conmigo, no fantasees con otras chicas, ¿de acuerdo?

—No se me ocurriría.

—¿De verdad?

—De verdad.

—Vale...

Martina se fio de mi palabra; yo, qué desastre, seguí pensando en Nora. Una vez zanjado el tema, Martina aceleró los movimientos verticales en torno a mi pene, del todo enhiesto. Me mordisqueó con suma delicadeza el lóbulo de la oreja y al oído me susurró: «Oye, ¿a qué esperas? Venga, Óliver, tócame ahí abajo».

Me cogió la mano y la aproximó a la cara interna de su muslo. Durante minutos nos acariciamos, besándonos, ahogando suspiros. El tiempo parecía haberse detenido mientras que el objetivo de fundirnos en un solo ser se iba transformando gradualmente en una necesidad insoportable. No se trataba solo de deseo sexual, que también, sino del placer de compartir maravillosas emociones. Sin hacer uso de las manos, entré en Martina despacio, extremadamente despacio, y ambos temblamos de gozo hasta lo más hondo de nuestra realidad física. Incluso en términos sexuales, nuestro deseo quedaba más allá de cualquier fantasía. Nos empujábamos de un modo de placer a otro, cambiando de postura para que nada permaneciera oculto a la imaginación. Nos movíamos con ternura, suavidad y lujuria. No pretendíamos alcanzar rápidamente el éxtasis absoluto, se trataba de apoderarse despacio de un mundo íntimo.

Sensible a mis caricias y a mi penetración, Martina suspiraba y se retorcía, contorsionando de arriba abajo su cuerpo y abrazándose con fuerza al mío. Con extrema cautela, explorando cada partícula de la piel, nuestras manos se enlazaron en algún lugar muy por encima de nuestras cabezas; hasta que tiempo más tarde, en un último aliento descontrolado, sin dejar de movernos ni besarnos, intensas como las sacudidas de un terremoto llegaron las convulsiones que agitaron nuestros cuerpos; y nosotros, complacidos, nos abandonamos dulcemente al estremecimiento, experimentando todo un universo de placer.

Fue en aquel preciso momento cuando, al acercarse Martina al clímax, pronunció en voz alta el nombre de otro chico. «¡Daniel!», gritó ella. «¡Qué demonios!», pensé yo. Martina repitió ese nombre, ¿cuántas veces? ¿Siete? ¿Ocho veces? Perdí la cuenta. Tanto me esforcé en prolongar su orgasmo que dejé de contar. Así fue.

—Perdona —se disculpó, avergonzada—. Como en verano no dabas señales de vida, en una fiesta a finales de agosto conocí a un chico.

—A Daniel —precisé.

—Pero no me he acostado con él, ¿vale?

—Bueno.

—Aunque lo he mantenido en órbita unos meses.

—¿Por si lo nuestro se quedaba en nada?

—Sí...

—Comprendo. Oye —reflexioné—, y ahora cómo sé yo si te has acostado o no con el susodicho.

—No puedes saberlo, Óliver —sonrió Martina—. Y si bien te lo negara o confirmara, ¿qué versión creerías? Ten en cuenta que los abogados no somos célebres por nuestra sinceridad, te lo digo yo.

¿Se había acostado Martina con el tal Daniel? La verdad, tanto daba. Nos vestimos y nos sentamos a la mesa de la cocina, compartimos un cigarrillo y nos servimos dos copas de tinto reserva. El disco de Duke Ellington había dejado de sonar.

Dentro de ese pequeño universo de relaciones sin futuro ni sentido, me estaba ganando a pulso el título de «el protagonista más confundido». Se trataba de un dilema de fácil resolución: bastaba con aceptar que me estaba enamorando de Nora como un hecho consumado.

Martina, aún en la cocina:

—Óliver, ¿seguro que antes no estabas pensando en otra chica?

—Seguro.

—¿Seguro que no estabas pensando en Nora?

—Segurísimo.

Martina apagó el cigarrillo y volvió a besarme con lujuria al tiempo que me desabrochaba los pantalones con hábiles manos. Acto seguido, se puso de rodillas en el suelo, tomó con suavidad mi pene entre sus labios y se lo introdujo en su cálida boca. Martina me gratificó con una felación de tanta intensidad que, al menos mientras duró, me hizo olvidar el amor no correspondido de Nora.

—Jamás me habían hecho sentir así.

—Óliver, es solo el principio. Cuando tengas la tentación de pensar en otras mujeres, acuérdate de esto, ¿vale?

—Lo recordaré —suspiré. Lo recordaría.

No lo niego, quería a Martina; bueno, tal vez. Pero lo que sentía por Nora no lo he vuelto a sentir en la vida. La veía como una ventana abierta a un mundo pleno. Era mi persona favorita.

¿Cómo explicar lo que sentía por Nora? Quizá una simple frase bastará para que definitivamente se entienda: si alguien me obligara a lavarme la boca con el cepillo de dientes de otra persona, en fin, escogería el de Nora. Miren, solo había un método para lidiar con mis sentimientos hacia ella: aceptarlos. Si les soy sincero, lo peor de estar enamorado de Nora era que ni siquiera podía pensar, aunque a veces construía una imagen sublime de nuestros futuros hijos. Serían bondadosos, doctos y graciosos. Y a este paso imaginarios.

Por otro lado, no tengo la menor idea de qué anhelan las mujeres, lo reconozco. Ya puestos, ¿qué utilidad tenemos los hombres? Admito la idea de que en épocas pretéritas se nos diera bien, no sé, cazar y recolectar; pero en los tiempos que corren, aparte de promover guerras y revoluciones, ¿qué se nos da bien a los hombres? Ya no albergo dudas de que las mujeres son mejores. No pensaba lo mismo de ellas el filósofo alemán Schopenhauer, que consideraba a la mujer en sus textos poco menos que un objeto inanimado y endeble del que se sirve el hombre para fornicar y perpetuar la especie.

La población masculina, mucho más elemental que la femenina, piensa en el sexo de manera perseverante; principalmente porque el hombre es incapaz de concretar el resto de sus pensamientos, bien porque los que tiene son frugales, bien porque no se ha deshecho de ese atavismo animal, o bien porque sufre escasez de reflexiones. El deseo carnal del hombre es algo consustancial e invariable, por supuesto es primario y, según se mire, también un poco irrisorio. Es fácil parodiar el impulso sexual que agita la mente del hombre; en estos dominios no parece haberse distanciado demasiado de los primates. ¿No va siendo hora de poner fin a estas varoniles idioteces?

Usualmente, las mujeres son más dulces, comprensivas, amables e inteligentes, no tan propensas al egoísmo, el genocidio y la violencia. Las mujeres son más intuitivas, prudentes, educadas y sutiles en todo lo que hacen, en general. Históricamente, sin embargo, el hombre ha orillado a la mujer mucho más de lo que la ha promocionado. ¿Por qué? ¿Alguien me lo explica?

Solo hay una cosa que no me gusta de las mujeres: el corte de pelo con flequillo recto. Aunque a Elisabeth Taylor le sentaba de maravilla cuando interpretó a Cleopatra en 1963 y, vale, de acuerdo, a Brigitte Bardot, en su juventud, igualmente le quedaba bastante bien. Supongo que soy un incondicional del cine clásico que no soporta los incoherentes desvaríos machistas de Schopenhauer. Este podría ser el título de mis memorias.

Lo que intento decir, en definitiva, es que yo, como hombre, soy mucho más predecible que las mujeres. No es gran cosa y sé que solo tengo veinticinco años, pero, si les soy sincero, eso es todo lo que conozco sobre ellas.

Nora y yo quedamos en vernos antes de las vacaciones de Navidad. Nos citamos en un bar de La Latina que preparaba sus propios destilados caseros, un interesante local decorado con elementos cinematográficos de los ochenta y noventa en el que se pinchaba música pop-rock de la misma época. El motivo de ese encuentro con Nora, por si les interesa saberlo, fue hablar por vez primera y con total sinceridad sobre nuestra relación.

Eran las once de la noche del 22 de diciembre cuando Nora me confesó:

—A veces, cuando estoy con mi novio, pienso en ti. —Buen comienzo. La conversación prometía—. Y hace dos días, cuando de pronto soltaste que estás viendo a alguien, me fastidió.

—Lo siento —dije. Y era verdad, lo sentía. Lamentaba haberle contado a Nora que salía con Martina. Casi tenía la impresión de haberle sido infiel a Nora durante mucho tiempo. Ahora bien, desconocía qué causaba mi arrepentimiento. Resultaba ser una sensación contradictoria. Hasta me sentía culpable, por el amor de Dios.

—No, Óliver, no hagas eso.

—¿El qué?

—Disculparte. —Nora dio un sorbo a su piña colada—. No has hecho nada malo. No me pidas perdón. Solo quería confesarte que, al oír lo tuyo con Martina, me entristecí. Sí, no sé por qué, pero me fastidió muchísimo.

—Mira, Nora, mi relación con ella no ha sido sólida en ningún momento. Todo lo contrario. Ha sido irregular, o sea, ha transcurrido a intervalos. En gran parte porque, cuando estoy con ella, también pienso en ti.

—¿De verdad?

—Nora, ¿aún no te has dado cuenta? Pienso en ti constantemente.

Una vez declarado mi intenso y agudo deseo por ella, la cogí sonriente de las manos y le pregunté cuánto más podríamos alargar tan extraordinarias circunstancias.

—No lo sé, Óliver. Pero ya te dije una vez que cogernos de las manos y acariciarnos es para mí peor que besarnos.

Y lo era.

—Puedo apartarme —sugerí.

—¿A qué te refieres?

—A que, si es lo mejor para ti, aunque me duela, haré lo posible por no mantener contacto contigo. ¿Quieres que desaparezca de tu vida?

—No, no quiero. Eres un persona importante para mí. Me atraes mucho, Óliver. A diferencia de un gran número de chicos, tú no tienes ínfulas de Apolo. Sí, me siento muy atraída por ti. Pero no sé cómo salir de esta situación. Cada lunes por la mañana, tras pasar el fin de semana con mi novio, me digo: «Ni se te ocurra escribirle un mensaje a Óliver. Reprime tus impulsos». Pero siempre te escribo, cuando no eres tú quien me escribe en primer lugar. De este modo empieza, y acabamos intercambiando mensajes sin cesar toda la semana. Llevamos así muchos meses. Al principio pensé que era la emoción de la novedad, y que en algún momento terminaría, pero no, nunca termina. Siempre tenemos algo que contarnos, ¿verdad, Óliver?, y algo sobre lo que bromear.

—No te tomes a mal lo que voy a decirte, Nora.

—¿El qué?

—Cada día que pasa tengo más ganas de besarte.

—Jo, Óliver, no quiero escuchar eso ahora.

—Nunca te he pedido nada ni te lo pediré —me adelanté—, ¿vale? No haré un solo movimiento que pueda descolocarte o hacer que te sientas mal contigo misma. Lo sabes, ¿verdad?

—Sí —sonrió Nora—, lo sé.

Poco a poco el local se iba llenando de gente joven. A buen volumen sonaba un tema de Nirvana. No recuerdo el título; no era *Smells Like Teen Spirit*.

—Yo quiero a mi novio —continuó Nora—. De verdad que lo quiero muchísimo. Pero me gustas. Los dos me hacéis sentir muy bien. Y cuando paso más de dos horas a tu lado, tengo que hacer verdaderos esfuerzos mentales para permanecer quieta y no besarte. En el fondo, creo que si te besara, no podría soportarlo.

—Escucha, Nora, te sorprendería lo que puede soportarse. Pero... Pero...

—¿Sí, Óliver? No tengas miedo a decirme algo. Soy yo, no me voy a enfadar.

—Nora, ¿todo esto es un juego para ti?

—¿Cómo? No te entiendo.

—A ver, sé que llevas con tu novio desde los diecinueve años. No conoces otra relación ni has amado a otra persona.

Tu vida transcurre en el interior de una burbuja, y no insinúo que dentro se esté mal, pero en el exterior late un mundo inmenso. Yo pertenezco a ese mundo. Quizá un día asomaste la cabeza y sospechaste: «¡Eh!, aquí fuera hay multitud de posibilidades con las que me siento muy identificada». Y entonces me encontraste. Pero no quieres abandonar la burbuja, te sentirías desprotegida fuera de ella. Por eso te lo pregunto, Nora, ¿soy un juego para ti?

Negó con la cabeza.

—Óliver, te puedo asegurar que lo que siento ahora mismo por ti no es un juego.

—De acuerdo, te creo. ¿Lo has hablado con alguien?

—¿Por qué lo preguntas?

—Porque, en ocasiones, tratar nuestros sentimientos en voz alta nos ayuda a afrontarlos y despejar dudas.

—Sí —reconoció Nora—, lo he hablado con mi amiga Bea. —Y con una sonrisa traviesa relató—: Bea dice que el día que tú y yo nos besemos será espectacular tras tantos meses de contención. Es una bromista, vaya. Y tiene el pelo más largo y bonito que te puedas imaginar.

Me reí y a continuación le di un beso en la frente. Cambiamos de conversación y apuramos los cócteles. Luego me dirigí a la barra y pedí otras dos consumiciones: una piña colada para Nora, en invierno, por Dios, y un Tom Collins para mí.

El ambiente en el local era muy festivo, con gente de todas las edades bebiendo y bailando y celebrando. Mientras el camarero preparaba las bebidas, pensé que cada chica que había conocido era distinta. Al principio me quedaba enganchado a ellas, y viceversa, pero al cabo de un tiempo la atracción mutua desaparecía, en fin, todo desaparecía. De hecho, cuando dos personas se separan, se establece entre ellas, no sé por qué motivo, una especie de contrato social: a partir de ese instante pasan a ser desconocidas. Aunque hayan compartido sueños y esperanzas, aunque hayan intimado bajo las sábanas, son absolutas desconocidas. Acabaran bien o acabaran mal, incluso en términos de amistad, me había sucedido en todas mis relaciones; o, simplemente, quizá llevara desde los dieciséis años fijándome en quien no me convenía. Ya no lo sé. No estoy seguro de nada. No sabía que en la mente humana pudiesen caber tantos dilemas.

Se me ocurrió compartir mis inquietudes con el joven camarero. Le conté palabra por palabra lo que ustedes acaban de leer y él reaccionó de esta manera:

—¿Qué? —No me oía, apenas me miraba. Puso un tema de los Stones.

—Escucha —le dije—, ¿no crees que el mundo sería un lugar más amable si todos comprendiéramos que en alguna ocasión, aunque no lo supiéramos, fuimos un error para alguien?

—¿Eh?

Ni siquiera me contestó, no me prestaba la más mínima atención. Estaba demasiado ocupado en dedicar sonrisas espléndidas a un grupo de universitarias que vestían unos gorritos navideños muy graciosos.

—Oye, ¿te sirvo algo más?

—Lo que quiero decir —seguí—, es que las relaciones sociales mejorarían si no pasáramos tanto tiempo deambulando por el País de las Hadas, ¿no te parece?

—Dieciocho euros —dijo.

—¿Perdona?

—Un Tom Collins y una piña colada, dieciocho euros.

Le extendí un billete de veinte y apoyé la mejilla en la palma de la mano, con la vista fija en la nieve que caía al otro lado de la cristalera, mientras esperaba el cambio. Supongo que en eso se estaba convirtiendo mi vida: una interminable fila en la que esperar.

Ya de vuelta con Nora, fui a sentarme y tropecé con la pata de la mesa. Por suerte no me caí, sin embargo, derramé parte de las bebidas y me salpiqué la camiseta. Nora me miró sin mostrar reacción alguna.

—Escucha, Óliver, mientras pedías le he dado vueltas a un asunto.

—Pfff... —protesté—. Es la segunda vez en media hora que tropiezo y me mancho la ropa. —Y apliqué una servilleta a la prenda húmeda—. Perdona, ¿qué decías?

—Verás, tras resolver el misterio del Prado, me aseguraste que te desplazarías a Monterrey para investigar lo sucedido hace veinticinco años.

—Comenzaré una vez que terminen las navidades; antes, dentro de dos días, iré a la cárcel y hablaré con David. Por fin han autorizado mi visita.

—Me gustaría ir contigo a Monterrey, si te parece bien.

—Bueno —dije.

—¡Sí, Óliver, juntos iniciaremos una segunda investigación! Hablaremos con los vecinos, ¿vale? ¿Qué ocurrió en 1995? ¿Bajo qué serie de extrañas circunstancias se produjeron las desapariciones y consecuentes asesinatos? Siempre hay tres versiones de los acontecimientos: la versión que los implicados aseguran que ocurrió, la que ocurrió, y la que *de verdad* ocurrió. Para ser justa, hay más de tres versiones, pero el resto son tremendamente aburridas, así que figúrate. Elaboraremos una lista de sospechosos y estudiaremos los hechos. Pero habremos de actuar con cuidado, por supuesto. Seremos educados, ¿vale, Óliver?, no como los romanos cuando esterilizaron el suelo de Cartago sembrándolo de sal. Nos introduciremos en Monterrey de manera sutil, como un gato doblando la esquina; este símil lo leí anoche en una antología de Borges. No, espera, entraremos en Monterrey encarnando al mismísimo caballo de Troya, sin levantar sospechas. ¡No, espera...! —Los ojos de Nora se iluminaron—. ¡Hala!, ¿te has dado cuenta?, en realidad pareceremos dos actores, más o menos como en la película *La ventana indiscreta.* Me pido ser Grace Kelly. Y una cosa te digo, Óliver: si he de morir en esta investigación, Dios no lo quiera, te nombro mi albacea para que en mi epitafio se lea: «Murió joven y murió bella». Ay, Óliver, es broma. Perdona.

Me eché a reír y reír, y el anhelo de fundirme en los labios de Nora se tornó insoportable.

—Nora, me encantaría que me acompañaras. Pero no te sientas obligada, ¿de acuerdo? Ya has hecho suficiente en este caso. No me debes nada.

—Sí, Óliver, te debo mucho, aunque tú todavía no lo sepas.

—De acuerdo —acepté—. Si vas a venir conmigo a Monterrey, primero he de contarte por qué estoy convencido de que David es inocente. Has de saber la clase de hombre que es.

—No tienes por qué entrar en detalles, Óliver, sé que es una parte delicada de tu pasado.

—Sí, Nora, pero quiero contártelo. Ha llegado el momento. Como ya te dije, David me salvó la vida. Es una historia que nunca he compartido con nadie, y no ocurrió en la universidad, sucedió hace trece años.

19

—¿Siempre soñaste con ser escritor?

—Sí, papá, desde que tengo memoria.

—Estoy orgulloso de ti, Óliver: lo has conseguido.

—Yo no estaría tan seguro...

—¿Por qué lo dices, hijo? Ya has publicado dos libros, ¡tu sueño se ha cumplido!

—Sí, lo sé, pero no es suficiente. Mira, papá, la mayoría de los grandes escritores tienen una obra maestra por la cual son recordados. Cervantes tiene una. Dostoievski tiene dos. A mí me gustaría tener seis o siete. Vamos, papá, no pongas esa cara, ¡que era una broma! En realidad, me vale con no conformarme, y no se trata de codicia o ambición, sino de entender el inconformismo como una fuerza positiva. Significa que aún me quedan muchas historias por contar.

Madrid, junio de 2007 a junio de 2008

En el verano de 2007, a mamá no la contrataban en ningún trabajo y, aunque corrían tiempos de bonanza económica, el negocio familiar no acababa de prosperar: papá vendía cortinas para el baño y, además, tenía el colon irritable. Por entonces yo era un chico delgado y bajito, inocente y risueño, ajeno a los acontecimientos de un mundo que me parecía inabarcable. Mi única preocupación residía en bañarme en la piscina pública y en jugar en la calle con otros muchachos de mi edad. Amigos de verano no me faltaban, razón por la cual cada anochecer regresaba a casa con una sonrisa en la cara y con otra aún más amplia en el corazón. Hasta podría decirse de mí que a los doce años era un niño muy feliz; no sabía que mi familia era pobre.

Vivíamos en el Puente de Vallecas, en el barrio de San Diego, donde residía un número elevado de inmigrantes, a mis ojos, multitud de ventanas abiertas a diferentes culturas de las que aprender. El colegio al que asistía solo impartía la Educación Primaria, de ahí que, al finalizar el último curso, a mis padres no les resultara nada sencillo encontrar un instituto que encajara con mis competencias porque, y no quisiera pecar de soberbia, mis notas eran excelentes. Mamá y papá se informaron y enviaron decenas de solicitudes; para su gran sorpresa, recibieron por carta una respuesta del Liceo Internacional, un centro privado ubicado en uno de los barrios más caros y exclusivos de Madrid.

—¡En la carta —se emocionó mamá— dicen que han aceptado a Óliver con una beca completa!

Mis padres, cosa lógica, querían la mejor educación posible para su retoño. Me llevaron allí para conocer el centro, que me encantó desde el primer momento, y hasta nos recibió el director.

—El colegio —nos anunció con notable orgullo— ha lanzado un programa pionero y puntero que estimula la creatividad del alumnado. Como bien sabrán, este centro se cuenta entre los mejores de España, qué digo, ¡de Europa! Y no exagero. Seguro que han observado que, en los rankings de calidad educativa, siempre ocupamos los puestos más altos. Somos una entidad prestigiosa y destacada, muy demandada. Aquí el potencial de los estudiantes no tiene límites. Óliver encajará en el Liceo Internacional perfectamente.

—Muy bien —sonrió mamá—, muy bien.

—¿Tienen alguna duda?

Papá tomó la palabra con torpe lengua:

—Entonces, ¿estaremos exentos de pago?

—En efecto, señor Brun. Cada curso convocamos dos becas para gente sin recursos. Somos muy meticulosos en el proceso de selección y, en resumidas cuentas, este año Óliver es uno de los seleccionados.

—Oiga, ¿nos ha llamado «gente sin recursos»?

—Lo que Vicente quiere decir —intervino mamá elevando el tono—, es que su programa escolar ¡es extraordinario! Algunos de los personajes más relevantes de este país han estudiado aquí, ¿verdad?

—En efecto, en efecto —confirmó henchido de orgullo el director. Y enumeró una lista de nombres propios sacando pecho—. Como les decía, el colegio correrá con todos los gastos de Óliver; y siempre y cuando sus calificaciones superen la media, ustedes no tendrán que abonar mensualidad alguna. Los libros de texto y el material se le proporcionarán de forma gratuita, y también el uniforme escolar, además Óliver tendrá acceso ilimitado a...

—¿Uniforme? —susurré—. ¿Quién en su sano juicio querría vestir uniforme?

El director compuso un gesto amable.

—No te he oído, chico. ¿Podrías hablar más alto?

—Digo que no quiero vestir unifor...

—¡Dice que se muere de ganas por empezar! —me cortó mamá.

En los labios del director se dibujó una sonrisa de suficiencia y apostilló:

—Sí, no albergo la menor duda, sabida su procedencia.

Papá, indignado, se preparó para lanzar su réplica más mordaz, pero mamá lo hizo callar asestándole un puntapié por debajo de la mesa, para después seguir halagando al director.

—Agradecemos muchísimo el tiempo que nos ha concedido.

—Me lo puedo imaginar, soy un hombre muy ocupado.

Saltaba a la vista que estaba casado con su profesión y enamorado del colegio que dirigía. Cielos, tal vez hasta estuviera locamente enamorado de sí mismo. En su forma de hablar, en sus modales y trajes a medida, se notaba que desconocía el funcionamiento del mundo real, quizá por ello nos despidió con pésima diplomacia.

—Tienen una semana para aceptar la beca; en caso contrario se le asignará al siguiente candidato. No dejen pasar esta oportunidad, señores. La vida no acostumbra conceder regalos a la gente de las capas sociales con menos recursos.

Papá, enojado:

—¿Cómo dice?

El director, sin darse por enterado:

—Digo que esta supone la gran ocasión de Óliver para no quedarse atrapado en los barrios marginales. Oigan, yo no tengo nada en contra de la educación pública y gratuita, ¿de acuerdo?, pero el Liceo Internacional es el futuro, y el único porvenir al que un chico de las condiciones de Óliver puede aspirar.

Recuerdo que esa noche la velada familiar transcurrió en silencio. Mamá y papá cenaron con una extraña sensación de incertidumbre y vacío dibujada en el rostro. Más tarde, a las once, me acosté junto a un libro y empecé a urdir todos los sueños más fantásticos sobre mi futuro: soñaba en cómo el Liceo Internacional me proporcionaría las herramientas necesarias para convertirme en un gran escritor; soñaba con las novelas que crearía, y en cómo mejorarían nuestras vidas; soñaba con la tranquilidad económica que mis padres tendrían gracias a mis *best sellers* internacionales; ya lo ven, sueños imposibles no me faltaban, en fin, solo era un niño, ¿vale?

La trampa de los sueños grandiosos es que conmueven el placer hasta un grado extraordinario y, como consecuencia, no te dejan pegar ojo, de modo que salí de la habitación para compartir dichos pensamientos con papá y mamá. Todavía se encontraban sentados a la mesa de la cocina. Conversaban en la penumbra con cierta tensión, acompañando la velada con unos cigarrillos y un vino barato, envasado en cartón.

Me quedé en silencio en el pasillo, prestando oídos y sin hacer el menor ruido. Escuché en primer lugar la voz de papá:

—Creo que no es buena idea que aceptemos la beca.

Y a continuación llegó el reproche de mamá:

—Tú te has vuelto loco, ¿verdad, Vicente? Dime, ¿te has vuelto completamente loco?

—¿Loco, yo? ¿Acaso no has oído al señor director? No me gusta la actitud que ha tomado. Me ha parecido un arrogante.

—Imaginaciones tuyas, querido.

—Oh, no. Los de su calaña siempre andan por la vida con esos aires de superioridad, oh, sí, todo soberbia y vanidad. ¿Quién se ha creído que es? No quiero que ese hombre sea referente alguno para mi hijo. Por Dios bendito, ¡nos ha llamado gente sin recursos!

—¡Oh, Vicente, pero qué barbaridades dices! Lo has entendido todo mal. ¡Todo, todo, todo! Deja que te sirva un poco más de vino peleón y te lo explico.

—Gracias, Mercedes.

—De nada, querido. Sí, así, muy bien. Bebe, anda, bebe.

Escúchame, Vicente..., nunca hemos tenido nada, ni siquiera lo suficiente para unas breves vacaciones. Y Óliver es un chico tan especial, el más inteligente del colegio. En el Liceo Internacional tendría a su alcance todo aquello que nosotros nunca le hemos podido dar. Allí recibiría una educación acorde a sus capacidades, ¿me equivoco?

Papá respondió con una especie de berrido.

—¿Sabes cuántas solicitudes recibe cada año el Liceo Internacional? —siguió mamá—. ¡Miles! Y lo han seleccionado a él, ¿comprendes? Han visto un potencial extraordinario en nuestro hijo. Olvídate de la actitud del director, ¡por favor te lo pido!, y piensa en qué sería lo más beneficioso para Óliver. Algún día será alguien, Vicente. ¡Lo percibo! No lo privemos de esta oportunidad. ¿Es que no quieres ser el orgulloso padre de un triunfador?

—Yo no he dicho eso, rediós.

—¿Y qué dices, a ver?

—No lo sé.

—¿Cómo?

—¡Que no lo sé!

—Por supuesto, no lo sabes, ¡Señor, Señor!, pues claro que no lo sabes. ¡Ay, mi pobre y querido Vicente, tú no sabes nada! Ya has oído al director, ¿eh? Nos ha dado el plazo de una semana para decidir, y en esas estamos. ¿Qué hacemos, Vicente? ¡Dime qué hacemos!

Cayó un silencio muy largo que mamá cortó con un estornudo. Papá suspiró y se encendió otro cigarrillo.

—Óliver —reflexionó— también recibiría una educación de calidad en el instituto del barrio. La educación española está considerada entre las mejores del mundo, ¿lo sabías,

Mercedes? Yo soy producto del sistema público y ya me ves, he prosperado.

—Vicente, querido, vendes cortinas para el baño, con poco éxito y escaso ingenio. Mucho me temo que no has llegado a ser ningún Warren Buffett de la inversión y el comercio. No te lo tomes a mal, pero nunca serás un pez gordo. Así que presta atención: ¿quieres que tu hijo también sea un fracasado? «Óliver Brun, el niño don nadie», así lo apodarán si no aceptamos la beca del Liceo Internacional; y cuando crezca, ¿sabes qué?, seguro que abandona el instituto público porque le queda pequeño, y luego no lo contratarán en ningún trabajo porque no dispondrá de un título, y acabará en la trastienda, completamente frustrado, vendiendo manteles contigo.

Papá la corrigió:

—Cortinas para el baño.

—¿Y quieres que ese sea su destino? —Mamá se comportaba como una desquiciada, o sea, que se comportaba como de costumbre; la verdad, es todo nervio, ni siquiera cuando duerme se relaja. A papá le puedes partir un bloque de mármol de Carrara en la espalda que no se despierta. Pero con solo oír un suspiro mamá ya ha abierto un ojo, en serio. Lo único que no la desvela del sueño, y he aquí una paradoja, son los ronquidos estentóreos de papá—. Oh, Vicente, sé que a veces soy muy dura contigo, ¡lo siento! Yo ni siquiera encuentro trabajo... Esta semana he rechazado tres ofertas laborales, por cierto. Ya me conoces: no me conformo con cualquier empleo. Soy una perfeccionista, lo que a veces es bueno, sobre todo cuando has de escoger el colegio adecuado para tu hijo. Dejemos que Óliver vuele, ¿de acuerdo?, y si no encaja en ese colegio privado, siempre habrá tiempo para recular. ¿Qué te parece?

—De acuerdo: matriculemos a Óliver en el Liceo Internacional.

Mamá suspiró agradecida.

—Bien... Por otro lado, escúchame, ¿cuándo te ocuparás del techo, Vicente? Cada vez que llueve salen goteras. ¿Me estás escuchando? Dime, querido, ¿cuándo arreglarás el techo?

—Pronto.

—Pronto, ¿cuándo?

—Cuando tenga tiempo.

—¿Y cuándo tendrás tiempo?

—Soy un hombre, ¡rediós!, y si digo que voy a arreglar algo, lo arreglaré. No hay necesidad de que me recuerdes lo del techo cada tres meses.

—Pero ¿tú te acabas de oír?

Llegados a ese punto, Nora me interrumpió.

—Oye, Óliver, tengo una duda.

—Te escucho.

—Hummm... ¿Tu madre es tal y como la describes?

—Sí, más o menos. ¿Por qué?

—¿Y cómo es que tú no has perdido el juicio con el paso de los años?

Reflexioné, mientras apuraba la bebida.

—Mira, Nora, mamá es la mayor de seis hermanos, ¿vale? De pequeña era la alumna más aventajada del colegio, aprobaba siempre con sobresalientes. Quería estudiar ingeniería y ser una mujer pionera y referente en el conjunto de la innovación y la tecnología. Pero su sueño se truncó. Como eran ocho en casa, necesitaban más ingresos para subsistir, de ahí que mis abuelos la sacaran de las clases a los catorce años y, en fin, la metieran a trabajar en una fábrica. Mamá no se quejó en ningún momento. Años más tarde, uno de sus hermanos le sacó todo el dinero que pudo y mientras pudo; otro murió de cáncer y ella fue la única que veló por él; un tercero se la jugó y se quedó la parte que le correspondía por herencia. A mamá no hay nada que recriminarle; siempre se ha ocupado de todo el mundo y nunca nadie ha cuidado de ella.

—Jo, Óliver, perdona, no pretendía... —Nora enmudeció.

—Lo sé. No te preocupes. ¿Puedo continuar mi historia?

El reloj marcaba las doce de la noche. Sonaba *Live Forever* de Oasis.

En 2007 se cumplió el centenario del nacimiento de Frida Kahlo, Steve Jobs presentó al mundo el primer iPhone, Nicolas Sarkozy asumió la presidencia de Francia, se celebró el Año del Cerdo, según el calendario chino, etcétera. Yo siempre recordaré 2007 como el año en que sufrí acoso escolar.

Al dar comienzo el curso académico, mamá me despidió a las puertas del colegio.

—No podré venir a recogerte, cielo.

—¿Por qué, mamá?

—Verás... ¡Ay!, al final he aceptado un trabajo: esta tarde empiezo a fregar retretes y suelos. Así que tendrás que coger el metro para volver a casa, ¿vale, cariño? Oli, tesoro mío, aprovecha cada oportunidad y nunca te avergüences de tus orígenes. ¡Aquí te orientarán a las mil maravillas!

El director nos congregó en el gimnasio al punto de la mañana y pronunció su discurso de bienvenida.

—Seréis la generación mejor formada de este país, los futuros líderes de nuestra sociedad. Seguid día a día las pautas y consejos de profesores y orientadores y alcanzaréis la cima. La vida es una competición y lo importante, que os quede claro, no es participar, sino llegar el primero a la meta. Buena suerte a todos en esta carrera.

¿Qué carrera? Si naces en una familia pudiente y creces en un ambiente de riqueza, vale, de acuerdo, participas inmune y además te deslizas suavemente hacia la meta. Pero como nazcas pobre, el trayecto es de una peligrosidad inimaginable, y lo más probable es que cruces la meta medio loco y con las dos piernas rotas. Menuda carrera. Solo quienes han nacido en ambientes de pobreza pueden hablar con criterio sobre la brutalidad de la vida; así que de carrera, nada. Claro que la vida no es una carrera, para la mayoría es un atropello. Por eso, si ustedes tienen intención de participar, les recomiendo que se enriquezcan rápidamente en los próximos años. Lamento no saber cómo. O que se metan a políticos; esto es complicado, pero con mucha jeta, grandes dosis de desparpajo, tragando cada mañana un par de sapos y mucha impostura se suele lograr.

Bueno, lo que quería decir es que no me llevó ni dos horas hacer enemigos. Al salir del gimnasio divisé a un grupo de chicos burlándose de una niña. Se llamaba Sara y era la otra alumna becada. Sara tenía sobrepeso, miopía y padecía la enfermedad de Perthes, una patología que le afectaba a la cadera; caminaba con dificultades y cojeaba de manera ostensible.

Grité: «¡Eh! ¡Dejadla en paz!». La habían rodeado y se dirigían a ella con crueles insultos y amenazas. Inmediatamente los abusones se fijaron en mí. Yo vestía el uniforme gris reglamentario, de ahí que en apariencia nada me diferenciara de ellos; si acaso los zapatos, más viejos y usados de lo habitual. Volví a gritar: «¡Dejadla en paz!».

—Tú no te metas, paria.

Muchos alumnos se acercaron a observar la escena; unos porque les venía de paso, otros intrigados por la curiosidad del espectáculo. Sin dudarlo me precipité hacia los abusones. Cargué con el hombro y de un violento empujón derribé a dos muchachos. Yo no era alto ni fuerte ni atlético, pero mi embestida los pilló desprevenidos. Tras levantarse, me amenazaron con el puño y se marcharon riendo y profiriendo injurias hacia mi persona: «¡Paria! ¡Plebeyo! ¡Ordinario!».

—¿Estás bien? —le pregunté a Sara una vez que nos quedamos a solas.

—Sí... Creo que sí.

—¿Te han hecho daño?

—Se han burlado de mi peso y mi cojera.

—Tranquila, ya ha terminado.

—Gracias por ayudarme... ¿Cómo te llamas?

—Óliver.

—Oye, ten mucho cuidado. Has dejado en ridículo a esos chicos delante de muchos estudiantes. Es posible que la tomen contigo.

Y, en efecto, así fue. Para empezar, resultó que Sara, los abusones y yo íbamos a la misma clase. Al terminar la jornada escolar, y tras cerciorarse de que no había profesores cerca, me empujaron hacia el fondo del aula. Eran cuatro. Me rodearon.

—Bien, bien, bien —susurró el cabecilla—. Hoy has cometido un error muy, muy grave. Antes no te hemos machacado porque había profesores rondando, pero a lo largo de la mañana hemos decidido cuál será tu destino.

—Oye —repliqué—, ¿eso no es algo que debería decidir yo mismo?

—Cierra el pico, imbécil. A partir de este instante serás mi marioneta. ¿Te ha quedado claro? Me obedecerás; porque, si no obedeces, iré a por tu amiga, la gorda discapacitada. Tú o ella, no hay más.

—¡Ni se te ocurra tocar a Sara!

—¡Oh, el paladín pordiosero ya se ha decidido! ¡Perfecto! ¿Empezamos ya? ¡Sí, a jugar! —Y esbozando una maléfica sonrisa, me asestó un puñetazo en el estómago que me hizo doblarme por la mitad y casi perder el sentido—. No lo olvides, ¿vale? Si no acatas mis órdenes, nos divertiremos a costa de Sara. Si te chivas a tus padres, al director o a los profesores, lo pagará tu amiga. Su vida será un infierno si hablas. Hala, márchate, ya puedes volver a ese vertedero que llamas hogar.

Así comenzó el peor año de mi vida. El jefe de los abusones se llamaba Iván, y a lo largo de la primera semana se las ingenió para poner a todo el curso en mi contra. Una mañana aseguró que le habían robado su reproductor de música mp3. Nuestra tutora nos garantizó que nadie se movería del sitio hasta que se esclarecieran los hechos. El aparato apareció misteriosamente en el cajón de mi pupitre, y la clase prorrumpió en gritos retumbantes: «¡Ha sido el nuevo! ¡Ha sido el nuevo! ¡Ha sido el nuevo!». Yo empecé a temblar de rabia y miedo, sin duda era la víctima inocente de una trampa que Iván había orquestado.

—¡Yo no he robado nada! —protesté—. ¡Alguien lo ha colocado en mi mesa!

Acto seguido se abrió un debate mediante el cual me las arreglé para defender mi integridad con gran pericia, y aunque únicamente Sara creyó en mi inocencia, por suerte no se demostró mi culpabilidad. Sin embargo, recibí una severa amonestación del director.

—Esta vez se te concederá el beneficio de la duda, Óliver. Pero ten presente que en el Liceo Internacional no toleramos el robo.

—¡Yo no he roba...!

—Chisss... No me interrumpas, y graba en tu memoria mi advertencia: si cometes una falta disciplinaria, se te retirará la beca, por supuesto, y serás expulsado con efecto inmediato. No querrás causar semejante bochorno a tus padres, ¿verdad? —Hizo una pausa y se aclaró la garganta con tos irritante—: Ejem..., ejem... Óliver, hay dos palabras que te abrirán muchas puertas en la vida: conformismo y obediencia. Ejem..., ejem... Esfuérzate ya para adaptarte cuanto antes a las exigencias del colegio. No olvides que es en este centro educativo donde se forma la élite.

La élite, un cuerno. Vaya colegio. Como alumno becado del Liceo Internacional solo aprendí dos lecciones. Primera: la educación cívica debería valorarse más que la académica. Y segunda: la única diferencia entre ricos y pobres es, pues ¿cuál va a ser?, el dinero.

El director continuó con su ímproba reprimenda. Oh, le encantaba aquello. Parecía disfrutar en exceso de la posición de poder que le otorgaba un despacho directivo. Tenía la férrea convicción de ser el delegado de una autoridad divina, igual que si gestionara un orden moral superior. Esta es una trampa en la que también caen algunos políticos.

—Y ahora, Óliver, repite conmigo: «No codiciaré los bienes ajenos». Es el décimo mandamiento. Aquí aprenderás la palabra de Dios y el mensaje que entregó a su pueblo. ¿Óliver?

—¿Sí?

—Vamos, chico, repítelo.

—No codiciaré los bienes ajenos.

—Muy bien. ¿Lo has entendido?

Apreté los dientes con un sentimiento gradual de impotencia y rabia.

—Sí —farfullé—, entendido.

—Sí, «señor» —me corrigió.

Regresé a casa pensando en qué errores había cometido, o si los había cometido, y me prometí que a partir de entonces sería un alumno modélico. En la primera hora del día siguiente, Iván pidió permiso para ir a los aseos y, al pasar junto a mi pupitre, para divertir a toda la clase, me golpeó en la nuca con la palma de la mano; no contento, a la vuelta del servicio, y de nuevo a mi lado, Iván gritó que yo había intentado ponerle una zancadilla para tirarlo al suelo. «¡Lo he visto!», mintió uno de sus partidarios.

Iván me humillaba e insultaba siempre que se le presentaba la ocasión. Las vejaciones se intensificaron con el paso del tiempo. Durante el primer mes de colegio, uno de los entretenimientos que alcanzó mayor popularidad se producía en las horas de recreo. Iván me empujaba al centro de un círculo formado por alumnos y, allí dentro, mientras todos jaleaban, Iván me abofeteaba. Levantaba los brazos, los movía cual director de orquesta, y esperaba a que su público hirviera de excitación, antes de asestarme sucesivas bofetadas. «¡Otra! ¡Otra! ¡Otra!», bramaba la concurrencia. Tras cada bofetón,

Iván me susurraba al oído, sin que nadie más lo oyera: «Recuerda, paria: tú o Sara».

Sara solía observar la imagen en la distancia y, cuando por fin me dejaban en paz, se acercaba cojeando, el rostro desconsolado, y me ayudaba a recoger mis cromos del suelo, o lo que quedaba de ellos, después de que Iván los hubiese despedazado. Las agresiones se multiplicaron. Iván me avergonzaba, pisoteaba y golpeaba, me pinchaba con la punta del compás, lanzaba mis libros por la ventana, emborronaba mis cuadernos, manchaba de tinta mi ropa; entre clase y clase proponía, en voz alta, nuevos apodos con los que nombrarme. Cada día un apodo, esa era su regla. «¿Cuál toca hoy? ¿Cómo llamamos a Óliver?», aullaba Iván, y el resto cantaba diversas sugerencias: «¡Pelagatos! ¡Cateto! ¡Pardillo! ¡Palurdo! ¡Subnormal!». Yo me ovillaba espantado en mi pupitre, cerraba los ojos y me tapaba los oídos; sin embargo, los improperios no se detenían: «¡Paleto! ¡Rata! ¡Pobre! ¡Pulgoso! ¡Pobre! ¡Pobre!». Y luego: «¡Papanatas! ¡Mentecato! ¡Cagalindes! ¡Tragavirotes! ¡Lechuguino!». Estos últimos insultos los habían extraído de la literatura de Quevedo. Pese a todo era un colegio muy culto, en serio.

A mediados de octubre Iván tomó la costumbre de robarme los bocadillos que me preparaba mamá. Me obligaba a ver cómo los devoraba y, si no tenía más apetito, los tiraba a la papelera. «Vamos, recoge las sobras —me ordenaba—. Ya puedes comer del lugar que te corresponde: la basura.»

Me sentía indefenso e incapaz de pedir socorro. Las secuelas eran brutales, pero invisibles. Al menos Sara ya no sufría ofensas colectivas. Protegerla suponía para mí un motivo de resistencia, una razón para sobrellevar el bárbaro maltrato, una fuerza.

Una mañana de noviembre, huyendo de mis verdugos, salté por el hueco de las escaleras para que no me atraparan. Al caer me lesioné el tobillo. Me dirigí dolorido a secretaría, suplicando que me atendieran y, al verme cojear, un profesor consideró que me estaba mofando de Sara. Me colocó frente a toda la clase, en la pizarra, y tuve que dar una especie de charla improvisada sobre la importancia de mostrar respeto a los compañeros. Me obligó a decir que la cojera de Sara, síntoma de su enfermedad de Perthes, no era motivo de risa.

Por culpa de Iván, el curso entero me odiaba. Al terminar las clases, todos los días recibía una somanta. Para que no quedaran heridas evidentes, nunca me golpeaban en la cara: se turnaban para darme puñetazos en el estómago y patadas en la espalda. El mundo era un lugar terrible y descolorido. Volvía a casa a solas en el metro, tiritando y sollozando. Yo solo quería estudiar, no sufrir, no llorar. Ya en mi barrio me detenía en un parque, me sentaba en un banco y rompía a gritar. Expulsaba de mí todo el desconsuelo, todas las lágrimas y el miedo antes de entrar en casa para que, cuando mis padres llegaran, no vieran la tristeza reflejada en mi rostro, para así poder fingir que era un niño muy feliz.

Sin embargo, a principios de diciembre fui incapaz de seguir adelante. Le supliqué a mamá que me cambiara de instituto.

—Enseguida te adaptarás, cariño —se opuso, pues no tenía constancia de mi angustia y sufrimiento—. Eres un chico maravilloso y los demás se darán cuenta muy pronto.

Cuando me acompañaba al colegio por las mañanas,

mamá me proponía un reto: ambos debíamos hacer nuevos amigos; ella fregando suelos y urinarios, yo en el colegio. Y para lograr su objetivo, cada semana me introducía en la mochila una tartera con galletas que ella misma horneaba. «Compártelas con tus amigos, ¿vale, Oli?»

Y yo lo intentaba. En los descansos iba de mesa en mesa y se las ofrecía a mis compañeros, pero nadie las aceptaba, como si fuera invisible, me ignoraban. Solo Sara se incorporaba cojeando y comía una o dos. A la hora de cenar, mamá se interesaba por mis avances sociales:

—¿Has compartido las galletas con tus amiguitos, Oli?

—Sí, mamá.

—¿Y les han gustado?

—Muchísimo —mentía.

—¡Ay! ¿De verdad?

—Dicen que no han probado dulce mejor.

—¡Qué bien, qué bien! A partir de ahora te prepararé... ¿Qué sucede, cariño? Tienes muy mala cara.

—Nada.

—Venga, cuéntamelo.

Suspiré, y tras un breve silencio le dije:

—Mami, supongo que a pesar de todo soy un niño afortunado.

—¿Por qué?

—Por no tener la enfermedad de Perthes.

—Me alegro mucho, tesoro.

Muy contenta al creer que yo me integraba en el instituto, mamá duplicó el lote de galletas. Siempre al acecho de novedades, Iván me arrebataba todas las hornadas. Luego, entre él y sus secuaces me tiraban al suelo, me cogían del uniforme y me arrastraban hasta el baño. Una vez dentro, Iván iniciaba una cuenta atrás: «Preparados... Listos...». Y saltaba sobre las galletas de mamá, las chafaba, las pisoteaba, me obligaba a ver la ceremonia de destrucción y después a recoger las migajas, a arrojar los restos por el retrete y a tirar de la cisterna. «Oye, paria, tengo una duda —se reía Iván—. ¿A qué saben las galletas caseras de los pobres? ¿A estiércol?» Todavía en el baño, se divertían a mi costa empujándome entre ellos. Me derribaban, sujetaban y forzaban a arrastrar el rostro por los charcos de agua sucia. En los días pares, orinaban en mis zapatos; en los impares, me restregaban la escobilla del váter por la boca. Cuando sonaba la campana, me dejaban allí solo y tirado, con el desagradable hedor de las heces en mi cara.

Volvía a clase temblando. Me sentía absolutamente destrozado. Nadie sabía de mi situación. Vivía en un silencio eterno de incertidumbre y pánico. Me agredían en el gimnasio, en los pasillos, en cualquier rincón del colegio. A diario recibía patadas y codazos. Las zancadillas se convirtieron en una rutina bestial en la que siempre acababa cayéndome al suelo.

Por si les interesa saberlo, este es el motivo por el que hoy en día tropiezo tan a menudo.

Nora escuchaba mi historia sumida en un mutismo absoluto. Pausé la narración y observé el ambiente en el local. La gente seguía bebiendo y bailando y celebrando, todo despreocupación y felicidad, al son de los acordes que marcaba una canción fabulosa, *Rock & Roll*, The Velvet Underground.

Nora se aproximó, los ojos bañados en lágrimas, me cogió

de las manos y las apretó muy fuerte. Estaba pálida y le temblaban los labios. Me miraba sin parpadear con expresión descompuesta.

—Óliver...

Solo pronunció mi nombre, no dijo nada más, pero su voz sonó tan rota, tan triste y entrecortada.

—Sí, lo sé. Voy a continuar. Ahora David entra en escena. Termino enseguida.

20

Si pudiera elegir una etapa de la vida, me quedaría eternamente en los diecinueve años. Los abriles de juventud son los únicos dorados, la sola edad en la que el futuro se adivina dichoso, infinito y despejado. Después, en la madurez, esa envidiable ignorancia juvenil y esa fascinante despreocupación se desvanecen. Con el tiempo, el horizonte se estrecha veloz, y el círculo social y laboral se transforma en un viaje soporífero hacia la repetición. Pero yo no quiero crecer. No me gusta el correo electrónico, ni las reuniones ni los convencionalismos; si me gustaran, no escribiría libros. Al menos leer mantiene joven y sana la mente. Ya he cumplido veinticinco años. No quiero envejecer más. Me gustaría ser como Peter Pan.

A papá y a mamá les costaba horrores alegrarme la cara. Yo odiaba el colegio. No me gustaba la vida, no me gustaba nada. Tenía la impresión de estar constantemente encerrado en una habitación oscura, sin puertas ni ventanas. ¿Habría en la Tierra un instituto en el que no se atropellara la infancia de niños inocentes? Si quieren saber mi opinión, ahora que aspiro a ser docente universitario, les diré que la educación, bien entendida y aplicada, mermaría las prácticas abusivas entre los verdugos y nosotros, sus víctimas. El mensaje implícito que intento comunicar es evidente: cada semana recibía una paliza de diferente naturaleza.

A diario me escribían mensajes insultantes («¡Das asco!», «¡Se acerca tu hora!», «¡Vives en una chabola!», «¡Mañana colgamos la soga!») que grababan en las paredes del baño, en mi mesa e incluso en mi mano, ya que Iván anotaba en mi piel, con rotulador permanente, cualquier insulto y amenaza que se le ocurriese. Tampoco se olvidaba de recordarme que, si denunciaba sus actos, la tomaría con Sara.

A veces, Iván incluso escribía palabras malsonantes en mi

frente; y cuando el director las leía, me amonestaba: «¿Qué espectáculo lamentable es este? Lávate ahora mismo la cara, chico. Óliver, creo que tu actitud es propensa al exhibicionismo; quizá algún día trabajes, como payaso, en un circo». Alegué que sería un honor llegar a ser un payaso: «Pero no de los que alimentan el miedo, como el que aparece en la novela *It* de Stephen King, no, no, sino de los que provocan una carcajada a todo el mundo». El director objetó que, si no mejoraba mis modales, acabaría fregando suelos y retretes. Como mi madre. Además, me advirtió que a las personas con una lengua muy larga les aguarda un futuro sucio y turbio; Óliver Brun, de profesión, vagabundo.

En el comedor me sentaba a solas en una mesa esquinada; pasar desapercibido ya suponía una gran victoria. A la hora del almuerzo al menos contaba con la protección de los monitores de comedor, o eso creía, ya que los secuaces de Iván maquinaban cualquier tipo de artimaña para distraerlos, sacarlos de la sala y, como si del refectorio de una cárcel se tratara, Iván tomaba asiento frente a mí y escupía en mi comida, cuando no me escupía en la cara. Me introducía espinacas en los calzoncillos, me obligaba a llenarme de lentejas los bolsillos, o los zapatos de coles de Bruselas, de ahí que muchos alumnos al notar el tufo se rieran: «¡Óliver Brun huele a mierda!».

Mis sueños juveniles se estaban destruyendo. ¿Qué era la esperanza? No, ya no había sueños, solo un mundo salvaje colmado de pesadillas y monstruos. No me sobraban amigos, si les digo la verdad, no tenía ni uno; vale, sí, tal vez un par, pero eran imaginarios. Sí tenía decenas de libros, mi tabla de salvación, el único medio eficaz para transportarme a otros mundos, donde plantaba cara a las pesadillas y los monstruos con ángeles literarios.

Una fría mañana a mediados de diciembre, caminaba a solas por el patio del colegio vestido con un abrigo demasiado grande para mi talla que mamá había comprado a precio de saldo («Tesoro, ya lo irás llenando con el paso de los años»). Paseaba leyendo una versión juvenil de *El Quijote* cuando tropecé víctima de una especie de cepo. A dos metros oí a Iván congratulándose de su trampa, y se alejó riendo. De rodillas, vi que me sangraban un poco las manos, ya que había utilizado las palmas para amortiguar la caída en el pavimento. Y entonces no pude soportarlo más, y contra la opresión de Iván intenté sublevarme.

—¿Por qué me maltratas?

Al principio a Iván le sorprendió mi atrevimiento, luego tomó la iniciativa.

—A ver, ¿tú por qué crees?

—No lo sé... No he hecho nada malo... No me he metido con nadie... Por favor, para ya...

Iván tomó aliento, sacudió la cabeza de lado a lado, y con una frialdad descomunal argumentó:

—Te hago lo que te hago, Óliver, porque te odiamos. Todo el mundo te odia. No le gustas a nadie, ni siquiera a tus padres. ¿Entiendes? Para ellos no fuiste un hijo deseado. Chico, a nadie le caes bien. —Se encogió de hombros con abrumadora indiferencia y me soltó una bofetada; y luego otra, y otra, y otra más—. ¡Hala, fíjate! Se te han enrojecido las mejillas por el dolor. ¿O es por la vergüenza y la humillación? ¿Qué, no vas a pedir piedad? Ahora mismo, pídeme piedad.

—Por favor... —supliqué, llorando—. Por favor... No me pegues más... No quiero seguir viviendo así... No quiero vivir...

Y aumentando la fuerza del impacto, Iván volvió a cruzarme la cara.

—Y ahora en clase, como tenemos examen y te sientas justo a mi lado, ¿sabes qué? Me vas a dejar copiar.

Porque si no se lo permitía, me advirtió, me golpearía en el estómago con el puño cerrado. Llegada la hora, Iván aprovechó un despiste del profesor para levantarse y llevarse el folio con mis respuestas. Me quedé pálido, la mesa vacía y mi mente en blanco, mientras veía a Iván copiando impunemente mis soluciones. Cuando me devolvió el examen, me horroricé al comprobar que había tachado todas mis respuestas. «Vuelve a escribirlas —sonrió con gran malicia—, pero utiliza otras palabras, eh, para que el profesor no albergue sospechas de que hemos hecho trampa.» No tuve tiempo suficiente para contestar a todas las preguntas, claro, y aún menos para reproducirlas con una fórmula distinta. Sabía que suspendería aquel examen, pero al menos Iván no me daría un puñetazo. Al terminar la prueba y salir de clase, sin embargo, el puñetazo en el estómago me lo llevé igual.

Pasadas las navidades, el colegio organizó una visita al Museo del Prado. En cada obra, en cada pintura que veíamos, Iván encontraba un pretexto para atemorizarme. Si nos mostraban el *Cristo Crucificado* de Velázquez, amenazaba con clavetearme a las espalderas del gimnasio. Tras contemplar *Los fusilamientos* de Goya, Iván planteó diferentes alternativas: ¿me lanzaría piedras frente a la pared del polideportivo o tizas entre clase y clase?

A media mañana nuestra tutora comentó un cuadro del Bosco, la *Extracción de la piedra de la locura,* en el que aparece una especie de cirujano practicando una trepanación. El médico no lleva sobre la cabeza el birrete, sino el embudo que simboliza la necedad. Está operando a un anciano: intenta extraer de su cráneo la piedra que provoca la estupidez humana. Bien, pues Iván planteó que sería una hazaña memorable abrirme la cabeza con un taladro en el aula de plástica y tecnología.

Más tarde, sentí un escalofrío frente a *Saturno devorando a su hijo* de Goya y, bueno, pueden imaginar todos los horrores que quieran, pero no detallaré qué propuso hacerme Iván.

No obstante, al día siguiente en el patio del colegio, Iván me obligó a recrear una de las cuatro escenas pictóricas que acabo de mencionar, pero antes de contarles cuál, vayamos por partes. Todavía en el Prado, a la hora del descanso, Iván me robó el almuerzo, me zancadilleó y me retorció el brazo. Ignoro de dónde saqué las fuerzas que desencadenaron la insurrección a su autoridad totalitaria: lo empujé y corrí por las galerías del museo, huyendo de una segura contraofensiva. Me refugié en salas en las que se exponían varias estatuas, me escondí entre copias de las esculturas de Fidias y Mirón, temblando y llorando. Permanecí muchísimo tiempo agazapado, con los ojos cerrados, tanto que me desorienté y fui a parar a una sala que desconocía.

—¿Estás bien? —preguntó una voz.

Era David Sender, que entonces tenía cuarenta y nueve años. Su cabello brillaba color castaño, salpicado por algunas vetas plateadas. Su atractivo era innegable y su presencia hip-notizaba. Vestía un pantalón de corte elegante y una america-na. Sostenía una libreta en la que escribía anotaciones sobre la pintura que colgaba justo frente a él. Como no respondí, pero lo miraba de hito en hito, empezó a hablar.

—¿Sabes?, la obra que tenemos delante se parece mucho a *La Gioconda* de Leonardo da Vinci, pero, como podrás ob-servar, en esta tabla no hay un paisaje definido, solo un fondo de oscuridad. Se trata de *La Mona Lisa* del Prado. En mi opi-nión, un paisaje se oculta bajo el fondo negro; quizá algún día se presten a escucharme, pueda restaurarse el cuadro y...

David se interrumpió al ver en mí lágrimas de abatimiento.

—¿Cómo te llamas?

—Óliver Brun, señor.

—¿Has venido solo al Prado, Óliver?

—He venido de excursión con el colegio.

—¿Y dónde está tu grupo?

—No lo sé.

—¿No quieres volver con tus amigos?

—No, señor Sender.

—¿Por qué, Óliver?

—Porque yo no tengo amigos.

David me miró con aspecto reflexivo. El conjunto de sus rasgos transmitía una gran serenidad.

—Ahora tengo que marcharme, pero si algún día quieres compartir tus inquietudes, suelo estar en el museo todos los jueves por las tardes. Di que vienes a verme y te dejarán en-trar, ¿de acuerdo, Óliver?

Al día siguiente, en el patio del colegio, a Iván le pareció una idea brillante representar *Los fusilamientos* de Goya. Yo fui el ejecutado a la hora del recreo.

Tras sonar la campana, me dirigí a un rincón y me senté en unas escaleras para retomar la lectura de la versión juvenil de *El Quijote*. Lo que más espero de un libro, por cierto, es que no me canse de leerlo. También agradezco que de vez en cuando tenga un toque loco y divertido. Me explico: todo el mundo conoce el capítulo en que don Quijote confunde unos molinos con gigantes, ¿verdad? No es un mal pasaje, lo reconozco. Sin embargo, a mí me fascina el fragmento episódico en el que el hidalgo quiere pelear contra los dos leones que transporta un carretero. Sancho Panza y el comerciante le advierten que los leones están hambrientos, pero, haciendo oídos sordos, don Quijote les pide que abran la jaula y los liberen. Cielos, era un lunático ese Alonso Quijano, aunque de vez en cuando enunciaba reflexiones muy sabias; daban mucho en qué pensar. Bueno, pues resulta que al final un león sale de la jaula, echa un vistazo alrededor y, aburrido, regresa al interior mostrándole a don Quijote su trasero.

Si pudiera hablar con Cervantes le preguntaría, por supuesto, qué sintió cuando le dispararon en una mano en la batalla de Lepanto. Tampoco me importaría mantener una larga conversación con Lewis Carroll, a ver cómo demonios se le ocurrieron el Gato de Cheshire y el Sombrerero Loco en *Alicia en el país de las maravillas*. A Jonathan Swift le preguntaría qué significado real tienen los liliputienses en *Los viajes de Gulliver*. A Tolstói no le preguntaría nada, a Tolstói no te hartas de leerlo; tal vez nunca llegue a escribirse una novela mejor que *Guerra y paz*. Y de la literatura francesa, por si les interesa saberlo, me quedo con Esmeralda y el jorobado de Notre Dame, los personajes de Víctor Hugo.

Por otro lado, me aburrieron muchísimo los *Episodios nacionales* de Galdós. Otra obra sobre la que ya he expresado mis reservas, más aburrida todavía, es la famosa *Moby Dick* de Herman Melville; pobre ballena, por el amor de Dios. Tampoco entiendo que *Los hermanos Karamazov* se cite a menudo como libro de referencia. Me pareció tedioso. Lo intenté leer a los once años y, ahora que lo pienso, es muy probable que a esa edad Dostoievski aún no hubiese escrito *para mí*. En fin, si preguntan por ahí se darán cuenta de que ya casi nadie lee los clásicos. Es una pena. Me cae bien Quasimodo.

Lo que quiero decir es que estaba leyendo apaciblemente *El Quijote* cuando Iván me arrebató el libro de las manos y lo miró, claro, como se mira un objeto muy extraño. Arrancó una página al azar, me la introdujo en la boca y, luego, con notable desprecio, tiró el libro a la papelera.

—Camina —ordenó, empujándome hacia una pared del colegio—. Quédate aquí y no te muevas, ¿eh? Porque, si te mueves, ya sabes qué le sucederá a tu amiga Sara. —Y desapareció.

Apareció un minuto más tarde acompañado de sus secuaces. Iván se dirigió a su público y explicó que entre todos iban a recrear *Los fusilamientos* de Goya; así las cosas, ellos interpretaban a los franceses y yo, por lo visto, a la resistencia española. No me acribillaron con bayonetas, pero sí con globos de agua y alguna piedra. Al intentar huir de la ejecución, Iván me puso la zancadilla y me tiró al suelo. Sometido a su yugo, me inmovilizó y me obligó a comer un poco de césped y tierra.

Ya en febrero, Iván trajo un vestido, una peluca y un pintalabios; me encerró en el baño, me quitó la ropa y me vistió de señora.

—Ponte las medias —exigió.

—No quiero.

Se aproximó y me dio un bofetón.

—Que te pongas las medias, imbécil. —Su voz distaba de ser agresiva. Actuaba de un modo natural, casi parecía aburrido; para Iván, violentarme se había convertido en una rutina de lo más trivial—. Ponte las medias. Ya. —Se acercó de nuevo con el puño amenazante. De no haberme encontrado desnudo, creo que no habría pasado tanto miedo—. Que te pongas las medias. —Menudo genio. Tal vez no supiera articular otras palabras—. Las medias.

Durante el mes de febrero, Iván me exhibió en el recreo vestido de damisela. Me obligaba a dar una vuelta tras otra al colegio y a gritar con voz aguda: «¡Soy una niña! ¡Soy una niña!». Y todos me señalaban y se morían de la risa, y ya nadie me llamaba Óliver, sino Olivia.

Al verme llegar a casa con marcas de pintalabios, mis padres se interesaron por mis nuevas aficiones.

—Vicente, si el niño «quiere» ser homosexual, o una mujer, o un travestido, ¡qué le vamos a hacer!

—Pero si yo no he dicho nada, que sea lo que quiera ser.

—Entonces ¿por qué pones esa cara, eh, Vicente? ¡Por qué pones esa cara!

—Deja de gritarme, ¡rediós! Intento arreglar la gotera del techo.

—Ya iba siendo hora, por cierto.

Mi momento de fama y gloria se produjo en primavera.

Todos los años, una revista de tirada nacional publicaba un cuento seleccionado de entre cien colegios participantes. El Liceo Internacional concurría en la edición de ese año, y el profesor de Literatura nos animó a dar rienda suelta a la imaginación. Me puse manos a la obra para escribir un cuento perfecto. Era la primera vez que escribía con un propósito determinado. Las ideas me desbordaban, nacía en mi interior una emoción de alborozo, jamás antes experimentada. Como no tenía ordenador en casa, pasaba horas y más horas en el aula de informática del colegio. Mientras escribía, tenía la sensación de poner de manifiesto una parte del significado de la vida.

—Óliver —se preocupaba el profesor—, ¿por qué no descansas un rato? Te aplicas demasiado.

—¿Qué, aplicarme? Escribir no se parece en nada a hacer los deberes. ¡Escribir es pura diversión!

Invertí las dos primeras semanas de marzo en componer mi cuento, que titulé *Un abusón infeliz,* y cuya trama, seré breve, fue la siguiente: Iván es un muchacho de trece años que recurre a la violencia por tres sencillas razones: es un cobarde, tiene miedo a la vida y siente que nadie lo quiere, así que descarga toda su rabia y frustración en los débiles. Lo curioso del cuento residía en que, cuando era ya adulto, a Iván lo contratan en un colegio privado para impartir Filosofía, asignatura que detesta, claro, porque ni la entiende ni la considera útil para la vida. Sí, Iván se convierte en un docente y, años más tarde, lo promocionan al puesto de director. Desde su despacho contempla un panorama increíble: todos los niños juegan como iguales, felices como iguales. Mientras que él se ve atrapado en un despacho frío, su mundo interior está vacío, nunca nadie lo llama y la administración lo entierra con la burocracia. A Iván también le gustaría ser feliz, pero *no* puede, solo pretende que los demás sufran tanto como sufre él.

Tal vez parezca un drama, pero escribí una comedia. La reacción del profesor de Literatura fue inmediata. Me dijo que el cuento, casi un apólogo, recogía con gran acierto una de las mayores injusticias de la vida, a saber, que hasta las personas más infames pueden alcanzar cargos de poder. De hecho, si lo piensan bien, se darán cuenta de que las mejores personas, las que ustedes conocen, nunca han ambicionado posiciones de poder, ¿me equivoco? De eso trataba el cuento; y la vida, supongo.

Pasada una semana se anunció que mi texto representaría al Liceo Internacional en el concurso de la revista, y yo estallé de felicidad, ¡qué honor y qué alegría! Mi cuento competiría con otros cien. El fallo del jurado llegó mediado abril. Me puse de los nervios esperando y no salí de la conmoción al escuchar el veredicto final: yo había ganado. Mi cuento se editaría en una revista. En los pasillos no se hablaba de otro asunto, y ni se imaginan hasta qué punto creció mi popularidad en el instituto, eso sí, durante dos o tres horas máximo, para luego volver a descender a los abismos. Poco me importaba, ¡podría ser escritor!

El director me extendió un diploma que papá colgó en el salón, y cuando comuniqué la noticia a mamá, oh, estaba tan orgullosa:

—¡Oh, estoy tan orgullosa!

—Gracias, mamá.

—Te compraré un regalo, Oli.

—No hace falta.

—¡Desde luego que sí, cariño! Te lo mereces.

Insistí en que no era necesario, sin embargo, mamá no me hizo el menor caso. Amplió su jornada de trabajo y acabó fregando suelos cuarenta horas a la semana; con la remuneración que obtuvo aplicándose con la fregona, me compró los *Cuentos* de los hermanos Grimm y un reloj que era, para nuestra condición económica, bastante caro.

A finales de abril, la revista me dio una semana de plazo para ultimar las correcciones. Me volcaba en mi cuento durante las horas de recreo, apenas descansaba, y el día previo al envío logré darle el toque final de calidad. Lo leí repetidas veces satisfecho y, luego, me dirigí al baño a refrescarme la cara. Ya de regreso, me crucé en el pasillo con Iván. Acababa de salir del aula de informática.

—Eh, Olivia —dijo. Automáticamente me protegí el estómago con las manos—. Deja de hacer el idiota. Hoy no voy a zurrarte, creo, solo quería felicitarte por tu cuento. Has triunfado en el concurso nacional, enhorabuena.

Suspiré aliviado al ver cómo se alejaba aquel icono del totalitarismo. Cuando me senté frente al ordenador el corazón me latió enardecido, porque mi cuento había desaparecido. Al principio creí que estaba sentado a la mesa incorrecta, y hasta consideré seriamente la posibilidad de haberme equivocado de aula, pero mis cosas permanecían en su sitio, y el cuento no existía. Rebusqué en las carpetas del ordenador, en la papelera, en otros archivos y documentos. Pero no obtuve resultados y lo comprendí de inmediato: Iván no había bajado al recreo con los demás; se había escondido en los pasillos esperando a que yo saliera del aula para entrar, destruir mi cuento —mi sueño— y vaciar la papelera del ordenador.

Llamé al profesor de Literatura y al de Informática.

—¿No hiciste copias del cuento, Óliver?

—No —temblé.

—Quizá lo enviaste por correo electrónico a alguna dirección electrónica y permanezca ahí como documento adjunto.

No, no era el caso. En el primer corte la revista exigía que los cuentos se remitieran por carta ordinaria, y avisaban de que no se conservaría la primera copia enviada.

—¿Tal vez reprodujeras el texto en el ordenador de tu casa?

—No tengo ordenador.

No había forma de recuperar el cuento. Lo intentamos por todos los medios, pero fue tarea imposible, ni disponíamos de tiempo para reescribirlo. Salí corriendo de la sala con ojos llorosos y me precipité hacia el patio para despedazar a Iván. Resultó que me esperaba en las escaleras, cruzado de brazos con expresión risueña. Habló con un tono de ironía:

—¿Alguna novedad, Olivia?

—Tú... Tú... ¡Tú has eliminado mi cuento!

—Hummm... Puede que sí, puede que no. —Me guiñó un ojo con descaro y estalló en histéricas carcajadas.

Iván me miraba con una sonrisa de odio. Yo lloraba de impotencia, lloraba de rabia; y mientras lloraba, me vino a la mente un pensamiento: ¿por qué el hombre llevaba tantos siglos haciendo el mal? Iván era el subproducto de generaciones y generaciones de pura maldad. ¿No había forma humana de paliar su hostigamiento?

Lo había aguantado todo, todas y cada una de sus atrocidades. Quería plantarle cara a Iván, quería hacerlo pedazos con la misma determinación con la que Judit decapita a Holofernes en las pinturas de Artemisia y Caravaggio. Me quedé inmóvil, sin embargo, pues sus grotescas carcajadas me hundieron poco a poco en los dominios de la desesperanza, un brazo helado que me arrastraba a la desesperación y al miedo.

Aquel día no asistí a ninguna clase. Me encerré en un baño y me acurruqué en el suelo. No podía parar de llorar, ni quería seguir viviendo. Mi verdugo me encontró pasada la hora de comer. «Qué —se burló—, ¿el retrete te inspira para escribir otro cuento? De hacerlo, tu personaje no se llamará Iván, ¿a que no? Puede que hoy hayas aprendido una lección.»

Me marché del colegio pensando en que había llegado el momento de bajarse del mundo, como el joven que se suicida en *El club de los poetas muertos,* es decir, que si me quitaba la vida voluntariamente, desaparecería el sufrimiento. Y entonces, ignoro cómo se produjo el destello, surgió en mi memoria la imagen de David Sender, y era jueves, así que, recordando su invitación, me dirigí al Museo del Prado y pregunté por él. Lo llamaron por teléfono y me permitieron el acceso. Mis padres no llegaban a casa hasta las nueve; disponía de tiempo.

David me esperaba en la sala en que se exponía *Las tres Gracias* de Rubens.

—Hola, señor Sender. ¿Se acuerda de mí?

—Óliver, ¿verdad?

—Sí.

—Has venido a verme —evidenció medio sonriente—. ¿En qué puedo ayudarte?

—Señor Sender, ya no quiero vivir. —Y me dispuse a contarle la violencia sistemática que Iván ejercía sobre mí.

Por algún motivo, me sentía protegido a su lado, porque el laureado escritor David Sender me trataba como a un igual, no como a un preadolescente marginado. Una a una le narré todas las barbaridades a las que me habían sometido en los últimos meses. Le conté que mi silencio servía para proteger a Sara de burlas y ofensas. Lloré y lloré mientras hablaba. David me escuchaba sin interrupción, solícito y conmovido, sus ojos color verdemar brillaban de triste emoción.

Cuando terminé mi historia, David se tomó unos segundos para anotar palabras en su libreta. Luego arrancó la página y me la ofreció.

—Te he escrito unos versos, Óliver. ¿Te gustaría leerlos?

—Sí, me gustaría.

Acepté de buen grado el papel, y en voz baja recité:

> *Dice la esperanza: Un día*
> *La verás, si bien esperas.*
> *Late, corazón... No todo*
> *Se lo ha tragado la tierra.*

—¿Qué significa?

David puso una mano en mi hombro.

—¿Tú qué opinas, Óliver?

—No lo sé.

—Es un poema de Antonio Machado —sonrió levemente—. No lo he copiado entero, está incompleto. Dime, ¿estudiáis poesía en el colegio? ¿Estudiáis a Machado?

—Sí, señor Sender.

Asintió.

—Machado, como tú ahora, tenía enemigos que usaban

la fuerza, no la razón. El poeta emigró a Francia; tuvo que exiliarse debido a la victoria de las tropas franquistas en la Guerra Civil. Lo que insinúo, Óliver, es que a lo largo de la vida te encontrarás con muchos hombres que no distinguen el bien del mal. Son el tipo de hombres que codician un poder que la naturaleza no les ha concedido. Hombres que renuncian a la honestidad antes siquiera de emprender la búsqueda de una vida significativa. No entienden la belleza que radica en luchar por una causa justa, y la violencia es la conducta en la que reside su propia degradación moral. Óliver, tal vez pienses que libras una batalla en solitario, pero no estás solo en esta lucha, ¿entiendes?

—Sí, señor Sender.

—Ignoro qué razones impulsan al hombre a la maldad, quizá la estulticia, pero has de saber que la historia acaba colocando a cada cual en su sitio. Los hombres malos caerán, Óliver, y su derrota no debe ser motivo de alegría, sino de aprendizaje. Algún día, si tienen suerte, quienes hoy te hacen daño aprenderán una gran lección de tu parte. Te escucharán y tú dejarás una huella imborrable en su interior. De tus virtudes aprenderán que incluso para ellos hay esperanza. Por eso, Óliver, cuando tengas la impresión de que el mundo se desvanece, lee las líneas que te he escrito. Recuerda que la lucha por una sociedad mejor no termina nunca. Es una bella causa. Es Poesía. Es Cultura. ¿Me comprendes?

Solté un bostezo tremendo. Acto seguido me avergoncé y le pedí disculpas; David, carialegre, me garantizó que no había de qué disculparse. Siguió hablando y hablando, resolviendo todas mis dudas, dando sentido a todos mis miedos. Me animó a seguir viviendo.

Pasadas las ocho salimos del museo y le dije que debía irme a casa.

—No le contará a nadie mi historia, ¿verdad, señor Sender?

—No, Óliver. Te doy mi palabra. Pero a cambio tú tienes que prometerme algo.

—¿El qué?

—Dos cosas. Primera: vendrás a verme a la universidad siempre que necesites hablar, ¿de acuerdo? Y segunda: a partir de este instante probarás que tu vida, toda tu vida, independientemente de las injusticias que puedan acontecer, tiene valor y mucho que ofrecer.

—Vale, se lo prometo. Conservaré su poema, señor Sender. Gracias, muchas gracias.

—Por favor, no me llames señor Sender. Llámame David.

—Sí, señor Sender.

—¿Qué te acabo de decir? —Sonrió con afecto, me rodeó el hombro con el brazo y, echando un vistazo a la fachada del Prado, se despidió—: Recuerda que, cuando necesites escapar del mundo, la cultura siempre te acogerá con los brazos abiertos. Buena suerte, Óliver, espero que volvamos a vernos.

Nora me miraba en un silencio ininterrumpido. Del abrigo extraje la cartera y, de un compartimento, un viejo pedacito de papel amarillo. Contenía el poema que David me escribiera trece años atrás, plastificado para que no sufriera daños. Los ojos de Nora volvieron a empañarse de lágrimas emotivas. Tomé aliento y continué narrando mi historia, tan cerca ya del final. Sonaba *Goodbye Stranger*, Supertramp.

A finales de mayo de 2008 viví un suceso muy extraño. Un miércoles al salir del instituto recibí una paliza, eso no fue lo extraño, y como cada tarde me dirigí a la parada del metro. Hay algo mágico en que las personas nos desplacemos bajo el suelo, ¿verdad? Supongo que me recuerda a una novela de Julio Verne, ya saben cuál.

Antes me gustaba coger el metro, pero hoy en día no lo soporto. Para empezar porque me deprime ver a tantas personas adictas a sus teléfonos táctiles. Para la mayoría se ha convertido en una dependencia terrible, peor que una adicción, en serio, una enfermedad.

Además, si lo piensan bien, el teléfono móvil provoca que la gente se comporte con descortesía en el transporte público. Imagínense, por ejemplo, que sube una anciana y que tú te dispones a cederle el asiento. Pero como te encuentras absorto y enganchado al teléfono, cuando la anciana pasa a tu lado lo que sucede es que ni te enteras. Eso es lo malo, que no te enteras de que por culpa del teléfono eres una persona un poquito peor, menos amable. No obstante, aunque fueras cediendo el asiento a todas las ancianas del mundo, ¿hasta qué punto serías consciente de si lo has cedido porque eres una persona con modales o porque, simplemente, necesitas sentirte bien contigo mismo? Es imposible saberlo.

El teléfono inteligente, vaya invento. Si creen que una persona joven va a renunciar a su teléfono móvil, aunque solo sea por vivir un poco, es que se han vuelto locos. Piensen que al menos nosotros tendremos suerte, pero la nueva generación que viene, en fin, me los imagino a todos con chepa, dolores y contracturas en el cuello antes de cumplir los treinta, por estar siempre encorvados hacia su teléfono.

Por otro lado, me atrevería a decir que, mientras ustedes leen esta novela, en algún momento han mirado el móvil, ¿me equivoco? Y lo que han mirado ha resultado ser *más aburrido.* Pero lo han mirado de todos modos. No irán a mirarlo ahora, ¿verdad? Esa es la enfermedad del mundo contemporáneo a la que me refiero.

Bueno, lo que quería decir es que, en 2008, la gente con la que coincidía en el metro parecía más atenta, viva y despierta. En lo que a mí respecta, me dolía la totalidad del cuerpo debido a las últimas agresiones sufridas. El labio inferior me palpitaba y sangraba un poco, ya que a medida que se acercaba el final del curso Iván había empezado a golpearme en la cara.

Iba pensando en qué excusa les contaría a mis padres para explicar la herida en el labio, cuando una mujer, de unos cuarenta años, entró en el vagón y se sentó justo enfrente de mí. No tardó ni un minuto en dirigirme la palabra.

—Disculpa —dijo.

—¿Sí?

—¿El uniforme que llevas puesto es el del Liceo Internacional? —Me miraba con media sonrisa y ojos cándidos. No parecía una mujer que fuera merodeando por los andenes del metro para secuestrar preadolescentes que viajan solos.

—Sí —dije.

—¿Estudias allí?

—Claro.

—¿Y cuántos años tienes?

—Trece.

—Trece —repitió—. ¡No me digas! Tal vez seas amigo de mi hijo. También estudia en el Liceo y tiene tu edad. Se llama Iván, ¿lo conoces?

Vaya, por dónde empezar. Podría decirle que sí, que lo conocía, y que su hijo era el ser más despreciable de cuantos habían concurrido en mi vida. Sin embargo, me limité a asentir con la cabeza.

—¡Qué bien! —exclamó—. ¿Y sois amigos?

—Sí, señora, amigos del alma.

—¡Cuánto me alegro! En una hora iré a buscar a Iván al entrenamiento. ¿Cómo te llamas, cielo? Le diré que hemos coincidido en el metro.

—Me llamo Óli...

Bien pensado, cambié de idea. No podía arriesgarme a darle mi verdadero nombre a la sazón, porque seguro que durante la cena le comentaba a su hijo nuestro encuentro, e imagínense las consecuencias para mí. Así las cosas, ¿qué seudónimo podía utilizar?

—Alonso —le respondí—, como Alonso Quijano, ya sabe, don Quijote de la Mancha. —El libro que su hijo Iván me había arrebatado y tirado a la papelera.

—¡Qué nombre tan bonito!

—Bueno.

—Oye, me parece que te sangra el labio. ¿Te encuentras bien? ¿Te presto un pañuelo?

—Oh, no. No se preocupe, señora. Al salir de clase me han... me han... me han dado con un balón en la cara. Eso es todo. Ha sido sin querer. —Y entonces empecé a soltar, a saber por qué, una mentira tras otra—: Por cierto, su hijo Iván ha sido el primero en preocuparse. Me ha acompañado a que me pusieran hielo. Es un chico muy atento.

—¿Iván? —se sorprendió—. ¿Iván ha sido amable contigo?

—Sí, sí.

—¿Y te ha acompañado a la enfermería?

—Bueno, a secretaría.

—¡Vaya! ¿De verdad? ¿De verdad Iván te ha acompañado?

—Sí, señora.

Se puso el bolso sobre las piernas y guardó silencio hasta la siguiente parada. Me miraba con creciente curiosidad y un aire de sospecha. Daba la impresión de que no se creía mis mentiras. Era bastante probable que tuviese una idea muy precisa sobre la clase de infame malnacido que le había tocado por hijo.

—Escuche —dije—, Iván es un buen chico. De los mejores. Siempre está pendiente de todo el mundo. Se nota que detesta la injusticia y que por ello protege a los débiles de, ya sabe, los abusones.

—¿Ah, sí?

—Es muy buena persona, y quizá ese sea el mayor defecto de Iván, ¿entiende?, que es demasiado bueno. Figúrese que, hace unos días, vio a un alumno al que otros estaban maltratando y... ¿Cómo se llama? Hummm... ¿Cómo se llama el pobre desgraciado? Óliver, creo. Jo, vaya somanta de palos le estaban dando. Bien, la cuestión es que ese Óliver era objeto de una paliza tremenda e Iván fue el único que acudió a socorrerlo.

—¿De veras?

—Sí.

—¿De veras? —reiteró. De repente se mostraba muy inclinada a oír las maravillas que un estudiante cualquiera, o sea, yo, pudiera relatar sobre su hijo, o sea, como cualquier madre del planeta—. No lo habría imaginado de mi Iván.

—¿Ah, no? Pues yo lo definiría como un valiente.

—¿Hablas en serio?

—Por supuesto. Iván se ha convertido en el principal adalid de los alumnos acosados. Es un héroe, vaya, con todas las letras. Aun así, salta a la vista que es un chico muy prudente, discreto y vergonzoso. Usted ya sabe a qué me refiero.

—Sí, lo *sé.*

—Lo que más admiro de Iván —seguí mintiendo— es su honestidad. A los trece años cuesta ver chicos tan íntegros y honestos. Pero, sobre todo, tienen que hacer algo con su humildad, para que el día de mañana la gente no se aproveche de Iván. De verdad, eh, *qué* humilde es.

Le brillaba la cara de orgullo y felicidad.

—Ay, gracias por contármelo, Alonso.

Alonso, me llamó Alonso. La mamá de Iván se quedó pensativa, con la cabeza ladeada y los dedos acariciando suavemente el bolso.

—No me esperaba oír tantas cosas positivas de mi hijo.

—¿Qué quiere decir?

—Iván ha tenido un año muy difícil... —Alzó la vista del suelo y dejó escapar un lento suspiro—. Verás...

Y entonces me contó que, al finalizar el curso anterior, Iván viajaba en coche con su padre y su hermano. Conducían en dirección al trabajo de ella para recogerla, partir hacia el aeropuerto e iniciar las vacaciones de verano. Por lo visto Iván se aburría durante el trayecto y empezó a jugar con su hermano pequeño. No paraban de chillar y saltar en la parte trasera. Su padre les pidió nervioso que se estuvieran quietos y se callaran o tendrían un accidente; y el pequeño se calmó, pero Iván continuó enredando e incordiando a su hermano, subiendo y bajando del asiento, el cinturón desabrochado, tan excitado que en un brusco movimiento derramó sobre su papá una botella de agua, motivando que este perdiera el control del vehículo y colisionaran contra una farola. El siniestro tuvo consecuencias terribles. Iván sobrevivió al accidente de tráfico sin un rasguño, pero su padre y su hermano pequeño murieron en el acto.

—Lo siento... —dije, abrumado—. Lo siento muchísimo.

La mamá de Iván asintió entristecida.

—Mi hijo todavía se atormenta por lo sucedido. A veces lo oigo gritar y llorar en sueños. Se culpa a sí mismo de la tragedia. Desde el accidente, Iván se ha comportado de un modo caótico y agresivo. Ha sido violento con todo y todos. El psicólogo afirma que atraviesa una etapa de rabia y resentimiento, la segunda fase del duelo. Me alegra oír que, al menos en el colegio, su conducta progresa adecuadamente.

Luego me deseó suerte en los exámenes finales y me invitó a pasar las vacaciones de verano en su casa de Ibiza. Le respondí que no podía, que viajaría al centro de Italia ya que mis padres (el que vendía cortinas para el baño y la que fregaba suelos y retretes) tenían una casa en propiedad en la Toscana. Por ejemplo.

La historia que oí me produjo una honda tristeza, no lo niego, pero, aunque yo estuviera desesperado por tener un amigo, que lo estaba, ni en un arrebato de locura me habría ido de vacaciones con Iván. Para empezar, porque ni siquiera en los últimos días de curso me dio un respiro. Los exámenes trimestrales transcurrieron según lo esperado, o sea, que aprobé con notables y sobresalientes e Iván no cesó de endilgarme patadas y codazos.

Sin embargo, la situación pronto daría un giro inesperado. Sucedió durante la prueba final de Educación Física. La primera parte del examen consistía en un test sobre primeros auxilios; la segunda, en recorrer un circuito de habilidades en el patio. Cuando le tocó el turno a Sara, me alegró comprobar que nadie se carcajeaba de su obesidad y su cojera. Es más, al llegar Sara a la meta, con extrema dificultad, un grupo de chicas corrió a darle la enhorabuena. ¡Sara tenía amigas! Y sin que nadie lo advirtiera, se aproximó y me dio un leve beso en la mejilla. «Gracias, Óliver.» Y se alejó tal y como se había acercado, es decir, cojeando. Sara jamás volvería a sufrir acoso escolar, seguiría cojeando, de acuerdo, pero a partir de ese instante nada en la vida le impediría caminar, correr, volar.

Sonreí en la distancia al tiempo que el profesor anunciaba:

—Óliver Brun, eres el último. Adelante. Los demás id subiendo a clase.

Me quité la chaqueta y dejé en el suelo el reloj que me había regalado mamá. Alcé la vista hacia un cielo que amenazaba tormenta primaveral. Suspiré. Me concentré. Solo tenía que hacer un esfuerzo, un último esfuerzo, para después suplicar a mis padres que me sacaran para siempre de aquel infierno. Únicamente quería asistir a otro instituto donde pudiera estudiar sin ser apaleado de manera constante.

Al completar el circuito, el profesor anotó mi marca, me dedicó unas palabras y se marchó de vuelta al gimnasio. El aire estaba cargado de electricidad y la tormenta no tardó en estallar, como una melodía, rociando sobre mi cara copiosas cantidades de lluvia fría. No me moví del sitio. Permanecí a solas en el patio, feliz y relajado. ¿Feliz? ¿Feliz por qué? ¿Feliz por mí? Feliz por Sara.

De repente me sacó del embeleso la voz de Iván, quien una vez más me había estado esperando:

—¡Eh, Olivia, no olvides tus cosas!

Me acerqué corriendo a recoger mis pertenencias, el reloj y la chaqueta, y el horror me invadió.

—Te juro por Dios —sonrió Iván— que no lo he hecho a propósito.

Se refería al regalo de mamá, la mujer que de joven soñó con ser una pionera en la innovación y la ingeniería pero había acabado fregando suelos ajenos para comprarme aquel reloj: Iván lo había reventado.

—Ha sido sin querer, ¿entiendes?

Debía de ser un chico muy despistado, pues parecía haberlo pisoteado seis o siete veces, sin querer, claro.

—Me crees, ¿verdad, Olivia?

No había nadie alrededor.

—¿Me crees o no?

Dicho esto, Iván dio un paso al frente y aplastó lo que quedaba de reloj, y luego se echó a reír como un condenado. Me agaché y recogí las piezas con las dos manos abiertas y el corazón destrozado. La tormenta se intensificó. La lluvia me calaba el pelo, los zapatos, la ropa, la infancia.

Iván me apuntó con el dedo índice y su rostro se descompuso en un ataque de risa incontrolado: «El reloj... Oh, qué pena... Tu madre... ¡Ja, ja, ja!».

Algo se quebró en mi interior, igual que una rama seca, igual que el reloj de mamá bajo los feroces pisotones de Iván, quien a los trece años me había robado los sueños y arrastrado a los pantanos del miedo, la angustia, el desaliento, la impotencia y la desesperación. Ya no me quedaba inocencia, solo heridas abiertas en el alma.

Era un monstruo, Iván. Iván. Iván. Iván el Terrible, el nazi que en la Segunda Guerra Mundial aniquiló a miles de inocentes en el campo de exterminio de Treblinka. De verdad que me estaba haciendo enloquecer hasta el delirio.

—En fin, Olivia, el curso ha terminado. Continuaremos con todo esto en septiembre, ¿te parece?

Y se dirigió a las aulas prorrumpiendo en crueles e hirientes carcajadas. Al darme la espalda, vi la oportunidad perfecta, tan largamente esperada, de abalanzarme sobre él para destruirlo. Corrí hacia su cuerpo con el puño en alto, el odio por bandera y la venganza como propósito. Así fue. Pero entonces acudió a mi memoria la imagen de David Sender, sus ánimos y consejos: «Algún día, si tienen suerte, quienes hoy te hacen daño aprenderán una gran lección de tu parte. Te escucharán y tú dejarás una huella imborrable en su interior. De tus virtudes aprenderán que incluso para ellos hay esperanza».

A fin de cuentas, tal vez Iván no fuese un caso perdido. Las palabras de David, su conocimiento y cultura, me dieron valor para intentarlo.

—¿Qué haces, imbécil? —masculló Iván—. ¿No has tenido suficiente? Apártate o te machaco. —Me escupió y empujó bruscamente a un lado.

—El accidente del año pasado —susurré— no fue tu culpa.

Iván se dio la vuelta. La lluvia serpenteaba a través de su cara.

—¿Qué has dicho?

—Las muertes de tu padre y de tu hermano no fueron por tu culpa.

Se puso pálido.

—¿Cómo sabes tú...?

—No fue tu culpa.

—Cierra el pico...

—No fue tu culpa, Iván.

—Te lo advierto, Óliver, como vuelvas a...

—No fue tu culpa.

—Ya basta...

—¡No fue tu culpa!

—¡Cállate!

Me acerqué a él y posé una mano amistosa en su hombro.

—Mírame —le pedí. Los dos estábamos llorando—. No fue tu culpa, Iván. No fue tu culpa. No fue tu culpa.

—No fue *mi* culpa... —Iván empezó a gritar, a llorar y a temblar de rabia—. Lo siento, Óliver. Siento muchísimo el sufrimiento que te he causado. Lo siento, lo siento. No fue *mi* culpa. ¡Lo siento!

Y entonces actué de una forma que jamás habría imaginado: estreché a Iván entre mis brazos. Y de ese modo, víctima y verdugo abrazados, maldijimos juntos las injusticias del mundo que la lluvia empapaba sin contemplaciones. Iván lloró largo rato sobre mi hombro, a veces de pie, otras sentado, y, cuando se erguía, veía en su rostro desencajado una insufrible culpabilidad, y comprendí su significado: era puro dolor.

Nos refugiamos en el porche y durante media hora conversamos. En realidad, solo hablé yo. Han pasado doce años y no recuerdo al detalle qué le dije, y, aunque lo recordara, creo que ahora no sabría expresarlo con exactitud. Supongo que le hablé sobre lo más hermoso a lo que una persona puede entregarse en esta vida: la esperanza.

—¿Y el reloj que te compré, Oli? ¿Te lo has olvidado en el colegio?

—No.

—¿Lo has perdido?

—No.

—Jesucristo, ¡no me digas que te lo han robado!

—No, mamá.

—Tesoro, has de sincerarte conmigo. No me voy a enfadar, ¿vale? Cuéntame qué ha sucedido.

Le conté a mamá que su reloj ya pertenecía a otro niño, a un muchacho que había perdido a su padre y a su hermano en un fatal accidente de tráfico; un niño a quien le dije que el sentimiento de culpabilidad nunca arreglaría su pasado, y aunque el futuro se intuyese doloroso, a cada segundo que transcurriese, su papá y su hermano vivirían en su corazón siempre que él los recordase.

—Le he regalado tu reloj —mentí— para que jamás lo olvide.

Mamá no comentó nada, me pasó la mano por el cabello y me miró con gran cariño, tal vez con orgullo materno. Luego se dio la vuelta, se asomó a la ventana, y de espaldas la oí susurrar: «Válgame el Señor; era un reloj muy caro».

21

En ocasiones viajo a mi infancia para encontrarme con el niño que fui una vez; a medida que voy creciendo, puedo asegurarle que todo va bien: «Tranquilo, pequeño Óliver, no tienes nada que temer. Ahora yo cuido de los dos. Lo estoy haciendo lo mejor que sé».

Nora derramaba una lágrima tras otra, sentada frente a mí, prácticamente no había dejado de llorar desde el principio de mi historia.

—Lo que acabo de contarte, aunque no lo parezca, es solo un breve resumen de lo que sucedió. Lo trascendental fue el mensaje de David, y la honda huella que produjo en mí. Me desplacé a la universidad muchas tardes para encontrarme con él. Por entonces David era un hombre muy ocupado, pero vio en mí a un niño dolorido que precisaba ayuda urgente, y nunca me la denegó, siempre me recibió con sonrisas afables, incluso llegó a cancelar importantes citas y reuniones para atenderme, ahora lo sé. Desempeñando un papel de salvador, David me curó las heridas aplicando grandiosas dosis de cultura, y su sabiduría legó en mí, igual que el estilo peculiar que se distingue en sus novelas, una impronta definitiva. Nora, esta es la razón por la que, a veces, David me ha acogido en su casa de Monterrey. Por todo ello tengo la certeza de que no asesinó a Melisa y a su abuelo.

Cuando terminé de hablar, el rostro de Nora aún pintaba una expresión compungida.

—¡Vamos! —exclamé animado—. No me mires con esa cara.

—Ni siquiera sé qué decir, Óliver. Lo siento mucho.

—No te preocupes.

—Siento muchísimo que tuvieras que vivir tan odiosa experiencia.

—Lo superé hace tiempo, de veras.

Nora no paraba de llorar, y se apenó más todavía al caer en la cuenta de que, desde que nos conocimos ocho meses atrás, ella me había golpeado con frecuencia.

—Sí, es verdad —aseveré sonriente—, pero sé que me has atizado siempre desde el cariño. Descuida, no se parece en nada a lo que viví a los doce y trece años.

Nora posó una mirada húmeda en los altavoces, que emitían una melodía de los Clash. Durante varios minutos se sumió en un silencio prolongado; en sus ojos, tímidos y acuosos, resplandecía un leve brillo nostálgico, solo me miraba, sin comentar ni hacer nada. Le pregunté si todo iba bien y en su respuesta encontré un motivo de alegría:

—Estoy orgullosa de ti, Óliver. Eres un chico extraordinario.

Nora se levantó y tomó asiento a mi lado. Me rodeó con los brazos y en un tierno gesto acurrucó la cabeza sobre mi pecho. Le acaricié el cabello con dedos delicados y, mientras Nora me abrazaba, sentí que algo penetraba vivamente en mi alma, una cálida corriente que llenaba el gran vacío de mi pasado.

—¿Seguro que estás bien, Óliver?

—Sí. Aunque han transcurrido más de diez años, el niño que sufrió agresiones sigue teniendo doce, no crece, se ha quedado en esa edad perpetuamente, pero esto no significa que siga sufriendo. Todo lo que el niño padeció vive hoy en mi interior, y poco a poco voy sofocando su dolor hasta que algún día se desvanezca por completo. Por así decirlo, es la responsabilidad, la carga que arrastra el yo adulto. Lamento no saber expresarlo mejor.

Nora me sonrió.

—Te has explicado perfectamente. —Tenía la mejilla apoyada en la palma de la mano—. Ven, Óliver, sígueme.

—¿Adónde?

—Chisss... Sígueme.

Nora me llevó hasta el centro del local, que a la una de la madrugada se empezaba a vaciar de gente, y pronunció unas palabras entrañables:

—Quiero bailar contigo, Óliver. No digas nada, ¿vale? No hablemos. Acércate a mí, así, muy bien. Sí, abrázame.

En primer lugar sonó *Stairway to Heaven.* Nora quiso saber quién la cantaba y yo le respondí, sorprendido de que ella lo ignorara, que se trataba de una famosa canción de Led Zeppelin. Empezamos a bailar siguiendo la cadencia de unos movimientos suaves y lentos. La mejilla de Nora descansaba en mi hombro y sus brazos me rodeaban la cintura. Cada pocos segundos, Nora alzaba la barbilla y clavaba una mirada penetrante en mí; y cuando esto ocurría, sus ojos me trasladaban a un lugar en el que prevalecía una gran paz. ¡Cielos!, esa era Nora, la chica en cuyos ojos se reflejaba un mundo de paz.

Ignoro qué intentaba transmitirme Nora con su mirada cristalina y profunda, quizá hubiese enmudecido al no hallar las palabras adecuadas, o tal vez se sintiera incapaz de traducirlas al lenguaje hablado, no lo sé. En cualquier caso, compartíamos una intensa emoción a través de una bella melodía, ¿y acaso no es esa la mayor grandeza de la música?

A continuación sonó *With or Without You*; me quedé sumamente desconcertado al comprobar que Nora tampoco la conocía. Me preguntó qué grupo la había compuesto y le dije que esa popular canción de U2 definía, con bastante precisión, nuestra situación sentimental del momento.

Y aun después de que la música de U2 se hubiese interrumpido, su eco reverberó largo tiempo en mi interior. Aquella hermosa canción, semejante a una íntima conversación con Dios, continuaría vibrando eternamente en la profundidad de mi memoria. Sentía, cada vez más próxima, la sensual respiración de Nora; un cálido suspiro que ascendía por mi cuello y quedaba muy cerca del límite de mis labios.

Dios, no creo que existas, de verdad que no; pero si existes, por favor, procura que el instante previo al beso de Nora nunca termine.

22

—Óliver, ¿escribir te resulta catártico?

—¿Y eso qué significa, Nora? ¿Terapéutico?

—¿Y tú eres escritor? Liberador sería un término más preciso, pero terapéutico también me vale; lo pienso de muchos escritores, creo que hay catarsis tras muchas frases, y me encanta, porque muchas veces también lo es para el lector.

—Supongo que habrá quien utilice la literatura a modo de terapia, pero no es mi caso. A mí me interesan otras razones. Yo no me considero un entusiasta de la realidad, por eso escribo, aunque la realidad es el único lugar donde se puede bailar una canción de U2.

En el momento en que por fin íbamos a besarnos, Nora se apartó. Saltaba a la vista que se sentía un tanto superada por la fascinante relación que existía entre los dos. Se atusó el cabello, arrugó el gesto y, confundida, me propuso salir a fumar a la calle.

—Pero si tú no fumas —le dije. Y acepté como acto irremediable que se alejaran sus labios.

—Es verdad. Odio el tabaco. ¡Hip! —De repente a Nora le entró un ataque de hipo muy gracioso—. Sobre todo me irrita ver las aceras llenas de colillas; no cuesta nada tirarlas a la papelera, Óliver.

—Oye, Nora, que yo siempre tiro las...

—¡Hip! Bien —me cortó—, ¿me das un cigarrillo o no? —Sin esperar respuesta, Nora dibujó una sonrisa espléndida y tiró de mí hacia el exterior del local. Una vez fuera se subió la cremallera del abrigo—. Me apetecía tomar un poco el aire y conversar sin música. Precisamente eso es lo que más me gusta de ti, Óliver: contigo puedo conversar. ¿Sabes?, muchas parejas no conversan, ¡hip!, despachan.

—Pero nosotros no somos una pareja —le recordé. Y me

anudé la bufanda—. Y suponiendo que lo fuéramos, suponiendo, ¿eh, Nora?, tal vez un día se agotarían los temas de conversación.

—Huy, Óliver, no sé yo. A mí me da que contigo no me aburriría ni un segundo. Pero como tengo novio, nunca lo sabremos. —Nora se llevó un dedo reflexivo a los labios—. Es más, considero que mi relación contigo es perfecta tal y como se desarrolla en este preciso momento.

—Bu-bueno.

—Oye, Óliver, ¿por qué tartamudeas? Pareces un tartaja. Escucha, ¿no crees que si nos besáramos podríamos estropearlo todo?

—Sí —mentí.

—Siempre seremos amigos, ¿verdad, Óliver?

No respondí.

—Piénsalo fríamente —prosiguió Nora—. Nos apreciamos y no paramos de pensar el uno en el otro, nos entendemos con la palabra y el sentido del humor, y nos deseamos, ¿verdad? Jo, ¡nos deseamos muchísimo! Cada vez que nos vemos la tensión sexual es insoportable. Por cierto, muchos en la facultad dan por sentado que ya nos hemos acostado. ¡Hip! Pero ¿sabes qué, Óliver?, jamás pasará nada entre tú y yo. No te lo tomes a la tremenda, ¿vale? Solo expongo un hecho objetivo. —Nora se puso la capucha del abrigo sobre la cabeza. Soltó un suspiro—. Puestos a confesar, Óliver, te diré que yo me esfuerzo por ser fiel a mi novio en una relación que, no nos engañemos, cada vez se entrevé más complicada.

—Y yo, Nora, es verdad que tampoco hago realidad el sueño de besarte.

—¿Quieres besarme, Óliver?

—Sí.

—¿Aquí y ahora?

—Aquí y siempre.

—¡Hip! ¿Y por qué no lo intentas? —curioseó Nora con voz átona—. ¡Ves, no lo intentas! Porque tal vez, en el fondo, no quieras.

—No, no se trata de eso. Nora, me muero de ganas de besarte, pero no debo.

—¿Crees que cualquier otro chico, en tu posición, ya habría intentado besarme?

—Cualquiera. Todos.

—Ah, ¡ya veo!, pero a ti te refrenan tus principios morales. No quieres provocar en mí ningún daño. Por el contrario, aguardas paciente a que sea yo la que dé el primer paso.

—Sí.

—Óliver, esa es una actitud que me gusta muchísimo de ti.

—Bueno —respondí.

—¡Ay! ¿De verdad que nunca pasará nada entre nosotros dos? ¿De verdad, Óliver? ¿De verdad soportaremos estoicamente las ganas de besarnos? Aunque el deseo nos hierva y nos consuma por dentro, ¿jamás nos acostaremos? ¡Qué pena, qué pena me da! Jo, ¡eres mi idilio imposible!

Ya ven que mi vida en torno a Nora se estaba convirtiendo en una broma; no, en un disparate; o mejor todavía, en una parodia. Me sentía como un absurdo personaje figurando en una comedia de vodevil. Me encogí de hombros, le ofrecí un cigarrillo y Nora lo encendió, pero no le dio una sola calada; dejó que se consumiera en sus dedos entretanto observábamos la vida noctívaga de Madrid. A las dos de la madrugada un número incalculable de gente concurría en el barrio de La Latina. El frío de finales de diciembre era helador, y yo me sentía un poco aturdido por los efectos del alcohol, la variedad de tonalidades nocturnas y los encantos de la chica que me acompañaba.

Sin mediar palabra, Nora y yo nos cogimos de la mano. Nos acariciamos en silencio, apenas sin mirarnos, mientras contemplábamos una enorme luna plateada que, cerca del plenilunio, flotaba en un rincón del firmamento. A nuestro alrededor, las luces navideñas pintaban de alegres colores la ciudad, sobre la que el cielo espolvoreaba una nieve hermosa, tan pura, monótona y blanca que más parecía artificial.

—¡Hip!

Pasadas las dos de la madrugada, en el local ya no quedaba prácticamente nadie.

—Escucha, Nora, quiero decirte algo.

—¿Sí?

—Te adoro.

Me incliné y le di un beso en la frente.

—Lo sé, Óliver, pero ¿hasta qué punto me adoras?

—Mucho.

—¿Mucho, cuánto?

—Tanto que no podría representarlo mediante una escala.

—Eso no me vale. Eres escritor, ¿no? Así que dale a la imaginación y explícamelo de manera clara. ¡Vamos! ¡Adelante!

Reflexioné unos segundos, tomando aliento, y opté por recurrir a una metáfora:

—Cuando pienso en ti, pienso en un koala.

—¿Perdona? —Nora se separó unos centímetros. Me miraba de hito en hito, su boca entreabierta y el entrecejo fruncido—. ¿Así me ves, Óliver, como a un koala? ¿Qué broma absurda es esta? ¡Hip! ¡Como a un koala! ¿En serio?

—Sí.

—A ver si me aclaro, ¿me estás llamando marsupial peludo y hocicudo?

—No.

—¡Como a un koala! Oye, Óliver, pongámonos serios: ¿acaso me brotan pelos como cerdas de las orejas?

Sacudí la cabeza de lado a lado.

—A ver —suspiré—, deja que desarrolle la metáfora. Verás, Nora, tú sueles pasar los fines de semana con tu novio; y yo, para no atormentarme con la idea, lo que hago es imaginarte en otras circunstancias.

—¿En cuáles?

—Cada viernes por la tarde imagino que coges el metro y, en el vagón, coincides con un koala; tiene el pelo suave y esponjoso y de repente te dirige la palabra: «Señorita, sé que se dispone a pasar dos días de ensueño con su novio, pero ¿le importaría llevarme de vuelta a Australia?». Inmediatamente cancelas tus planes, te subes el koala al hombro y cruzáis juntos el planeta. «¡Adiós, señor koala! ¡Que tenga una vida feliz!» Lo depositas en un eucalipto y te despides agitando una mano. Cada viernes, un pobre animal se ha extraviado en el metro de Madrid y necesita tu ayuda: un osito polar, una tortuga de las Galápagos, una nutria americana, un vombat... Así que entre retornar a unos animalitos y a otros a su hábitat natural, no te queda tiempo para visitar a tu novio. Todos los viernes recreo la escena, Nora; supongo que es la mentira que me cuento a mí mismo. En mi imaginación, siempre estás procurando ayuda a los indefensos, así te veo, hasta ese punto te adoro. ¿He conseguido explicarlo?

Poco a poco los labios de Nora se fueron curvando hasta esbozar una amplia sonrisa. Eso fue todo. Nora no respondió, únicamente prolongó su bello gesto de timidez y alegría; en aquella sonrisa encontré, sin embargo, la aprobación a mi alegoría.

—¿Sabes qué me gustaría hacer ahora, Óliver?

—No, Nora, ni me lo imagino.

—Me gustaría bailar contigo otra vez.

—De acuerdo —acepté.

—Y luego nos marcharemos a casa.

—Vale.

—Cada uno a *su* casa.

—Está bien.

Si les interesa conocer mi opinión, en el mundo hay dos tipos de personas: las que saben bailar y las que no. Nora, que bailaba que daba pena, pertenecía al segundo grupo; yo, a ninguno de los dos. Como ustedes bien saben, la probabilidad de tropezar y caerme al suelo era muy alta, pero como me figuré que, aun sin bailar, me iba a tropezar de todos modos, prefería al menos abrazar mi cuerpo al de Nora.

Al rodearla con los brazos, una íntima calidez se extendió en mi interior; más aún: abrazado a Nora sentí cómo se remendaban todos los descosidos de mi vida. Mientras bailábamos lentamente canciones de los Beatles, Queen y los Rolling Stones, Nora apoyaba la cabeza en mi hombro y, cada pocos segundos, acompañándose de sutiles movimientos, me acariciaba el cuello con la punta de la nariz. Después bailamos *The Scientist* y *November Rain*.

—¿Quién compuso estas canciones, Óliver?

—¿Las dos últimas que han sonado?

—Sí.

—Coldplay y Guns N' Roses. ¿Tampoco las conoces? —Me asombré al ver que negaba con la cabeza—. ¿Cómo es posible?

—Es que yo solo escucho música clásica —puntualizó Nora—. No sabría argumentar por qué. ¡Sí, espera! La música clásica me hace evocar un prado verde al final de una plácida tarde de primavera, sobre todo las piezas de Chopin. A mis oídos, otro tipo de música solo es ruido. ¡Ah, por cierto!, me encanta el *Bolero* de Ravel. ¿Tú crees que el camarero podría ponerlo ahora mismo?

—¿El *Bolero* de Maurice Ravel en este bar y a estas horas de la madrugada?

—Sí, me encantaría. ¿Te acercas a preguntar a la barra, Óliver? ¡No, espera! Mejor pregunta por la *Canzonetta Sull'aria,* es mi parte favorita de las óperas bufas de Mozart, aunque tal vez sea la próxima canción que sonará, ¿no crees, Óliver?

—Lo dudo mucho, Nora.

—¡Hip!

No obstante, probé suerte y le pregunté al joven camarero si, por una casualidad, la lista de reproducción incluía el famoso dueto de *Las bodas de Fígaro.* Como ni siquiera me contestó, creo que ni me entendió, le pedí amablemente que seleccionara la pieza musical de Ravel. El joven me miró con el ceño fruncido. Creyó que me estaba burlando de él y me advirtió que, si continuaba entorpeciendo su trabajo con peticiones absurdas, me expulsaría del local en el acto.

Crucé el bar y trasladé la noticia a Nora con otras palabras:

—Dice el camarero que justo hoy se ha olvidado de incorporar a Mozart y a Ravel en el repertorio.

—Vaya —exclamó Nora—, ¡qué despistado!

Empezaron a sonar los primeros acordes de *Roadhouse Blues*.

—¿Y esta quién la canta, Óliver?

—Jim Morrison.

—¿Eh? ¿Quién?

—Los Doors.

—Es una canción muy bonita. —Luego, cogidos de la mano, nos dirigimos a la parte sombría del bar y apuramos las bebidas—. Escucha, Óliver, desde que hemos empezado a bailar no has tropezado ni una sola vez.

—Anda, pues es verdad.

—Qué raro, ¿no? —se extrañó Nora—. Supongo que se debe a que estamos bailando pegados y de forma pausada. Ahora bien, con lo torpe que eres, Óliver, si aceleráramos el ritmo te caerías seguro.

—No lo dudo.

Seguí bailando abrazado a la chica a la que amaba, muy despacio y sin esperar nada a cambio; no tenía miedo, me sentía libre a su lado. La placentera sensación que me embargaba pronto se transformó en absoluta felicidad. No obstante, qué posición tan frustrante era aquella: tener al alcance la oportunidad perfecta de besar a Nora, pero quedarme siempre a la espera.

—Óliver...

—Sí, dime.

—No te muevas tan rápido, o conseguirás que nos caigamos los dos. Baja el ritmo, ¿quieres?

—¿Así, Nora?

—Sí, muy bien.

Estrechamos nuestros cuerpos hasta que concluyó *San Francisco*, uno de los himnos más populares del movimiento hippie. Después bailamos una canción de los Byrds y otra de Green Day y, luego, *Wind of Change, Someday Never Comes, Wicked Game, Crimson and Clover, Fisherman's Blues* y *Lovers in Japan.* En el exterior no cesaba de caer nieve; una nieve espesa y mullida que se acumulaba en el alféizar de la ventana.

Los suspiros de Nora me erizaban el vello, no había espacio entre nuestros cuerpos, ni el menor hueco. La música, el ambiente, la nocturnidad, los abrazos, miradas, sonrisas y caricias furtivas, todo, sin excepción, presagiaba el principio de algo.

—Nora, ¿estás bien?

—Sí, Óliver. Estoy muy bien. Estoy contigo.

Sonó *Where the Streets Have No Name* y, después, una versión lenta de *Sweet Child O' Mine*; esta es la última canción que me viene a la memoria, a partir de ahí todo palidece en mi recuerdo, solo quedaron frente a mí los labios de Nora. Deseaba con tal intensidad su beso, sus incontables besos, todos los besos que había soñado, en todos los escenarios en que me los había imaginado, que mi corazón se pobló de esperanza al intuir que se acercaba el momento definitivo.

Prolongamos el instante previo una y otra vez, infinitas veces, en un último aliento desesperado. Hasta que al final de una dulce espera, un largo viaje a la deriva, un sentimiento de amor que me había desequilibrado, en uno y otro sentido, ahora sí puedo escribirlo rebosante de alegría: Nora me besó en los labios.

La descripción de un beso puede alargarse tanto como un escritor quiera; yo procuraré ser breve y les diré, a mi manera, que el beso de Nora significó la consumación de un sueño. En aquellos días era casi imposible llevarlos a cabo, pero en circunstancias extremadamente raras, casi prodigiosas, los sueños se cumplían. Y es lo más hermoso que una persona puede sentir en la vida.

23

—Por cierto, Óliver, ¿con qué se prepara el Tom Collins? ¡Hip! ¿Con ginebra?

—Sí.

—¿Y la ginebra te ayuda a escribir?

—Nora, yo no consumo alcohol cuando estoy escribien...

—¡Hip! Tal vez la ginebra no sea el mejor método para favorecer tu inspiración de escritor, ¿no crees? Pero que alguien quiera ser escritor en los tiempos que corren, ya indica que no está muy bien de la cabeza. ¡Es broma, Óliver! No desistas nunca, ¿vale? Me encanta que seas escritor en este mundo de opiniones incultas y calcomanías humanas. ¡Y a veces te expresas de una manera tan extraña! «La realidad es el único lugar donde se puede bailar una canción de U2.» Piensa que es mejor dedicarse a la literatura que a embalsamar cadáveres. ¡Hip! Cáspita, ¿por qué habré dicho eso?

El día siguiente, 23 de diciembre, Martina me invitó a tomar café en su casa.

—¿Va todo bien, Óliver? Pareces cansado.

Le conté que había trasnochado.

—¿Con quién estuviste?

—Con Nora.

Al oír su nombre, Martina torció el gesto, cambió de conversación y preparó el café. Una vez terminado, hicimos el amor. Nos desvestimos en silencio y nos entregamos a un sexo lúbrico y escandaloso, pero vacío. Recuerdo la calidez de su cama, recuerdo que en estéreo sonaban canciones de Nina Simone, recuerdo que el sol de invierno penetraba por los intersticios de las persianas y arrancaba destellos dorados en nuestros cuerpos desnudos. Y también recuerdo que, pese a la idoneidad del escenario, y por más buena intención que le puse, fui incapaz de eyacular, seguramente porque mi memoria todavía deambulaba por el maravilloso mundo de Nora, dispuesta a revivir una noche de nieve y música, besos y señales. Tampoco Martina alcanzó el clímax total. Lo intentamos una segunda vez; pero en cuanto me puse el preservativo, por supuesto, desapareció la erección.

—Lo siento.

—No te preocupes —sonrió Martina. Me abrazó y, luego, haciendo un uso depurado de manos y labios, intentó estimular mi deseo, que el flujo sanguíneo circulara hacia mi sexo, que, en efecto, no volvió a ponerse erecto.

Mis sentimientos hacia Martina eran firmes; supongo que la quería, lo que a los veinticinco años viene a plantear el eterno dilema, a saber, que tal vez nunca la hubiera querido. A decir verdad, no la amaba. Escuchen: tampoco ella me amaba a mí. Yo empezaba a sospechar que, en el fondo, Martina y yo solo nos ayudábamos a seguir adelante en la vida y que, a pesar del magnetismo sexual que nos atraía, jamás compartiríamos un mismo destino. El problema residía en que no tenía ni el valor ni la entereza suficiente para confesarle que me había enamorado de otra mujer. ¿Empezaba a comportarme como tantos hombres?

Por suerte, cuando dormíamos juntos, Martina ya no recitaba fundamentos de derecho romano en sueños. He de reconocer que era un alivio, aunque ahora le había dado por pronunciar en voz alta el nombre de un chico: «¡Daniel!». Era el mismo nombre que se le había escapado una vez en mi casa mientras hacíamos el amor alocadamente. Y no lo pronunciaba como un gemido o un liviano suspiro, qué va, qué va, eran gritos eróticos y lascivos. Martina gritaba con tal efusividad el nombre de ese chico que más de una noche tuve que irme a dormir al sofá.

En cualquier caso, yo me encontraba en un momento en el que, a pesar de los acontecimientos y desafíos que se avecinaban, aunque en su mundo onírico Martina fantaseara con otro hombre, a pesar de todas las presiones y situaciones complejas que se agitaban a mi alrededor, al final, como un bumerán, mi vida acababa regresando al punto de partida de esta historia: Nora.

Al día siguiente, Nochebuena, me despedí de Martina y conduje a casa de mis padres. Poco antes de que la crisis de los créditos y las hipotecas *subprime* provocara el hundimiento de la economía mundial, mis padres vendieron su piso y el local de su negocio a un precio desorbitado, el que por entonces marcaba un mercado inflado y manipulado. Desde esa fecha vivían en una modesta casita unifamiliar, a las afueras de Madrid, con un pequeño jardín en la parte trasera.

Cuando les anuncié que me quedaría a pasar la Nochebuena, mamá se puso la mar de contenta.

—No, tesoro, no tan contenta, no hasta que pasemos una Nochebuena como Dios manda, o sea, con la familia de tu futura prometida.

Inmediatamente después de sentarnos a la mesa y servir la cena, mamá se las arregló para que mi vida sentimental se convirtiera en un monotema, y quiso saber si salía con alguna chica. No respondí. Mamá insistió en que se notaba que yo amaba a alguien. Le dije que no hacía falta entrar en detalles y ella replicó, por el contrario: «Cariño, es absolutamente necesario». Animada por una continua ingesta de champán, mamá indagaba en mi privacidad formulando una pregunta tras otra (¿Ocho? ¿Nueve? No menos de diez); a su lado, papá, dócil y adormilado, se limitaba a escuchar sorbiendo su coñac favorito.

Como, por suerte, nunca he tenido problemas de comunicación con mis padres, acabé por hablarles de la relación que mantenía con Martina y de los besos soñados que Nora me había robado dos noches atrás.

—Tal y como yo lo veo, hijo —intervino papá—, te encuentras en una encrucijada.

—¿Una encrucijada, Vicente? —se interesó mamá.

—Desde luego. El amor de Óliver se ha dividido entre dos posibilidades y ahora no sabe por cuál de ellas decantarse. —Me apuntó con un dedo inquisidor—. ¿Me equivoco, hijo? —Y luego apuntó a su esposa—. ¿Me sirves un poquito más de coñac, Mercedes?

—¿Eso es lo que has entendido, Vicente, que Óliver quiere a dos chicas al mismo tiempo?

—En efecto, una encrucijada —repitió, atusándose el bigote—. O tal vez... Dadme un segundo que acabo de caer en la cuenta de algo: hijo, quizá puedas amar a Nora y a Martina al mismo tiempo, ¿no? Y, a su vez, Nora y Martina amarse entre ellas.

Mi madre:

—¿Qué? Espera, ¿qué?

—¡Abre los ojos, Mercedes! Óliver y las chicas formarían una especie de trío consensuado, un triángulo, ¿se dice así, hijo? No sé qué término utilizar, aunque, bueno, tanto da. Pero siempre y cuando el consentimiento sea mutuo, los tres podrían tener una relación abierta y simultánea, ¿no? Un conglomerado. Lo he leído en una revista, Mercedes, ¡hoy lo llaman «poliamor»!

Mamá se llevó la palma de la mano a la frente.

—Oye, querido, te estás haciendo un lío con la semántica y los neologismos.

—¿Eh?

Intenté mediar entre ambos para hacerles saber que hoy en día muchas personas, jóvenes y adultas, se creen en la vanguardia del sexo creativo cuando la realidad es que en los dominios del placer apenas se ha innovado desde las antiguas Grecia y Roma. Además, le dije a mamá, sin ilación aparente, que se planteara el porqué de su empecinamiento sobre escudriñar en mi vida privada.

—Tal vez aún no hayas superado el síndrome del nido vacío.

—No interrumpas, cariño, que las quimeras de tu padre son más interesantes. A ver, ¿cómo has dicho, Vicente? ¿Un conglomerado? —exclamó mamá, riéndose—. ¡Oh, qué hombre este! Un conglomerado, dice, por el amor de Dios. ¿Lo has oído, Oli? Tesoro, responde, ¿lo has oído?

—Sí, mamá.

—¿Por qué dirá tantas tonterías tu padre? Una tras otra, sin descanso, a diario. Mi pobre Vicente, no te enteras de nada, ¿verdad? Dime, querido, ¿alguna vez te percatas de lo que sucede a tu alrededor?

—No negaré que en ocasiones se me escapan algunos detalles. —Mi padre reflexionó con expresión ingenua—. ¿Será a causa de la digestión, Mercedes? Hoy me he excedido.

—Sí, ha sido una cena muy copiosa, es probable que te haya embotado la mente.

Papá, risueño, agitó su copa.

—¡No te voy a servir más coñac, Vicente! No hasta que prestes más atención.

—¡Rediós! Prestar más atención ¿a qué?

—A quién —lo corrigió mamá, señalándome. Es lo habitual, a menudo conversan como si yo no estuviera presente. Aunque, si lo piensan detenidamente, esta es una máxima que fecunda el matrimonio: si los padres escucharan a sus hijos, no habría matrimonio, pero sí sentencia—. Ay, Vicente, si prestaras oídos como es debido, y leyeras entre líneas, te habrías percatado de que el corazón de tu hijo no está dividido entre dos amores.

Hubo un breve silencio.

—¿Ah, no? —curioseó papá con un tono inocente.

—No, querido. Sus sentimientos apuntan en una única dirección.

—¿Cuál, Mercedes? —Ahí utilizó un tono admirativo.

—Nora.

Suspiré y, qué remedio, me resigné a escuchar cómo disertaban sobre mi vida privada. A medida que iba cumpliendo años, sentía que aumentaba la distancia entre mis padres y yo. Tenía la impresión de que ellos se habían quedado encerrados en un mundo que, o avanzaba muy despacio, o no avanzaba en absoluto. Los veía como a extraños. Era gente de otra época que conservaba sus amigos, rutinas y manías de siempre. En mi vida, por el contrario, cada poco tiempo surgía algo nuevo, diferente y espontáneo. Por tanto, ¿no era yo el extraño?

Al terminar los postres intercambiamos los regalos de Navidad.

—Te hemos comprado un jersey, cariño, y además... Vicente, ¿harás los honores?

Papá me entregó un álbum cronológico de mi vida, con fotografías que abarcaban desde mis primeros pasos hasta recortes de periódico con entrevistas literarias. Les agradecí el gesto y les di los suyos; a papá, una colonia y una corbata; a mamá, un reloj.

—¡Ay, cielo! —se emocionó mamá—. Es el mismo modelo que yo te compré cuando ibas al instituto, ¿lo recuerdas?, el que regalaste a ese niño que perdió a su padre y a su hermano en un accidente de tráfico.

—Lo recuerdo, mamá.

Luego, antes de recoger los platos, me fumé un cigarrillo junto a la ventana, donde papá había colocado un pequeño abeto artificial decorado con motivos navideños. En el ambiente aún prevalecía un delicioso olor a comida casera. El equipo de música reproducía villancicos a bajo volumen. Sentados a la mesa, mis padres charlaban, o sea, discutían sobre no quiero contarles qué. Eché un vistazo al exterior y vi que estaba nevando de nuevo. Delicados copos caían mecidos suavemente por el viento. En el césped del jardín se formaba una fina capa de nieve que reflejaba un rayo de luna; y en el cielo nocturno, como luciérnagas dispersas, parpadeaban miles de estrellas. Qué belleza, parecía una ilustración sacada de un cuento infantil, ya saben a cuál me refiero.

—Venga, Vicente, cómete otro mazapán. No te reprimas.

—¿Pretendes que me dé un infarto, Mercedes? Ya me he zampado siete. —Dicho lo cual, papá se introdujo uno entero en la boca y lo saboreó con fruición. Levantó un dedo y expuso con arrobo—: Delicioso. ¿Ha sobrado alguno de coco?

—No, querido, te los has comido todos.

—Me lo temía.

Un vez concluida la cena de Nochebuena, ayudé a mamá a recoger la mesa. En cuanto a papá, bueno, se escaqueó aduciendo que sentía fuertes dolores de barriga. «Oh, fortísimos», alegó meramente, dejando escapar de su cuerpo una sonora ventosidad, y, luego, se tumbó boca arriba en el sofá. Parecía un saco.

A mamá no le importa que papá no le preste ayuda doméstica, aunque, si les soy sincero, ya está acostumbrada a faenar ella sola en las labores del hogar. «No niego que tu padre tenga buena voluntad —me dijo en la cocina—. Hasta podría decirse de él que es la envidia de todos los maridos. Y aunque se ha ofrecido a preparar la comida de mañana, prefiero mantenerlo alejado de las ollas, las sartenes y los fogones. Porque tu padre no cocina, Oli. Calcina.»

Desde el salón se filtró el sonido de una voz ofendida.

—¡Lo he oído!

—¡Porque lo he dicho en voz alta, Vicente!

A pesar de sus constantes peleas verbales, fue agradable pasar la Nochebuena con ellos. A las doce y media nos fuimos a dormir. Ya en mi antigua habitación, me aposté en la ventana y pensé un rato en Nora. También pensé en David. En cuestión de horas iría a la cárcel para visitarlo. Habían transcurrido dos meses desde su detención; un período de tiempo en el que yo había meditado largamente sobre el hombre, el profesor y el escritor. A fuerza de no entender sus motivaciones, llegué a la certera conclusión de que su historia evidenciaba algunas lagunas, muy oscuras. Me había mentido, ahora lo sé. Al día siguiente, en la cárcel, tendría margen suficiente para sonsacarle por qué.

Me metí desnudo en la cama y cerré los ojos, esperando a la aurora. Me sentía somnoliento, pero no podía dormir. A través del tabique se oía hablar a mis padres. Ya estaban discutiendo otra vez. ¿Ni siquiera en Navidad podían relajarse? Sus riñas, de largo recorrido y temas ridículos, no se sustentaban en ninguna base. Palabras huecas, incapacidad para expresarse, ausencia de un lenguaje florido. Un desastre.

No, un segundo. No podía ser cierto. No era el murmullo de una discusión lo que captaban mis oídos. Había errado. ¡Oh, no! No discutían, todo lo contrario, mis padres estaban haciendo el amor. Jadeos y gruñidos apasionados. ¡Oh, Dios mío! Silbé una canción de Pink Floyd y me tapé las orejas con la almohada, pero, como no funcionó, hasta me puse a recitar poemas de Lorca en voz alta, por el amor de Dios, todo para intentar neutralizar la estridencia del ardiente sonido conyugal y los chirridos de su cama, pero nada funcionaba.

Ahora, en el momento en que escribo esta escena, me doy cuenta de que la situación tampoco era como para llevarse las manos a la cabeza. De hecho, incluso me reconforta un poco la idea de que papá y mamá intimaran en la habitación de al lado, porque, si les digo la verdad, es muy hermoso que dos personas sigan haciendo el amor tras llevar treinta y cinco años casados.

A las tres de la tarde del día siguiente, me monté en el coche y puse rumbo al centro penitenciario, ubicado al noroeste de Madrid. Atravesé la ciudad, me incorporé a la M40 y tomé la M607 hasta enlazar con la M609. La prisión no quedaba lejos de la sierra y de Monterrey. Las máquinas quitanieves habían despejado las carreteras y se circulaba sin mayor contratiempo.

No se veía un solo vehículo en el camino; era el día de Navidad. La soledad del trayecto y la frialdad y el sosiego del campo me insuflaron una gran calma. Mientras conducía en silencio, tuve la impresión de que iba a echar a volar, ojalá, para alejarme de un mundo de cemento y ver desde el cielo cómo se esfumaban todos mis problemas.

Escuchen: cuando era pequeño, una de mis fantasías era fugarme de un presidio en el que cumplía condena por un delito que no había cometido, pero pronto esa sensación de nostalgia perdió su encanto cuando divisé la cárcel, como una pequeña ciudad en el horizonte, gracias a su torre de control. Estacioné en el aparcamiento y un guardia me escoltó al interior siguiendo el protocolo.

En el correccional predominaba una atmósfera de abatimiento, melancolía y discordia, pero no de hostilidad. Aquel era un mundo aislado, poco conocido, eternamente grisáceo y frío. No todo eran ladrillos, vallas y alambradas; también, de algún modo, se proyectaba redención y esperanza. Esto se notaba en el jardín bien cuidado que despedía a los presos que terminaban su condena, y más allá, en el oeste, donde el paisaje ofrecía una espléndida panorámica de las montañas nevadas.

—Además —me informó el guardia—, en los módulos se celebran todo tipo de actividades lúdicas, deportivas y culturales. Incluso tenemos un cine y una piscina, señor Brun.

—Qué bien.

—Por así decirlo, esto es un pequeño pueblo con todos los servicios. No olvidamos que hoy es Navidad, y los internos han disfrutado de un menú acorde a las circunstancias: consomé, chuletas de cordero y natillas caseras.

—¿Caseras?

—Supuestamente, señor Brun.

—¿Qué capacidad tiene la prisión?

—Para unos mil quinientos internos.

—¿Y cuántos hay en la actualidad? —curioseé.

—Alrededor de mil doscientos, de los cuales veinticuatro son mujeres.

Vaya, calculé, el dos por ciento. Es decir, que había más presencia femenina en aquella cárcel que de autoras en las paredes del Museo del Prado, por ejemplo. El guardia me anunció que dispondría de una hora y me acompañó a la sala de visitas.

David Sender me esperaba sentado a una mesa. Vestía una camisa gris y un pantalón desgastado. Su aspecto físico distaba del gentil que lo caracterizaba, pues había perdido peso, el cansancio le afectaba a las facciones y saltaba a la vista que necesitaba urgentemente un afeitado. Pese a la privación de libertad, su semblante transmitía, como siempre, una gran confianza. En sus ojos cenicientos color verdemar se encendió una leve alegría cuando vio que me acercaba.

—¡Mi querido Óliver —suspiró—, has venido a verme!

Nos fundimos en un largo abrazo y nos pusimos al día. Le pregunté cómo ocupaba el tiempo en la cárcel. «Pensando —me respondió—. Pensando sin cesar. Tal y como escribió Hesse en *Siddhartha,* procuro reflexionar hasta tocar fondo, hasta el lugar en que reposan las últimas causas, pues desentrañarlas es la verdadera forma de pensar.» Tampoco es que pudiera hacer otra cosa en la cárcel, la verdad. Además de pensar, David había catalogado la biblioteca, organizado un club de lectura y, una vez a la semana, un grupo de presos se reunía en torno a él para escuchar sus disertaciones sobre historia y arte.

—Por lo que dices, te has adaptado enseguida.

—Pero me costó bastante tiempo, Óliver. Las tres primeras semanas fueron terribles. —Y me contó que al ingresar en prisión estuvo al borde de un ataque de histeria—. Sobre todo por las imágenes que se sucedían en pantalla.

—¿Es que hay televisores en la cárcel? —me sorprendí.

—En algunas celdas, sí. No salía de mi asombro al ver el telediario. En todos los canales me tachaban de ser un pederasta, un asesino, un monstruo, un hombre infame... Cada mala noticia me llevaba a otra peor. Iba de desgracia en desgracia y no podía hacer nada. Como una manta, me envolvió una cruda impotencia. Todo el mundo me despreciaba y yo, a cada hora que pasaba, me hundía en los dominios de un cenagal espantoso. El abismo me engulló en su oscuridad, hasta desaparecer. Durante un tiempo no fui un hombre, fui un alma que erraba por los pasillos de la prisión. Incluso llegué a coquetear con el suicidio. Pero salí de mi letargo porque comprendí, pese a todas las presiones, que ¡soy inocente de las muertes de Mateo y de Melisa!

Cerré los ojos, reflexionando.

—Pero... se encontraron sus cráneos en tu barca.

—Lo sé. —David endureció el gesto.

—¿No tuviste nada que ver?

—No.

—Pero...

—Yo no los maté, Óliver.

—¿Cómo puedo creerte?

—Te lo garantizo.

—Pero tu palabra, David, no es suficiente para un tribunal.

—Por supuesto que no —me respondió con amarga contundencia—. Ten siempre presente que la palabra de un hombre cualquiera, honrado o corrompido, libre o confinado, solo es humo.

—Sin embargo, tú intentas convencerme de que no asesinaste a Mateo y a Melisa. —Como David no arguyó réplica alguna, seguí adelante con mi interrogatorio—: También... se demostró que la caligrafía de la frase *Et in Arcadia ego* coincidía con la tuya.

—Yo no escribí ningún mensaje en las paredes del Prado.

—Pero estuviste en la sala 56B la misma tarde en que se hallaron los cráneos en tu domicilio.

—Eso no puedo negarlo.

—Entonces ¿en qué amparas tu presunción de inocencia?

—Le he dado mil vueltas al asunto, Óliver, y elucubrado todo tipo de teorías.

—¿Y bien?

—Solo se me ocurre que alguien, todavía ignoro quién, colocó las calaveras en mi barca.

—¿Veinticinco años después? ¿Y además esa persona imitó tu caligrafía en el Museo del Prado?

—Sí —sentenció.

—¿Ni siquiera eres consciente, David, de que tus conjeturas no se sostienen de ninguna manera?

—Escucha, Óliver, las pruebas que me inculpan son inapelables, soy consciente, pero inocente. No sé qué otra cosa decir.

Al fin estallé:

—¡*Et in Arcadia ego*! Aquello fue un fenómeno de multitudes, ni te lo imaginas. Estudiamos el enigma durante semanas y llegamos a la conclusión de que la frase en latín, su anagrama e interpretación, el nombre de Melisa escrito en tinta invisible, la pintura de *La Gioconda* del Prado, absolutamente todo, apunta *sine qua non* al cuadro de Melisa Nierga, el que encontraron en tu casa. Lo están restaurando, ya que la hipótesis actual sugiere que, una vez que se recupere el paisaje original, se dispondrá de más datos para continuar con la investigación del caso. Ahora que pongo las palabras en mis propios labios, ¡caray!, no entiendo nada. David, esto es una auténtica locura.

—Lo sé, Óliver.

—¿Lo sabes?

—Víctor me lo contó.

—¿El profesor Escolano?

—Vino a verme hace unos días y me puso al corriente de todo.

—¿Y Escolano opina que tú eres inocente?

—Ignoro cuál es su opinión, porque el aislamiento carcelario me hace dudar constantemente. Lo único que puedo asegurarte es que no tengo a nadie y lo he perdido todo. Mis familiares no quieren saber nada de mí, repudiarme les facilita la vida. Ya ni siquiera estoy seguro de que tú, Óliver, creas en mí.

—¿Acaso debería?

De pronto, como una corriente viciada, creció un malestar enfermizo entre ambos. Miré a David con ojos fulminantes y en su expresión hallé la prueba de que su vida, toda su vida, el silencio aplastante que la envolvía, el esplendor de su figura y la grandeza que perseguía, apenas eran una mancha, una sombra borrosa, una imagen gris, quejumbrosa, rota.

—Escucha —murmuré—, siento que tengas que oírlo de esta forma, aunque no creo que mi testimonio te sorprenda, pero para el resto del mundo tú ya has muerto. Si te queda alguien, soy yo, y ni eso puedo prometerlo ahora mismo con absoluta certeza. Si alguien ha conspirado contra ti, sabe Dios por qué motivos, ya habrá tiempo para averiguarlo. Por el momento sé que tu historia abunda en lagunas, y todo cuanto has construido en mí se derrumbará si no te sinceras definitivamente, así que cuéntame, ¿qué sucedió en Monterrey en 1995?

David se reafirmó en su versión de los hechos:

—Yo no asesiné a Melisa ni a su abuelo.

—No, claro que no, pero tú guardas un secreto al respecto. Lo sé. No intentes soslayarlo. Ha llegado la hora de confesar, David. No tendrás otra oportunidad. Háblame con franqueza.

—De acuerdo... ¿Tienes tiempo, Óliver?

—Bueno, al menos hasta que los guardias me echen de aquí. Adelante, David. Te escucho. No te voy a juzgar.

—Está bien. Supongo que todo comenzó a torcerse en el verano de 1995...

24

—A los dos años de edad asistí a mi primera exposición de arte.

—¿A los dos años, Nora?

—Sí, Óliver. Yo iba en el carrito y mi madre me situaba delante de los cuadros; y cuando me retiraba, si lloraba o gritaba, volvía a colocarme en el mismo sitio y yo me calmaba otra vez. Mira, sucedió durante una exposición de Sorolla. Dice mi madre que me encapriché con *El balandrito*, que me quedé en trance frente a esa obra.

—Insisto, ¿a la edad de dos años?

—No sé por qué te extraña tanto, Óliver. Piensa que nadie mejor que Sorolla ha plasmado en sus cuadros la luz del Mediterráneo; aun hoy en día los contemplo con los ojos de mi más tierna infancia. Te lo cuento porque a mi hija le pondré libros y arte entre las manos, ¡jamás un teléfono móvil! Ni hablar. No, no, no.

—¿Cómo se llamará?

—¿Mi hija? Constanza, por supuesto. En la introducción al siguiente capítulo te explico el porqué.

—Supongo que todo comenzó a torcerse en el verano de 1995...

David fue incapaz de seguir hablando; desde luego lo intentó, pero su voz se quebró y de sus labios temblorosos solamente brotó una desgarrada lamentación. Le pregunté qué sucedía. No me contestó. En cambio, David me dedicó la mirada más lúgubre que he visto en mi vida, y después, como un anciano al borde de la expiración, se derrumbó sobre la mesa carcelaria.

—¡David! ¿Qué sucede? ¿Te encuentras bien?

Dos lágrimas solitarias le recorrían las mejillas. Tardó unos segundos en articular su respuesta, pero cuando recobró la serenidad, la expresó sin reservas:

—No, Óliver, no me encuentro bien..., porque te he mentido, a ti y a todos, os he engañado desde el principio.

David contuvo el aliento un instante y después se sinceró, de una vez por todas, seleccionando con cuidado las palabras de su testimonio:

—Sé quién pintó el retrato de Melisa en 1995.

Esa declaración, tan absolutamente breve y sencilla, me desequilibró más que cualquier otra noticia que hubiese oído en los últimos meses. Obviamente quise conocer la autoría del cuadro; sin embargo, pidiéndome tiempo y margen, David alzó una mano.

—Dame un segundo, Óliver, mi confesión todavía no ha terminado.

Y acto seguido llegó, incluso más perturbadora que la anterior, la revelación crucial de su caso. Otro silencio efímero se cernió entre los dos, y cuando David lo rompió, puso fin a un asunto extremadamente polémico, una cuestión que el mundo exterior a su celda ya había dilucidado hasta considerarlo, otrora un hombre admirado y honorable, un pederasta y un asesino. Era, en suma, el tema primigenio que en el punto álgido de su carrera le había destrozado la vida.

—Yo no me enamoré de Melisa Nierga.

—¿Qué acabas de decir...?

—Que no me enamoré de esa chica, Óliver. Claro que no. Todo el mundo sabe que fui profesor de Melisa en el instituto. Pero lo cierto es que la conocí mucho antes. La vi crecer desde que nació. Su madre y yo éramos grandes amigos y, para mí, Melisa fue como una sobrina.

—No entiendo nada —bufé. Me recliné hacia atrás y solté una carcajada irónica—. ¿Te has vuelto loco? Oye, ¿en qué momento perdiste la cordura? ¿Se puede saber qué...?

—Óliver, por favor, escúchame. Del mismo modo que tú y yo nos encontramos en el Museo del Prado hace más de una década, y me contaste la violencia metódica a la que te sometían en el instituto, Melisa acudió a mí por motivos similares en 1995. ¿Comprendes lo que intento decirte? Melisa fue mi protegida.

David me dirigió una breve sonrisa, paternal en cierto sentido, sin conseguir en mí una reacción equitativa.

—¿De qué demonios estás hablando? ¿Has dicho que Melisa fue tu protegida?

—Sí.

—Entonces, ¿no te enamoraste de una chica a la que doblabas en edad?

—No, por supuesto que no.

—Pero... ¿y la historia que me contaste en tu casa en octubre? ¿El relato íntegro era una mentira?

David me lo confirmó someramente.

—Siento muchísimo haberte engañado, Óliver. No obstante, hay una razón por la cual he omitido la verdad y he desfigurado los hechos.

Lo miré a los ojos y tuve la impresión de que, tras haber pasado un cuarto de siglo disfrazándose, David se despojaba de la máscara de arlequín que ocultaba su auténtico rostro.

—Pero ¿qué broma absurda y disparatada es esta? —exclamé—. Se supone que todo este tiempo has fingido amar a una chica menor de edad que está muerta. ¿Por qué? ¿Con qué propósito? Esto no tiene ninguna gracia. Adiós, me marcho de aquí.

Y el prolífico mentiroso suplicó:

—¡Óliver, espera! Si me permites...

—No, ya basta, David. Estoy harto de perseguir fantasmas y de vérmelas a diario con la impostura y la superchería. Después de todas las presiones que Nora, el profesor Escolano y yo hemos soportado, solo por ayudarte, ¿resulta que eres un impostor? —Apunté a David con un dedo acusador y, al sentir el goteo de su deslealtad, con una entonación completamente opuesta a la benevolencia, le planteé una propuesta agresiva—: Dime una cosa, ¿por qué no te suicidas de una vez y pones fin a tu sufrimiento?

David encajó mi actitud beligerante como un golpe demoledor, pero merecido. Se quedó totalmente pálido, descompuesto, abatido.

—Lo siento —dije a renglón seguido—. Me he excedido, David. No sé qué me ha pasado. No quería decir...

Pero no supe completar mi disculpa. Guardé silencio y lo miré con el resentimiento y la decepción de quien, a lo largo de muchos años, empieza a comprender que su referente es un patético farsante. Después, poco a poco, fui calmándome, y la necesidad de conocer la verdad se impuso categóricamente.

David se enjugó el sudor de la frente.

—Óliver, ¿confías en mí?

—Sí. No. Sí y no. Da la casualidad de que ya no sé qué responder. ¡Puf! Pero ¿tú eres consciente de que estás en la cárcel, de que todo el mundo te desprecia y de que, probablemente, no saldrás de aquí en la vida?

—Sí, soy muy consciente.

—¡Has perdido el juicio! No logro entenderte. Si no amaste a esa chica ni la mataste, tampoco a su abuelo, ¿por qué te has inventado semejante embuste?

—Hay una razón, como te he dicho.

—¿Cuál?

—Te contaré la verdadera historia, Óliver, de principio a fin. No habrá más trampas. —De repente, David casi transmitía la impresión de que aquella cárcel le parecía el mejor lugar para desahogarse—. Para ponerte en situación, primero he de hablarte de Patricia, una de mis grandes amigas, la madre de Melisa. Se mudó a Madrid dos años después de que su hija y su padre, Mateo, desaparecieran.

Desde ese momento decidí permanecer silente para que su confesión no flaquease.

—Patricia, Víctor Escolano y yo pertenecemos a la misma generación; crecimos en Monterrey, siempre estábamos juntos. Pasamos infinidad de tardes en casa de Patricia. A veces, sus padres nos preparaban para merendar rebanadas de pan empapadas en vino y azúcar; recuerdo que, en su sala de estar, los tres nos disfrazamos burdamente de astronautas para ver el alunizaje del Apolo 11 en 1969. En la adolescencia, Víctor y yo escuchamos en el dormitorio de Patricia los primeros discos de los Beatles, Queen y los Rolling Stones. También comentábamos todos los libros que caían en nuestras manos: el ciclo de *Sandokán* de Salgari, obras de Delibes y Cela, *La isla del tesoro* de Stevenson y, por supuesto, todo lo que podíamos de Julio Verne. Aunque lo que más se vendía en la época eran las novelas gráficas rosas de Corín Tellado... —Como suelen hacer quienes rememoran tiempos pasados, David se quedó suspendido en sus recuerdos—. ¡Ah!, también se vendían mucho aquellos libros del oeste de Marcial Lafuente Estefanía. Eran todos iguales. Mi abuela los devoraba. Hubo un día que...

—Ejem..., ejem...

—Sí, Óliver, disculpa. Me he desviado del tema. —David acomodó el cuerpo en la silla y reemprendió la narración con aires de nostalgia—. Patricia, Víctor y yo nos separamos al obtener el graduado escolar. Víctor y yo ingresamos en la universidad y nos mudamos a Madrid. Compartimos habitación en la Residencia de Estudiantes, en la que se forjó la Generación del 27. En la segunda mitad de los años setenta, España atendía a una serie de profundas y esperanzadoras transformaciones. Ambos participamos de forma activa en numerosas manifestaciones, revueltas y marchas por la libertad. Vaya, Óliver, si hubieras visto cómo corría el profesor Escolano delante de los grises...

David sonrió ligeramente.

—Patricia no cursó estudios superiores. Se quedó en Monterrey y empezó a trabajar en una fábrica de pastas alimenticias. En 1978, cuando solo tenía veinte años, se quedó embarazada de Melisa. Jamás se ha sabido quién es el padre. Tanto Víctor como yo le preguntamos al respecto, le hicimos saber que la apoyaríamos en todo momento, pero ella nunca quiso desvelar la identidad del hombre que la preñó; por supuesto, respetamos su decisión. Melisa nació en abril de 1979. Imagino que has visto fotos de ella en la prensa y en Internet. Era una niña preciosa, con aquellos ojos color miel, el cabello pelirrojo y la cara llena de pecas.

Tras una pausa para tomar aliento, David paseó una mirada, circular y sombría, por la sala de visitas del correccional.

—Melisa tuvo un gran amigo. Se llamaba Hugo. Se hicieron íntimos e inseparables desde primaria y, año tras año, fue creciendo la amistad entre ambos. Se comprendían y empatizaban en un grado que no era común en los jóvenes de su edad. Ha transcurrido un cuarto de siglo, Óliver, y algunos matices se han distorsionado en mi memoria, pero recuerdo a Hugo y a Melisa recorriendo las calles en bicicleta, partiendo de excursión hacia las montañas, paseando por la ribera, zambulléndose en las frías aguas del lago; como suele decirse, fueron amigos del alma.

»En 1995, Hugo y Melisa cumplieron dieciséis años. Patricia, Víctor y yo teníamos treinta y siete. Los cinco celebramos numerosas cenas en mi casa; eran entrañables reuniones en las que contábamos anécdotas, reíamos y cantábamos canciones a la luz de la luna y las estrellas. El único que no asistía a las veladas era Mateo; el anciano, frágil de salud, se quedaba en casa de Patricia, durmiendo.

»Desde que en junio de 1995 finalizó el curso académico, Hugo se presentaba en casa de Patricia cada mañana a las ocho en punto, desayunaba con Melisa y, después, ambos desaparecían escaleras arriba, se encerraban en la buhardilla y no bajaban hasta la hora de comer. Hugo y Melisa llevaban meses trabajando en un proyecto. En las cenas no hablaban de otra cuestión, el proyecto por aquí, el proyecto por allá... Nadie sabía de qué se trataba. Sí, en actuar con prudencia los dos se habían puesto de acuerdo. Cuando Víctor, Patricia y yo les preguntábamos, desconcertados, a qué empresa le dedicaban tanto tiempo, ellos intercambiaban miradas cómplices y nos respondían entre risitas: «¡Es un secreto!».

Yo, que me sentía somnoliento, agité la cabeza como si despertara de un sueño ligero.

—Óliver, el proyecto que Hugo y Melisa desarrollaron es de gran trascendencia para la investigación que estás llevando a cabo; y para entender su magnitud, primero se impone hablar sobre Hugo. Créeme, vale la pena escuchar su experiencia vital. No creo que hayas oído nada parecido en la vida.

David relajó la tensión acumulada en los hombros, tomó aire y su rictus se suavizó. En los minutos que siguieron me contó la historia de Hugo. Era prolija, convincente, lacónica y apodíctica. En ella había injusticia, maldad y también dolor, y aunque reunía algunas de las cualidades más ruines del ser humano, su final era sorprendente, revelador e inesperado.

Era, en definitiva, el tipo de historia que merece un párrafo aparte; el tipo de historia que, cuando la escuchas, lo quieras o no, deja ecos permanentes en tu interior; y el tipo de historia que a este joven escritor le permitieron transcribir literalmente.

Hugo era feo; ¡ay!, era endemoniadamente feo. Lo revestía la clase de fealdad por la que un autor que se precie siempre ha de explayarse un poco: el pelo de Hugo, una mata que caía encrespada sobre una gibosa espalda, era color negro azabache, igual que su ojo izquierdo; el derecho, que bizqueaba, tenía un tono amarillento. En esto, Hugo evocaba parcialmente a Ignatius Reilly, el protagonista de *La conjura de los necios*; aunque Hugo no padecía obesidad mórbida, pero su cuerpo era fofo. Sobre sus iris heterocromos, sus cejas, algo similar a dos recias orugas, estaban separadas por apenas un milímetro de entrecejo. La nariz era grande pero fina, ganchuda y torcida, en consonancia con sus dientes, de la misma tonalidad ambarina que su ojo vago. Hugo tenía labio leporino y era patizambo. En sus nudillos crecía un espeso pelaje, también en sus hombros. Su singularidad anatómica era prueba suficiente para aceptar que la especie humana comparte un ancestro común con los primates. En resumen, era fácil imaginarse a este pobre diablo figurando en una de las pinturas cubistas de Picasso.

Hugo, claro, ni gozaba de amistades ni despertaba simpatías en el instituto, ni en ningún otro lado. En 1995, sus rasgos dispares suscitaban en las chicas una sensación de rechazo generalizado; a sus espaldas lo llamaban «la versión malograda del hombre de Cromañón».

Los chicos no trataban a Hugo con distinta deferencia, pues de un tiempo a esa parte difundían en el instituto de Monterrey, de generación en generación, una especie de popular adagio que los alumnos tarareaban como un himno cuando Hugo estaba presente: «¡Qué falta hace en este colegio un domador!». A veces, los chicos organizaban el soez pasatiempo de incitar a Hugo, hasta que montaba en cólera, para que los persiguiera gruñendo por el patio del colegio con la expresión suplicante y lacrimosa del animal enfermo. Así las cosas, los chicos salían en estampida delante de Hugo como si huyeran del jabalí de Calidón, la bestia telúrica de la mitología griega.

Hugo era consciente de que sus compañeros de curso no buscaban su amistad y de que solo se entretenían a costa de su desgracia y su sufrimiento, sin el menor atisbo de humanidad; sin embargo, él los perseguía, dúctil y servil, con ánimos de sentir por una sola vez un vínculo afectivo con alguien, ¿con quién?, ¿con la humanidad? Ajá, el palo y la zanahoria.

Cuando Hugo contaba un chiste, muy rara vez, daba pena. Y cuando se reía, lo que tampoco era frecuente, de sus labios no surgía un sonido alegre y festivo, no, no, más bien una sorda distorsión oral, un gemido similar al cloqueo de las gallinas.

El único triunfo que se le reconocía a Hugo era el de ser amigo de Melisa, quien sí disfrutaba de una considerable popularidad en el instituto. Cuando los dos estaban juntos, era como comparar una rosa en el culmen de su belleza con una seta stinkhorn, y este símil no es una hipérbole, en absoluto. Pero cuando Melisa se ausentaba, Hugo era víctima de un tenaz encarnizamiento; algunos chicos compusieron canciones sobre Hugo, que cantaban acompañándose de vítores y palmas: «Si ves al monstruo con un ojo más negro que un tizón y otro amarillo a la virulé, ¡no te lo pienses, echa a correr!»; «¡Qué molesto es establecer contacto visual con este amorfo adolescente!»; «¡No es un muchacho, es una atracción circense!»; «¡Oh, Hugo, deforme criatura, la vida solloza y se tiñe de gris cuando asoma tu rostro!».

Llegó un momento en el que los chicos de su edad, incivilizados, aborregados, estúpidos, apodaron a Hugo «el Otro», como si perteneciese a una especie distinta a la humana. Este calificativo, «el Otro», duró un curso y después cayó en el olvido, para alivio de Hugo; no obstante, no tardaron demasiado en endosarle un seudónimo definitivo: Quasimodo.

Melisa jamás había hecho mención de las deformidades físicas de Hugo, a las que no otorgaba importancia alguna. Desde que los dos tenían recuerdos, habían sido amigos íntimos hasta el punto de verse desnudos, bañarse desnudos e incluso dormir desnudos, al menos hasta que, a los once años, en el monte de Venus de Melisa apareció la primera sombra de vello púbico.

En cualquier caso, Hugo y Melisa concebían su relación de un modo sólido y auténtico. Eran, cosa inusual a su edad, totalmente sinceros entre ellos, y esto es lo único que no desvirtúa la pureza de la amistad, ¿cierto? Hugo se sentía muy querido por Melisa, su balsa de paz, su única amiga, y se valía de esa hermosa emoción para justificar su vida.

Además, para soportar las explosiones de crueldad adolescente, Hugo recurría al subterfugio de su inteligencia, pues era superdotado. A los diez años resolvía ecuaciones complejas y, a los dieciséis, hablaba nueve idiomas con fluidez, dominaba otros siete y se encontraba en pleno proceso de creación de su propio lenguaje. Entendía a Schrödinger y a Einstein, y estaba estudiando por su cuenta las ecuaciones de Maxwell y los trabajos en electromagnetismo de Tesla.

Hugo leía con fruición a Eurípides, a Sófocles y a Esquilo, y también a otras figuras egregias de la literatura universal. Estaba aprendiendo a recitar de memoria, por simple entretenimiento, *El Quijote* escrito en castellano del Siglo de Oro. Conocía los fundamentos teóricos de Aristóteles, Platón, Séneca, Descartes, Kant y Marx, así como varias doctrinas filosóficas orientales. Tras haber analizado a fondo los principales dogmas de la fe religiosa, había alcanzado la conclusión de que no creía en ninguna deidad, pero sí en un orden supremo regido por las energías del cosmos.

Igual que le sucediera a Stephen Hawking en esa misma época, Hugo era una de las mentes más preclaras de su generación, aunque confinada en un cuerpo insufrible. El conocimiento le reportaba una gratificación muy superior a la que sus congéneres buscaban en la riqueza, el empoderamiento, la concupiscencia material, la autorrealización e incluso el amor.

¡Ah!, un último apunte de especial relevancia: Hugo estaba dotado de un talento excelso para las artes plásticas.

—El proyecto va muy bien, Melisa —le decía, feliz y sin comedimiento en la buhardilla, cada vez que aplicaba a la tabla una pincelada—. Tu retrato se parece cada día más a *La Gioconda* del Prado.

—¡Ese chico pintó el cuadro de Melisa!

—Sí, Óliver.

—¡Vaya historia! ¿Y qué fue de Hugo? Supongo que recibió ofertas de las universidades más influyentes del planeta; por añadidura, ¿a cuál se incorporó, David? ¿Y en qué área se especializó?, ¿física teórica?, ¿matemática aplicada?, ¿ingeniería y robótica, quizá? Hugo es dueño de una inteligencia absolutamente extraordinaria, ¿verdad? ¿Ha enunciado hipótesis que nunca antes se habían contemplado? Dime, David, ¿a qué se dedica Hugo?

—Trabaja como conserje en el Museo del Prado.

—¿Es un bedel? —me extrañé.

—Un bedel muy capaz de cuarenta y un años, en efecto. —David hizo una pausa y se aclaró la voz—. Supongo que, mientras investigabas en la sala 56B, bien al entrar o bien al salir del museo, reparaste en un conserje poco agraciado, de cejas espesamente pobladas y nariz aguileña; un hombre con ojos heterocromos.

Asentí.

—Oh, sí, ya sé a quién te refieres. Tiene una nariz de bruja, un iris negro y otro amarillo, pero ¿por qué lo mencionas de pronto, David? ¿Lo conoces? ¡Espera!... ¿Ese hombre es Hugo?

—Te creía más ágil de mente, Óliver.

—Es que estoy un poco aturdido.

—Entiendo —dijo David. Se mordió los labios y buscó las palabras adecuadas—. Sí, Hugo, quien fue el mejor amigo de Melisa, es uno de los conserjes del Prado y el autor del retrato que apareció en mi casa hace unos meses.

25

—Entonces, Nora, ¿tu hija se llamará Constanza?

—Es nombre de reinas, ¿sabes?, de Aragón y Sicilia. Creo que hubo tres. La amante del escultor Bernini también se llamaba Constanza, como muchos personajes literarios, entre otros, la novia de D'Artagnan en *Los tres mosqueteros* o la protagonista de *La ilustre fregona*, la novela ejemplar de Cervantes. Por cierto, Óliver, la hija de Vito Corleone también lleva este nombre en *El Padrino*. La recuerdas, ¿no? La tía Connie.

—Nora, me dejas sin habla.

—¿Sí, eh? En resumidas cuentas, mi pequeña se llamará Constanza, motivos no me faltan, leerá *El Quijote* con seis años y se quedará horas embelesada delante de *Las meninas*. Mis padres probaron esa técnica educativa conmigo y ha funcionado, porque yo he salido del todo normal, ¿verdad, Óliver?, en absoluto extravagante.

Aunque la declaración de David arrojaba datos muy sustanciales para la investigación, un único asunto polarizaba mi interés en ese instante.

—Ha transcurrido mucho tiempo, pero ¿sabes si Hugo se recuperó de las humillaciones de las que fue objeto?

David me miró con ojos grandes y perplejos.

—Óliver, acabo de revelarte la autoría del retrato de Melisa y tú... ¿te preocupas por la salud emocional de un hombre al que ni siquiera conoces?

—¿Qué tipo de persona sería si preguntara por otro tema? —repuse—. Según me has contado, Hugo soportó brutales ataques y desprecios en su juventud. Yo también. ¿A quién le importa su apariencia física?, ¿o si es un reputado investigador o un conserje? Solo quiero saber si ha podido solventar las secuelas que a uno le dejan los golpes y las ofensas juveniles.

David juntó las manos a la altura de la barbilla y enmudeció un largo minuto.

—Me conmueves, Óliver —murmuró con voz entrecortada. Y derramando lágrimas afectivas, me dirigió una cálida sonrisa—. Hace años que perdí el contacto con Hugo. No sé qué le deparó la vida ni cómo acabó en el Prado. Fui su profesor, pero nunca tuve constancia del hostigamiento que padecía en el instituto. Todo se supo tiempo después. Por otro lado, sí, puedo asegurarte que la inteligencia de Hugo era de un nivel superior, más profunda que la del resto, infinitamente más amplia. En presencia de Hugo, sentías que en su interior había un núcleo secreto, una esfera de conocimiento que no podías llegar a comprender. Recuerdo que en ocasiones elevaba la conversación a cuestiones metafísicas que no eran consustanciales a la gente de su edad: la materia, el cosmos, el infinito, el más allá... Todo parecía indicar que el futuro laboral de Hugo sería glorioso.

David guardó silencio. A nuestro alrededor, unos veinte presos dialogaban con sus allegados. Casi me había olvidado de que me encontraba en la sala de visitas de una penitenciaría estatal.

A continuación, ahora sí, le pregunté a David qué impulsó a Hugo a pintar el retrato de Melisa.

—Para empezar, a Hugo le apasionaba el Renacimiento florentino, aquel período en el que hubo una conjunción de artistas y pensadores como pocas veces se ha dado en los anales de la humanidad. Pues bien, Hugo estudió las...

—¡Espera, David, espera!

—¿Qué sucede, Óliver?

—¿Podrías ir directamente al grano?

—Podría —replicó él con tono imparcial—, pero es imprescindible para la historia que entre en estos detalles. Enseguida entenderás por qué. Una vez más, Óliver, te pido paciencia.

—De acuerdo.

—Bien. Como te decía, a Hugo le apasionaba el Renacimiento, sobre todo la etapa en la que Miguel Ángel y Leonardo da Vinci coincidieron en Florencia.

—Eso fue a principios del siglo XVI, ¿verdad?

—Sí, más o menos entre los años 1501 y 1506.

—¿Y qué le atrajo de aquella época?

—Todo, evidentemente. Hugo poseía vastos conocimientos de las vidas de Leonardo y Miguel Ángel. Pero vayamos por partes. —David resopló con signos de cansancio—. Si recuerdas, Miguel Ángel contaba veintiséis años cuando regresó a su hogar natal. Acababa de esculpir *La Piedad* en la basílica de San Pedro, en el Vaticano. Y, al poco de instalarse en Florencia, Miguel Ángel se interesó por un legendario bloque de mármol. Había oído que varios maestros, asistidos por sus ayudantes, habían intentado tallarlo en el pasado. Pero todos ellos fracasaron y estropearon la superficie ocasionando agujeros y fracturas irreversibles. Finalmente, aquel monolito, frágil, maltrecho, impracticable, se abandonó a las inclemencias del clima, a la desolación eterna. Muchos consideraron que el bloque estaba maldito, y que nadie en el mundo podría obrar en él un milagro. Miguel Ángel aceptó el desafío, por supuesto. Trabajó dieciocho meses en ese bloque de mármol, lo hizo solo y en unas condiciones pésimas. Literalmente, casi se muere. Pero de la piedra más estéril logró extraer la más soberbia escultura: su *David*. Miguel Ángel no solo dio forma a su sueño más perfecto, también acababa de probar que él era el único mortal capaz de hacer posible lo imposible.

Hubo un breve silencio tras el cual, echando un vistazo a

la hora, advertí que se nos estaba acabando el tiempo de la visita.

—Y por más interesante que sea el Renacimiento —añadí—, no veo qué relación guarda con Hugo y Melisa.

—En pocos minutos lo comprenderás. —David realizó un gesto ambiguo con la cabeza y siguió disertando—: Por su parte, Leonardo frisaba los cincuenta años cuando volvió a Florencia. Su fama ya se había extendido por la península itálica y por una parte de Europa; se había consagrado como artista e ingeniero en Milán, donde, entre otras obras, había creado *La última cena* y el *Hombre de Vitruvio*. En algunas crónicas se menciona que Leonardo olía a perfume floral y que vestía estilosos sombreros, túnicas y zapatos. Además, debió de ser muy guapo, pues se decía de él que su belleza no se podía celebrar lo bastante. En su vida adulta, Leonardo era elegante, sutil y sofisticado. Fue el arquetipo de hombre renacentista, un *uomo universale;* un sabio admirado por todos, amable y generoso, de elocuente conversación, que paseaba por las calles de Florencia acompañado de discípulos y admiradores.

»Miguel Ángel, por el contrario, prefería encerrarse en un mundo de soledad. Era enfermizo, terco, colérico y huraño. Podía pasarse un mes entero sin bañarse. Vestía túnicas rotas y raídas cubiertas de inmundicia. Tenía suciedad bajo las uñas, trozos de piedra en los bolsillos y lascas de mármol enquistadas en el cabello. Algunas fuentes citan que, mientras esculpía el *David*, Miguel Ángel se alimentaba con mendrugos de pan y calzaba zapatos de piel de perro.

David interrumpió un instante su alegato; prosiguió:

—Óliver, te he contado todo esto por la siguiente razón: en

un mundo que lo trataba con ojeriza por su mera condición física, Hugo se sintió plenamente identificado con Miguel Ángel, por la soledad que rodeaba al mito y por la antipatía que causaba entre las gentes. Además, igual que Hugo, y lamento la comparativa, Miguel Ángel era muy poco agraciado.

—¿Hablas en serio? —me sorprendí—. Yo pensaba que fue un hombre atractivo.

David sonrió brevemente.

—Muchas personas de mi generación también lo creen; cuando piensan en Miguel Ángel, les viene a la cabeza el actor Charlton Heston.

—¿Qué? ¿Por qué?

—Porque Heston, que no era precisamente un adefesio, interpretó a Miguel Ángel en *El tormento y el éxtasis.*

—Ah, claro, de ahí la confusión —reí—. Pero entonces, ¿Miguel Ángel era feo?

—Bueno, Óliver, algunos documentos de la época sostienen que, físicamente, Miguel Ángel parecía un hombre recién salido del infierno, un varón cuyos rasgos, más satánicos que humanos, provocaban pavor y espanto. Figúrate que el propio Miguel Ángel dejó testimonio de su fealdad, pues de sí mismo escribió: *La faccia mia ha forma di spavento,* que significa «mi cara tiene forma de miedo».

Medité unos segundos con expresión demudada.

—Vale —dije—, ahora ya sé por qué querías entrar en detalles, David.

De repente había comprendido, así lo expresé en voz alta, que del mismo modo que yo busqué refugio en la literatura cuando fui víctima del abuso escolar, Hugo, por idénticos motivos, debió de valerse del arte como muro de protección contra las injurias de una vida complicada. A mí me ayudaron los libros y Hugo, seguramente, encontró en Miguel Ángel un ejemplo de superación; vio a un hombre que, como él, desprovisto de toda belleza, privado de compañías y amistades, sin otra cosa que un cincel en una mano y un martillo en la otra, llegó a ser respetado hasta por el mismísimo papa. Tal vez Hugo pensara que si aquel atormentado escultor fue capaz de plantar cara a todos los prejuicios, él también podría.

—Por otro lado —añadió mi mentor—, recuerda que, mientras Miguel Ángel trabajaba en el *David,* Leonardo empezó a pintar *La Mona Lisa.* Imagina la magnitud del instante: las dos obras más conocidas de la historia del arte se estaban creando en Florencia de manera sincrónica.

—Y al mismo tiempo —comenté lleno de emoción— alguien, no se sabe quién, emulaba la más famosa pintura de Leonardo, ¿verdad? En esos días, un tercer artista ejecutó la *Gioconda* que hoy se conserva en el Prado.

David asintió con los ojos cerrados.

—A este punto quería llegar, Óliver. Tal y como has deducido, Hugo se vio reflejado en Miguel Ángel, pero ¿por qué no se identificó con Leonardo? ¿Por qué, en vez de imitar su pintura más popular, retrató a Melisa como a «la otra» *Gioconda*?

La respuesta acudió fácilmente a mis labios:

—Porque a Hugo, en el instituto, lo apodaban «el Otro».

—Exacto.

Además, David me contó que el retrato que Hugo realizó de Melisa fue un tributo a su amiga, un enorme gesto de consideración hacia la única persona que le había demostrado qué eran la bondad, el respeto, la empatía y la dignidad.

—Sí, regalarle a Melisa su retrato era la mejor forma posible de agradecimiento que Hugo concebía.

—¿La mejor? ¿Por qué?

—Vamos, Óliver, procura entender los razonamientos de una mente excepcional como la de Hugo. Él infirió que dentro de quinientos años, por ejemplo, nadie sabrá quiénes fueron las celebridades de nuestra época; pero todo el mundo sabrá quién fue Cervantes, Mozart, Leonardo y Miguel Ángel. ¿Comprendes lo que quiero decir? Hugo se dio cuenta de que la cultura es imperecedera, y la mayor grandeza que lega la humanidad. De modo que, para demostrarle su gratitud a Melisa por todo el cariño que recibía de su parte, Hugo la inmortalizó en un cuadro; a sus ojos, le estaba regalando la eternidad.

Recuerdo que alcé la vista hacia el techo con la dulce sensación de que aquella era, en su contexto, la anécdota más hermosa que había oído en la vida.

David tardó un poco en pronunciar su próxima frase, que fue terminante.

—Sí, mucha gente apodaba a Hugo como «el Otro», pero él, que tenía un extraño sentido del humor, se llamaba a sí mismo «El último superviviente de la Arcadia».

Me levanté de la silla de un salto, voceando.

—¡«Arcadia» es una de las palabras que... que...!

—Se escribió en la pared de la sala 56B del Prado —completó David—, sí, Óliver. Para Hugo, que también había leído todo lo relacionado con el tema, las *Bucólicas* de Virgilio, por ejemplo, o las descripciones de los poetas y artistas románticos y renacentistas, la Arcadia representaba una utopía de paz y sencillez, un paraíso terrenal que el hombre civilizado aún no había corrompido.

Esas palabras no me eran desconocidas. Sentí que un escalofrío me recorría el cuerpo. Lo sustituyó de inmediato una creciente sensación de euforia cuando me percaté, eso sí, con tierna inocencia, de que la única pretensión de David había sido conducirme hacia una deducción definitiva.

—Fue él, ¿verdad, David? Has llegado a la conclusión de que, en algún momento de aquella tarde de sábado, cuando tú te desplazaste al Prado, Hugo colocó las dos calaveras en tu barca. Y más tarde, cuando te vio salir del museo y él se quedó a solas, aprovechando la discreción de la noche, calcó tu caligrafía y reprodujo el famoso mensaje en latín en una pared de la sala 56B.

Después de la historia que acababa de oír, francamente, qué otra persona sino Hugo podía haber actuado contra David. En su condición laboral de conserje tenía acceso ilimitado a las dependencias del museo. También dominaba, al parecer, toda materia que tuviese que ver con la Arcadia, por un lado, y por otro, con Leonardo da Vinci, Miguel Ángel y el cuadro de la «otra» *Gioconda.* Encajaba.

—Si no has sido tú, si no has vuelto a mentirme —reflexioné, bastante excitado—, solo Hugo, una persona con un intelecto prodigioso, podría haber elaborado tamaña confabulación. Y, por cierto, ¿sabías que estamos esperando a que restauren el retrato de Melisa, el que Hugo pintó?

—Sí, Óliver, lo hemos hablado hace unos minutos.

—¡Ostras! ¿Qué habrá escondido bajo el fondo negro? ¿Un paisaje, otro misterio, un secreto? Mira, David, mira cómo me tiemblan las manos.

Sonriente y dispuesto, David esperó a que me calmara antes de ofrecerme su opinión.

—Sí, sospecho que esta confabulación contra mí, por citar tus palabras, es obra de Hugo.

—Pero... pero ¿por qué razón iba a conspirar contra ti?

—Supongo que hay un motivo.

—¿Que por fin me vas a contar?

—Sí, ha llegado el momento.

Fue entonces, demonios, precisamente entonces, cuando un funcionario de prisiones nos comunicó de manera frívola y seca que el tiempo de la visita había concluido.

—¡No! —exclamé con un grito desgarrado—. ¡No, no! Espera, David, ¡no te marches!

—Óliver, tengo que volver a la celda.

—¿Qué sucedió en 1995? —me precipité, entretanto dos guardias me llamaban al orden y le pedían a David que regresara al módulo de inmediato—. ¿Qué le hiciste a Hugo? ¿Qué hiciste, David?

Quiso responderme, pero sus labios, todavía pálidos y temblorosos, solo formaron palabras sin sonido. Su figura desprendía algo espantosamente triste.

—¿Qué? —grité.

—Hay una razón por la que estoy en la cárcel —logró articular a duras penas.

—¡Eso ya me lo has repetido numerosas veces!

David rompió en sollozos una vez más. Ni siquiera trató de secarse las lágrimas ni de reprimir el dolor y la angustia existencial.

—Vamos, David, al menos dame una pista. ¿Con quién he de hablar? ¿Hay alguien más que conozca toda la historia?

—Sí...

—¿Quién? —me asombré—. ¿El profesor Escolano?

—No, Víctor no sabe nada.

—¿Patricia, la madre de Melisa?

—Tampoco ella está al tanto de la verdad.

—Entonces, ¿a quién te refieres?

De repente David habló como si poseyera toda la determinación del mundo.

—Pocos minutos antes de que Melisa y Mateo desaparecieran, Hugo y yo nos vimos envueltos en un nefasto incidente; un incidente que descarriló la vida de Hugo por completo.

En esta ocasión sin llorar, eludiendo todo signo de vacilación, las últimas palabras de David anunciaron por primera vez, tras veinticinco años de silencio, un nombre que situó los elementos de la historia en un nuevo escenario.

—Hay otra persona, solo una, que conoce íntegramente los hechos. Participó en el incidente y tiene pleno conocimiento de todo lo que acabo de contarte. Es agente de policía en Monterrey. Se llama Lucas Bayona.

Mi primera reacción al salir de la cárcel fue, naturalmente, telefonear a Lucas. Marqué su número unas dieciséis veces, devorado por los nervios y la curiosidad, mientras trazaba círculos alrededor de mi coche. Lucas no descolgaba; debía de estar celebrando la Navidad con sus familiares.

«¿Se puede saber qué diantres hago yo el 25 de diciembre en el aparcamiento de una penitenciaría, en medio de la nada, tan lejos de mi hogar?»

Intenté centrarme en otros asuntos para evitar el sentimiento de melancolía y, poco a poco, dejé de meditar y me entregué al transcurso del tiempo. En los alrededores de la prisión reinaba un silencio absoluto. Me senté en un bordillo, vacié la mente y permanecí largo rato con una mano apoyada en la mejilla.

Un cuervo graznaba posado en el muro exterior de la cárcel. Me miraba de perfil con un ojo izquierdo que era, igual que el de Hugo, color negro azabache. De repente desplegó las alas, como si me enviara algún tipo de mensaje, y levantó el vuelo hacia un crepúsculo mate, hipnotizante.

Me quedé inmóvil hasta que el sol se hundió entre las montañas del oeste y la luna apareció, llena y plateada, en el este. Miré una y otra vez a ambos lados conmovido por el espectáculo de colores, y pensé que aquel era el atardecer más bonito de mi vida. Tal vez lo haya sido. O tal vez no. Tal vez solo fuese un espejismo de lo que necesitaba ver en ese instante.

26

—Mi anécdota histórica favorita tuvo lugar en Florencia.

—¿Ah, sí? ¿Y en qué época en concreto, Óliver?

—En el Renacimiento, Nora, a principios del siglo XVI.

—Bueno, ¿y de qué trata?

—Pues concierne a varios adolescentes que debatían sobre un pasaje de la *Divina comedia* de Dante. Yo me los imagino a las puertas de la iglesia de Orsanmichele, a mitad de camino entre el Ponte Vecchio y la plaza del Duomo. Total, que los jóvenes discutían y discutían y, como no alcanzaban un consenso, optaron por pedir opinión a Leonardo da Vinci y, poco más tarde, a Miguel Ángel; los dos artistas pasaban por la calle en ese instante. ¿Visualizas la escena, Nora? ¡Leonardo y Miguel Ángel instruyendo a un grupo de estudiantes sobre la *Divina comedia*! ¿Qué sucede? ¿Es que no te parece una anécdota preciosa?

—Claro que sí, Óliver, pero tampoco te emociones. Piensa que en nuestros días los adolescentes también ocupan gran parte de su tiempo libre en charlar sobre literatura y arte. ¿Por qué me miras de esa manera? ¿No lo hacen? ¿Ah, no?

¿De veras? Jo, qué desilusión. ¡Ay, pobres, cuánto se pierden! Entonces, al respecto solo me queda preguntarte: oye, Óliver, ¿qué temas interesan hoy a los jóvenes?

Durante los últimos días de diciembre y los primeros de enero intenté contactar con Lucas a través de todos los medios imaginables, pero no respondía a mis mensajes ni descolgaba el teléfono. Pensé en acercarme al Prado para hablar con Hugo; si le explicaba quién era yo y lo que David me había contado, quizá él se mostrara dispuesto a confiarme su versión de los hechos. Aunque las circunstancias del momento apuntaban a que era Hugo, ¡ese conserje!, quien había diseñado una extensa red de enigmas y misterios, su autoría resultaba difícilmente verificable, así que de momento opté por no intervenir. Solo tenía que esperar, como tantas otras veces en el pasado, a que se produjese un cambio.

Al releer lo que he escrito hasta ahora, tengo la impresión de que los acontecimientos en los que participé albergaron cualidades más propias de un mundo de fantasía que de uno real. Incluso llegué a preguntarme si los últimos meses no formaban parte de un sueño. No, no podía tratarse de un simple sueño. Yo creía estar despierto; pero qué cosas más raras cree uno a veces. Si les soy sincero, casi añoraba los tiempos en los que sufría la crisis de la página en blanco. Pero, en la práctica, lo único que deseaba era borrarlo todo, romper con todo, abandonar la crisálida y emprender una nueva vida de eterna bohemia, en la fantasía o en la realidad, ya no me importaba en cuál, pero a ser posible en compañía de Nora.

Aproveché las navidades para avanzar en mi novela. También pernocté varias noches en casa de Martina. En cuanto nos quedábamos dormidos, su mundo onírico afloraba a la superficie en forma de grito: «¡Daniel, Daniel! ¡Daniel...!». Martina continuaba pronunciando ese nombre en sueños; yo seguía preguntándome el porqué. Además noté que había algo diferente en su escala musical, un nuevo registro: ya no eran gritos; cielos, eran auténticos alaridos. Y no se trataba estrictamente de un sonido, sino de una emoción. Cada alarido adquiría su propio significado, cada uno resonaba con un timbre distinto. Martina se abrazaba a mi cuerpo, dormida, y luego, como si fuera un placer insatisfecho, gemía con efusión lírica el nombre de otro chico. Curioso, ¿no?

¿Había entrado Martina en la paradoja del deseo?

Entretanto, a su lado en la cama, yo intercambiaba mensajes de texto con Nora. Cuando tomaba conciencia de la situación, apagaba el teléfono, rodeaba a mi pareja con un brazo y me preguntaba: «Martina, pero ¿qué diablos estamos haciendo?».

¿Había entrado mi vida en la filosofía del absurdo?

Si les digo la verdad, me sentía un poco como Sísifo, ya saben, el rey fundador de Corinto. Imagínenselo: eres un personaje de la mitología griega y te han condenado a transportar una gigantesca piedra hasta la cima de una montaña. Y tú la empujas y empujas ladera arriba empleando todas tus fuerzas, pero, cuando estás a punto de coronar, la piedra se te escurre de las manos y cae rodando pendiente abajo. Tanto da que padezcas los achaques de la ceguera y la decrepitud física, el castigo que se te ha impuesto consiste en repetir a diario, hasta la eternidad, esa tarea. Así lo narra Homero en la *Odisea*. Mi piedra, mucho más liviana, aunque de un peso inmensurable en la conciencia, todavía ignoraba cuál era; ¿se entiende, entonces, que la hesitación era mi carga?

El cambio que esperaba se produjo el viernes 8 de enero, a las once y media de la mañana, tras recibir una llamada de Nora.

—¡Óliver, yo tenía razón!

—¿Tú?

—¡Sí, yo!

—¡Cuánto, cuánto me alegro por ti, Nora! En serio, muchísimo. Escucha, pero ¿en qué tenías razón?

Oí el chasquido de su lengua al otro lado del teléfono y acto seguido exclamó:

—¡Mi hipótesis se ha demostrado!

—¿Eh? ¿Qué hipótesis? ¿De qué estás hablando?

—A ver, atiende. —Y me explicó que, tal y como se había hecho con *La Gioconda* del Prado, habían conseguido por fin separar el repinte negro que cubría gran parte del retrato de Melisa Nierga—. ¡Y resulta que sí, que el fondo original escondía algo inverosímil! Me lo ha comunicado el profesor

Escolano, aunque, por el momento, no sabemos demasiado. ¿Y ahora qué, Óliver? ¿A analizar otro cuadro? ¿Y luego? ¿A encontrar dos cadáveres decapitados? ¡Cáspita!, ¿es que esto no va a terminar nunca? ¿Qué me dices, continuamos con la investigación? ¿O nos olvidamos de todo y a empezar a vivir? Porque, la verdad, yo me siento bastante superada por las circunstancias. Jo, ¿no estás un poquito cansado de emprender búsquedas inútiles que no conducen a ningún lado? Uy, uy, uy, tanto muerto y tanto cuadro, más nos valdría pasar página y centrarnos en nuestras tesis doctorales, que para eso nos remunera el Estado. Claro que todo este asunto es mucho más interesante... ¿Qué tal estás, por cierto? ¿Cómo has pasado las navidades? ¿Te han dado muchos regalos? A mí, sí. Óliver, ¿me estás escuchando? ¿Sigues ahí? Oye, chico, pero ¿te estás enterando de algo?

Le contesté que no, que como ella tendía a monologar sin comedimiento, yo me había distraído pelando un plátano.

Nora se armó de paciencia antes de anunciar, sin ambages, que el retrato de Melisa Nierga estaba custodiado en la comisaría de Monterrey.

—¿Nos acercamos a examinarlo?

Me lo pensé dos veces, mientras le daba un mordisco al plátano, y le dije a Nora que pasara lo que pasase, lo quisiéramos o no, ella y yo ya éramos partes integrantes de esa historia de arte, misterios y muerte.

—Muy bien, Oliver, ¡bien visto! —exclamó Nora—, con la salvedad de que no me has respondido. Bueno, ¿qué, vamos a Monterrey o no?

—Pues...

—Sí, vamos a ir. Le he dicho al profesor Escolano que llegaremos allí sobre las dos, así que nos estará esperando. Y yo me pregunto, ¿cómo vamos? ¿Pasas a recogerme con tu coche, Óliver?

Nora me facilitó su dirección postal y, media hora más tarde, conduje hasta el distrito de Tetuán. No logro recordar en qué calle reside Nora; sí recuerdo que me esperaba sentada en un banco, entre dos árboles y en los linderos de un pequeño parque. Sostenía un libro de poesía entre las manos. Tenía los ojos cerrados y reposaba con la cabeza inclinada hacia el cielo; su cabello ondeaba suavemente al viento.

Presten atención: Nora estaba preciosa. Vestía un anorak gris acolchado bastante feo, una bufanda con zurcidos le envolvía el cuello, sobre la cabeza llevaba un gorro con pompón rosa y calzaba botas de montaña. No era su vestuario más elegante y, honestamente, aquellas prendas ni combinaban ni le conferían a Nora un aspecto sofisticado, pero la encontré realmente preciosa.

Me quedé unos minutos mirando desde la distancia el candor de su expresión al sol, y la belleza y la armonía con que la luz se reflejaba en su rostro.

Y mientras observaba a Nora, con ojos de ensueño y cara de merluzo, supongo, una sola certidumbre rondaba por mi cabeza: la de que ambos habíamos engañado a nuestra pareja sentimental. Días antes, cuando en la cena de Navidad reconocí que había sido infiel a Martina, papá opinó que no había necesidad de armar un escándalo, que, al fin y al cabo, medio mundo ha engañado a la otra mitad. Imagino que algunos de ustedes coincidirán con papá en este aspecto. Pero mamá replicó, muy sabia ella, que el adulterio es un acto egoísta e incierto que no augura nada bueno, y que es preferible ser fiel a tu pareja, aunque seas infeliz, porque así, al menos, sabes al lado de quién vas a morir.

Me quedé de piedra al oír aquello, aunque también me indujo a la reflexión. Pronto cumpliría veintiséis años y empezaba a entender, con una mezcla de sorpresa y de espanto, que el disfraz y la mentira tienen un peso importante en la vida, y que ningún corazón desea conocer su propia verdad, no del todo. Supongo que la función de la psique humana consiste en protegernos de una realidad caótica y compleja. He aquí un ejemplo: ¿por qué en Europa, obsesionados con el Yo, perseguimos la realización personal y la insaciable riqueza sin prestar demasiada atención a otras personas que, viviendo a pocos kilómetros de aquí, no conocerán otra cosa en su vida que la guerra? Quizá el objetivo de la psicología resida en mantenernos alejados de múltiples coyunturas que no somos capaces ni de soportar ni de comprender. Por tanto, como en este mundo no hay quien entienda nada, ya desde los tiempos de Sócrates e incluso antes, he llegado a la conclusión de que la ignorancia debe de ser una bendición.

Bueno, pues resulta que continué observando a Nora unos minutos más, rememorando sus besos de diciembre, preguntándome por qué las personas somos infieles. Por un lado, hay quienes no aman; poseen. Por otro, ¿qué nos impide sofocar nuestras pequeñas tentaciones egoístas? Al respecto, tengo mi propia teoría: si lo piensan bien, todas las relaciones monogámicas, todas, circulan en la misma dirección, de la unidad al dúo, del libre albedrío al compromiso. De repente te das cuenta de que vas a convivir décadas con la misma persona, por lo general en un espacio reducido; vas cumpliendo años, se descartan ilusiones y proyectos, desaparecen la atracción, la belleza y el deseo, surgen el chantaje y los reproches, problemas de dinero, escasez de divertimento, horarios, responsabilidades y concesiones, y no se cumplen los sueños. De modo que, en algún momento, esa forma de vida estática y codependiente te conduce, claro está, a la búsqueda del Yo perdido: no creo que la gente engañe a su pareja por el sexo, ni porque haya dejado de quererla, sino por recuperar su identidad. Durante la infidelidad, brevemente, la sensación de libertad individual parece absoluta. ¿Se entiende?

Nora, en el banco, continuaba con los ojos cerrados, sumida en un apacible estado de duermevela. Me acerqué a ella y tomé asiento a su lado.

—¿Nora?

El sol de invierno, alargado y dorado, dibujaba un aura luminosa en su cara.

—Nora, ¿duermes?

La sacudí delicadamente de un brazo y ella abrió los ojos como por ensalmo.

—Hola, Óliver —saludó, somnolienta—. Me sentía tan a gusto al sol que creo que me he quedado dormida.

No dijo nada más, ni yo esperé otra respuesta. Había intentado olvidar a Nora y poner un punto final; de verdad que había tratado de apartarme de su día a día para no interferir más en la relación que mantenía con su novio. Mi sentido de la moralidad, tantas veces puesta a prueba, me dictaba que no podía cometer el error de convertirme en un egoísta al que solo preocupan sus intereses. Sin embargo, ahora que miraba de frente la risueña expresión de aquella chica, me di cuenta de que el sentimiento de amor verdadero, ese que poca gente experimenta en la vida, no se desvanece nunca, sino que con el tiempo se vuelve cada vez más vivo, cada vez más imparable e intenso.

Al verme, en el rostro de Nora apareció la ambivalencia, una extraña yuxtaposición de alegría y tristeza, el deseo de perderse otra vez en mis labios y el arrepentimiento de haberlo hecho en el pasado. Era el primer día que estábamos juntos desde que nos besamos.

Antes de examinar el retrato de Melisa Nierga, obviamente, Nora y yo teníamos multitud de puntos que aclarar sobre nuestra relación; en consecuencia, ¿de qué hablamos? De nada. Nos cogimos de las manos y no hablamos de nada. Lo único que hicimos fue mirarnos, abrazarnos y sonreír largo tiempo en silencio. Les aseguró que aquello fue mejor que una conversación.

27

—¿Puedo pedirte un favor, Óliver?

—Lo que quieras, Nora.

—No hablemos de nuestra situación, ¿vale?, no mencionemos los besos que nos dimos en diciembre ni lo que sentimos el uno por el otro, no hasta que se cierre el caso de David Sender. ¿Harás eso por mí?

—De acuerdo.

—¿De acuerdo? ¿Y ya está? ¿Eso es todo, Óliver? ¿Así aceptas mi petición, con perfecta sencillez? ¿No protestas? ¿No me echas en cara que mi demanda es irracional, egoísta e inmadura? Nos conocemos desde hace nueve meses, ¿y no sientes la menor oleada de resentimiento, ni el más mínimo impulso de exigirme ya una respuesta? ¿No? ¿Nada? Callas y toleras, te armas de paciencia, te enfrentas diariamente a la muda batalla de la espera..., pero la espera, ¿no te quema? ¿Esperar a que yo me aclare y me decida no se ha convertido, para ti, en un absurdo y un castigo? Óliver Brun, ¡ducho maestro en el arte de la espera! ¿Hay que mantener incólumes los sueños y la esperanza intacta? ¿De eso se trata? ¿Por qué eres así, Óliver? Me encantas.

Nora y yo llegamos a Monterrey a las dos de la tarde y nos dirigimos a la casa de Víctor Escolano. Nuestro director de tesis vivía a las afueras del pueblo, en la parte alta, en una vivienda de estilo rústico con las paredes de piedra color albero y el tejado de pizarra. Al vernos aparecer nos saludó agitando una mano y nosotros replicamos con alegres bocinazos. Estacioné en la parte trasera de su terreno, junto a un bonito cobertizo que se abría a un extenso jardín.

Nora se apeó de mi coche, los ojos grandes y vivaces, y exclamó con genuina admiración:

—¡Esta casa es preciosa!

Desde la entrada se contemplaba una magnífica panorámica de Monterrey y del valle: el pueblo susurraba ladera abajo, en la mansa superficie del lago centelleaban miles de chispas rojas y doradas, y más allá, al otro lado de la ribera, las montañas se alzaban majestuosas y sus cumbres nevadas, vestidas de organdí, emitían deslumbrantes destellos adamantinos.

La sensación en el exterior era de cero grados, de modo que Escolano salió a la puerta y nos invitó a que pasáramos al interior de la vivienda. Era una amplia casa de tres dormitorios, dos baños, bodega, cocina y un enorme salón de techos altos sustentados en gruesas vigas de madera.

Pero vayamos al grano.

—Os he citado hoy porque las autoridades solicitan, de nuevo, nuestra cooperación —dijo el profesor—. Como bien sabéis, una empresa especializada ha restaurado el retrato de Melisa Nierga y, al parecer, la teoría de Eleonora se ha cumplido: al recuperar el fondo original, se ha revelado un dato que guarda relación con la historia del arte.

—No me llames Eleonora, por favor.

—¿Qué dato? —demandé yo.

—Lo ignoro. Todavía no me han adelantado información.

—Entonces, ¿qué hacemos aquí? —cuestionó Nora—. ¿No deberíamos ir a la comisaría para analizar el cuadro?

—No, no será necesario. —Escolano señaló un pequeño proyector conectado a su ordenador portátil—. En cualquier momento me enviarán la imagen del retrato al correo electrónico, de modo que bastará con ampliarla sobre esta pantalla desplegable. —Sin añadir más palabra, se pasó una mano por la cabeza calva y nos miró con expresión afectada.

—¿Qué sucede, profesor? —le preguntamos Nora y yo—. ¿Va todo bien?

—Mientras veníais de camino —dijo—, he meditado sobre vuestra situación. Nunca quise que os vierais involucrados en este caso mediático. Lo lamento, de veras que lo lamento. A mí, dadas las circunstancias, no me ha quedado más remedio, pero vosotros sois muy jóvenes; deberíais estar ocupados en cuestiones más acordes a vuestra edad.

Nora y yo intercambiamos miradas cómplices y le respondimos al unísono, con tono jovial, que no teníamos otra intención que la de llegar hasta el final del asunto.

—Lo suponía. —Escolano sonrió y, sin transición, quiso saber si habíamos comido.

—No hemos tenido tiempo —dije.

—¡Me muero de hambre! —añadió Nora—. ¿Bajamos al pueblo? ¿Qué restaurante nos recomiendas, profesor? ¿Me invitas, verdad, Óliver?

—Descuidad —medió Escolano—, hoy he preparado comida de sobra.

Diez minutos más tarde nos encontrábamos sentamos a la mesa del salón degustando tres generosas raciones de cocido. Nora, que se relamía que daba gusto verla, expuso que era el plato más sabroso que había paladeado en mucho tiempo.

—Pero le falta algo —puntualizó—. Profesor, no quiero decir que tu cocido no esté delicioso, ¿vale?, delicioso sí está. —Y sin el menor atisbo de ironía, del modo más natural, Nora opinó que para elevar esa receta a una categoría memorable, habría que acompañarla con un tinto de gran calidad.

Escolano bajó riendo a la bodega, regresó al salón y descorchó un reserva que sirvió con gentiles ademanes. Y en cuanto profesor y alumna se llevaron la copa a los labios, complacidos los estómagos, dejaron volar la imaginación y cambiaron las risas y los halagos culinarios por conjeturas renovadas: ¿qué había revelado el retrato de Melisa Nierga? ¿Qué escondía el fondo original?

El debate que iniciamos a continuación no se pareció en nada a los que habíamos mantenido semanas atrás en el Museo del Prado. En nuestras actitudes se notaba una creciente lasitud: ahora lanzábamos suposiciones con poco ánimo, con poco ingenio y escasa emoción, pues la investigación había alcanzado el punto en el que todo se vuelve extremadamente retorcido, tedioso y amargo.

Recuerdo que en cierto momento pensé: «Pero ¿qué estoy haciendo? ¿Por qué no he compartido con Nora y Escolano la versión de David, la que oí en la cárcel hace catorce días? ¿Por qué no les hago saber que, casi con toda seguridad, Hugo, el conserje al que conocemos, el autor del retrato y antiguo amigo íntimo de Melisa, es el responsable de que nuestras vidas se hayan deformado?».

El silencio me venía impuesto por un miedo de naturaleza desconocida. Un segundo: ¿miedo?, no, qué va, no se trataba de miedo, sino de todo lo contrario, de esperanza, la de que Hugo fuese inocente, la de que su juventud, marcada por feroces desprecios, no lo hubiese convertido en un monstruo; la esperanza de que conservara el corazón noble y el alma intacta, la de que en algún instante de su pasado apareciera alguien, como en el mío apareció David, a quien Hugo pudo suplicarle: «Ayúdame».

Que sí, que ya, pero, después de todo, ¿por qué no acudí inmediatamente a la policía con el testimonio de David? Créanme si les digo que me costó lo suyo psicoanalizarme, y he aquí la conclusión a la que llegué y que, tal vez, justificó mi silencio: si aceptaba en voz alta que Hugo se había transformado en un hombre perverso y resentido, en un asesino y un conspirador, si daba por sentado que no fue capaz de superar una adolescencia traumática y que esta lo había conducido a la maldad, ¿en qué podía convertirme yo, dadas las mismas circunstancias? Pude haber hablado, sí, pero quise otorgarle el beneficio de la duda a una persona que, como yo, fue víctima de un permanente abuso escolar. ¿Me explico?

—Óliver... —me nombró Nora—, ¿te encuentras bien? Tienes muy mala cara.

Me levanté de la mesa sin responder.

En un libro de Olga Tokarczuk leí que un antiguo método para librarse de las pesadillas se basa en contabilizarlas sobre el retrete y después vaciar la cisterna. Y eso hice. Me encerré en el baño y tiré de la cadena seis o siete veces consecutivas.

—Óliver..., ¿qué ocurre? —se interesó Nora al otro lado de la puerta—. ¿Estás bien?

—Sí.

—¿Seguro? Hemos oído que tirabas una y otra vez de la cadena... ¿Es que te ha sentado mal el cocido?

—No —contesté, riendo—. No te preocupes, Nora, solo estoy contando pesadillas sobre la taza del váter.

—Ah, vale, vale. Tómate tu tiempo, entonces. Pero no te demores. La policía ya nos ha enviado la imagen.

Nora y Escolano ajustaron la fotografía del retrato a la pantalla de proyección mientras yo me ocupaba de bajar las persianas para que la imagen se apreciara con la mayor nitidez posible.

—La restauración del cuadro es excelente —evidenció Escolano tan pronto reinó en el salón una penumbra grave y solemne.

Presos del nerviosismo y la expectación, los tres nos situamos en silencio frente a la pantalla. En un primer plano aparecía, como ya he descrito antes, la joven Melisa Nierga. Estaba sentada en un sillón, imitando la distinguida pose de *La Gioconda,* con las manos entrecruzadas y la expresión feliz y serena.

—Y, tras ella, se ha restablecido el fondo original.

—Sí, Óliver —susurró Nora—, un fondo que muestra...,
¿qué muestra?, ¿un paisaje agreste? ¡Oh...! ¡Parece el entorno
de Monterrey!

El fondo reparado presentaba, a ambos lados de la modelo y bajo un cielo azul cobalto, un cúmulo de montañas, bos-
ques y senderos.

—Y en el centro —precisó Nora—, justo en medio, ¡fijaos!,
hay un lago. Aunque lo oculta en gran medida el cuerpo de
Melisa, se distinguen las orillas de un lago. —Nora examinó
cuidadosamente el paisaje—. Pero ¿qué ha desconcertado a la
policía? ¿Por qué ha requerido nuestra opinión? ¿Veis algo inusual, algo que no encaje con los elementos, el más mínimo detalle que...? ¡Ahí!

El profesor Escolano ajustó el zum del proyector y agran-
dó la imagen. En la parte izquierda del cuadro, Nora señaló
una especie de casa de campo.

—¿Es una cabaña? —me extrañé.

—Ajá.

En esa escala de ampliación, la cabaña tenía el tamaño de
un libro de bolsillo. Se había pintado en las faldas de una co-
lina y, a simple vista, pasaba desapercibida a resultas de los
juegos de luces y sombras, brumas y vapores.

—¡Dioses! —gritó de repente Nora—. ¡No me lo puedo
creer! ¿Estáis viendo lo mismo que yo?

En la base de la cabaña se leían, claramente, dos palabras
escritas con el color de la sangre:

CERCA TROVA

28

—Anoche, un libro me regaló una sonrisa.

—¿Qué libro, Nora?

—Se titula *El amor y la muerte* y, en algún punto, el autor menciona a Pedro Abelardo.

—¿El filósofo francés del siglo xii?

—En efecto.

—¿Y qué te hizo sonreír?

—Pues que, por lo visto, cuando Abelardo salía de casa para impartir clase, la gente le dedicaba vítores y aplausos en las calles de París. «¡Filósofo! ¡Filósofo!», le gritaban desde las ventanas y los portales. Oye, Óliver, ¿tú no sabrás, por casualidad, en qué momento se dejó de ovacionar a los filósofos? Porque ¿has visto qué oficios reciben hoy los elogios? Dan ganas de echarse a llorar, si te paras a pensarlo.

CERCA TROVA

Nora se aproximó a la pantalla y deslizó una mirada enérgica, reluciente, dinámica, a través de todos los elementos que configuraban el cuadro, desde el cromatismo del paisaje y la ecuánime pose de Melisa Nierga, hasta la pequeña cabaña y las dos palabras resaltadas en su base.

—¡Oh...! ¿Sois conscientes de lo que tenemos delante? ¡Es el celebérrimo *Cerca Trova* de Giorgio Vasari!

—¿El qué?

—¡Su críptico mensaje, Óliver!

—¿Y el pintor de este retrato lo ha escrito a los pies de una especie de choza? —se asombró Escolano—. ¿Por qué?

—No quisiera parecer impertinente ni sardónica, profesor, pero eso es lo que tenemos que averiguar. —Hierática como una esfinge, Nora meditó con un dedo suspendido sobre sus labios.

Lenta y metódicamente empezamos el diagnóstico de la pintura. En primer lugar dictaminamos que la cabaña no guardaba relación con el resto de la obra, que presentaba una leve pátina. Con el tejado inclinado y la superficie monocromática, se trataba, por así decirlo, de una cabaña convencional. Saltaba a la vista que su aplicación sobre la tabla había sido menos refinada, más tosca y negligente que el conjunto. En la base, las palabras *Cerca Trova*, color rojo sangre, parecían escritas con sanguina, una técnica pictórica muy utilizada por Leonardo da Vinci.

Después de unos minutos de silencio, Nora subió las persianas. Se sorprendió un poco al ver que el puchero de cocido aún permanecía sobre la mesa del salón; acto seguido, comenzó a caminar de un lado a otro de la pantalla murmurando palabras inconexas.

—¿Has averiguado algo?

A juzgar por la manera en que Nora observaba el nuevo enigma, por el lustre pícaro de sus ojos y el beneplácito de su sonrisa, se diría que sí.

—Todo esto es exasperante y, en apariencia, alógico. Pero intentemos no perdernos en espesos circunloquios y planteémonos lo siguiente: ¿Qué vínculo existe entre una cabaña y el *Cerca Trova* de Vasari? Ninguno, obviamente —se respondió—. ¿Cuál es el próximo paso que debemos dar? ¿Os viene alguna idea a la cabeza?

—No.

—Nada.

—Pues…, ¡a mí se me ha ocurrido una estupenda! Aunque es un tanto peregrina, tengo una teoría, otra más, por cierto, que, tomando en consideración la multiplicidad de factores que conforman este caso, podría encajar. Y como toda investigadora, creo en mi hipótesis. Pero, antes de exponerla, os confieso que

uno de vuestros comentarios me ha descolocado sobremanera.
—Nora se volvió hacia mí con ojos traviesos y saltones e ironizó—. Hummm... Veamos: Óliver Brun, avezado historiador del arte, sabes qué significan las palabras *Cerca Trova*, ¿verdad?

—Eh...

—¿Sí?

—Yo...

—Dime, dime.

—Sí, lo sé. Pero, por el momento, prefiero reservarme mi opinión.

—O sea, queda claro que no lo sabes. Por Dios —resopló Nora—, ¿cómo es posible? ¿Es que no asististe a ninguna clase de Arte del siglo XVI?

—Por supuesto que sí, solo que ahora no recuerdo el sentido de *Cerca Trova*.

—Escucha, Óliver, creo que se pronuncia «*Cherca*» *Trova*.

—Bueno —asentí.

—En cualquier caso, ¿me explicas cómo pudiste aprobar la asignatura sin conocer el...?

—Y tú ¿nos vas a contar tu teoría o no?

—¿Qué? Ah, sí, pero antes contéstame a una...

—Suficiente —se interpuso Escolano, sofocando el conato de disputa verbal. Bien sabía él que Nora y yo podíamos enzarzarnos largo tiempo en vanas controversias. Le pidió a su pupila que compartiera su conjetura y, desde ese momento, Nora prácticamente monopolizó la conversación.

—Vale..., para entender la envergadura y el contexto del *Cerca Trova* de Vasari, es inexorable echar una mirada retrospectiva, otra más, y creo que será la definitiva, a la Florencia de principios del XVI.

—¿Nos remontamos de nuevo a los años en que Leonardo y Miguel Ángel convivieron en la Toscana?

—Sí, Óliver. ¡Uf!, ¿no tenéis la sensación de que nos hemos quedado atrapados en esa época? En fin —suspiró Nora—, vamos allá: preparados, listos... Tal y como hemos comentado en numerosas ocasiones, Florencia era, en los albores del siglo XVI, una de las ciudades más prósperas, ricas y hermosas; hermosa por ser libre y creativa, ¿verdad? En 1503, Leonardo da Vinci comenzó a esbozar su pintura más célebre y, poco después, el 8 de septiembre de 1504, ¿qué sucedió, Óliver?

—No lo sé.

—Que ante una gran afluencia de conciudadanos, Miguel Ángel presentó el *David* en la plaza de la Señoría, el centro neurálgico de la ciudad.

Nora efectuó una pausa.

—Hasta aquí, nada nuevo. Pero ¿sabéis qué?, aunque el anecdotario es abundante, poca gente está al tanto de que entre Leonardo y Miguel Ángel se entabló una tremenda rivalidad, tanto artística como personal. De ello dejó testimonio Giorgio Vasari en su libro *Las vidas,* en el que escribe: «Había gran enemistad entre Leonardo da Vinci y Miguel Ángel Buonarroti».

Escolano agregó que, por un lado, Leonardo fue un hombre querido por sus contemporáneos, y que, por otro, algunos artistas, como Rafael, señalaron que Miguel Ángel era tan abrupto, tan discordante y malencarado, que parecía caminar por las calles de Florencia y Roma como si fuera un verdugo.

Nora asintió cuatro o cinco veces con entusiasmo y exclamó:

—¡Exacto! Leonardo y Miguel Ángel fueron, en todos los aspectos, dos perfiles humanos antagonistas. En la época que nos atañe, Da Vinci ya había obtenido reconocimiento y fama. Y, después de tallar el *David*, el prestigio de Miguel Ángel se elevó grandiosamente hacia los cielos, ¡y no exagero! Recordad que hasta ese momento los pintores eran, por definición, mucho más virtuosos que los escultores, casi rebajados estos al estatus de picapedreros. Sin embargo, el *David* supuso la constatación de un triunfo sin precedentes para la escultura.

Nora sorbió agua de un vaso con placer, acarició el *Cerca Trova* de la pantalla con un dedo y siguió disertando.

—Total, que entre Leonardo y Miguel Ángel se forjó una enorme animosidad que los llevó a una confrontación permanente. Caray, al parecer no cruzaban palabra sin que estallara la polémica... Pero ¿cuál fue el pináculo de su *concorrenza*?, es decir, ¿cuándo alcanzó su rivalidad el punto culminante? Ejem..., ejem... —Nora sonrió con flagrante ironía y me preguntó—: Óliver, ¿lo sabes?

Asentí.

—¿Seguro?

—Sí, por supuesto que lo sé.

—No, no lo sabes.

Titubeé un instante.

—Es verdad, Nora, no lo sé.

—El gobierno de Florencia —continuó ella— se dio cuenta de que en la ciudad residían los dos artistas más grandes de su generación, y quizá de todos los tiempos, y les encomendó la pintura de dos gigantescos murales al fresco; sendos murales que decorarían la estancia más emblemática del Palacio

Vecchio: el Salón de los Quinientos. En tales circunstancias, la competencia entre Leonardo y Miguel Ángel, dos almas adversas y atormentadas, estaba a punto de desencadenar el mayor duelo de la historia del arte: a Da Vinci se le encargó pintar *La batalla de Anghiari* y a Miguel Ángel, justo en la pared de enfrente, *La batalla de Cascina*. ¿Visualizáis la hondura artística del instante? ¡Los dos genios del Renacimiento enfrentados cara a cara en la misma sala, en un magnífico escenario! ¡Qué enervante tensión, qué monumental desafío, qué poético desenlace! ¡Novelesco!

Lo que siguió al éxtasis oral de Nora fue un silencio expectante. En el exterior solo se oía el silbido del viento y el trino de algunas aves autóctonas; el esplendor del bosque reverberando entre las montañas. Nora se acercó a la imagen y su sombra se recortó, como una silueta oblonga, en la pantalla de proyección.

—Por cierto —dijo en voz baja—, la firma de Maquiavelo figura en el contrato de *La batalla de Anghiari* de Leonardo. Pero ¿qué ocurrió en el corazón del Palacio Vecchio? ¿Cómo afrontaron Da Vinci y Miguel Ángel semejante reto artístico y personal? ¿Quién de los dos dio forma a una obra que le valió la gloria imperecedera? ¿Y a quién aclamó Florencia cuando compararon sus trabajos? ¿Óliver?

—No lo sé. ¿A quién, Nora?

—A ninguno —respondió el catedrático—, porque nunca completaron sus murales.

—¿Ah, no?

—No, Óliver. La documentación de la época especifica

que Leonardo sí llevó a cabo una parte de su encargo, aunque ahora se cree que solo elaboró los dibujos previos. Miguel Ángel, por el contrario, no puso una sola gota de pintura en la pared; apenas realizó los cartones preparatorios.

—Entonces, ¿qué sucedió? ¿Por qué no ultimaron el encargo de la Señoría?

—Porque Leonardo, en resumidas cuentas, tuvo que regresar a Milán.

—Y el papa Julio II —añadió Nora— convocó a Miguel Ángel en Roma para que pintara la Capilla Sixtina y esculpiera su mausoleo pontificio.

—Por tanto —dudé—, en las paredes del Salón de los Quinientos de Florencia quedaron dos murales inacabados.

—Pero también una lección para el mundo —añadió Nora—, pues durante años se optó por no remover los bocetos de Leonardo y Miguel Ángel. Quizá se dejaran tal cual en el suelo, no lo sé. Sea como fuere, la leyenda dice que algunos artistas y aprendices, procedentes de diversas partes de Europa, viajaron hasta el Palacio Vecchio exclusivamente para tomar notas de aquellos bocetos.

—E incluso para copiarlos —dijo Escolano—. Sin embargo, los bocetos y los cartones originales desaparecieron, se trocearon y vendieron en fragmentos; no se sabe con exactitud qué pasó con ellos. Las batallas de Anghiari y Cascina pasaron a ser conocidas como las pinturas perdidas de Da Vinci y Miguel Ángel.

Nora tomó aire y anunció:

—Y ahora es cuando debemos mencionar a Giorgio Vasari, arquitecto y artista, ¿acaso el primer historiador del arte?

—¡Ahí va! —exclamé—. ¡Ya lo recuerdo! Fue a Vasari a quien le encargaron decorar y remodelar el Salón de los Quinientos, ¿no?

—Sí, y lo hizo unos cincuenta años después de que Leonardo y Miguel Ángel abandonaran sus murales —apuntó Nora—. Y de entre las numerosas obras que Vasari realizó en esa cámara, destaca una.

—¿Cuál?

—*La batalla de Marciano*.

—¿Y por qué, Nora?

—¡Venga, Óliver, piensa un poco!... ¿Y bien? Nada, ¿no?

—No, ni idea.

—En serio —se quejó—, me exasperas. A ver, *La batalla de Marciano* ha cobrado gran popularidad con el tiempo porque Vasari la pintó en la pared en la que trabajó Leonardo.

—Espera, espera, ¿y qué fue de *La batalla de Anghiari*, incompleta? ¿Se destruyó?

—Algunos así lo creen; unos pocos la denominan «el Santo Grial de Leonardo», y otros consideran que la obra todavía está ubicada en las paredes del Palacio Vecchio porque, no sé si me has entendido, ¡Vasari pintó su fresco justo encima!

—¡Ah, justo encima! ¿De verdad? —me emocioné—. Entonces, en ese pequeñísimo hueco, entre la pared y la pintura de Vasari podría haber oculto, permitidme la antonomasia, ¡un Leonardo!

—¡Sí, tal vez!

—Oye, Nora, ¿y por qué no *despegan* el mural de Vasari para verificarlo?

—Porque hacer eso, Óliver, sería una salvajada.

—Ah, bueno, claro.

Nora bebió más agua y dilucidó:

—En resumen, Vasari pintó *La batalla de Marciano* en el mismo espacio que se le había reservado a Leonardo cinco décadas antes. Lo más curioso, lo que ha suscitado el debate en los ambientes del arte, es que en su grandísimo fresco Vasari escribió las palabras *Cerca Trova* en un estandarte.

—¡Idénticas a las que hoy ha revelado el cuadro restaurado de Melisa! ¿Y cómo se traducen?

Hubo un breve silencio y al fin Nora susurró:

—*Cerca Trova* significa, literalmente, «Buscad y Encontraréis».

—Correcto —confirmó Escolano—. Vasari fue un admirador de la obra completa de Leonardo y, según una teoría, escribió el famoso *Cerca Trova* en una bandera para hacernos saber, en suma, que el mural inacabado de Da Vinci no se destrozó ni desapareció, sino que él lo *escondió* detrás de su fresco; se ha intentado demostrar mediante diversos estudios, pero los resultados no son concluyentes.

Escolano arrugó la frente. Siguió:

—En el mural de Vasari se distinguen, tras la zona de guerra, varias tiendas de campaña y casas de campo. —Dicho esto, volvió a ampliar la fotografía del dibujo de Melisa—. Pero en este retrato no me cuadra que el autor incluyera una cabaña; asimismo, no veo que esta guarde correlación con las palabras *Cerca Trova*. ¿Y por qué inscribirlas en su base? ¿Cuál es su analogía, si es que la tiene?

—¿No se te ocurre nada, profesor?

—No, Óliver. ¿Y a ti?

—¿A mí? Qué va, qué va. Es evidente que yo no me estoy percatando de nada.

Como era evidente que a Escolano también lo dominaban el estupor y la confusión, nuestra entera atención pivotó hacia Nora. Le pedimos que nos contara su teoría de una vez; y ella, liberada de toda presión, se abstrajo un instante en la contemplación serena del cuadro, dándole vueltas a las distintas alternativas de la investigación, hasta que al fin enunció una idea tan sencilla y rotunda como profundamente original.

—Sé que antes he dicho que en este caso no hay ninguna lógica, pero, a decir verdad, cada paso que hemos dado nos ha conducido a otro, como piezas de un rompecabezas: las dos calaveras, la melliza de *La Gioconda*, Miguel Ángel y Leonardo, la experiencia que vivimos en el Museo del Prado... Todo ha desembocado en la restauración del retrato de la joven asesinada, en el que ahora leemos el enigma secular de Giorgio Vasari. Y, ya llega, atentos que ya llega, puesto que las palabras *Cerca Trova* se han escrito a los pies de una cabaña, y dado que significan «Busca y Encontrarás», *voilà!*, no cabe duda de que hay que buscar una cabaña en los alrededores de Monterrey.

—¿Eh? ¿Para qué, Nora?

—Porque, o mucho me equivoco, Óliver, o en su interior se encontrarán los cadáveres decapitados de Melisa y Mateo Nierga, y también la respuesta final que cerrará la investigación; sí, está claro. —Después de formular su teoría, perfilando una tímida sonrisa, Nora compuso un gesto tierno, ojos de girasol, y preguntó con un dulce hilo de voz—: Profesor..., ¿puedo servirme otro plato de cocido?

Víctor Escolano informó a la policía en el acto y, como era de esperar, la hipótesis de Nora se filtró a la prensa enseguida. Una hora más tarde multitud de gente se había hecho eco de la noticia. El ruido en las redes sociales no tardó en desencadenarse. Algunos usuarios «de base» agradecían nuestra colaboración académica, altruista, para con las autoridades. En contraste, el grueso de la opinión pública, conocedora de nuestra dilatada relación con el presunto asesino David Sender, volvió a juzgar que éramos tres lunáticos obstinados en sacar de la cárcel a un hombre cruel y execrable; por si les interesa saberlo, se nos puso literalmente como chupa de dómine (neologismo acuñado por Quevedo en *El Buscón,* cuatro siglos antes, que podría interpretarse burdamente como «echarle mierda encima a alguien»).

Nora fue la primera víctima de los ultrajes. Se la calificó de mindundi, de mujer fatal, de pobre iluminada. Hubo un anónimo que, vete tú a saber la razón, comparaba a Nora con María Cristina de Borbón-Dos Sicilias, cuarta esposa de Fernando VII (su tío materno, por cierto), regente de España, traidora a su patria y corrupta total.

Todavía en el salón, tomé asiento en la mesa al lado de Nora. La insté a defenderse, a emitir un comunicado, pero ella negó con la cabeza y me regaló una frase que aún hoy en día vibra en mi interior. Nora dijo:

—A veces imagino que estoy sentada en la superficie de la Luna y a lo lejos, muy a lo lejos, veo la Tierra flotando en la oscuridad absoluta, como una pequeña canica, blanca y azul, y me pregunto: ¿cómo es posible que ahí abajo haya gente matándose entre sí, principalmente, por culpa de la ideología, el gas y el petróleo?

—Oye, Nora, pero eso nada tiene que ver con que ahora te estén denigrando e insultando.

—¿Qué? ¡Ah!, bah, no me preocupa demasiado lo que opinen sobre mí en las redes; como aspiro a ser doctora en Historia del Arte, me olvidarán de inmediato.

Algunos usuarios subrayaban que Escolano era el paradigma del perfecto don nadie, y que su carrera profesional había transcurrido sin éxito ni ventura a la sombra de David Sender. Otros, simplemente, le recordaban que era calvo. El profesor y yo también fuimos diana de injurias y accesos de odio que no reproduciré aquí.

Supongo que Internet es un sempiterno crisol de estudio para los etólogos. Si les soy sincero, nunca he sido muy activo en las redes porque una vez mamá me dijo que antes de hablar, hay que pensar, y que para pensar *bien* es imprescindible frecuentar bibliotecas, el tesoro de los remedios de la memoria, la sabiduría y el alma, así las llamaban los antiguos egipcios y griegos; no hay que olvidarlo. Pensemos que si algún día las bibliotecas mueren, entonces, ¿qué nos queda? ¿La consagración eterna de la especie a una pantalla digital, a tener de por vida la boca entreabierta, esa expresión tan boba y vacía, frente a un rectángulo de colores pálidos, muertos, feos y fríos? Nadie quiere ese color para sus hijos. Yo no tengo hijos, creo. Si tuviera, les diría que el corazón que no lee acaba adoptando un aspecto incoloro, enfermizo; lo he visto.

Entiendan esto: hace quinientos años los jóvenes europeos anhelaban aprender sobre la *Divina comedia* de Dante. ¿Recuerdan, verdad, la anécdota que implica a un grupo de adolescentes, a Leonardo y a Miguel Ángel? No sé en qué está pensando mucha gente de nuestra época; no creo que las generaciones previas de todo el planeta se dejaran la vida luchando por el derecho a la libre expresión para que nosotros, agitando esa bandera, soltemos tantas barbaridades por la boca. Es como si la mitología griega hubiese acertado, como si Pandora abriera la caja y de ella salieran toda clase de enfermedades y venenos.

—Intentaremos demostrar la inocencia de David, digan lo que digan —sentenció Escolano. Nos miró con honda pena, apretando los dientes y las manos, consciente de que sus dos pupilos iban a tener que soportar más presiones; y por ello, actuando como protector, nos propuso pasar el fin de semana a su lado.

Nora y yo nos instalamos en la casa del profesor al día siguiente. Habida cuenta de la preeminencia del arte en la causa de David Sender, la policía refrendó la última hipótesis de Nora y abrió una nueva investigación. Así las cosas, el objetivo final de esta historia consistía en «Buscar y Encontrar» la cabaña que había emergido bajo el fondo negro del retrato de Melisa. Demonios, se mire como se mire, no me negarán que el panorama era de un desconcierto y un absurdo exorbitantes.

Los medios de comunicación acudieron a Monterrey en tropel. Los reporteros invadieron la calle principal, la plaza y el paseo que bordea el lago. Los equipos de cámara también se desplegaron en los aledaños de la casa de David para cubrir la exclusiva. Un helicóptero sobrevolaba la zona (¿malbaratamiento de fondos?) y muchos vecinos, aprovechando que era sábado, se sumaron a la búsqueda de la cabaña, escrutando en el bosque y los senderos, a pesar del frío y el viento. Se había desatado un clima de febrilidad social imparable, daba la sensación de que toda la comunidad participaba en la pesquisa.

—Porque he ahí la cuestión fundamental, Nora —tarareé—, *Cerca Trova*, ¿sabes?, «quien busca, encuentra».

—Que sí, que ya.

—La cabaña no figura en las escrituras públicas de 1995 —nos comunicó Escolano—. No aparece en ningún registro. Además, he preguntado y nadie tiene constancia de que se edificara.

Nos encontrábamos en su casa, a las once y media de la mañana, otra vez frente a la pantalla de proyección. Por más que examinábamos a conciencia cada milímetro del retrato, no hallábamos nada excepcional. Solo era una cabaña corriente con un misterioso mensaje escrito en su base.

—Dejémoslo por hoy —propuso Escolano.

Dimos un paseo por el pueblo y la ribera del lago, sin responder preguntas, sin atender a los medios de comunicación. Después de comer, ocupamos media tarde en jugar a las cartas. Nos sentamos a la mesa del salón mientras nos abstraíamos de la realidad circundante. Conversamos sobre temas superficiales. A las seis menos cuarto, cuando el sol empezó a declinar en poniente, Escolano fue al cobertizo y regresó con una pila de leña; prendió fuego a unas hojas de periódico y las colocó dentro de la chimenea, entre troncos de encina y olivo. Luego, sirvió tres copas de tinto, sacó una guitarra clásica y cantamos a la luz de un atardecer lila oscuro. Fue algo precioso, emotivo. Y reímos; recuerdo que reímos muchísimo, afectados por la magia de la música y el vino, y durante unos minutos saboreamos la libertad, aunque fuese sucedánea y pasajera, y logramos aliviar todo sentimiento de angustia, estrés y tensión acumulada.

—Venid un momento conmigo —nos pidió el profesor, ufano él—, quiero regalaros algo.

Salimos al jardín y entramos en el cobertizo, un espacio de tamaño considerable, similar a un garaje, en el que Escolano había ido acopiando, sin orden ni concierto, bagatelas y naderías en tres estanterías de pino macizo. El cobertizo olía a tierra, a madera, a barniz.

Escolano cogió una caja de cartón y extrajo dos libros.

—Tomad, uno para cada uno.

—¿Qué es? —se interesó Nora—. ¡Caramba! ¿Has escrito una novela?

—No exactamente —rio—, es una colección de relatos que escribí hace un par de décadas; ninguna editorial quiso publicarla. Por lo visto, carezco de talento literario. —Y volvió a reír—. Así que autoedité el libro, pero no tuvo demasiado impacto en el mercado. Se vendió la friolera cifra de treinta y cinco ejemplares. —Rio por tercera vez—. El libro lo componen quince cuentos breves, cada uno alberga un pedacito de mi alma. Me gustaría que os quedarais un ejemplar como agradecimiento por toda la ayuda que me habéis prestado.

—Gracias, profesor —se emocionó Nora.

—Sí, muchas gracias.

Regresamos al salón y reanudamos los cánticos y la alegre ingesta de vino. Cuando nos hartamos de beber y cantar, Escolano tomó un álbum y nos enseñó una fotografía.

—Mirad qué joven estaba David en 1995. —En la instantánea también posaban Melisa, Mateo y Patricia, los tres miembros de la familia Nierga—. La foto fue tomada en el jardín de David. Ese verano celebramos muchas veladas en su casa.

—¿Quién es este hombre? —Nora apuntó, con el índice, a un varón risueño de largos y espesos cabellos.

—Bueno, soy yo —respondió el profesor—. Oh, ya veis que a mediados de los noventa lucía una melena espléndida, rizada y voluminosa como la de Slash.

—¿Quién?

—El guitarrista de Guns N' Roses. ¿No conoces la banda?

—Es que no tengo por costumbre escuchar música moderna, que, para mí, es cualquier composición posterior a 1890 —dijo Nora—. Oye, profesor, y este chico ¿quién es?

—Fue un gran amigo de Melisa. Se llama Hugo.

—Me suena de algo...

—Porque ambos lo conocéis. Trabaja como conserje en el Prado, me visteis conversar con él varias tardes. Tiene un ojo de cada color, como David Bowie.

—¿Como quién?

Le expliqué a Nora que Bowie fue un archipopular músico y compositor británico y, seguidamente, mi móvil vibró; el agente Lucas Bayona me acababa de enviar un mensaje; y decía:

Deduzco que has seguido metiendo las narices en asuntos que no son de tu incumbencia, pues acabo de ver que me has llamado veintisiete veces y me has dejado catorce mensajes de texto; enhorabuena, artista, ¡qué dedicación! No te he respondido antes porque me fui de vacaciones y olvidé el teléfono. Eres un impertinente y un metemuertos; obviedades aparte, leo que tu visita a la cárcel fue fructífera. Ven a Monterrey mañana y hablaremos con calma sobre lo que has descubierto. Te contaré todo lo que quieras saber. Confío en que no abras la boca hasta entonces.

Le respondí a vuelapluma que era un cretino, un embustero y un cobarde que había ocultado la verdad durante veinticinco años. «¡Tu ineptitud y mutismo lo ha enfangado todo!», lo amonesté en una nota de voz. Y por escrito le hice saber que ya me encontraba en Monterrey. Le mandé la dirección postal de Escolano y le *ordené* presentarse en la casa a las nueve de la mañana del día siguiente, domingo.

Nora se acercó a mí.

—¿Va todo bien, Óliver?

—No.

—¿Qué ocurre?

Nora y Escolano me miraban con el ceño fruncido, y yo, al fin, tras una agotadora batalla en la conciencia, diariamente renovada, me hallaba a escasos segundos de confesar que Hugo era el responsable, el criminal, el hombre que lo había organizado todo.

—¿Óliver?

La investigación estaba lista para dar un vuelco. Y yo permanecía silente porque deseaba con todo mi corazón que Hugo, el niño que también sufrió abuso escolar, fuese inocente.

—Óliver..., ¿estás bien?

Volvía a ser presa de una sensación de angustia irreductible, una fuerza invisible que me apretaba la garganta, ora con suavidad, ora con violencia, y al final no me quedó más alternativa que hablar.

—He de contaros algo.

Y les confesé lo sustancial. Que David nunca se enamoró de Melisa; que la joven, en cambio, fue su protegida; que Hugo era el autor del famoso retrato; que era superdotado y atesoraba gran sapiencia de la Arcadia, Miguel Ángel y Leonardo; que la vida de Hugo se torció a causa de un incidente, y, por último, que el agente de policía Lucas Bayona participó en este. No olvidé ningún detalle.

Víctor Escolano se quedó mudo, asolado, hundido en el paroxismo de la incredulidad. El rostro de Nora reflejaba una expresión ilegible, ni asomo de extrañeza.

—Lo siento —musité. Igual que Lucas y David, ¿yo también era un cobarde?

Nora me cogió de las manos y me sondeó con cautela.

—Han transcurrido dos semanas desde que visitaste a David en la cárcel, ¿por qué has tardado tanto en contarnos su versión?

Tomé aliento y narré paso a paso la historia juvenil de Hugo, y cómo los adolescentes de su generación lo apodaron «el Otro», «animal enfermo», «Quasimodo».

—Le cantaban canciones horribles, Nora. Lo acosaban con insistencia hasta que Hugo, en su ingenua mocedad, explotaba de rabia y salía corriendo detrás de sus torturadores. Debido a su aspecto físico, lo trataban como a una bestia. —Guardé silencio. Una lágrima resbalaba por mi mejilla—. Me siento plenamente identificado con él, con su sufrimiento; por eso he callado dos semanas. Mantenía la esperanza de que, de repente, apareciera el eslabón perdido de esta historia, el culpable, y no se señalara al hombre que, como yo, fue víctima de un repugnante abuso escolar. Pese a todo, no me cabe duda de que

Hugo es el asesino de Melisa y Mateo, y el conspirador del Prado. De nuevo, siento no haberlo mencionado antes...

· Nora se acercó a mí, emocionada pero prudente, y deslizó con suavidad sus dedos sobre mi cara.

—Te entiendo, Óliver. No digas más. —Y me acogió entre sus brazos.

Cuando terminó el abrazo, nos volvimos hacia Escolano. El profesor se había sentado en el sofá, cubierta la cara con las manos, respiraba sonoramente en una actitud de tragedia, un poco infantiloide, la verdad.

—¿Qué hacemos ahora, profesor? —murmuró Nora.

Escolano alzó la vista.

—Llamar a la policía.

Hugo vivía en un sencillo piso en el barrio de Lavapiés. La policía se presentó en su apartamento una hora después de escuchar nuestro testimonio. Los agentes no disponían de una orden judicial de registro domiciliario. No hizo falta: tras oír el timbre, Hugo les abrió la puerta con un arma de fuego en las manos, ilegal, claro. Accionó el gatillo por error y una bala atravesó el techo. Luego encañonó a un agente, dispuesto a efectuar un segundo disparo; sin embargo, fue acribillado en el acto, recibiendo un réquiem de gritos y plomo. Y el conserje, corazón muerto, muñeco de trapo, se desplomó inerte sobre un charco de vómitos y sangre.

Quienes tienen lengua de víbora aseguran que Hugo esperó a abrir la puerta en el momento en que rompía la obertura de *La gazza ladra*, de Rossini, y que «Melisa» fue el último suspiro que brotó de sus labios.

La noticia se difundió rápidamente. Nora estaba sentada en el sofá, impávida y quieta. Escolano caminaba muy alterado por el salón, como un péndulo, de izquierda a derecha, de izquierda a derecha. Habíamos conectado el televisor, el noticiario nocturno informaba de que en el apartamento de Hugo se habían descubierto pruebas fehacientes que lo inculpaban por completo.

—Dos biografías de Giorgio Vasari —enumeré—, varios planos del Prado y... ¿una guía sobre cómo instalar cámaras de seguridad?

—Es probable que Hugo inhabilitara las del Prado la noche que *actuó* en la sala 56B —añadió el profesor.

—¡Mirad! —exclamó Nora.

La televisión enfocó un cúmulo de cuadernos en los que Hugo había replicado, una y otra vez, la caligrafía de David Sender con una única frase: *Et in Arcadia ego*. Y, en la última página de un bloc negro, había escrito de su puño y letra un nombre, «Melisa Nierga», y su transformación en anagrama, «Enigma serial».

—¿Qué es eso...? —se escandalizó Nora.

Las imágenes grabadas por la policía emitían ahora diversos cuadros que Hugo había pintado en su apartamento. Melisa protagonizaba todos ellos, y no solo salía representada, de nuevo, como *La Gioconda* del Prado, no, no. Pásmense: Hugo había sustituido a las modelos de algunas obras muy populares, pintando a Melisa en su lugar: en *El nacimiento de Venus* de Botticelli, en *La maja desnuda* de Goya, en *La Venus de Urbino* de Tiziano y en *Las tres Gracias* de Rubens, especialmente perturbadora era esta, ojo, ya que Melisa aparecía por triplicado.

Aunque las obras eran de una calidad excelsa, Nora gritó:

—¡Qué horror!

Y con razón.

Al menos Hugo no había desnudado a su vieja amiga en todas las tablas. Melisa estaba vestida en *La lechera* de Vermeer y en *Muchacha en la ventana* de Dalí.

Permanecimos una hora y media en silencio, conmocionados y abatidos, evitando cruzar miradas, cada cual sumido en un mundo íntimo y taciturno, hasta que a las once de la noche se anunció una noticia imprevista: Hugo no había muerto. Había ingresado en coma en la UCI con tres balazos en el pecho y uno en el cráneo.

Ahora sí, nos sentamos a la mesa y apuramos la segunda botella de vino; añorantes de información, iniciamos un debate de largas y polémicas opiniones sobre el conjunto de la investigación, sumamente odiada a esas alturas. Especulamos sobre el futuro penal de David, hablamos de la vida y la muerte y descorchamos una tercera botella de tinto.

—Suficiente por hoy —dijo Nora en un leve estado de ebriedad. Se sentó en un rincón cerca del calor de la chimenea y se concentró en la lectura de un libro. Parecía un gatito, acurrucada y nimbada con una manta de chenilla.

En cuanto a mí, la necesidad de saber rayaba en lo obsesivo.

—Profesor, ¿nunca sospechaste de Hugo?

—No, claro que no. *De facto*, lo tenía por un buen hombre. Solo somos conocidos, nada más. El verano que precedió a las desapariciones de Melisa y Mateo, Hugo nos acompañó en algunas veladas. No lo veía desde entonces. Hará dos años que empezó a trabajar en el Prado. —Escolano reflexionó un instante—. Si no me falla la memoria, antes has dicho... Óliver, ¿has dicho que David no se enamoró de Melisa, sino que fue su protegida?

—Sí.

—Y eso ¿qué significa?

—No lo sé.

—También has comentado que la vida de Hugo cambió radicalmente ese año.

—A causa de un incidente.

—¿Cuál?

—No lo sé, profesor.

—Pero estuviste con David en la cárcel, ¿no te...?

—Se nos acabó el tiempo de la visita cuando iba a sincerarse, aunque me garantizó que el agente Lucas Bayona conoce los hechos al detalle. Le he pedido que venga mañana a las nueve.

—Bien, lo interrogaremos —suspiró Escolano con cansancio.

—David apenas mencionó a Mateo —advertí de pronto.

—Ya, nadie lo ha tenido en consideración desde que se descubrieron las calaveras en la barca de David.

—¿Qué sabes del anciano?

—No mucho. Que nació en 1905, que fue padre tardío, a los cincuenta y tres años, imagínate, ¡ah!, y que luchó en la Guerra Civil.

—Vaya..., ¿para qué bando combatió?

—¿Acaso importa, Óliver? Sí recuerdo que Mateo..., recuerdo que era un hombre sin memoria.

—¿Qué?

—Verás, un día, a finales de los sesenta, subió al tejado de su casa a reparar la chimenea y se cayó de cabeza. El golpe le causó una lesión cerebral irreversible que derivó en amnesia; amnesia total. Tras indagar en su mente, varios especialistas en trastornos de la memoria le diagnosticaron una grave anomalía en las conexiones neuronales. La actividad en sus hemisferios era casi inexistente.

Eché una rápida ojeada al salón. Nora seguía leyendo entre mantas, ajena a todo.

—¿Quieres decir que el cerebro de Mateo se vació?

—Sí, en su interior no había nada, su mente se llenó de oscuridad. Para siempre. Su desorden psíquico era absoluto. Si Mateo se miraba en un espejo, no se reconocía, aunque su funcionalidad básica quedó intacta: podía caminar, hablar o utilizar una cuchara para tomarse una sopa. Pero no entendía qué era una cuchara, ¿me explico?, la utilizaba por inercia. No sabía pelar una manzana, ni abrocharse la camisa, ni sumar dos más dos. Tampoco comprendía los conceptos ni las emociones. No sentía nada. Nociones como la vida o la muerte, no las concebía. El abuelo de Melisa simplemente existía, igual que existe una piedra. Es difícil imaginar un escenario más desierto y estéril que la mente de Mateo.

—Y cuando hablaba, ¿qué decía?

—Poca cosa. No obstante, cada cierto tiempo, muy rara vez, Mateo sentía breves destellos de lucidez, por así decirlo, y por unos segundos su cerebro se encendía.

—¿Como si se pulsara un interruptor?

—Más o menos. Sé que suena extraño, Óliver, pero no hay otra manera de explicarlo. En sus efímeros y limitados despertares, Mateo nos hablaba de una cabaña en la que, dedujimos, se refugió durante una batalla de la Guerra Civil. Eso es todo.

—¿Podría ser la cabaña que Hugo pintó en el retrato de Melisa?

—Lo dudo mucho.

—¿Y no recuerdas si...?

—Óliver, han transcurrido casi treinta años, me he esforzado por reconstruir el pasado, pero en mi memoria solo surgen vagas reminiscencias, nubladas e inexactas. Esperemos a oír mañana la declaración de ese policía.

Terminamos el vino en silencio después de todo un día de tortuosas y accidentadas vicisitudes. Nora, qué monada, se había quedado dormida con el libro abierto sobre la cara.

—Yo me encargo —resopló Escolano, que la cogió en brazos y cargó con ella hasta el dormitorio que le había asignado por la mañana.

Antes de irme a la cama, salí a fumar al jardín con la impresión de que el mundo se volvía cada vez más oscuro, de que se inclinaba cada vez más hacia la deformación. Anduve en círculos en torno al cobertizo porque hacía tanto frío que dolía. Percibí que la naturaleza respiraba hondamente a mi alrededor, dando la bienvenida a la madrugada con siniestras melodías. El resplandor argénteo de la Luna se reflejaba con suma belleza en la superficie del lago y, al otro lado, las montañas se habían puesto el disfraz de sombra espectral.

Regresé al interior, me senté en el sofá y dejé largo tiempo la mente ausente. No se oía el más mínimo ruido; además, las tinieblas se iban apoderando poco a poco de la vivienda, la única luz provenía de las pavesas del fuego en la chimenea.

Me pregunté si excarcelarían a David por la mañana. No necesariamente. No había pruebas de que Hugo tuviese algo que ver con las calaveras. ¿Podía ser que nos hubiésemos equivocado de enfoque? ¿Y si todos habíamos errado desde el principio? ¿Seguirían nieta y abuelo con vida, lejos de allí, a salvo en algún lugar remoto y secreto? Esa fue la serie de ideas disruptivas que me abordó el pensamiento mientras caía dormido en una falsa ilusión del sueño de los justos.

MATEO Y EL ENIGMA DE VASARI (I)

Son las diez de la noche. La joven y el viejo han presenciado el incidente. Una persona ha muerto. Cierto es que en realidad han intentado matarlos a ellos. Por ese motivo los dos están huyendo. Paso a paso se alejan del pueblo y penetran en el bosque. La joven oye a escasos metros una voz prolongada y grotesca: que vuelva, le pide alguien, que no le hará daño. Ella no le cree. Ha comprendido que su vida está expuesta a un grave peligro. Y el viejo, ¿qué entiende? Nada, en su mente reina la oscuridad: su vieja compañera de siempre.

A medida que profundizan en la espesura, el alumbrado público pierde intensidad a su espalda y la negrura los envuelve. La joven tiene dieciséis años y camina sin fatigarse, pero, cada dos minutos, el viejo tiene que detenerse para recuperar el aliento.

—Haz un esfuerzo —susurra ella—. Se está acercando. Si nos alcanza, nos matará. Nos convertirá en huesos.

Se cogen de la mano y reemprenden la marcha. El bosque late a su alrededor como si tuviera sistema circulatorio y bombeara sangre. ¿Dónde se encuentran? La joven observa alrededor. Ha oído algo extraño. Alguien se acerca. ¿Quizá un animal? Sin previo aviso se enciende la luz de una linterna, cerca, a menos de dos metros. Nadie se mueve. La tensión aumenta. El silencio es sepulcral.

—¿Huesos? —dice de pronto el viejo.

Quien porta la linterna se precipita hacia ellos, tropieza, pierde el equilibro y se cae al suelo. La joven no se lo piensa: coge una piedra y lo golpea con fiereza en la cabeza. Luego, a duras penas, toma del brazo al viejo y se pierden en la lóbrega frondosidad del bosque.

El domingo me desperté con bolsas bajo los ojos y los párpados inflamados debido a la falta de sueño. El profesor, que leía apaciblemente el periódico en el salón, me invitó a un café recién hecho que acepté de buen grado. Arrellanada en un sofá, Nora había retomado la lectura de la noche anterior.

A las nueve menos diez, en un mensaje, Lucas me avisó de que estaba de camino, de modo que abrí la verja y decidí esperarlo a la intemperie; unos minutos más tarde, lo divisé remontando la travesía de hierba y grava que ascendía hasta la parcela de Escolano. Lucas vestía pantalones tejanos, botas de montaña y forro polar. Seguía luciendo aquella chiva con bigote que embellecía sus facciones.

—¡Agente, aquí! —Fui a su encuentro con los brazos abiertos y la sátira en los labios—: Lucas Bayona, fidelísimo servidor de la patria, qué tal, cuánto tiempo, cómo estás. —Y tuve la osadía de soltarle un guantazo que lo hizo tambalearse de arriba abajo, mientras le gritaba a pleno pulmón que su silencio había desvirtuado los hechos en el caso de David

Sender. Luego, al tomar conciencia de que acababa de agredir a un agente de la ley, me disculpé—: Lo siento, Lucas, se me ha nublado el juicio y he perdido el control.

—No te preocupes, Brun. Supongo que me lo merecía. Es más —murmuró—, ¿quieres abofetearme de nuevo?

—Preferiría no hacerlo, con una vez me sobra.

—Insisto. Después de todo, si deseas darme otro manotazo en la cara, no pondré objeciones.

—Eh... Venga, vale —musité. Y se lo di—. Caray, qué extraño, normalmente era yo quien solía recibir las somantas tiempo ha. Qué cosas, resulta que en ocasiones lo que uno realmente necesita es redimirse un poco, ¿verdad? Escucha, Lucas, ¿te importa si te doy una tercera bofetada?

—Tampoco te pases, Brun.

Entramos en la vivienda y nos dirigimos al salón, donde Nora y Escolano aguardaban pacientes, esforzándose para que su lenguaje corporal no evidenciara signos de angustia y hartazgo.

—Buenos días, profesor. Me llamo Lucas Bayona. Nos hemos visto en el pueblo.

—Póngase cómodo.

Tomé la palabra y seguí con las presentaciones:

—Y esta jovencita de tez vivaracha, ojos de caracol y espíritu intrépido es una de mis compañeras en el programa de doctorado. Su nombre es Eleonora.

—Óliver, como vuelvas a llamarme así te afeito las cejas.

—Ya ves, agente —suspiré—, que los tres estamos de mal humor, sumidos, además, en un estado de indecible agotamiento. Por tanto, necesitamos que expongas de forma breve y sencilla tu testimonio. Bien, según me contó David en la cárcel, tú y él sois las únicas personas que conocéis la verdad del asunto que nos ocupa.

—Sí, ni siquiera he reunido el valor suficiente para tratar el tema con mi pareja.

—O sea, que has mentido a tu mujer durante años.

—Mi pareja no es una mujer —me corrigió Lucas—, es un hombre. Soy homosexual.

—Ah —dije con absoluta normalidad—. Bueno, adelante, cuéntanos qué sucedió en 1995, sin preámbulos, por favor.

—De acuerdo, pero sabed que voy a relatar la versión de David Sender. Mi implicación en el caso se limita en exclusiva a la noche de las desapariciones.

Lucas tomó asiento a la mesa. Sus labios entornados, aunque iban perdiendo color, o tal vez porque lividecían, parecían extrañamente muertos. Se quedó en suspenso por un instante, en rígida posición, y por fin inició su exposición de los acontecimientos.

—Entre septiembre y diciembre de 1995, Melisa Nierga mantuvo una relación sentimental, pero no con David Sender, como se ha corroborado, sino con un chico del instituto de Monterrey.

—¿Con quién? —curioseó Escolano.

—No lo sé, profesor. Melisa nunca desveló su identidad, llevaba su relación en secreto. La cuestión es que su novio la maltrataba. En mi condición de policía he intervenido, por desgracia, en causas de violencia de género. La reacción psicológica a las agresiones físicas difiere en cada mujer. Melisa, como tantas otras, optó por silenciar su tormento, quizá por miedo a posibles represalias, o por vergüenza, o incluso por sentirse culpable. No obstante, a sus dieciséis años, comprendía que su novio era un salvaje lleno de podredumbre y hostilidad.

—Sin embargo —entendí de pronto—, en algún momento Melisa fue incapaz de soportar más la situación, y recurrió a David, que era su profesor en el instituto y, a la vez, un amigo íntimo de su madre.

Lucas asintió con los ojos cerrados.

—Melisa fue su protegida. Sender cuidó de ella durante semanas, la atendió con afecto, como si fuera su hija, la aconsejó e intentó convencerla para que informara a las autoridades competentes. Melisa decidió esperar, pues tenía el convencimiento de que podía *arreglar* la actitud abominable del canalla que la maltrataba. Pero la violencia interpersonal, una vez que empieza, si no se le pone fin, se desata con mayor asiduidad. Melisa continuó sufriendo malos tratos en el curso de aquel otoño. Hugo se dio cuenta de que algo no marchaba bien, veía secuelas y heridas en el corazón de su amiga. Hablaba con ella, día tras día, y Melisa acabó por contarle que estaba sometida a una violencia pertinaz.

Lucas enmudeció unos segundos para tomar aire.

—Imaginad cómo afectó aquello a Hugo, qué sintió al saber que la sola persona que lo trataba con amor era golpeada regularmente por un miserable. Hugo quería matar a ese anónimo, fuera quien fuese. Igual que David, también persuadió a Melisa para que denunciara los hechos ante la policía. Nada cambió hasta el 31 de diciembre, fue entonces cuando Melisa se rompió, se hizo añicos, asistió al desgarramiento integral de su ser. A las ocho de la tarde telefoneó a Hugo y le comunicó que iba a fugarse del pueblo, sin notificárselo a su madre. Media hora más tarde, deslizó una hoja bajo la puerta de Sender.

No puedo vivir en Monterrey más tiempo. Esto es demasiado doloroso para mí. Me marcho a otro lugar. Me presionan,

MELISA

—Tras leer esa breve nota, Sender alertó a la policía. Yo era un novato de veintitrés años y estaba de servicio. Salí con mi compañero de comisaría y tomamos la decisión de separarnos para cubrir más terreno. Llegados a este punto, Hugo, Sender y yo andábamos buscando a Melisa por Monterrey. Los tres nos encontramos por casualidad en la entrada de un callejón apenas iluminado. A unos diez metros, vi a Melisa en compañía de ese individuo. No pude identificarlo porque llevaba puesto un pasamontañas y una capucha. Creo..., creo que estaba violando a Melisa, no lo sé, pero sin lugar a dudas la escena era de una brutalidad espantosa. Ella gritaba de dolor, chillidos inhumanos, en medio de aquella oscura callejuela. Debían de ser las diez de la noche, no había nadie en el vecindario, todo el mundo celebraba en familia la cena de Nochevieja.

—Recuerdo lo que te sucedió —susurró de repente Escolano, perplejo y con voz rasgada—. Fuiste noticia al día siguiente. No sabía que David y Hugo estuvieron presentes cuando... Continúa, por favor.

El rostro de Lucas se ensombreció, invadido por un sentimiento de punzante y abrumador arrepentimiento.

—Hugo me desarmó, quitó el seguro de mi pistola y avanzó enloquecido, aullando maldiciones, hacia el chico que golpeaba a Melisa. Ni siquiera pude moverme, me quedé paralizado, la mente en blanco, en mi torpeza e inexperiencia de novato. Hugo apretó el gatillo en el mismo instante en que David Sender se abalanzaba sobre él para evitar una tragedia, empujándolo, desviando así la trayectoria del disparo... hacia mí. La bala pasó rozándome una oreja, y perforó la cabeza de una mujer: la madre de Hugo había muerto.

»Cuando quise analizar la situación, Melisa y su agresor habían desaparecido. Sender yacía en el suelo, consciente pero inmóvil. Me giré y vi a Hugo arrodillándose ante el cadáver de su madre, llorando sin emitir ningún sonido, con la mandíbula desencajada y una aterradora vaciedad en el rostro. Aquella expresión de Hugo es lo más desgarrador que jamás he visto, el compendio de todos los horrores del mundo. Inferí que, un rato antes, Hugo le había contado a su madre que su amiga Melisa era víctima de la violencia machista y que iba a huir de Monterrey, por lo que ella también había salido a buscarla.

»Hugo se acercó a mí, depositó el arma en el suelo y me miró. Sus ojos heterocromos estaban vacíos, no había signo de vida en ellos, solo un abismo desolador. Después alzó la vista y observó el cielo estrellado, solo un segundo, y, después, se adentró muy despacio en el bosque. No se supo nada de él en años.

MATEO Y EL ENIGMA DE VASARI (II)

Son las doce de la noche. La joven y el viejo caminan por un abrupto sendero colmado de helechos, hierbajos y piedras. Tras un árbol nace otro. De vez en cuando, el sonido de algún animal rompe con estrépito el silencio. Se hallan en el corazón de la montaña. ¿Sobrevivirán?

Poco después acceden a un claro iluminado por la luna y las estrellas. En el extremo opuesto, la joven divisa al hombre que los quiere matar. Él se orienta en la penumbra con una linterna. A pesar del impacto que ha recibido antes en el cráneo, se desplaza con agilidad. ¿Qué van a hacer? ¿Dónde pueden ocultarse? Si él los ve, están muertos. Se esconden detrás de una roca enorme hasta que el hombre se encamina a otro lugar. Al parecer no los ha visto. ¿Tienen una oportunidad? La joven tira del viejo hacia las tinieblas. Serpentean entre los árboles, descienden un barranco y ascienden un leve repecho. No pueden permanecer mucho más tiempo a la intemperie. Necesitan encontrar un refugio o el frío los derrotará.

Una hora más tarde, agotados, tiritando, divisan una cabaña entre los árboles. La puerta se abre con facilidad. Entran y la joven echa el cerrojo. ¿Qué habrá dentro? No pueden arriesgarse a encender una luz. Los dos se sientan en el suelo y apoyan la espalda en la puerta. Contra toda lógica, la temperatura en la cabaña es muy agradable. Arropado por la sensación de calor, el viejo se queda dormido tal y como está. La joven se mantiene alerta. Tiene la horrible sensación de ser observada en todo momento. ¿Han conseguido despistar al hombre que los quiere matar? No lo sabe con seguridad. Procura controlar la respiración. Lo fundamental, piensa, es que ahora están a salvo. ¿O tal vez no? ¿Se ha oído un ruido en el exterior? ¿Son pisadas? Alguien se acerca a la puerta. ¿Es él?

Toc, toc.

Las lágrimas anegaban el rostro de Lucas.

—Si Hugo no me hubiese arrebatado el arma, su madre no habría muerto. Fui un joven descuidado, un incompetente en mi cargo. He arrastrado un profundo sentimiento de culpabilidad durante veinticinco años; me ha corroído, me ha costado incontables desvelos. Por eso te pedía que no te entrometieras, Brun, no quería que el pueblo supiese que mi negligencia policial provocó la muerte de una mujer. Lo siento.

Recordé las palabras de David y las pronuncié en voz alta: «Hay una razón por la que estoy en la cárcel».

—Supongo que, como yo —balbuceó Lucas—, él también se ha sentido responsable: si no hubiese empujado a Hugo en el momento del disparo, la bala no habría matado a su madre. Le pedí a Sender que se marchara a casa y no hablara con nadie. Cuando testifiqué ante mis superiores, aseveré que el raptor de Melisa también había asesinado a la madre de Hugo. Mentí y me creyeron. Naturalmente, la versión extendida incluye infinidad de matices, pero, en resumen, todo esto fue lo más significativo de aquella nefasta noche.

Tanto Nora como Escolano advirtieron que Lucas no había hecho alusión alguna a Mateo.

—Patricia Nierga denunció su desaparición a las diez de la noche —concluyó el agente—. No sé nada más al respecto. La búsqueda de nieta y abuelo se prolongó durante meses. No dejaron rastro, ni ellos ni el chico que secuestró a Melisa. El caso se enterró y cayó en el olvido. Dónde estuvieron hasta que aparecieron las calaveras en la barca de Sender será siempre un misterio.

Si bien la exposición de Lucas englobaba factores inconexos, elegimos no formular más preguntas. Era evidente que la sola mención de aquel penoso episodio lo había destrozado. Ahora, mientras contemplaba sus ojos aguados, tuve la certeza de que el fuego de ese recuerdo ardería por siempre en su interior, quemando su espíritu silenciosamente hasta el fin de sus días con idéntico infortunio, con la misma fiereza y crueldad.

Acompañé a Lucas a la puerta, sintiendo lástima por él, y lo despedí con un cálido apretón de manos. Cuando regresé al salón, el profesor Escolano atendía una llamada con la mirada fija en el cobertizo. Después de colgar, dándonos la espalda, apoyó la cabeza en la cristalera y farfulló con voz quebrada:

—Ha sucedido algo terrible.

29

Desde luego, la noticia fue terrible.

David Sender murió el 10 de enero ahorcado con un trozo de sábana. El cadáver no mostraba otro signo de violencia; al amanecer colgaba a un palmo del suelo con los ojos cerrados, pacífica expresión y la lengua asomando ligeramente entre el pálido púrpura de sus labios. No se halló en la celda una nota de despedida en la que David abordara las causas y circunstancias de su acto, ni dejó constancia de sus últimas voluntades; nada. Supongo que David Sender, meramente, desistió de vivir. Su nombre se sumaba a la larga lista de escritores (Virginia Woolf, Pavese, Mishima, Zweig, Hemingway, Toole...) que se habían entregado al abrazo del suicidio.

Decenas de medios modificaron su escaleta y dieron prioridad a la noticia de su muerte. La televisión aprovechó la ocasión para retransmitir fragmentos de su discurso de aceptación del Premio Cervantes. En la radio, oyentes anónimos leían con voz meliflua párrafos de su *magnum opus, Amar en Europa*. Víctor Escolano Duval (la prensa siempre utilizaba su nombre completo) concedió varias entrevistas y habló del sempiterno bagaje académico y literario de David. Las redes se inundaron con sus aforismos más populares, se le dedicaron canciones, pequeños homenajes, sentidas reflexiones. Asombraba ver la dulzura y la empatía con la que un país despedía a uno de sus escritores contemporáneos más influyentes. Francamente, en España se entierra muy bien.

El anuncio de la editorial Prades & Noguera de que en pocas semanas se publicaría una obra póstuma de David Sender engrandeció su figura en el imaginario colectivo, fortaleció la remembranza de un autor excepcional, un agudo observador de la realidad, y un profesor que no se limitó a impartir clase aplicando una férrea pedagogía, sino que animó al alumnado a buscar el placer en el conocimiento puro, a meditar sobre la diversidad de los mundos y a elevar el pensamiento a esferas más trascendentales que el Yo individualista, huyendo, a su vez, de dogmatismos, envidias y fanatismos. Esa era su filosofía.

La búsqueda de una vida plena basada en el hedonismo, desvinculada de toda vanidad y egolatría, proporcionó a David Sender, supongamos, una emoción próxima a la felicidad. Hablaba de caminos compartidos por la especie humana.

El hombre que me salvó la vida ha muerto, pero no ha desaparecido; su pensamiento reposa etéreo en las librerías de miles de hogares, y tarde o temprano alguien recurrirá a él, y las novelas de David volverán a leerse desde el principio.

Mucha gente encomió sus virtudes, pero después le llegó el turno a la especulación y a las cáusticas suposiciones: ahora que Sender parecía inocente de todas las acusaciones, ¿por qué se había suicidado? ¿Depresión? ¿Traumas emocionales? ¿Trastorno mental? ¿Otro tipo de desorden?

Nora, Escolano y yo también reflexionamos sobre el porqué de su suicidio, y la única hipótesis que nos pareció verosímil, la única que arrojaba algo de lógica, era que la tarde anterior encerraran a David en la celda tras oír que Hugo había muerto; hasta las once y pico de la noche no se supo que el conserje había entrado en coma, y esa noticia no llegaría a la cárcel hasta el alba, por tanto, David se acostó con una fotografía incompleta de la realidad. No pudo salvar a Melisa hace veinticinco años y, anoche, debió de considerar que su testimonio, el que me ofreció días antes en la penitenciaria y yo hice público, le había costado la vida a un hombre. Creo que el remordimiento acabó por devorarle la conciencia a David.

—Su funeral se celebrará mañana aquí, en Monterrey, a las cinco de la tarde —nos comunicó Escolano—. Os podéis quedar en mi casa el tiempo que haga falta y necesitéis.

Nora y yo le dimos las gracias y, a continuación, decidí salir a caminar en soledad por la ribera del lago. Por la tarde no hice absolutamente nada. Nora estuvo leyendo todo el día. Te acercabas a ella y no se enteraba, le preguntabas algo y te respondía: «¿Eh?». A las diez y media de la noche cerró el libro, nos miró desde el sofá con ojos grandes e impertérritos y dijo:

—Hay una teoría que relaciona el *Cerca Trova* de Vasari con unos versos de la *Divina comedia* de Dante. —Se encogió de hombros y se fue a dormir sin haber cenado.

El lunes por la mañana, Escolano me prestó unos prismáticos que guardaba en el cobertizo. Me senté en el porche, ajusté los binoculares y, en aras de evadirme de la realidad, exploré con mirada imperturbable las montañas que rodeaban el valle en busca de la cabaña que aparecía en el retrato de Melisa Nierga. Supongo que esa fue mi reacción a la muerte de mi maestro.

A las cuatro y veinte de la tarde, Escolano se cambió de ropa antes de asistir al funeral.

—Yo no iré —dije.

—Yo tampoco —asentó Nora.

—De acuerdo. Lo entiendo. Nos vemos en un par de horas.

Nora se acomodó en el sofá y reanudó su lectura. Le ofrecí un café y no me contestó. Procuré entablar conversación con ella pero no apartaba la vista del libro, de modo que desistí, me quedé mirándola unos minutos y luego salí al patio trasero. Anduve por el césped helado y di una vuelta tras otra al cobertizo, sin parar de fumar, ni siquiera podía pensar claramente. A estas alturas de la historia, tenía la sensación de haber recorrido todo el espectro de emociones concebibles.

Fue entonces, mientras paseaba por el jardín, cuando oí a David en mi interior. Me habló con voz luminosa y reconfortante, me dijo que la tragedia es lo único que subvierte todas las expectativas y los planes, y que basta escarbar un poco en la conciencia de cualquier persona para que salgan a la superficie las barreras y los temores que la llenan. «Lo que diferencia al niño del hombre, Óliver, es que el segundo buscará medios para aceptar la complejidad, el dolor y la inmutabilidad de la muerte. Expande tu alma, medita sobre la pérdida, la redención, la soledad, y celebra la amistad, el placer y el amor; todo forma parte de la maravilla de la existencia.»

Escuché a David hasta que los últimos acordes de su voz se desvanecieron flotando como en los sueños. Me pregunté qué haría yo a partir de entonces, y cómo había acabado así. De pronto recordé que esta historia, y todos los albures que la pueblan, comenzó en el mismo instante en que me instalé una semana en su casa. Fue en su hogar donde tropecé con el retrato de Melisa Nierga, y una parte de mí, irracional, nefelibata, empezaba a creer que esa chica y su abuelo aún seguían con vida.

MATEO Y EL ENIGMA DE VASARI (III)

Toc, toc.

Se trata de un sonido periódico, un suave golpe de nudillos que se repite en intervalos de dos minutos. La joven siente la presencia de un hombre en la entrada de la cabaña. Está aterrorizada. Lleva horas con la espalda apoyada en la puerta. Solo la separa de la muerte una tabla de madera. ¿Qué hace el viejo, por cierto? Ahí sigue dormido, tan tranquilo, con la cabeza suspendida sobre el pecho.

¿Ya está amaneciendo?

Toc, toc.

Esta vez el doble golpe ha sonado diferente, como si el hombre se estuviese despidiendo. ¿Acaso se ha ido? La joven se levanta, se asoma a una ventana y escruta con cautela el exterior. No ve a nadie en las inmediaciones de la cabaña. Suspira aliviada, despierta al viejo y examina el lugar en el que se han refugiado. Es una pequeña vivienda de una sola habitación. En un rincón hay una estantería con decenas de libros.

Las páginas de algunos están desvencijadas tras múltiples usos. Al lado se disponen un tocadiscos y un mueble con vinilos. ¿Qué más? Dos armarios, una cama, un sofá, una cocina con utensilios y una despensa abarrotada de alimentos imperecederos. ¿Como por ejemplo? Pues la joven observa frutas y verduras enlatadas, carne seca, conservas, legumbres, leche en polvo sin grasa, pasta seca, ¿y también hay mantequilla de maní y mermelada de fresa?

A través de las ventanas se abre un paisaje densamente poblado de árboles, arbustos y matorrales. Se oye el fluir del agua en algún arroyo cercano y, de vez en cuando, el trino de las aves endémicas. La joven y el viejo pasan el día en el interior de la cabaña, en silencio. Cenan cualquier cosa y se acuestan temprano en la cama, la una al lado del otro, cubriéndose con mantas.

Dos semanas después, nada ha cambiado. La joven tiene problemas para conciliar el sueño. ¿Y eso? Pues es que resulta que está perdida en una cabaña en medio de un extenso bosque. Como un bendito duerme el viejo. Tres meses más tarde, los dos se han acostumbrado a la vida ermitaña. Durante el día salen a pasear por los alrededores, hacen ejercicio y preparan la comida y la cena. Al atardecer, o bien ella le lee libros a él, o bien pinchan vinilos en el tocadiscos y bailan canciones a la luz de las velas. Las noches en que el viejo se orina encima, en la cama, la joven lo amonesta.

Su vida transcurre plácida en las profundidades de un bosque. La medianoche del solsticio de verano, empero, un sonido los sobresalta.

Toc, toc.

No han llamado a la puerta, sino al techo. Alguien se ha

encaramado al tejado de la cabaña. Además, el golpe no ha sido natural. Parece que está golpeando la madera la mano de un muerto.

A las seis menos cuarto de la tarde yo seguía dando vueltas por el jardín. Tenía las manos ateridas por el frío y notaba una leve sensación de sequedad en la garganta y los ojos. Nora deslizó la cristalera corredera y vino a mi encuentro completamente nerviosa.

—Oye, ¿estás bien?

—Óliver, necesito tu teléfono.

—¿Eh?

—Tú móvil, ¡préstamelo, por favor!

—Creo que lo he dejado sobre la mesa del salón. ¿Para qué lo quieres?

—Luego te lo explico.

MATEO Y EL ENIGMA DE VASARI (IV)

¿Por qué te quedas inmóvil en el sofá, viejo? ¿No ves que babeas? ¿No ves que la joven ha muerto? Su cuerpo yace inerte y frío sobre la cama. Tendrás que enterrarla, digo yo, o la putrefacción impregnará pronto la cabaña. Vamos, coge · una pala y sal a cavar una tumba. No, idiota, ahí no. ¡Cómo va a haber una pala dentro de una cafetera italiana! Baja la tapa, anda, date la vuelta y..., un segundo, ¿estás fingiendo que reflexionas? ¡Ja! Eres de lo que no hay, viejo. Te recuerdo que en tu mente no hay nada, solo oscuridad, tu vieja compañera de siempre. No puedes generar pensamientos, ni tienes imaginación. Tampoco sueñas ni... Sí, en el armario, la pala está en ese armario. ¡Bravo, la has encontrado!

¡Uf! Un trabajo duro, ¿verdad? Lo más complicado ha sido arrastrar el cuerpo de la joven a través del bosque. Pero ya le has dado sepultura. Ahora puedes descansar. Y mejor que comas algo, no querrás morir de inanición, ¿verdad? ¡Ah!, y ten cuidado en el camino de vuelta a la cabaña, no te vayas a caer en cualquier vericueto del monte.

¿Qué tal? ¿Has descansado? Anoche caíste en un sueño profundo y reparador, ¿eh? Dime, ¿qué has planeado hacer hoy? Quizá deberías... Espera, ¿qué es eso? ¿Estás viendo lo mismo que yo, viejo? Un hombre te observa atentamente desde el otro lado de la ventana. Aunque llame una y otra vez, tú no le abras la puerta, ¿vale? Que bajo ningún concepto entre en la cabaña.

Ya ha pasado otra semana, viejo. ¿De dónde has sacado esa navaja? ¿Y qué haces a cuatro patas en el suelo? ¿Estás tallando la madera? A ver, aparta, déjame leer qué has escrito. Hummm... Qué curioso. ¿Por qué has grabado las palabras *Cerca Trova* en el suelo de la cabaña?

¡Ah...! Entiendo, entiendo. ¿Estás listo para morir? ¿Sí? De acuerdo. Te ayudaré. Sal al porche y siéntate en el banco. Ahí, muy bien. ¿La muerte? Descuida, no te va doler. Cierra los ojos y entrégate a la naturaleza. Escuchas el silbido del viento, el susurro del agua en los manantiales. De algún lugar proviene el sonido de los ciervos; los machos frotan la cornamenta en la corteza de los árboles, marcan y remueven la tierra, preparándose para la conquista de las hembras. ¿Ya es época de berrea?

Nora reapareció corriendo en el jardín. Transmitía la sensación de que apenas podía tenerse en pie. Le temblaban las extremidades, las mejillas y los labios.

—Nora, ¿qué sucede?

—Lo he resuelto, Óliver. David Sender no asesinó a Melisa y a Mateo Nierga. Tampoco fue Hugo. Y creo que sé dónde se encuentra la cabaña que aparece en el retrato. Mira...

Nora me puso sobre las manos el libro que, incansable, había estado leyendo. El texto que me señaló se había escrito con el tiempo presente como verbo principal, con un estilo sobrio, en absoluto florido, sin musicalidad. Empleé unos minutos en leerlo y, cuando terminé, alcé la vista sin comprender nada.

—Se trata de un relato breve —susurró Nora con voz rota—, es la historia de una joven y un viejo que huyen de un pueblo porque alguien los quiere matar. Los dos terminan viviendo en una cabaña, pasan los días en las profundidades del bosque. Y, esporádicamente, alguien, al parecer un hombre, se planta frente a la puerta y no hace otra cosa que llamar con los nudillos de manera insistente: toc, toc. Hacia el final, la joven muere. El viejo la entierra y, luego, sirviéndose de una navaja, talla las palabras *Cerca Trova* en la madera de la cabaña. Esta es la sinopsis del relato que me has visto leer una y otra vez.

—Sí, Nora, pero ¿qué...?

—Fíjate en el encabezamiento, Óliver.

Lo leí despacio y en voz baja. El cuento se titulaba *Mateo y el enigma de Vasari*.

Nora se encontraba al borde de la desesperación. En su rostro habitaba un pánico indecible. Permaneció unos segundos en silencio con los ojos cerrados, tiritando a causa de la histeria y el miedo, y cuando habló, tuve la impresión de que su voz surgía desde los abismos del mundo.

—El título de este cuento es un anagrama. —Y me mostró la transposición de caracteres que había urdido en su cuaderno.

MATEO Y EL ENIGMA DE VASARI
VED, YO MATE A MELISA NIERGA

—¿«Ved»? —musité nervioso—. ¿Qué significa, Nora? Ya no puedo más. David ha muerto. ¿Qué tenemos que «ver» ahora?

Nora rompió a llorar presa de un inmenso desconsuelo. Las angustias, decepciones y tribulaciones, todo cuanto habíamos vivido en los últimos meses cristalizó en el instante mismo en el que Nora, muy despacio, abrió los labios y me lo explicó.

—El sábado, el profesor Escolano nos regaló una colección de cuentos que autoeditó hace años. *Mateo y el enigma de Vasari* es el título de uno de sus relatos; y con este título se puede crear el anagrama que te he mostrado y en el que «Ved» no concierne al imperativo del verbo «ver». No, Óliver... «Ved» son las iniciales de un nombre.

Víctor Escolano Duval, yo maté a Melisa Nierga

Todos mis pensamientos se calcinaron y murieron, todas mis emociones fueron devoradas salvajemente por el horror. La conmoción que experimenté fue inhumana, más allá de toda lógica imaginable. Una terrible descarga me rasgó el cuerpo y la mente. Tan penetrante y brutal fue el dolor que sufrí que me vi obligado a clavar las rodillas en el suelo. Tal como me encontraba, incapaz de realizar un solo movimiento, sentí cómo la epifanía de Nora me desgarraba el alma por dentro. Ni siquiera el infierno debía de ser tan atroz. Sobre mí caía el peso irreductible del universo.

Abundantes lágrimas resbalaban por las mejillas de Nora, que no podía parar de temblar, pero haciendo un esfuerzo denodado, sin poder reprimir la amargura y el llanto, Nora concluyó su razonamiento.

—Hace tres días, la policía nos envió la imagen del retrato restaurado, y deduje que los restos de Mateo y Melisa se hallarían en una cabaña. Pero mi equivoqué, Óliver. No es una cabaña, sino un cobertizo.

Nora hizo acopio de todas sus fuerzas, me levantó del suelo y me llevó del brazo en dirección al cobertizo del profesor. Abrimos la puerta, nos situamos en el centro y observamos atentamente. Allí no había nada, solo estanterías repletas de objetos, cajas y suministros de jardinería.

—El fondo negro del retrato de Melisa —continuó Nora sin parar de llorar—, ocultaba el enigma de Vasari, *Cerca Trova*. Y, en el cuento del profesor Escolano, el viejo talla este enigma en el suelo antes de morir. «Buscad y Encontraréis», ¿recuerdas? Pero ¿dónde buscamos? Óliver..., creo que los cuerpos de Melisa y Mateo están enterrados justo bajo nuestros pies porque, en nuestro idioma, con las palabras *Cerca Trova* también puede generarse un anagrama.

Totalmente aterrados, sintiendo espeluznantes oleadas de consternación y pánico, Nora y yo removimos las tablas de madera del suelo laminado; como no estaban claveteadas, cedieron con facilidad. Bajo el falso suelo descubrimos una trampilla metálica del tamaño de una ventana. Actué sin pensar, agarré el asa y tiré con firmeza. Una vez abierta, la trampilla reveló un hoyo terroso, una especie de pozo de dos metros de profundidad en cuyo fondo reposaban los huesos de dos cuerpos humanos decapitados.

—¡Por fin! —exclamó el profesor Escolano. Nos miraba desde la puerta del cobertizo con un arma de fuego en las manos—. Empezaba a pensar que os lo había puesto demasiado difícil. No os preocupéis, no os voy a hacer daño. Solo quiero que escuchéis mi historia. ¿Hablamos en el salón? Aquí hace frío, ¿no? Adelante. Pasad, pasad, vosotros primero. Oh, el funeral de David ha sido precioso, por cierto. Lástima que no hayáis venido. Ha asistido mucha gente.

30

—La anécdota que te conté sobre el filósofo al que rendían tributo en las calles de París es muy emotiva, pero mi favorita es mucho más reciente.

—¿Y cuál es, Nora?

—Se produjo en Reino Unido en el siglo pasado. Dicen que durante una semana Winston Churchill tuvo serios problemas para pronunciar sus arengas públicas. Por lo visto, cuando Churchill abría la boca, una sufragista irlandesa interrumpía su mitin haciendo tañer una campana. ¡Ahí va! ¿Te imaginas la escena? Un político se prepara para discursear y, de repente, ¡din, don, din, don!, una mujer lo boicotea cada vez tocando una campana. ¡Ostras, Óliver!, ¿no es lo más gracioso que has oído?

Dado que el profesor sostenía un arma de fuego, Nora y yo salimos del cobertizo con diligente y servil obediencia, cruzamos el jardín y entramos despacio en el salón, con lentitud de tortuga.

—Por favor, sentaos en el sofá. —Escolano esbozó una sonrisa fatua y reiteró—: No voy a haceros daño. Solo quiero explicaros paso a paso qué ocurrió hace veinticinco años, y todo cuanto he fabulado; después bajaré el arma, los tres iremos a comisaría y me entregaré voluntariamente. No opondré resistencia.

Nora ya no lloraba y tampoco parecía acoquinada; es más, lanzaba feroces miradas de rabia a Escolano.

—Óliver, vámonos de aquí.

—No os mováis.

—¡Levanta, Óliver!

—¡He dicho que no! —instó el profesor exasperado.

—No vas a dispararnos —gritó Nora—, ¿sabes por qué?: he comprendido que anhelabas que descubriéramos tu autoría en este caso, desde que nos convocaste en la sala 56B hasta que nos regalaste tus cuentos, ¡nos has guiado desde el principio!, ¡y ahora necesitas desesperadamente que alguien conozca ya la magnitud de lo que has planeado durante décadas!

—Sí, por supuesto, y vosotros os quedaréis a escuchar el final.

—No te daremos esa satisfacción.

—Claro que sí. Me ha costado años, salud e insomnios elaborar esta obra de arte, y no voy a perder la ocasión de...

—¡Mataste a dos personas! —vociferó Nora, y le tiró un jarrón que se estrelló contra una viga de madera—. ¡Hugo está en coma y David se ha suicidado! ¿Y tú la llamas «obra de arte»? ¡Loco...!

—Eleonora, siéntate. No seas insensata.

—Eres repugnante.

—¡Que te sientes!

—Me voy ahora mismo.

—Si sales por esa puerta, mataré a Óliver.

—¡No lo harás!

—¡Ni me lo pensaré! Total, solo requiero la atención de una persona para difundir mi historia, ¡mi obra!

El temperamento de Escolano era errático, hostil, ingobernable. Caminaba febril de un lado a otro de la habitación haciendo aspavientos, tropezando, golpeándose con los muebles y la decoración, sudando, ensalivando espumarajos, la boca descompuesta y los ojos plenamente exaltados en un agudo gesto de demencia.

—¿¡No me crees capaz!?

—¡Detente! —urgió Nora—. ¡No...! ¡Para! ¡Para...!

Pero Escolano se precipitó hacia mí y me apuntó con el arma a menos de un metro de distancia. Sentí la expansión de su ira, su desesperación y su ansia, y el odio congénito y visceral que lo consumía. Estaba a punto de dispararme en la cara.

Me volví hacia un lado, ni siquiera podía hilvanar pensamientos, atónito y espantado, y vi que había empezado a nevar. Densos y copiosos copos caían del cielo crepuscular posándose con delicadeza unos encima de otros.

Escuchen esto: mientras veía cómo la nieve alfombraba el jardín, parpadeó en mi memoria una escena de *El guardián entre el centeno,* esa en la que Holden Caulfield, contrafigura existencial, regresa a Nueva York y pregunta a dos taxistas adónde van los patos cuando un lago de Central Park se congela en invierno. El primero le responde, lógicamente, que si se ha propuesto tomarle el pelo; el segundo, que cómo demonios quiere que sepa una estupidez semejante. Qué delicia de libro. No contiene una página de más. Por si les interesa saberlo, es la obra literaria que más me ha impactado, quizá por aquello de haber sufrido abuso escolar. Con el paso de los años, abrir la novela de Salinger por un capítulo al azar y tumbarme a leerlo se ha convertido en un hábito.

Tal vez les suene extraño lo que voy a manifestar a continuación, e incluso puede que no me crean; la cuestión es que he mantenido conversaciones más lúcidas y estimulantes con el protagonista adolescente de *El guardián entre el centeno* que con personas reales. Miren, quizá yo les parezca un lunático al contarles que hablo con almas imaginarias, pero, oigan, la vitalidad de algunos personajes literarios excede con creces a la de mucha gente que nos rodea. Y, por ello, estoy encantado de que Salinger se negara a vender los derechos cinematográficos de su obra magna; cualquier estudio de cine la habría destrozado.

También agradecí que Carlos Ruiz Zafón hiciera lo propio con los derechos de *La sombra del viento*. Hay adaptaciones de libros que son brillantes, no lo rebato, y algunas que se han filmado incluso superan cualquier expectativa creada, ahí quedan *Cadena perpetua*, *Alguien voló sobre el nido del cuco*, *El resplandor*, *La lista de Schindler*, *Forrest Gump*, *El silencio de los corderos*... ¿Sigo? Todos estos títulos, en efecto, son libros. De hecho, si lo piensan bien, se darán cuenta de que las películas que más han trascendido en la historia del cine siempre han salido de una novela o de un cuento. Hasta hace poco prefería que los libros no se guionizaran, pero entonces vi la adaptación que hizo el señor Coppola de la trilogía de *El padrino* y, claro, no me quedó más alternativa que cambiar de opinión.

Lo que quiero decir es que si el protagonista de *El guardián entre el centeno* existiera en nuestra época, creo que la vida le seguiría pareciendo deprimente; sobre todo, la vida de los demás. «¿Sabe por casualidad adónde van, los patos, cuando el agua se hiela?» Qué raro, la verdad, no sé por qué recordé esa escena mientras mi director de tesis doctoral me apuntaba con un arma de fuego a la cara.

Por lo demás, reparé en la presencia del agente Lucas Bayona. Se encontraba en el jardín, torpemente escondido, haciéndome el gesto universal de guardar silencio.

—De acuerdo —reaccioné—, escuchemos tu historia.

—¡Óliver...!

—¡Sí, Nora! Escucharemos a este miserable, pero después —miré al miserable— te entregarás.

—Sí, desde luego que me entregaré, es lo que he afirmado antes.

Nora y yo, respirando con dificultad, tomamos asiento de nuevo en el sofá y nos cogimos de la mano.

—Yo maté a Melisa y a Mateo hace veinticinco años —dijo Escolano—; es obvio.

Fue el exceso de naturalidad con el que pronunció su confesión lo que de veras amedrentó mi alma; y su tono gorgoriteante, su mirada apática y distante, el desapego total que súbitamente manifestaba hacia todo cuanto latía a su alrededor. Al ser testigo de semejante comportamiento, sentí en el corazón la reminiscencia de mi atribulada juventud, nada más que la sombra, pero se alargó tanto, y pesó tanto, que enseguida afloraron en mi memoria, enérgicos e irrefrenables, aquellos tiempos ingratos.

Nora, por el contrario, se había repuesto de la sensación de repugnancia que le provocaba nuestro director de tesis y, dando prueba de su valentía e inteligencia, tomó aire y discurrió:

—Tú fuiste el novio anónimo de Melisa entre septiembre y diciembre de 1995, el cobarde de treinta y siete años que maltrató a una niña de dieciséis antes de asesinarla.

—Sí, eso también es cierto —asentó Escolano bostezando—. Melisa y yo empezamos a coquetear en julio de 1995. ¿Recordáis que aquel verano se organizaron numerosas veladas en casa de David? Que yo le sacara a Melisa veintiún años y que ella fuese menor de edad, qué queréis que os diga, para mí nunca supuso un impedimento. En fin, flirteamos un mes y medio y en septiembre comenzamos a salir. Melisa decidió no revelar nuestra relación por motivos evidentes, de modo que, en público, actuábamos como simples conocidos.

—¿Por eso la maltrataste? —escupió Nora.

—Sí. Yo veía a Melisa pasar el tiempo con chicos del instituto. Reían, se abrazaban, frecuentaban los bares y la ribera del lago, siempre juntos, en una boyante burbuja en la que no cabían los problemas de los adultos. Melisa era feliz con ellos y pensé que, tarde o temprano, se daría cuenta de que esa era una etapa de la vida que no recorrería conmigo.

Por su parte, lo que Escolano descubrió fue su baja autoestima, sus celos desmedidos, su honda dependencia afectiva. Se convirtió en un hombre posesivo, inseguro, obsesivo; características que se potenciaron debido a su incesante rumiación.

—Quería que Melisa tomara conciencia de que me pertenecía, de que yo tenía la supremacía absoluta de la relación. Ella, ingenua, me dijo que no había nada de malo en divertirse con chicos de su edad. Pero ellos la miraban con ojos de deseo, impacientes por conocer el mundo de los placeres sexuales. Le impuse a Melisa que se distanciara de ellos, a lo cual se negó. Empezamos a discutir. Creo que fue mediado octubre cuando le puse la mano encima por primera vez. Ella se quedó tremendamente sorprendida y yo, cosa lógica, minimicé los hechos garantizándole que había sido sin querer, que la quería, que nunca le haría daño *a propósito,* ya sabéis.

Nora me apretó fuerte la mano. Tenía los ojos bañados en lágrimas de impotencia y cólera.

—Nuestras peleas eran permanentes —continuó Escolano, otra vez bostezando—, y yo no podía dominar toda esa impulsividad recalcitrante, de modo que siguieron los malos tratos. El 31 de diciembre de 1995, como bien apuntó el policía Lucas Bayona, Melisa se hizo añicos y amenazó con marcharse de Monterrey. Me topé con ella en un callejón oscuro, comenzamos a forcejear y, en cuestión de minutos, vimos morir a la madre de Hugo. Melisa y yo nos refugiamos espantados en mi casa. Procuramos mantener la calma, analizamos la situación. Poco más tarde, ella me dejó muy claro que le iba a contar a David que yo, su amigo de infancia, era el hombre que la maltrataba y que después hablaría con Patricia, su madre. Si esto ocurría, mi vida estaba acabada. Así que la maté. No importa cómo. Y después asesiné a su abuelo.

Escolano descansó unos segundos; en el ínterin, el agente Lucas Bayona se acercaba discreto a la transparente puerta corredera por la que se accedía al jardín.

—Mateo era un anciano inofensivo —recordó Escolano—, ya os dije que, tras caerse del tejado, su mente se vació. A veces salía de casa y echaba a andar a la buena ventura, vestido o desnudo, igual le daba, hasta que algún buen samaritano, al tanto de sus limitaciones, avisaba a Patricia. Imagino que el 31 de diciembre fue una de esas veces. Yo acababa de quitarle la vida a Melisa y me encontré a Mateo ahí, en el jardín, bien quietecito y tan tranquilo, sin hacer nada, mirándome con expresión..., bueno, inexpresivo. Yo sabía que su proceso de comprensión era nulo, que ni siquiera ver a su nieta tendida en el suelo le generaba un pensamiento o una emoción, pero, por si acaso, lo maté.

Escolano se mordió ligeramente el labio superior. Se había sentado en una butaca y tenía el arma sobre las piernas.

—Eso por un lado. Por otro, sabed que aborrezco a David Sender. Lo aborrecía —rio—. Ahora está muerto. David siempre me ha superado en todo. Ha triunfado en la literatura y en la prensa académica, se han aplaudido sus artículos de opinión y sus conferencias. Jamás comprendí el porqué. Era un hombre hueco, falto de imaginación, de una carencia intelectual sonrojante, un simplón venturoso que hechizaba al público con ridículas filfas. Y, entretanto, ¿qué lograba yo? ¿Estar a la sombra de un hombre de una belleza dionisíaca? También escribí novelas y ensayos, de mayor calidad y profundidad que sus obras, pero las mías jamás vieron la luz. Incapaz de lidiar con su éxito y sus logros, la envidia que le tenía a David degeneró en rencor y después en odio. Y entonces sentí el anhelo, sombrío pero vigoroso, de entregar mi talento a una obra inmensa, de una repercusión atronadora, y empecé a urdir aquello en lo que habéis participado desde octubre.

No sé qué calificativo usar para describir a Escolano. He rebuscado arriba y abajo en el diccionario, de verdad, pero no hay término que se ajuste rigurosamente a lo que Nora y yo estábamos contemplando.

—Iré al grano: Hugo regresó a Monterrey hace unos años. Aún no había superado la muerte de su madre, seguía hecho polvo, y opté por manipularlo. Tengo una proclividad indisociable a la manipulación, fijaos en cómo os he manejado a vosotros. En resumidas cuentas, convencí a Hugo de que David era el hombre que maltrató a Melisa. También lo convencí de que su madre murió por su culpa, por aquel empujón que le dio, y acabó creyéndome. Si lo pensáis fríamente, tiene gracia: aquella noche, en realidad, Hugo quiso disparar al hombre que agredía a Melisa, o sea, a mí. ¿Veis la ironía?

»Le conseguí trabajo en el Prado y le dije que, si deseaba vengarse de David, había que conjurar contra él de una forma memorable, de tal manera que, a ser posible, terminara en la cárcel sin sospechar de nadie y sin saber por qué. Hugo aprobó mi propuesta con sonrisa aquiescente y luego vino todo lo demás: las calaveras, la frase en latín... No es necesario hacer balance por enésima vez.

Le pregunté asqueado por la fotografía en la que Melisa posaba desnuda.

—¡Ah, sí! La tomé en mi dormitorio cuando salíamos. Le dije que eran meros jueguecitos de alcoba, nada más. Respecto a las fotos en las que David aparece con Melisa en El Escorial y en el monte Abantos, bueno, tienen su justificación en las excursiones que hacíamos en grupo.

—¿Hugo no te preguntó por las calaveras?

—No, Eleonora, porque fui yo quien las colocó en la barca de David y quien telefoneó al mecánico que las encontró. Meses antes le envié a David, anónimamente, la foto de Melisa desnuda. Asimismo, le robé a Hugo el retrato, oh, el retrato, mi dama del Prado, e ilustré en él la cabaña de mi cuento antes de aplicar sobre el fondo la capa de repinte negro.

»Cuando Hugo supo que en la barca de David se habían hallado dos cráneos y que, además, vete tú a saber cómo, él poseía el cuadro de su amiga, no le quedó la menor duda de que mis mentiras eran verdades, y consideramos que había llegado el momento de actuar en la sala 56B.

»El resto de mi obra ya la conocéis; en la práctica, sois los protagonistas de la misma. Solo debía dirigiros hasta mi casa y, en última instancia, regalaros mi libro de relatos, el que autoedité y en el que escribí mi confesión, encriptada, eso sí, hace años. *De facto*, vamos a recordarla.

MATEO Y EL ENIGMA DE VASARI
VED, YO MATE A MELISA NIERGA

Eufórico, jubiloso, Escolano se levantó de la butaca empuñando el arma.

—¡Vamos! —exclamó—. ¿Por qué me miráis con cara de espanto? ¿No veis la genialidad de mi obra? ¡He diseñado una trama cuyo desenlace descansa en uno de mis relatos, *Mateo y el enigma de Vasari*! En una sola frase, y en su anagrama, tenemos el nombre de dos muertos y el acrónimo del mío, todo ello escondido en el título de mi cuento y, a su vez, relacionado con elementos del mundo del arte, con el *Cerca Trova* de Vasari... ¡Todo en una simple frase! Deseaba que averiguarais mi autoría, sí, e iré a la cárcel; poco me importa, tan pronto se conozca mi obra, con todas sus consecuencias, mi nombre vibrará largo tiempo en las memorias. Sinceramente, creo que merezco un gran reconocimiento de vuestra parte.

Fue entonces cuando Lucas Bayona deslizó con habilidad la puerta corredera y encañonó al profesor.

—Baja el arma, Víctor —le ordenó—, y colócala en el suelo.

Un viento sibilante y helado se apoderó del salón, y luego cayó un silencio tan hondo, tan sólido e inflexible, que, por algún extraño efecto, dejaría una huella indeleble en nuestros cuerpos y en nuestras almas. La drástica irrupción de Lucas Bayona arruinó a Escolano el instante de gloria que largamente había perseguido.

—Baja el arma —repitió Lucas—, muy despacio.

Sin embargo, Escolano perdió la razón. Hizo un movimiento abrupto con los brazos y Lucas disparó una ráfaga de tres balas que le agujerearon el pecho. El profesor se desplomó en el suelo, pero no murió en el acto, en sus pupilas titiló la oscuridad de una vida deformada y amarga. Quiero creer que, en ese momento, un profundo arrepentimiento invadió al mayor megalómano que he conocido. Su cuerpo fue sacudido por leves espasmos y sus labios emitieron un sonido gutural, el último que pronunciaría en vida con violentas arcadas, una grotesca palabra: Yo.

El arma de Escolano era falsa; un cachivache de plástico al que había aplicado tintura y sombreados para otorgarle un aspecto real, una de esas armas que tan alegremente se anuncian y comercializan en tiendas de juguetes para niños y que, como son para niños, ¿no deberían retirarse del mercado?

Una hora antes de que el profesor falleciera, Nora, ¿recuerdan?, me había pedido prestado el teléfono. Llamó al agente Lucas Bayona mientras yo deambulaba por el jardín y le detalló las pruebas que inculpaban a Escolano. Después, Nora activó la aplicación de la grabadora y colocó mi teléfono en la mesa del salón. La confesión de Escolano quedó nítidamente registrada, y la astucia de Nora, para quien ya no tengo palabras, me situó frente a mi propia ironía y me hizo ver que la tecnología móvil, esa que en páginas previas tanto he criticado, sí tiene una utilidad práctica, sea bien dicho, en forma de grabadora.

Tras la muerte de Escolano, Lucas Bayona asumió la responsabilidad de dar explicaciones a la prensa, a las autoridades, a sus superiores. Su rostro y su voz aparecieron en la televisión y en la radio. Recuerdo que habló con cierta bonhomía, pero también con depurada plasticidad. En ningún momento mencionó nuestros nombres. Lucas nos apartó del caso, nos ocultó, nos ignoró, nos invisibilizó. Nos estaba protegiendo. Creo que, por fin, Lucas Bayona pudo reconciliarse consigo mismo.

Regresé a Monterrey pocos días más tarde, el sábado 16 de enero. Me dirigí a la casa de David, salté la valla de madera y me senté en un banco del porche. Pronto me vino a la memoria el recuerdo de una tarde en la que mi mentor y yo paseábamos por la ribera del lago. Sucedió tres años y medio antes. Caminábamos por una estrecha vereda entre el bosque y las aguas en calma. El sol se ocultaba detrás de las montañas y coloreaba las cumbres con la luz rojiza del crepúsculo.

—Óliver, no puedes continuar así.

—¿Así, cómo?

—¡Vaya! ¿Es posible que ni siquiera te des cuenta? Mírate en el espejo, hombre; tienes los ojos enrojecidos y te pasas el día sentado frente a una pantalla, por ello caminas encorvado y te duele la espalda. ¡La ansiedad de escribir una segunda novela te va a arrebatar la juventud! Si continúas obsesionándote de semejante manera, correrás el riesgo de escribir mucho y vivir poco.

—No me importa, David, de verdad que no, porque ¡la literatura me permite acceder a un mundo mejor!

—Pero imaginario. No encontrarás el mundo que deseas en los libros, Óliver. ¡El mundo te espera ahí fuera! No me malinterpretes, la imaginación de un escritor es un don maravilloso; sin embargo, tú no deberías pasarte catorce horas diarias escribiendo, no con veintidós años.

—David, hace diez meses se publicó mi primera novela y apenas se han vendido unos cuantos ejemplares.

—¿Y qué? ¿No te acabas de graduar en Historia del Arte? Deberías estar celebrándolo. ¡Sal y recorre el mundo! Conoce a otras personas, viaja siempre que puedas, vive experiencias y aprende idiomas, Óliver; a los veintidós años, tus posibilidades son innumerables.

—Pero...

—No, Óliver, atiéndeme. Eres un escritor extremadamente precoz; escribe si lo deseas, de acuerdo, pero no olvides que en las cosas mundanas puede hallarse una belleza infinita.

Cogí una piedra y la lancé al lago trazando un arco con el brazo.

—Mira, David, soy consciente de mi juventud y de que todavía me falta pulso narrativo. Pero yo quiero escribir como Virginia Woolf; no, espera, como Julio Cortázar; no, como Camus. ¡Sí, quiero escribir como Albert Camus! ¡Era tan lírico...! ¿Recuerdas aquella frase que pronunció en una conferencia? ¿Qué declaró, David? Quiero decir, ¿qué declaró? ¡Ah, sí, ya me acuerdo! Camus dijo: «Sin la cultura, y la relativa libertad que ella supone, la sociedad, por perfecta que sea, no es más que una jungla». Se me quedó grabada porque hoy, a mi entender, la telefonía obstaculiza nuestra libertad de pensamiento y ya hemos transformado las grandes ciudades culturales de occidente en junglas de asfalto. ¿Comprendes, David? Quiero que la jungla de alquitrán se llene de libros, no de teléfonos. Los japoneses tienen una palabra que define perfectamente el sentimiento: *tsundoku*, que viene a ser la acumulación de libros solo por el simple placer de verlos apilados. Yo quisiera extender el *tsundoku* a toda la ciudad, ¡libros por todas partes! ¿Te lo imaginas? Es uno de mis sueños, aunque más parezca una quimera, pero considero que en sí mismo es un fin muy bello. Sé que es difícil lograr un objetivo de tamaña envergadura, sobre todo porque cada vez hay más ruido alrededor. No soy estúpido. Yo leo y leo porque no quiero caerme en el pozo en el que está acabando tanta gente de este mundo. La superficie es más bella.

—Vamos, Óliver —dijo David, riendo—, tranquilízate, hombre. ¿No crees que estás siendo demasiado...?

—Escucha, escucha —seguí, nervioso—, escucha un segundo. Lo que intento decir es que de Camus me impresionaron *El mito de Sísifo* y *La caída,* ¡vaya obras filosóficas!, pero en cuanto a *El extranjero,* ¡cielos! Recuerdas la primera línea del libro, ¿no? Era: «Hoy, mamá ha muerto. O tal vez ayer, no sé». ¿Se puede empezar mejor una novela? Cada vez que leo a Camus, siento que mi literatura no vale nada. Lo mismo he sentido leyendo las distopías de Houellebecq. Lo que quiero decir, David, es que desde que leí *El extranjero* quiero ser escritor, y nada más.

David suspiró, aún sonriente.

—Y yo te ayudaré, dentro de mis posibilidades.

—Gracias.

—Pero tienes que seguir mis consejos, Óliver.

—Lo haré.

En primer lugar, David me recomendó descansar.

—Un escritor siempre ha de tener la mente abierta y la imaginación dispuesta, pues en caso contrario, resulta imposible profundizar en nuevas ideas. —David se agachó, tomó una piedra y la arrojó al agua—. Piensa que las grandes ideas no son permanentes. Ni se repiten, Óliver Brun. Las grandes ideas, como las estrellas fugaces, parpadean brevemente, pero solo unos pocos afortunados observan su destello en la oscuridad.

Y fue en Monterrey donde concebí mi segunda idea literaria que, al año siguiente, se materializaría en la novela galardonada con el premio editorial de Prades & Noguera.

En cuanto a David, recuerdo que por las mañanas cuidaba de los rosales de su jardín, o caminaba hasta el pueblo para ocuparse de sus recados, o se pasaba horas leyendo en el porche. Solía sentarse en una mecedora y se concentraba en la lectura de un libro; el café siempre se le quedaba frío, mientras que a su pipa nunca le faltaba tabaco. Lo único que variaba era la temática del libro, tanto leía las novelas históricas de José Luis Corral y de Santiago Posteguillo, como la divertida y mordaz literatura picaresca de Francisco de Quevedo. En resumidas cuentas, David no hacía otra cosa, ¡pero qué imagen tan bella! Transmitía la impresión de que, para ser feliz, solo necesitaba un buen libro abierto entre las manos.

Por las noches, cuando Monterrey dormía, David tenía la costumbre de salir a navegar en su bote, aunque apenas se alejaba unos metros del pequeño embarcadero. A través de la ventana lo veía flotar inmóvil en la superficie en calma. En torno a la barca, el cielo nocturno duplicaba en las aguas del lago su resplandor, como un extenso mosaico de pálidas estrellas y noctilucas. David se tumbaba boca arriba en el bote, envuelto en un silencio total, y fumaba plácidamente con las manos entrelazadas tras la nuca; pequeñas espirales de humo brotaban de sus labios, visibles por los reflejos plateados que irradiaba la Luna.

No escribiré más sobre David Sender. Ya se ha dicho todo. He asumido que jamás volverá a despertarse en este mundo. Su muerte fue asaz dolorosa, pero su vida, de algún modo, me ha explicado una lección: he descubierto que la amistad y la aversión, y el amor y el odio y cualesquiera que sean sentimientos antagónicos, pueden almacenarse en dos baúles en el fondo de la cabeza. Uno va llenándose poco a poco de una sustancia putrefacta que al final rebosa y lo corrompe todo, mientras que el otro baúl, por más cosas que introduzcas dentro, nunca se desborda, sino que su cálida luz te permite absorber lo mejor y más hermoso que tiene la vida.

David Sender me enseñó a disponer del tiempo suficiente para leer y escribir, y lentamente voy construyendo en mi interior un baúl en el que cabe un universo entero de literatura. Aquel hombre me regaló un tesoro. Le estaré eternamente agradecido por ello. Caray, lo echo de menos.

Rebusqué en mis bolsillos y saqué el poema de Machado que David copió para mí trece años antes, cuando le conté en el Prado que yo era víctima de abuso escolar.

Lo leí en voz baja, por última vez, cerca del lago.

Dice la esperanza: Un día
La verás, si bien esperas.
Late, corazón... No todo
Se lo ha tragado la tierra.

Luego cavé con las manos un pequeño hoyo en el jardín de David y enterré el poema dentro. Pensé que tarde o temprano el papel se descompondría y pasaría a ser parte integrante de la naturaleza. Cerré los ojos y me abandoné a los elementos que me rodeaban. Se oía nítidamente el flujo de los arroyos, el canto aflautado de las abubillas y el susurro del viento que mecía las acículas de los pinos, las encinas y los melojares.

Recordé, como una vieja melodía, las palabras que David me dijo una vez en el Prado: «La lucha por una sociedad mejor no termina nunca». Y esa, concluí, es la única lucha que de verdad importa, la única por la que vale la pena desvelarse y soñar, y la única que solo podrá ganarse si todos los baúles se llenan de libros.

31

—¿Has vuelto a saber algo de Iván?

—¿Te refieres al chico que abusó de mí?

—Jo, Óliver, perdona por mencionarlo.

—No te preocupes, Nora, ya te dije que lo superé. Según tengo entendido, Iván trabaja en una compañía dedicada a los juegos de azar. Su empleo consiste en desarrollar estrategias de captación de clientes. ¿Y eso en qué se traduce? En pocas palabras, Iván atrae, hacia las casas de apuestas, a jóvenes vulnerables para que despilfarren el dinero de sus padres.

—Oye, por qué será que no me sorprende. Jo, hay quienes simbolizan una perversidad suprema. Espera, Óliver, espera, que lo voy a expresar de otra manera: hay hombres a los que les trae sin cuidado desquiciar al mundo con tal de entretenerse, ¿verdad? Por cierto, ¿qué habrá sido de Donald Trump?

En las semanas posteriores a la muerte de David, me aislé del mundo para terminar de escribir esta novela. Me sentaba frente al ordenador y no levantaba las manos del teclado hasta que me vencía el cansancio. Mis ideas y pensamientos, todas las situaciones complejas que Nora y yo habíamos vivido, se trasladaban con inopinada facilidad de mi mente a mis dedos y se materializaban en palabras que llenaban velozmente la página en blanco.

¡Oh!..., ¡la página en blanco! Se acuerdan de ella, ¿verdad? Otrora fue mi némesis. Pero esa gamberra que tiempo atrás me hizo enfrentarme a todos mis demonios, se había convertido en el dulce hogar de mil almas imaginarias. Ahora era mi escondite favorito, el único lugar del universo en el que me sentía libre y a salvo y que era exclusivamente mío; en su mágico templo era capaz de darle sentido a todas las ilusiones y de revertir todos los miedos. No quisiera sonar pretencioso, pero tenía la sensación de estar a punto de terminar un libro estupendo (¡la cantidad de estupideces que uno se cuenta a sí mismo!).

En cualquier caso, necesitaba un final para mi novela, y

sentía que este le pertenecía a Nora. Pero antes de ver qué sucedía con ella, debía hacer lo moralmente correcto, que alguien me explique qué es eso, y sincerarme de una vez por todas con otra mujer. Pensé en Martina, y en el tiempo que habíamos compartido, en las ocasiones que habíamos hecho el amor y habíamos reído, y en cómo la conocí. Evocar a Martina generó en mí una sensación más amarga que dulce, pues al imaginar su futuro, como el oleaje que borra palabras grabadas en la arena, mi imagen se desdibujó en él.

Quedé con Martina el sábado 20 de febrero para poner fin a nuestro romance.

—¿Qué sucede, Óliver? Tienes muy mala cara.

—Verás...

Pero, a la hora de la verdad, fui incapaz de reunir el valor suficiente para sincerarme con ella. Martina no insistió. Dimos un paseo hasta Chamberí y cenamos en un restaurante de comida libanesa. Más tarde, Martina me propuso pasar la noche en su apartamento, pero yo, con la mente vacía y el corazón frío, le mentí aduciendo que me encontraba indispuesto y me marché de vuelta a mi casa.

«Demonios, mi vida sentimental es un desastre», me dije mientras deambulaba en soledad por el barrio de las Letras. «¿Por qué no me he sincerado con Martina? ¿Por qué me empeño en alargar nuestra relación? Estoy siendo irrespetuoso con ella. Ya empiezo a ser mayor, ¿hasta cuándo voy a seguir así? Todo este tiempo, en el tránsito de la juventud a la madurez, me he esforzado por no convertirme en un hombre hueco. Sin embargo, he terminado perdiéndome en un discurso moral, contradictorio y abigarrado, por una simple causa: ¡el miedo a ser yo mismo! Esa es mi esencia y mi presente. ¿Qué he de cambiar? ¿Debería practicar una forma de vida ascética y solitaria hasta que mi sentido de la moralidad se subsane? Ni siquiera sé quién soy. Ya ni siquiera me conozco. En este momento solo hay una cosa clara: algo en mi interior ha muerto.»

Cuando entré en casa a las once de la noche me invadió un pensamiento todavía más desolador. ¿Era posible..., era posible que todo este tiempo hubiese alargado mi relación con Martina solo para suplir el amor no correspondido de Nora? Yo, que en varios lugares de este libro he versado sobre la importancia de eludir actitudes egocentristas, ¿me había convertido en unególatra más?

La mera idea de haber usado a Martina por puro interés individual y, lo que era peor, sin haber sido consciente de ello, primero me aterrorizó y luego me hirió: sentí cómo una mano invisible se cerraba despacio en mi garganta. Aquella mano helada, la misma que había empujado a tantos hombres a la mediocridad moral, a mostrarse indiferentes entre el Bien y el Mal, me arrastró a las profundidades de una lóbrega niebla en la que imperaba un único pensamiento: yo. Había desperdiciado toda oportunidad de ser honesto con Martina; solo había pensado en mí mismo. Era indiscutible que la estaba utilizando para intentar apartar a Nora de mis sueños, a pesar de que esa nunca hubiese sido mi intención. De todo aquello solo podía extraerse una lección: la conciencia de que yo, como ser humano en su libre arbitrio, lo quisiera o no, estaba capacitado para cometer actos abyectos.

Ahora advertía cada detalle del hecho, con lucidez y un poco de terror, porque ¿acaso me había convertido en un ser insensible y narcisista?, ¿en un joven hombre que, esgrimiendo una falsa moral, había menospreciado a quien debía haber respetado desde un principio?

Pasé la noche acurrucado en el núcleo de aquella mefítica tiniebla de hielo. Era una especie de nirvana corrompida donde solo veía múltiples yos a mi alrededor, señalándome y riéndose de mis convicciones morales. Sentí unas ganas terribles de gritar. Pero, aunque gritase, nadie me oiría. Entendí entre lágrimas el escenario que se avenía: yo ya no tenía moral. Me habían usurpado los ideales. El viento y las sombras, y la mezquindad y la ironía barrieron mi antigua moralidad; se la llevaron a otra parte y me la devolvieron retorcida y desfigurada.

Así fue como asistí, con una mezcla de repugnancia y de espanto, al nacimiento de un nuevo Yo, más sólido, engreído y avaricioso que nunca antes. Era el Yo en el que tanto había temido transformarme, el Yo individualista que odiaba con todo mi corazón.

A medida que transcurría aquella larga noche, la oscuridad fue adhiriéndose a mi alma, hasta que al amanecer la niebla se disipó, y como tantos otros que al final se vieron superados por la realidad aplastante de su época, no tuve más alternativa que rendirme ante la evidencia: ilimitado y voraz es el egoísmo del hombre.

32

—Eres el protagonista de la novela, Óliver, ¿por qué no te has descrito físicamente?

—Bueno, Nora, yo creo que el verdadero protagonismo ha de asumirlo la historia, no el narrador, aunque en esta ocasión recaiga en mí la responsabilidad de conducir la trama. Mira, una descripción, al fin y al cabo, nunca puede ofrecer una idea completa de lo que se quiere transmitir. Me explico: ¿conoces la expresión «una imagen vale más que mil palabras»? A mi parecer es errónea, porque si tú y yo reuniésemos ahora mismo a miles de personas y les dijéramos que pensaran, por ejemplo, en la palabra «lago», cada cual imaginaría un lago particular e intransferible, ¿entiendes? Por tanto, una simple palabra origina infinidad de representaciones mentales. En cualquier caso, lo realmente complicado es conseguir que el lector sienta la curiosidad de echar un vistazo a ese lago, a esa historia; la parte más bonita sobreviene cuando te asomas y te das cuenta de que, bajo su superficie, hay todo un universo vivo.

—Vale, Óliver, vale. Tampoco hace falta que te pongas pedante. A ver si lo he entendido, para ti, en resumen, la descripción narrativa es como guardar fila en un supermercado, ¿no? Es aburrida y no puedes saltártela, pero no te queda más remedio que hacerla si quieres llenar la nevera. Sí, dejemos las metáforas, no se me dan bien.

Antes de que narre cómo fue mi ruptura con Martina, es importante que sepan que a mí nunca se me ha dado bien la confrontación; a mi familia tampoco, especialmente a mi madre. Hace tiempo me contó que en su juventud intentó romper con un novio que la aburría bastante y que era, además, el hazmerreír del barrio; pero mamá acudió al encuentro tan insegura, tan inquieta y confundida, que acabó pidiéndole matrimonio esa misma noche; treinta y cinco años después, sigue casada con ese hombre: mi padre.

—¿Y bien, Óliver? —susurró Martina—. ¿Qué ocurre? Me has dicho por teléfono que querías hablarme de algo importante.

Nos habíamos citado en una cafetería de Malasaña la tarde del miércoles 24 de febrero. Nos sentamos a una mesa, lejos de la entrada, y pedimos dos tés con hielo. Decidí sincerarme desde el principio. El problema, tal y como le sucedió a mamá, apareció en cuanto abrí la boca; de inmediato perdí la templanza y me dominó un gran histerismo.

—Martina, tenemos que romper nuestra relación, ¡me he

enamorado de Nora! —exclamé bruscamente. Varios clientes giraron la cabeza en nuestra dirección—. ¡Cielos...! ¡Oh, no! ¡No pretendía que mi voz sonara con tanta acrimonia! Lo siento, Martina. Siento mucho que hayas tenido que oírlo de esta manera; ¡qué estúpido soy! No, escucha, por favor, escúchame un segundo; seguramente ahora estarás pensando: «¡Qué falta de delicadeza la de este muchacho! ¿Ni siquiera tiene la sensibilidad de preparar el terreno?». Pero es que llevo días dándole vueltas al asunto y no sabía cómo afrontarlo. Lo siento. ¡Qué estúpido soy, de verdad! Verás, he intentado sacar a Nora de mis pensamientos, he intentado evitarla, he intentado ignorar mis sentimientos... Martina, ¡lo he intentado todo! Figúrate que, cuando Nora se presenta desnuda en mi mente, ¡procuro imaginármela con protuberancias y granos asquerosos por todo el cuerpo! Pero ni siquiera esa imagen es suficiente. No consigo olvidarme de ella. Que no y que no. De hecho, tengo la sensación de haber creado toda una mitología a su alrededor. Así que he llegado a la conclusión de que no importa cómo actúe ni lo que yo piense, porque todo va a volver siempre al mismo punto de partida: Nora. Es..., es..., es como si se cumpliese la teoría del eterno retorno de Nietzsche, ¿comprendes? O sea, que la vida me conducirá a Nora una y otra vez en un ciclo perfecto de infinitud. ¡Estupendo! —ironicé—, ¿también voy a tener que leer eternamente las ochocientas páginas de *Moby Dick*?

Hice una breve pausa para sorber un poco de té.

—Lo que intento decirte, Martina, es que la moralidad, esta especie de moralidad kantiana de la buena voluntad y el deber que persigo, no me ha dejado dormir en varias noches. ¡Fíjate qué ojeras llevo! Créeme, Martina, soy moralista. La moral, vaya cosa, ¿eh? Es un buen tema de conversación y debate, ¿no crees? ¿Has leído a Nietzsche? Demonios. Escribió que la moral es, más o menos, la trampa por la que te pilla la vida; en suma, una gran farsa. Pero, según Sócrates, a quien Nietzsche denominó «el primer farsante», la moral depende del autodominio, ¿no? Me imagino a Sócrates diciéndole a Nietzsche: «Atiende, Friedrich, por favor, presta atención: la humanidad no está corrompida, ¿de acuerdo? Solo hay que educarla debidamente». Claro que Nietzsche, que era sifilítico, podría replicar que...

—¡Para, Óliver, para ya! —me interrumpió Martina—. No estoy entendiendo nada de lo que dices. ¡Cállate, por favor! Me estás poniendo nerviosa.

De pronto fui plenamente consciente del ridículo espantoso que acababa de hacer. Me invadió un angustioso sentimiento de culpa y enseguida brotaron las lágrimas.

—Venga, tranquilízate... —murmuró Martina. No parecía sentirse afectada—. Entonces, te has enamorado de Nora.

—Sí —gimoteé.

—¿Y hace mucho tiempo que lo sientes?

—Demasiado. Lo lamento y te pido disculpas otra vez. No era mi intención, de verdad.

—No te recrimino nada, Óliver. De hecho, me alegro por ti.

—¿En serio? ¿Por qué?

—Porque es muy bonito oírte hablar de Nora. Deberías verte, cada vez que mencionas su nombre, tu rostro brilla de felicidad. Y antes de que me lo preguntes, no, Óliver, no me he enfadado contigo porque tu confesión, aunque desacertada, me ha facilitado las cosas.

—¿A qué te refieres?

—A que... ¿Cómo puedo explicártelo? Uf... Si recuerdas, hace un par de meses, a mí se me escapó el nombre de otro chico mientras tú y yo hacíamos el amor.

—¡Ah, sí! —dije levantando un dedo—. Daniel, ¿cierto? Ella asintió.

—Oye, ¿sabías que también gritas su nombre efusivamente en sueños?

—No, no lo sabía... Yo... —Martina se ruborizó ligeramente—. Eso no es muy educado por mi parte. Perdona, Óliver.

—Bueno, bueno, no te preocupes, Martina. No hay que avergonzarse de lo que sucede en los sueños. Si mal no recuerdo, Freud sugirió que en el mundo onírico construimos un espacio íntimo en el que consumar nuestros mayores deseos; pero, si te interesa saber mi opinión, yo no estoy de acuerdo. Mira, anoche soñé que alimentaba a una cabra. ¿Significa eso que, en efecto, anhelo romper con todo y ser un hombre de campo? ¿O acaso fue una expresión de mi subconsciente porque, antes de dormirme, busqué información sobre *El pastor con un rebaño de ovejas,* la pintura de Van Gogh? En cualquier caso, me dijiste que estabas manteniendo a Daniel en órbita por si lo nuestro no funcionaba.

—Pero te mentí.

—¿En qué, Martina? ¿Te has acostado con él? No me digas que te has acostado con él.

—No, Óliver, todavía no. De momento *solo* nos hemos besado. Y ahora él se está planteando dejar a su novia por mí, aunque de momento no se decide. La situación es bastante desapacible. ¿Ves cuál es el problema, Óliver? Tú y yo nos encontramos en la misma situación: ambos suspiramos por una persona que no está sentada a esta mesa. Sabía que hoy ibas a romper conmigo; y si tú no hubieses tomado la decisión, la habría tomado yo muy pronto.

Cogí a Martina de las manos, la miré a los ojos y le dije que sentía muchísimo que nos hubiésemos utilizado mutuamente. Al poco, después de un silencio incómodo, volví a entristecerme y le pregunté si lo nuestro había estado condenado a la frivolidad y al fracaso desde su inicio.

—Me temo que sí, Óliver.

Porque habíamos basado la relación en el error y la omisión y, aunque en cierto sentido nos queríamos, el muro que se alzaba entre los dos era inabordable. A continuación dimos paso a una serie de conversaciones triviales y, después, nos separamos para recorrer un camino distinto, ¿mejor o peor?, no lo sabíamos, pero en solitario y hacia lo desconocido.

Ya en la calle, me pregunté por qué intimamos con personas tan distintas a nosotros. Creo que no se trata de una cuestión del corazón y el destino, y tampoco creo que intervengan la fortuna y el azar; creo, sinceramente, que nos atraen quienes reúnen cualidades y virtudes que nos gustaría poseer; además sospecho que sentimos una atracción, más intensa todavía, por quienes mejor simbolizan los traumas de nuestra infancia que aún no hemos podido resolver, ¿y esto no forja a nuestro alrededor una atmósfera de redención y esperanza?

Quizá tarde mucho tiempo en llegar a entender qué es el amor, lo más probable es que me lleve toda la vida; sin embargo, no se me ocurre causa más bella que perseguir. Tal vez el amor y la literatura sean los únicos baúles en los que cabe absolutamente todo. En el amor, como en la literatura, caben el bien y el mal, desde la lógica más pura hasta el absurdo más disparatado. Tanto el amor como la literatura pueden llevarte a un estado de odio y felicidad, de éxtasis y sufrimiento. Esta novela contiene rasgos de mi literatura y ecos del amor que sentí por Nora, aunque la primera sea perfectible y el segundo no lo comprenda. Y de ahí se desprende el auténtico dilema de esta historia: si todavía no he comprendido el amor, ¿qué sentido tiene desvelarse por todo lo demás?

—¡Óliver! ¡Espera!

Volví sobre mis pasos y le pregunté a Martina qué sucedía. Ella se quedó unos segundos en silencio, risueña y pensativa, y luego opinó que no todas las rupturas deben ser amargas, tristes y decepcionantes. Sin darme opción a responder, dibujó una sonrisa tunante y, primero, me besó en los labios, para después susurrarme al oído una de las más bellas propuestas que me han hecho en la vida: «Óliver, tú y yo deberíamos despedirnos haciendo el amor, ¿no te parece? A fin de cuentas, nuestra relación ha girado más en torno a la sexualidad que al sentimentalismo. Por tanto, ¿acostarnos no sería el mejor tributo que podríamos rendirle a nuestro idilio?».

Me pareció una idea brillante. Nos trasladamos a su casa, nos perdimos entre el calor de las sábanas y juntos recorrimos, por última vez, el universo de placeres al que ambos acudíamos para no pensar, al menos durante una noche, en las personas a las que realmente amábamos, pero no podíamos tener.

Martina y yo celebramos una fiesta de lujuria y erotismo, de sexo tierno y salvaje, en la que imperó un extraña euforia y añoranza. Fue, en definitiva, una recapitulación del tiempo compartido, y un canto de melancolía a lo que nunca pudo ser. Y este recuerdo, como suele suceder, adoptó una forma más hermosa en nuestra memoria que en el instante en que lo vivimos.

Por la mañana nos despedimos para siempre; tiene gracia la paradoja, por un momento sentí unas ganas terribles de casarme con Martina.

Me encontré con ella tiempo después de aquella noche. Nos pusimos al día y me complació saber que le iba bien en todos los aspectos. Ahora, Martina disfruta de una vida próspera y satisfactoria, mucho más completa de la que yo jamás le habría podido ofrecer. Ha dado forma a sus sueños con el material preciso y es feliz, y además se lo merece; su felicidad es una de las palabras que más alegría me ha producido escribir.

33

—¡Oye, Óliver, oye! Puesto que no te has descrito físicamente, ¿sabes qué sería curioso?, que en realidad tú fueses el *alter ego* de alguien.

—Sea lo que sea, empiezo a sentirme agotado.

—Ya te queda muy poquito para terminar el libro, vamos, no desfallezcas ahora. ¡Ánimo!

—¿Te quedarás conmigo, Nora?

—Sí, Óliver. Te acompañaré hasta el final.

Quizá el mejor modo de presentar este capítulo sea contándoles cómo fue mi segundo beso con Nora; y el tercero, y el cuarto y el enésimo. Verán, el segundo semestre universitario comenzó a principios de febrero, y Nora y yo coincidíamos semanalmente en la facultad; en nuestra condición de personal investigador en formación, ambos teníamos que impartir un par de horas lectivas algunas mañanas. Luego comíamos en la cafetería y por las tardes avanzábamos en nuestras tesis doctorales en el despacho de becarios. Al anochecer caminábamos hasta la zona de Moncloa y Argüelles y entrábamos siempre en el mismo bar, un local de ambiente *vintage* con las paredes de ladrillo rojo y los muebles de madera reciclada.

Durante dos meses, el tiempo que nos costó digerir la muerte de David Sender y Víctor Escolano, esa fue nuestra rutina. El momento crucial de nuestra relación se produjo el 8 de marzo, cuando Nora se acercó a mi mesa del despacho y me preguntó:

—Óliver, ¿te apetece que nos emborrachemos?

—Nora, son las cinco de la tarde y hoy es lunes.

—¿Y qué?

—De acuerdo, adelante.

Recogimos nuestros enseres y nos alejamos de la facultad en dirección al local que he mencionado. Ya dentro, Nora me llevó de la mano hacia un rincón poco iluminado, nos sentamos en unos cómodos sofás y el camarero nos sirvió dos cócteles bien cargados. Una vez a solas, Nora tomó la palabra:

—Te pedí que no habláramos de nuestra relación hasta que se esclarecieran los hechos en el Prado y en Monterrey, y, ahora, por lo que a mí respecta, prefiero no citar en un tiempo ni a David ni a Escolano. Tampoco quiero recordar las experiencias en las que nos vimos envueltos de octubre a enero, ¿vale, Óliver? Pasemos página, por favor, me bastó con vivirlo una vez. —Nora me dedicó una mirada estimativa y añadió—: Por otro lado, he hecho cálculos.

—¿Sobre qué?

—Pues mira, han pasado setenta y seis días desde que tú y yo nos besamos.

—¡Vaya! Sabes, tengo la impresión de que ha transcurrido mucho más tiempo.

—Sí, yo también. —Nora se llevó el dedo índice a los labios—. Oye, Óliver, ¿quieres besarme otra vez?

—Fuiste tú la que me besó a mí en diciembre.

—¿Quieres besarme o no?

—Sí, Nora, me encantaría.

—¡Hummm...! Pero no se te ocurriría hacer un solo movimiento a menos que yo tomara la iniciativa, ¿verdad? Siempre te contienes para mostrarme respeto; consciente de que yo aún tengo novio, te ciñes a las reglas del juego y no te permites infringirlas, ¿me equivoco?

—No.

—¡Qué aburrido eres!

—Bueno.

—Y respóndeme a otra pregunta, Óliver: ¿no es agotador esperar, semana tras semana, a que la chica que deseas te bese?

—Ni te lo imaginas —suspiré.

—Además, como he tenido setenta y seis días para reflexionar, quizá haya alcanzado la conclusión de que tú y yo no deberíamos volver a besarnos jamás, ¿no crees?

—Es posible.

—En este caso, ¿no te entristecerías?

—Muchísimo.

—¿Y cómo actuarías, Óliver? ¿Seguirías esperando por mí?

—Sí, Nora, esperaría.

—¿Aunque jamás me decidiese? Aunque cumpliéramos noventa y cuatro años, apenas nos quedasen dientes, fuéramos viejos, arrugados y hubiésemos perdido vivacidad y belleza, y yo te dijera por teléfono con una entonación adorable: «Señor Brun, mi marido todavía no ha muerto, pero, esté vivo o muerto, ¿esperarás un poco más por mí?». Supongo que tú me responderías a voces: «¿Qué? ¿Eh?». Porque para entonces estarías un poquito sordo, Óliver, y, francamente, si a los veinticinco años no te enteras ni de la mitad, figúrate de qué te enterarás cuando seas un nonagenario: de nada. Y yo continuaría: «¡Ánimo, señor Brun! ¡Aguanta! Sé que se han cumplido siete décadas desde que nos besamos, pero ¡ya casi casi me he decidido! Si mañana consigo dar esquinazo a mis cuidadores, tal vez me acerque a tu residencia para darte un segundo beso». Incluso si te planteara este escenario, Óliver, ¿esperarías por mí?

Los dos nos echamos a reír a carcajadas porque, obviamente, Nora bromeaba. Acto seguido dio un sorbo a su piña colada y se puso seria. Después tomó asiento a mi lado en el sofá, exhaló aire y, sin decir palabra, se acurrucó sobre mi pecho; de aquel simple gesto se desprendió tanta ternura, tanta armonía y comprensión por lo que habíamos sufrido juntos durante los últimos meses, que al fin nos liberamos de la angustia y la pesadumbre acumulada o, en otras palabras, ambos sentimos que aquel enternecedor abrazo renovaba nuestras ganas de vivir.

Me hallaba inmensamente feliz al poder estrechar a Nora entre mis brazos. Su respiración sobre mi cuello estimuló de inmediato una respuesta emocional, y afloró el recuerdo nostálgico de un beso pasado. Dejándose llevar por los impulsos y la creciente emoción, Nora cerró los ojos, me acarició el rostro y me buscó con sus labios; unos labios sensuales que recibí suavemente, con alegría en la cara y felicidad en el corazón.

—Llevaba mucho tiempo deseándolo, Óliver. La primera vez me sentó muy bien...

Siempre he creído que los besos poseen su propia memoria. Lo que yo desconocía era que el beso de diciembre, nuestro primer beso, fue para Nora una aventura juvenil que pertenecía a una realidad casi ilusoria, mientras que los besos que en ese instante nos dábamos establecían entre los dos un vínculo todavía más firme, serio y significativo.

Nora y yo regresamos a aquel local el martes, el miércoles y el jueves para seguir besándonos sin pudor ni comedimiento. A medida que transcurría la semana, los besos fueron transformándose en una necesidad sexual irrefrenable, aunque, por el momento, no la consumábamos; sin embargo, tampoco parábamos de besarnos. La sensación de sus labios no solo me resultaba inagotable, sino que cuanto más satisfacía el deseo, más parecía aumentar. Cada uno de sus interminables besos cobraba un significado nuevo, cada íntima caricia, cada abrazo y erótico suspiro generaba un singular recuerdo.

El jueves a las diez de la noche Nora sugirió, sofocada, que debíamos controlarnos.

—O acabaré desnudándote aquí mismo, Óliver.

—Me parece bien.

—¿Que paremos o que te desnude aquí mismo?

—Que paremos —respondí, riéndome por la nariz.

Nos acomodamos en el sofá del bar y, cuando Nora se separó de mí, se quedó mirándome profundamente a los ojos. De pronto, sin apartar la vista, con aquel gesto suyo, pícaro, chistoso y sagaz, Nora empezó a acariciarme el pene por encima de los pantalones.

—¡Hala! —exclamó entusiasmada—. Lo notas, ¿no? Oye, Óliver, ¿te encuentras bien? Porque esta erección no es ni medio normal. Chico, ¡qué barbaridad! ¿Te duele?

—¿Eh?

—Me refiero a que, si yo tuviera un miembro tan grande ahí abajo, creo que me molestaría bastante.

—No es grande —la corregí—, es normal.

—¿Cómo lo sabes?

—Porque he visto a otros chicos desnudos y, más o menos, el tamaño de unos y otros no difiere demasiado. Pero sí, en este instante me aprietan un poquito los pantalones.

—¡Vaya faena! —se lamentó Nora—. ¿Y te incomoda mucho? ¡Uy, pobrecillo! Espera, hombre, espera que te ayudo. —Y como si fuera lo más normal del mundo, deslizó una mano delicada sobre mi vientre. No parecía importarle demasiado que estuviésemos en un bar concurrido. Un fugaz y placentero escalofrío me atravesó el cuerpo cuando Nora asió mi pene con firmeza y movió la mano despacio, extremadamente despacio, arriba y abajo, una y otra vez, en una secuencia dulce y cariñosa que no se extendió más de cinco segundos; luego, ajustó mi pene a la ropa interior—. ¿Te sientes mejor, Óliver?

—Sí, mucho más liberado. Gracias.

—¡De nada! Oye, dime una cosa... —me susurró Nora al oído—, ¿te gustaría acostarte conmigo?

—Sí, me encantaría.

—¿En este instante?

—Claro.

—¿Y cómo me harías el amor? —curioseó Nora—. ¿Por dónde comenzarías? ¿Cuáles son tus fantasías? ¿Qué querrías hacerme en primer lugar? Me gustaría escucharlo y, a ser posible, con la mayor cantidad de detalles. —Nora apuró su bebida de un trago—. ¡Es broma, Óliver! Aunque, si te digo la verdad, ahora mismo la imaginación me está desbordando. Además, creo que si me contaras tus fantasías, yo querría llevarlas a cabo. De todos modos, supón que algún día tú y yo nos acostamos.

—Vale, lo supongo.

—Si no encaja, ¿qué hacemos?

—¿Si no encaja el qué? —me extrañé.

—¡Qué va a ser, Óliver! Tu pene en mi vagina. Es enorme.

—Nora, si tu vagina es enorme, no creo que la penetración suponga un problema.

—¡Imbécil! —Me golpeó graciosamente en el brazo—. Quería decir que tu pene es enorme.

—¡Que no es enorme, que es normal!

—Pues a mí me ha parecido enorme.

—Porque, cuando lo has palpado, había demasiada presión acumulada en mi bajo vientre, nada más.

—Ah, ya veo —murmuró Nora—. O sea, que lo tienes más bien normalito...

—Efectivamente. ¿Podemos cambiar de conversación, por favor? Me estoy poniendo malo.

Nora asintió tres o cuatro veces y curvó los labios.

—Jo, Óliver, perdona. Mi novio, que es sumamente pudoroso, nunca quiere hablar de estos temas, y a mí me causan una gran curiosidad. No vayas a pensarte que soy una chica libidinosa y provocativa, por favor. No estoy jugando contigo, Óliver; es que estoy muy nerviosa y tengo un desorden absoluto en la cabeza. Me gustas mucho, muchísimo diría yo, y me muero de ganas por pasar una noche contigo, no sabía cómo decírtelo. Pero, primero, he de aclararme. Lo siento... Lo siento de veras. ¿Podrás esperar?

—Hasta que cumplamos noventa y cuatro años, apenas nos queden dientes y seamos viejos y arrugados.

Nora sonrió, me besó, me mordió el labio inferior, me rodeó con los brazos y apoyó su cabeza en mi hombro con delicadeza.

—Mañana viene mi madre a Madrid y se quedará hasta el domingo, así que estaré ocupada todo el tiempo. ¿Nos vemos el lunes, Óliver?

Aproveché el sábado y el domingo para concentrarme en mi libro, ni siquiera salí de casa. Uno no sabe los desengaños, los disgustos, las frustraciones, los reveses y las dificultades, e incluso la humillación y la impotencia, que implica escribir una novela hasta que se intenta, pero, contrariamente a lo que les sucede a muchos autores cuando se acercan al final de su obra, una parte de mí no quería terminar esta porque me estaba haciendo sentir muy feliz. Imaginar vidas que nunca han existido, y situarlas frente a otras que sí, me proporcionaba un placer difícilmente descriptible. También fantaseaba con Nora; ahora bien, inventar un futuro con ella no se parecía en nada a pergeñar personajes literarios, sino que respondía a un placer de un orden más elevado, de un atractivo más ilusionante y grandioso.

El lunes, mediada la tarde, Nora y yo nos alejamos de la Ciudad Universitaria y paseamos por el parque del Oeste. No hacía frío y brillaba el sol. Allí, apartados del bullicio y las multitudes de Madrid, atravesamos una zona arbolada hasta un riachuelo y una rosaleda.

—El viernes le conté a mi madre que tú y yo llevamos días sin parar de besarnos —dijo Nora—. Pensaba que iba a reprenderme porque, bueno, estoy engañando a mi novio. Pero ¿sabes qué me dijo, Óliver?

—¿Qué te dijo, Nora?

—Que si disfruto tanto de tu compañía, debería seguir viéndote. No obstante, ayer, cuando mi madre regresó al pueblo y yo me quedé sola en casa, me sentí muy triste. Para empezar porque estuve hablando con mi novio por teléfono y yo me comporté como si no hubiese grandes novedades en mi vida. ¿Se puede ser más falsa? —suspiró—. Total, que después de colgar seguí sintiéndome triste, tanto, tanto que me apeteció muchísimo leer alguna historia de amor clásica, ya sabes, una de esas historias de caballería que anta-

ño no se les permitía leer a las jovencitas porque se les llenaba la cabeza de pajaritos; a mí me la siguen llenando hoy en
día. Pero me di cuenta de que en casa no tenía ni una. ¿Cómo
es posible? ¡Qué vergüenza! Suelo dormir con un libro al
lado. El problema es que a veces acaban perdiéndose en los
recovecos de la cama. Hay noches que, literalmente, me salen libros de entre las sábanas. Total, que el domingo me
costó mucho dormir, así que rebusqué un poco entre las
mantas y aparecieron tres libros. Por suerte había uno de
Quevedo. Siempre me rio con él y, además, me cura un poco
y me llena el vacío. Y ya me calmé. Óliver, ¿me das otro
beso?

—Nora, ¿estás segura? Quizá deberías pensarlo bien.

—¿El qué?

—No quiero hacerte daño, y si seguimos viéndonos en
estas circunstancias, besándonos sin reflexionar sobre ulte-
riores consecuencias, es probable que llegue un momento en
el que tú...

Nora silenció con ternura mis labios con los suyos.

—Estoy muy segura —asintió risueña—, porque en cuanto te he visto, Óliver, la alegría en mi interior ha pesado infinitamente más que el remordimiento.

Qué bien expresado, pensé. Así comenzó la semana del 15
de marzo, durante la cual Nora y yo pasamos horas y más
horas besándonos en parques, callejones y bares. Era casi lo
único que hacíamos, besarnos entre excesos de humor y risas,
con la sensación de que el mundo que nos rodeaba solo era
un espejismo, una ilusión soporífera que juntos habíamos logrado esquivar.

Si les soy sincero, no todo eran besos. De vez en cuando,

Nora y yo nos sentábamos a la mesa de un local y conversábamos sobre todos los temas imaginables, desde la formación del planeta Tierra, la vida en la ignota profundidad de los mares, la cúpula de Brunelleschi del Duomo de Florencia, hasta de las ranas venenosas de Costa Rica o de qué sabor preferíamos las croquetas.

—Óliver, ¿por qué mucha gente intenta imponer sus ideas como si fueran una verdad absoluta?

—No lo sé.

—Yo creo que cuanto más ignorante es una persona, más sobrestima su inteligencia. El inteligente consulta, verifica y, finalmente, evalúa. Pero el ignorante, ¡ay!, ni lee ni deja espacio para la duda; opina. Hoy en día se opina mucho de política, ¿verdad? Pero ¿cuánta gente ha leído *La riqueza de las naciones* de Adam Smith o *El capital* de Karl Marx? Para opinar con mayor entendimiento sobre los diversos sistemas de gobierno, ¿no habría que leer primero *Camino de servidumbre* de Hayek o *El contrato social* de Rousseau? ¡Corcho, Óliver!, como mínimo habría que leer *La república* de Platón y *El príncipe* de Maquiavelo.

—Sí, Nora, pero para comprender las ideas que figuran en esos textos, primero es necesario haber desarrollado un sistema de pensamiento.

—¿Insinúas que mucha gente reniega de adquirir un pensamiento crítico? ¿Y eso en qué nos convierte, Óliver? ¿En borregos? Espera, espera, en caricaturas urbanas, diría yo. Por suerte se continúa leyendo *1984* y *Fahrenheit 451*, ¿verdad, Óliver?

—Sí, pero cada vez menos. Escucha, Nora, ¿pedimos dos cócteles más?

—¡Vale! Pero antes, ¿me das un beso?

En fin, que hablábamos de todo. Hasta podría decirse que Nora y yo parecíamos una pareja de enamorados. Pero como no éramos una pareja, sino que solo lo parecía, la ilusión de serlo estaba convirtiendo el mes de marzo en una fantasía extraordinaria. Podíamos estar besándonos locamente, o bromeando como niños, y, un segundo después, iniciar una conversación seria como adultos. Aquella era la parte más bonita de mi relación con Nora.

¡No, esperen! Lo más bonito era que a su lado me sentía completo y me desprendía del disfraz social, ergo era capaz de ser yo mismo. Esto merece una reflexión: siempre he creído que cada persona posee algo especial, si se sabe dónde mirar. Por tanto, no entiendo que en ocasiones las personas actuemos como copias y renunciemos a nuestra identidad. Esta conducta me hace preguntarme que, si todos hemos nacido originales, ¿por qué a menudo nos ponemos una máscara veneciana? ¿Es un pretexto para agradar e impresionar a los demás? ¿Nos comportamos como somos, o como nos gustaría ser, o como la sociedad espera que seamos?

Con el paso de los años he llegado a la conclusión de que verdad no hay más que una: las personas nos contamos grandes mentiras para concebir nuestras vidas más entretenidas. De eso alimentamos la imaginación, sospecho, de maravillosas mentiras. Yo las llamo «fábulas de consuelo».

Lo que intento decir es que, para bien o para mal, Nora me invitaba a ser Óliver Brun en esencia. No había trucos ni artificios en mi carácter, ni camuflaba mi naturaleza. Ese es el mayor regalo que me hizo Nora, y el mejor consejo que les puedo dar: nunca finjan ser otra persona delante de los demás. Si lo piensan bien, es más doloroso que caerse por un precipicio. En definitiva, sean ustedes mismos; a menos que sean violadores, corruptos, ladrones, pirómanos, maltratadores, proxenetas, traficantes y asesinos, en ese caso deberían cambiar de vida de inmediato.

—¿Te apetece que pasemos el fin de semana juntos, Nora?

—No puedo, Óliver. Lo siento. Me voy a ver a mi novio.

Esa misma noche, jueves 18 de marzo, cuando Nora llegó a su casa, se desvistió y posó largo tiempo desnuda frente al espejo. Desde hacía mucho tiempo había cruzado con creces el umbral de la infidelidad, pero como nadie le había enseñado a gestionar las emociones, no sabía muy bien qué sentía después de haberme besado en repetidas ocasiones.

Pasada una hora se quedó profundamente dormida; pero la paz apenas duró un rato. Una violenta sensación de culpabilidad la arrancó del sueño a las seis de la mañana, como un remordimiento crepuscular, que la fue invadiendo poco a poco hasta derrumbarla por completo.

Nora lloró durante diez minutos sin poder reprimir las lágrimas, entre una amarga confusión y un inédito dolor existencial. Más calmada, se acurrucó en la cama en posición fetal, pero ya no pudo pegar ojo. Emulando a su modo a la protagonista de *Cinco horas con Mario*, Nora se abandonó a un soliloquio.

«¿Qué estoy haciendo? ¿En qué me he convertido? ¡Estoy traicionando a mi novio! Él me engañó cuando llevábamos saliendo tres años..., y, ahora, ¿cómo obro yo? *Quid pro quo?* ¿Se la he devuelto y estamos en paz? *Pardiez!* ¡Somos como la pareja que formaron Diego de Rivera y Frida Kahlo! Rivera le fue infiel en múltiples ocasiones y Frida, lejos de sentarse a llorar y patalear, le pagó con la misma moneda; se acostó con otros, con Trotski, nada menos. Francamente, bien por ella. Céntrate, Nora, por Dios bendito, ¡céntrate! Mañana voy a pasar otro fin de semana con mi novio; ¿podré siquiera mirarlo a los ojos? ¿Qué le voy a decir...? ¡Oh, Dios mío!, ahora mismo me siento como Atlas cuando fue condenado a cargar con la esfera celeste sobre sus hombros. Que no cunda el pánico. Mejor será guardar silencio, por el momento. Al fin y al cabo, no quiero hacerle daño a mi novio. No obstante, ¿el silencio no es una mentira todavía más grande? ¿Y quién estaría con una persona mentirosa? Mucha gente, en realidad; porque la mentira, como el olvido, ciega; aunque también consuela. Pero si lo amo, ¿no debería ser honesta y sincera? Él me fue infiel durante el Erasmus, pero confesó, y yo ¿voy a enmudecer mientras le doy su regalo de cumpleaños con una sonrisa fingida y un bonito peinado? La angustia existencial que siento ahora mismo es tremenda: ¡por qué habré nacido Géminis! Tendría que hablar con mi novio porque lo amo, ¿no? Lo amo. ¿Lo amo? Sí, lo amo. Un segundo, ¿lo amo? ¿O acaso he ido adaptando mi entorno a él para amarlo? Es evidente que nuestras charlas resultan cada vez más triviales. Con Óliver, sin embargo, las conversaciones fluyen con una naturalidad espontánea. Además, Óliver y yo tenemos una norma: si se te ocurre algo divertido, incluso en un trágico escenario, has de decirlo. El humor tiene el poder de revertir la desgracia, creo yo. Se trata de una especie de filosofía regida por un único principio: si eres capaz de reírte de la adversidad, podrás vivir sin arrastrar recuerdos pésimos e innecesarios. ¡Eh!, esa frase es buena, le diré a Óliver que la incorpore a su novela. Me pregunto qué estará haciendo ahora mismo. Me lo puedo imaginar, aunque solo son las seis de la mañana, seguro que está tropezando; es un patoso, vaya. ¿Por qué será tan torpe? En el fondo es bastante mono. ¿Me han ingresado la nómina? Luego compruebo la cuenta bancaria. ¡Ostras!, he olvidado cambiarle el agua a Óscar; pobre hámster. Me apetece muchísimo volver a besarlo, a Óliver, no al hámster. Pero no lo haré. Aunque es una pena, si me paro a pensarlo. Caray, he de hacer una profunda revisión de mi conciencia. Supongo que cada persona carga en su interior con una tragedia griega. Yo soy Helena, pero ¿cuál de las dos? ¿Me quedaré con mi novio en Esparta o acabaré con Paris en Troya? He ahí el dilema. Oh, *mon Dieu!*, ¿qué me está pasando? No hace mucho yo solo era una historiadora del arte sin más problema que estudiar la obra pictórica de Rafael Sanzio, cosa seria. ¡Ay, *beatus ille*! O en otras palabras: dichoso aquel. Porque ahora, cada vez que me llega un mensaje al móvil, lo único que pienso son problemas, a diestro y siniestro: Óliver Brun, Problemas en Mayúsculas, o, como dirían los anglo-parlantes: *Big trouble, missy!* Y eso me recuerda una novela de Tolstói: *Ana Karenina,* en cuyo final la protagonista, que ha sido infiel a su pareja, se arroja a las vías y es arrollada por un tren. Dios mío, me siento fatal. No quiero que amanezca. Voy a llorar. Se me cae la casa encima. Mi cuerpo tiembla por la sensación de culpabilidad. ¿Hay tinieblas agitándose en lo más hondo de mi realidad? Ana Karenina se suicidó en las vías del tren. ¡Oh, no!, ¡aquí ya se acerca la locomotora...! Mejor intentaré dormir un poco, pero es probable que, cuando despierte, no vuelva a ser la misma mujer.»

Mejor intenta dormir un poco porque, cuando despiertes, no serás la misma mujer.

Al día siguiente, Nora y yo comimos en un restaurante en las inmediaciones del Jardín Botánico. Por si les interesa saberlo, compartimos unas berenjenas rellenas de queso feta y *coulis* de tomate, salmón marinado con jengibre, *wasabi* y salsa de cítricos y, de postre, tarta de crepes con fresas y nata.

A las cuatro de la tarde acompañé a Nora a la estación de Atocha.

—¿Le contarás a tu novio que nos hemos besado? —le pregunté mientras caminábamos hacia la zona de embarque. Y añadí casi del tirón—: Tu tren sale en veinte minutos. ¿Lo tienes todo preparado, Nora? Oye, ¿llevas el billete a mano? ¿Le contarás a tu novio que nos hemos besado?

—Vale, ya basta, Óliver —me interrumpió, y me propinó una patada—. ¿Te digo la verdad? Por el momento guardaré silencio. Mira, ojalá pudiera obrar con la mayor rectitud posible y ser honesta con él, pero me falta valor. Lo quiero desde hace muchos años, y a ti..., a ti estoy empezando a quererte. ¿Satisfecho? Necesito tiempo para aclararme, por favor. Nunca me había enfrentado a una situación semejante, estoy descolocada por completo. No sé cómo liberarme de esta presión. ¿Y sabes qué es lo peor? Que mi sentimiento de culpa se recrudece a medida que se acerca el momento de subirme al tren, ¿entiendes? ¡Oh, Dios mío! Sé que algún día habré de asumir la responsabilidad de haber sido infiel. Ya puestos, si todos reconociéramos abiertamente nuestros errores, creo que la sociedad aprendería a ser más empática y benevolente.

Pero no es fácil sincerarse: todos tenemos demasiado que perder. Quizá seamos unos cobardes. O quizá tú lleves razón, Óliver, y cada día somos más egoístas, yo incluida. Quizá no me haya detenido a reflexionar el tiempo suficiente. Quizá ya nadie ame la vida lo suficiente. ¿Se habrán endurecido los corazones? ¿Te has fijado en que ya nadie se alegra del éxito ajeno? ¿Y por qué una parte de nosotros desea que los demás fracasen? ¡Ah!, ¿y quién diablos sigue permitiendo que aún existan los paraísos fiscales? Siento ser yo quien te abra los ojos, Óliver, pero la única forma, en serio, la única forma de financiar una verdadera transición ecológica es que las fortunas más poderosas del mundo contribuyan con grandes impuestos. No hay otro medio para proteger el planeta, de verdad. Así que sí, estoy harta de cumbres por el clima y discursos filantrópicos espurios. ¿Sabías que en el océano Pacífico se ha formado una isla de plástico del tamaño conjunto de Francia, España y Alemania? ¿Y sabes qué más te digo, Óliver? Escucha, ¿sabes qué más te digo? Que me marcho ya porque ni siquiera sé de lo que estoy hablando. *Au revoir!* Te deseo un feliz fin de semana. Yo lo tendré. No, qué va, no lo tendré. ¿Debería? Jo, no lo sé. Mi vida es una catástrofe, de verdad, como cuando se incendió la biblioteca de Alejandría. ¡Ay, soy un pequeño desastre!

—Yo creo que eres muy mona —sonreí—. Escúchame, Nora, la situación no tiene por qué resolverse este fin de semana, ¿de acuerdo? Llevas razón, primero debemos tomar perspectiva. Ahora quiero que me prometas que durante el trayecto procurarás templar los nervios. Seguro que tu novio va a buscarte a la estación y, cuando te vea llegar, me imagino que se le encenderá una gran sonrisa. Tu respuesta, Nora, debe ser la misma, porque no querrás que él te note inquieta, ¿verdad? Os veis muy poco, y os queréis, y los escasos momentos en que disfrutáis uno del otro han de ser felices y plenos.

—Ya, Óliver, pero tú...

—No, Nora, no te preocupes por mí —me adelanté—. Hoy tienes que ir con él. Tranquila, todo saldrá bien.

Acogí a Nora entre mis brazos y poco a poco fue calmándose. Nos fundimos en un abrazo meditado y compasivo al principio, más natural en la continuación, y de un carácter confuso en su desenlace. Quise darle a Nora un beso en la frente y ella se irguió para besarme en la mejilla, de modo que se impuso la descoordinación y nuestras cabezas chocaron.

Finalmente, Nora atravesó el control de seguridad y se despidió desde el otro lado agitando una mano.

Desde el instante mismo en que Nora se marchó, penetré por milésima vez en los dominios de un gran abismo. Cualquier esperanza que yo pudiera albergar sobre la mínima posibilidad de que Nora se diese la vuelta para quedarse conmigo desapareció penosamente cuando su tren partió de Madrid. «Llevo casi un año esperando un cambio que no se produce —pensé—, el único cambio por el que merece la pena esperar.»

Me convencí de que solo tenía que aguantar un poco más, hasta el mismísimo final. Debía mantener la serenidad y no derrumbarme, porque en el fondo, más que esperar a Nora, esperaba a que con ella se iniciase una nueva vida; sin embargo, la espera me estaba destrozando: no he sentido peor tristeza que la de ver a quien amaba compartiendo la vida con otra persona; es un sentimiento horrible.

Además, la lógica me gritaba a diario aquel viejo adagio:

«¡Olvídala! ¡Ya es hora de pasar página!». Si renunciase a Nora, tarde o temprano yo acabaría conociendo a alguien, pero a la larga esa nueva relación no se basaría en el amor, sino en la comodidad, y terminaría siendo un vínculo sustituible. Era la lección última que Martina y yo ya habíamos aprendido.

No quería irme a casa ni a ningún otro sitio. Me senté en un banco de la estación, cerré los ojos y lentamente me sumí en un estado de vacío mental. Perdí por completo la perspectiva de todos los elementos y del tiempo. El problema de permanecer largo rato inmóvil en una terminal de ferrocarriles reside, claro, en que esa actitud acaba levantando sospechas. Un guardia de seguridad me preguntó si necesitaba ayuda.

—No, no se preocupe.

—¿Seguro? No se ha movido de este banco desde las cinco de la tarde.

—¿Y qué horas es?

—Las nueve y media —me respondió—. ¿Está esperando a alguien?

—Sí, señor, espero a una chica.

—¿Cuándo llega su tren?

—El domingo a las diez de la noche.

—¿Usted es consciente de que hoy es viernes?

—Sí, agente, lo sé muy bien.

—No puede quedarse aquí hasta entonces. Vamos, lo acompañaré a la salida.

—Escuche, yo solo quiero que ella regrese, ¿comprende? Está bien, está bien, ya me levanto. Pero antes dígame una cosa, ¿adónde va la gente cuando la realidad se torna insoportable? No puedo lidiar más con esta sensación de insignificancia. ¿Usted no sabrá si existe un lugar que cure el dolor emocional? Y si existe, ¿puede uno pagar en metálico? Estese quieto, hombre; no me empuje, que me marcho ya.

Vi a Nora en la facultad al comenzar la semana. Intenté conversar con ella en varias ocasiones, pero, sin duda, se había producido una inversión en su actitud. Acostumbrado a oírla expresarse con fluidez y alegría, ahora me respondía con tibios monosílabos, mostrándose indiferente, apática, distante y fría.

Decidí darle margen para que reorganizase sus pensamientos, y no fue hasta el jueves por la tarde cuando Nora me abordó en el despacho de becarios.

—Óliver..., disculpa que te haya ignorado estos días. ¿Hablamos?

Nos trasladamos a un bar cercano, pero no hablamos de nada porque a los treinta segundos de tomar asiento a una mesa ya nos estábamos besando.

Nuestra relación no sufrió variaciones sustantivas en las dos semanas que siguieron. De lunes a jueves Nora se perdía apasionadamente en mis labios y, de viernes a domingo, se olvidaba de mí para centrarse en exclusiva en su novio. En tales circunstancias, a finales de marzo, cumplí veintiséis años y pensé que era el momento de decirle a Nora que estaba enamorado de ella, aunque ya lo intuyese, quise sincerarme de una vez por todas, de palabra, pero la lengua no me obedeció. ¿Quién era yo, reflexioné, para confesarle mi amor a una chica emparejada, y con qué derecho?

No obstante, pasábamos la mayoría de las tardes juntos, entre besos, caricias y abrazos, y entonces fui testigo de cómo paulatinamente la angustia creció más y más en las pupilas de Nora. Pronto noté un cambio repentino y radical en su comportamiento; aquella doble vida que llevaba le pasó factura y se volvió, de repente, superior a sus fuerzas.

—No sé qué hacer, Óliver. ¿Quieres que deje a mi novio por ti?

—Yo nunca te pediría algo así, Nora.

—Creo que si lo hicieras, si me presionaras, yo terminaría por romperme, cortaría con mi novio y, después, tú solo tendrías que recomponer los pedazos. Y, ¿sabes qué?, no te juzgaría, de verdad que no, al fin y al cabo esta es una situación que me he buscado yo solita. Pensándolo bien, Óliver, solo tienes que ser un poco egoísta.

No tardé en darme cuenta de que Nora resbalaba por un precipicio de origen desconocido. Aunque continuábamos disfrutando la una del otro, fingiendo que no sucedía nada excepcional, en abril el rostro de Nora se enturbió, una sombra inmensa anidaba en ella, de una oscuridad absoluta, mientras a mí se me metía en la cabeza la idea de resistir, un día y otro, decidido a saborear cada instante con Nora y a exprimir un sentimiento que me proporcionaba, supongo, algo similar a la felicidad; pero solo se trataba de un estado temporal, porque cuando llegaba el fin de semana, era yo quien saltaba en caída libre hacia un pozo.

Cada lunes, el ciclo se reiniciaba. Nora me abría su corazón y, al mismo tiempo, era inaccesible.

—Estoy bloqueada, Óliver. Ya no discierno entre lo bueno y lo malo. Tú o él, no sé decidir. ¿Decidirás por mí? Recuerda que solo tienes que ser un poco egoísta —me insistía Nora.

Creo que su indecisión obedecía a la creencia, la engañosa creencia, de que, si se pronunciaba, se derrumbaría y lo perdería todo. Ahora, por primera vez, la situación dependía de mí; y no tardé demasiado tiempo en encontrar una solución que a medio plazo beneficiaría a Nora: me alejé de ella. Empecé a trabajar en casa y dejé de ir al despacho de becarios. Si Nora me telefoneaba, no descolgaba. Si me enviaba mensajes de texto, los borraba sin leerlos. Mi voluntad flaqueaba y las fuerzas me fallaban, me moría de ganas de verla, de darle un último beso, y una tarde incluso fui a esperarla a la puerta de la facultad, pero me marché con todo el dolor del mundo antes de que saliera del trabajo. Entristecido, herido y disgustado, seguí desoyendo con determinación las llamadas de Nora hasta que al fin, un día, desistió.

A principios de mayo envié este manuscrito a los editores de Prades & Noguera y, poco más tarde, Bernard Domènech me convocó en su despacho para transmitirme sus impresiones.

—En las próximas semanas puliremos la obra, Óliver. Aunque el texto está bastante limpio y apenas necesitará correcciones, y eso te lo van a agradecer mucho en Redacción.

—¿Qué plazos de edición estimáis?

—Si todo marcha según lo previsto, tu novela, *La dama del Prado,* se publicará a principios de verano.

A continuación, seleccionando cuidadosamente las palabras, Domènech declaró que le había impactado el fragmento en el que detallo cómo fui víctima de un terrible acoso escolar, y quiso saber en qué grado esa historia era verídica. Le garanticé que era fidedigna en su totalidad, y que la destrucción de la inocencia del niño que fui, y el dolor y la tristeza, y los años de silencio y soledad que sobrevinieron después no formarían parte de este relato; escribí el texto, pero descarté incorporarlo. Cómo el niño superó la fatalidad, también me he abstenido de narrarlo. Fue una transición larga, penosa y complicada.

Domènech habló con un ligero temblor en la voz:

—Lamento que así fuera, Óliver.

Abandoné el edificio de la editorial y eché a andar por las calles de Madrid sin dirigirme a un punto en concreto. Caminé por avenidas, bordeé plazas, atravesé barrios enteros y, de repente, aparecí en un parque que no conocía. Sentí la agradable brisa primaveral y la plétora de olores propia de la época. Di un paseo por el parque y mis ojos se desviaron rápidamente hacia unos niños que jugaban en grupo. Entonces mi teléfono empezó a sonar: era el agente Lucas Bayona.

—Artista, quería comunicarte que el caso de David Sender se ha cerrado, aunque hay un tema al que no he parado de darle vueltas.

—Cuéntame.

—Verás, Hugo salió del coma hará un par de meses, se está recuperando, y he pensado en devolverle el retrato que pintó de su amiga. Le pertenece a él y a nadie más.

Le respondí que ese gesto lo honraba, y que era un buen profesional y un gran hombre. Finalizada la conversación, seguí contemplando a los niños en la distancia mientras asimilaba una idea, un pensamiento, una carga que debí haber compartido con una persona hace tiempo; marqué su número.

—¿Tesoro?

—Mamá, me gustaría pasar unos días con vosotros, ya es hora de que os cuente algo que me ocurrió en el instituto.

Mi madre permaneció unos segundos en silencio, valorando mis palabras, consciente de que el timbre de mi voz distaba del habitual, y me respondió que fuera a casa cuando quisiera. Luego me pidió que la escuchase y en un susurro añadió: «Oli, cielo, nunca olvides que, seas lo que seas, llegues adonde llegues, tengas éxito o fracases, tus padres siempre estarán a tu lado para ayudarte».

Ese comentario me ocupó la mente mientras oía el alegre canto de las aves. «Una parte de mi vida —pensé—, ha concluido.» Me relajé, los ojos cerrados, y alcé la cabeza hacia el cielo dejando mis pensamientos en blanco. Apenas unos minutos después, el teléfono sonó de nuevo, pero esta vez descolgué sin mirar la pantalla.

—¿Diga?

—Jo, Óliver...

—¿Quién es?

¿Quién era? ¿Quién podía ser? Separé el auricular de mi oreja antes de escuchar una respuesta, y lo hice porque acababa de darme cuenta de que los niños que jugaban en el parque tenían doce y trece años, la edad a la que yo fui víctima del abuso escolar.

Me senté en un banco y estuve observándolos largo tiempo, y sonreí; sonreí feliz al no distinguir en su comportamiento el menor indicio de pullas, insultos, sofismas y desprecios. Si alguien se caía, el resto lo ayudaba. Si uno tropezaba, los demás lo levantaban. Eran niños asiáticos, africanos, europeos y americanos que no estaban condicionados por estigmas tan insignificantes como una bandera, una frontera, el color de la piel, una creencia religiosa o el lugar de procedencia.

Si nunca ha sido posible predecir el destino de nuestra especie, egoísta, beligerante, incorregible, en ese instante sentí que aquellos niños a mí me lo ponían muy fácil: ¿eran amigos?, ¿eran desconocidos? Ni siquiera importaba. Como iguales, solo querían jugar. Había motivos para creer en la humanidad.

34

Mis últimas líneas.

Me imagino que se estarán preguntando por qué renuncié a Nora y no luché por ella hasta el final, hasta el último aliento. Tal como se encontraba, emocionalmente bloqueada, devorada por la indecisión y la ansiedad, Nora llegó a decirme que, si la presionaba, acabaría dejando a su novio. Y yo pude haber actuado así, como he visto hacer a tantos otros, sin ningún tipo de remordimiento ni moral, y haber presionado a Nora, desequilibrando su ánimo un poco más, hasta que definitivamente se hubiese roto para después recomponer yo los pedazos. ¿Y acaso alguien me habría juzgado?

Ese fue el momento, tan largamente esperado, en el que Nora me concedió la oportunidad única y perfecta de pensar solo en mí mismo. Sin embargo, era necesario que el hombre no fuera egoísta con la mujer, al menos una vez. Si esta es la lección que he aprendido, entonces me siento un privilegiado. He escrito este libro por ti, Nora. No te he olvidado.

Por otro lado, si quien firma esta novela tiene la intención de prolongar su historia, Óliver y Nora quizá vuelvan a encontrarse muy pronto en el Prado.

Los personajes literarios me han acompañado toda la vida, tanto en la realidad como en los sueños, casi en forma de alucinación; y siempre llega un instante en el que me piden que narre su historia. Es entonces cuando les abro la puerta, les doy las gracias y les dedico una gran ovación. Más tarde, cuando veo que su existencia se ha trasladado al papel, ellos dejan de existir en mi mente; poco a poco son engullidos por las arenas del tiempo, se desvanecen, y en mi interior solo queda una sombra borrosa de lo que fueron. Me ha sucedido todas las veces. Pero quizá estas almas imaginarias sí vivan por siempre en la memoria y en el corazón de quien las recuerde.

Escribo con esa esperanza.